UNIVERSITY OF JERSEY
HOME OF THE HAWKS
I0770410
ALLEY CIZ

GIOCARE SUL SERIO

ALSO BY

<u>#UofJ Series</u>

Andare a segno (Kay and Mason)

Giocata Vincente (Kay and Mason)

Giocare sul serio (Kay and Mason)

Addio alla panchina (Quinn and CK) *Preorder April 5, 2024*

BLURBS

**@UofJ411: Feste e manette non vanno d'accordo.
#QuiSiMetteMale #NonPrendeteviGiocoDelBranco
#Kaysonova**

Il potente Casanova è caduto.
Io, un giocatore di football collegiale di un metro e
novantacinque per centotredici chili, mi ritrovo sotto la
protezione della mia ragazza puffa. Che storia comica, ridicola,
FOLLE.
Lei mi ha placcato il cuore, ma gli altri vogliono prendersi tutto il
resto.

Mason Nova è… MIO.
I pettegolezzi vanno a braccetto con i melodrammi.
Tutto, pur di guadagnare qualche like in più, soprattutto se si
parla di noi.
Ma quando è troppo, **È TROPPO**.
Ho smesso di nascondermi e ho pagato per questo, ho persino
delle *cicatrici* a provarlo. Adesso è ora che controlli *io* la mia
storia: prenderò in prestito la strategia del mio ragazzo per
dimostrare che lui non è l'unico a giocare sul serio.

***GIOCARE SUL SERIO è il terzo libro della serie U of J – Università
di Jersey e, dato che riprende dal clamoroso finale in sospeso di
GIOCATA VINCENTE, non può essere letto come romanzo
indipendente. La nostra sfrontata protagonista dai capelli arcobaleno è
determinata a dimostrare che il suo Cavernicolo non è l'unico alpha
nella relazione e che anche lei è capace di ottenere un lieto fine per
entrambi. Questo è l'ultimo di tre romanzi.***

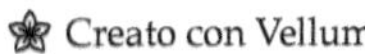 Creato con Vellum

NOTA DELL'AUTRICE

Care lettrici,

GIOCARE SUL SERIO È IL TERZO LIBRO della serie *U of J –
Università di Jersey*. Per seguire la storia come si deve, prima di
questo romanzo dovete leggere il primo libro, ANDARE A
SEGNO, e il secondo libro, GIOCATA VINCENTE.
XOXO,
Alley

#UofJ Series:

1. Andare a segno (Kay and Mason)
2. Giocata Vincente (Kay and Mason)
3. Giocare sul serio (Kay and Mason)
4. Addio alla panchina (Quinn and CK)

PREFAZIONE

PROFILI INSTAGRAM

CasaNova87: Mason "Casanova" Nova (*tight end*)
   QB1McQueen7: Travis McQueen (*quarterback*)
   CantCatchAnderson22: Alex Anderson (*running back*)
   SackMasterSanders91: Kevin Sanders (*defensive end*)
   LacesOutMitchell5: Noah Mitchell (*kicker*)
   CheerGodJT: JT (James) Taylor
   TheGreatestGrayson37: G (Grant) Grayson
   ThirdBaseAdam16: Adam
   CheerNinja: Rei
   CasermaNJA: la Caserma (palestra di cheerleading)
   NJA_Admirals: New Jersey Admirals

SOPRANNOMI

Mason Nova: Casanova / Mase
   Kayla Dennings: Kay / PF / Baby / Puffetta
   E (Eric) Dennings
   CK (Chris) Kent
   Em (Emma) Logan
   Q (Quinn)
   JT (James) Taylor <TVTTB JT: Ti Voglio Tanto Tanto Bene JT>
   T (Tessa) Taylor

G (Grant) Grayson
D (Dante) Grayson
B (Ben) Turner

PLAYLIST

- "I Won't Give Up"- Christina Grimmie
- "I'm Not Okay (I Promise)- My Chemical Romance
- "Youngblood"- 5 Seconds of Summer
- "Sit Still, Look Pretty"- Daya
- "Crazy Girl"- Eli Young Band
- "Castle"- Halsey
- "If I Can't Have You"- Shawn Mendes
- "Game Time"- Flo Rida
- "White Flag"- Bishop Briggs
- "Love On Top"- Beyonce
- "Classic"- MKTO
- "All We Do Is Win"- DJ Khalid
- "Lights Down Low"- MAX
- "Move"- Little Mix
- "Rumors"- Jake Miller
- "Burn It To The Ground"- Nickleback
- "Remember My Name"- Fort Minor
- "Don't Let Me Down"- The Chainsmokers
- "Amen"- Halestorm
- "Sucker"- Jonas Brothers
- "We Ready"- Archie Eversole
- "Glory"- The Score
- "The Bones"- Maren Morris feat Hozier
- 'Watch Me Burn"- Michele Morrone
- "Queen"- Loren Gray

- "I Don't Care"- Fall Out Boy
- "Superpower"- Adam Lambert
- "Headstrong"- Trapt
- "Keep On"- Kehlani
- "This Is How We Do It"- Montell Jordan

FIND PLAYLIST on Spotify.

MASON

Sangue.

Un'enorme quantità di sangue mi annebbia la vista, mentre la chiazza rossa continua a espandersi sempre di più.

Che cazzo è appena successo?

È come se fossi svenuto, solo per risvegliarmi in un incubo.

Kay è accartocciata sul pavimento, quella maledetta pozza cremisi non fa che diventare più grande.

Posso vedere il replay?

Faccio scorrere il filmato nella mia testa, ma l'ultima cosa che ricordo è che, a un certo punto, ho sentito le mani di Kay spingermi contro il fianco.

Finalmente, non appena l'istinto prende il sopravvento, mi precipito verso di lei e urlo "CHIAMATE UN'AMBULANZA!". Mentre mi piego sul corpo inerme della mia ragazza, il ginocchio mi scrocchia.

Le mie mani si fermano pochi centimetri sopra di lei; desidero toccarla, voltarla e stringerla tra le mie braccia per tenerla al sicuro. Indeciso, fletto le dita, per poi distenderle completamente. Non posso rischiare di muoverla, visto che non ho idea della gravità della ferita.

"L'ambulanza sta arrivando," conferma qualcuno alle mie spalle.

Per quanto abbia paura di toccarla, la quantità di sangue che sta iniziando a macchiare i suoi riccioli arcobaleno mi inquieta. Di solito le ferite alla testa sanguinano molto, ma devo comunque prendermene cura. L'ultima cosa che ci serve è che Kay si dissangui prima che arrivino i soccorsi. Mi tolgo la polo degli Hawks e, con delicatezza estrema, gliela premo contro la tempia.

Come diavolo è successo? Perché è ferita?

Le accarezzo il lato del viso quanto più delicatamente possibile. La vista di un livido che le si sta formando sulla guancia mi spinge a mordermi l'interno della mia tanto forte da sentire il sapore del sangue sulla lingua. Il calore della rabbia mi inonda le vene, pompando rapidamente in tutto il corpo.

"Kay, piccola." Con una pressione leggera e costante, le accarezzo lo zigomo della guancia intatta con il pollice. "Andiamo, tesoro, apri gli occhi, ti prego."

Niente.

Nessuna risposta.

Neppure un battito di ciglia, né una contrazione delle palpebre.

"Andiamo, Skittles." Abbasso la mia fronte sulla sua. "Ho *bisogno* di vederti aprire gli occhi; fallo per me, piccola."

È completamente immobile. Se non fosse per il movimento regolare del suo petto, temerei che sia morta.

Cosa faccio? Come posso aiutarla?

Dopo ore intere trascorse a giocare a football, i muscoli protestano per la posizione accovacciata in cui mi trovo. Cosa non darei, adesso, per sentire Kay rimproverarmi di non fare abbastanza esercizi di rilassamento muscolare.

Alle mie spalle sento uno scalpiccio di piedi e un gran viavai, ma in questo momento ogni cellula del mio corpo è concentrata sulla mia piccola.

Sento una mano sfiorarmi la spalla nuda; mi volto e vedo la maglietta blu di un paramedico che cerca di avvicinarsi a Kay per esaminarla.

So che devo farmi da parte e lasciargli spazio per permettergli di lavorare, ma *non ce la faccio*.

Un ordine deciso del paramedico mi sprona ad alzarmi e a

scavalcare il corpo di Kay per togliere di mezzo il tavolo; mentre i soccorritori si mettono al lavoro, rimango vicino a lei.

Sento il liscio materiale di un guanto di nitrile avvolgermi la mano e stringerla con decisione; alzo gli occhi e vedo il paramedico che mi guarda come per dirmi: *'Ci penso io'*. A quel punto, allento la presa sulla maglietta che ho usato per fermare l'emorragia dalla testa di Kay.

"Può dirci cos'è successo?" Mi domanda con un rapido guizzo degli occhi, prima di abbassarli di nuovo verso la mia maglietta, che sta rimuovendo lentamente per controllare la ferita di Kay.

Vorrei potergli dire di sì, vorrei avere la risposta, ma non ho altro che domande; mi limito a scuotere la testa.

Trav si avvicina al mio fianco, serrando con forza la mandibola mentre guarda i soccorritori misurare i parametri vitali di Kay e avvolgerle un collare cervicale attorno al collo sottile. Quando Trav mi guarda, vedo i suoi occhi offuscarsi dalla rabbia. A giudicare dalla tensione che li pervade, ho l'impressione che ciò che avrà

CAPITOLO 2

MASON

"**L**e hanno dato un pugno."
Sbatto le palpebre.
Poi le sbatto ancora.

Devo aver sentito male. Trav non può aver veramente detto che qualcuno l'ha colpita. *Giusto?*

Sento un rumore di passi, poi vedo avvicinarsi a noi uno degli agenti di polizia, che deve essere arrivato più o meno nello stesso momento in cui sono giunti i soccorsi; la testa del paramedico scatta verso di me, con uno sguardo accusatorio stampato in faccia.

"Che cazzo guardi?" ringhio, infastidito a morte che possa anche solo *pensare* che io sia in grado di torcere un capello dalla chioma colorata di Kay.

Sopra di me, qualcuno si schiarisce la voce, ma lo ignoro. Non è questo il punto, adesso. No, il punto è: *chi cazzo* ha colpito la mia ragazza?

"Chi?" abbaio rivolto a Trav mentre scatto in piedi, desideroso di fare a pugni. Davvero qualcuno credeva di poter mettere le mani su ciò che è mio? Quella persona deve imparare una lezione… una lezione *molto* dolorosa.

Trav sposta lo sguardo da me all'agente, che davanti al mio

scatto d'ira ha portato la mano alla fondina della pistola, poi il mio amico mi osserva di nuovo. Il suo sguardo si fa più duro, il petto gli si espande con un grande respiro, poi dice: "Liam Parker."

Merda! Come ho potuto dimenticarmi di quel coglione e del suo gruppetto che si è presentato qui solo per fare casino?

Mi torna in mente tutto ciò che avevo accantonato a causa della mia preoccupazione per Kay.

Gli insulti che le ha rivolto.

La maniera in cui la guardava come se fosse sua.

Ho cercato di tenere Kay dietro di me, ma ricordo che mi si è parata davanti, avvolgendomi con le braccia.

Perché non è rimasta dietro di me, dove era al sicuro?

Tuttavia…

Ciò non spiega come sia riuscito a colpirla.

Sapete cosa? Nessuna di queste stronzate ha importanza. C'è solo una cosa che conta.

Liam Parker ha colpito Kay.

Le ha messo le mani addosso, e ora lei è incosciente sul pavimento, in una pozza di sangue.

È morto.

Con le mani chiuse a pugno, mi guardo attorno per cercarlo.

"Non c'è." All'affermazione di Trav, mi volto di scatto; evidentemente, il ruggito di rabbia che ho nelle orecchie mi rende impossibile ascoltare bene ciò che dice. "È strisciato fuori nella confusione che si è creata quando ha scaraventato Kay dall'altra parte della stanza."

Sto digrignando i denti così forte che rischio di rovinarne lo smalto. Vorrei dire che il mio migliore amico sta esagerando sull'accaduto, ma a giudicare da dove si trova il corpo di Kay, e dal sangue sull'angolo del tavolo, il colpo che ha ricevuto deve essere stato forte.

"Da serpente codardo quale è," dice Em, facendosi largo tra la folla di curiosi. Credevo che stesse facendo la mamma chioccia con me, la prima volta che ci siamo incontrati dopo che mi sono lasciato con Kay, ma in questo momento è una vera furia omicida. *Mettiti in fila, Em. Mettiti. In. Fila.*

Non appena sarò certo che Kay starà bene, gli darò la caccia.

#Capitolo3

UofJ411: Non sono stato io. #SonoInnocente
***foto di due auto della polizia davanti alla sede dell'Alpha
Kappa***
@Oamberwhereartthou: È mai successo che i poliziotti facessero
irruzione a una festa degli Alpha? #Intoccabili
@Ofbooksandportkeys: Quella sì che deve essere stata una gran
festa della vittoria. #NoiSappiamoComeFareFesta

UofJ411: Tragedia alla sede dell'Alpha Kappa #FestaRovinata
#CosaFaCasanova
foto di Kay che viene caricata sull'ambulanza
@Lynnstifle: Oh, merda! Non è la ragazza di @CasaNova87?
#Emergenza #LaRagazzaDiCasanova
@Madameizzy: Qualcuno può fornirci più dettagli?
#DevoSapereTutto #CosaFaCasanova #LaRagazzaDiCasanova
@Cheril2412: Solo io penso che qualcuno la pagherà cara?
#MeglioNonScherzareConGliHawks #CosaFaCasanova
#LaRagazzaDiCasanova

UofJ411: Il re veglia sulla sua regina #CosaFaCasanova #Kaysonova
foto di Mason a fianco di Kay dentro l'ambulanza
@Mimi_reads: È normale che mi emozioni il modo in cui non la lascia mai sola? #ScusateMaLoAdoro #CosaFaCasanova #Kaysonova
@Miss_rae_mcnally: @CasaNova87 sembra incazzatissimo #UnoSguardoCheUccide #Kaysonova

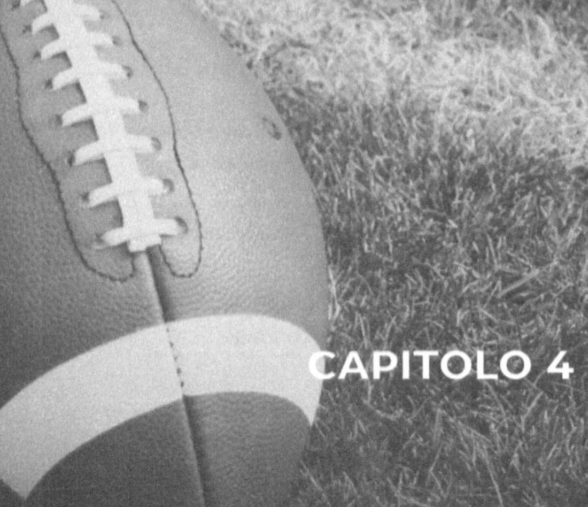

CAPITOLO 4

MASON

Dopo l'arrivo dei primi soccorsi, e la rivelazione che è stato Liam *testa-di-cazzo* Parker a scaraventarmi in questo incubo a occhi aperti, mi sento come se qualcuno avesse premuto un bottone e tutto avesse iniziato a scorrere ad altissima velocità.

Gli agenti di polizia iniziano a interrogare le persone rimaste.

I paramedici finiscono di esaminare Kay e la caricano su una barella.

Io salgo sul retro dell'ambulanza prima che me lo possano impedire; nel frattempo, la maggior parte dei presenti alla festa che non sono stati interrogati dalla polizia si affacciano all'esterno per continuare ad assistere alla tragedia in corso; poi, i nostri amici corrono verso il parcheggio sul retro della sede dell'Alpha Kappa, prendono le automobili e ci seguono fino all'University General Hospital.

Prima che le porte dell'ambulanza si chiudano, vedo che Grayson sta già chiamando E al telefono; urlo a Em di chiamare anche JT. Sono assolutamente certo che, se la situazione fosse capovolta, Kay avrebbe già preso il primo volo per il Kentucky.

Mentre sfrecciamo verso l'ospedale, il sottile cuscino del

sedile su cui sono seduto non aiuta ad assorbire le irregolarità e le buche della strada.

Allungo la mano e prendo una delle mani minute di Kay tra le mie, accarezzandole le nocche con il pollice. Sembra troppo piccola e indifesa; la sua pelle, di un bianco spettrale, ha lo stesso colore della garza che ora le avvolge la testa al posto della mia polo.

"Ti amo, piccola." È un'affermazione, una dichiarazione, una promessa di tutto cuore.

L'University General Hospital è a pochi minuti di distanza dal campus, dal momento che è associato alla facoltà di medicina dell'Università di Jersey, ma con Kay che continua a tenere gli occhi chiusi, ogni chilometro sembra moltiplicarsi per mille.

Prego il cielo, mio papà... *cazzo*, chiunque sia in ascolto, affinché Kay stia bene. Mi è impossibile immaginare il contrario.

L'ambulanza si ferma, le porte si spalancano e accorrono delle persone in camici bianchi, rossi e marroni; salto giù e aspetto che i soccorritori facciano scendere Kay, le ruote della barella colpiscono l'asfalto con un gran tonfo.

Le mie scarpe da ginnastica pestano il pavimento di piastrelle mentre mi affretto a seguire il flusso di persone che si precipitano all'interno del pronto soccorso; l'odore di disinfettante mi riempie le narici, mentre i soccorritori e i medici si rimpallano a vicenda i dati riguardanti la gravità delle condizioni di Kay.

Sento lo stomaco rivoltarmi, e devo mandar giù la bile al sol pensiero che le ferite di Kay siano tanto serie da venire considerate *gravi*.

Aprono due porte blu e spingono Kay all'interno di una sala di traumatologia. Li seguo, abbastanza certo che non mi sia permesso, ma non me ne frega un cazzo. Non riuscirebbero a trascinarmi via nemmeno se mi legassero a dei cavalli.

Beh, forse dei cavalli non riuscirebbero a trattenermi, ma un'infermiera dai capelli neri vestita con un camice rosso dell'University General Hospital non ha alcun problema a impedirmi di andare al fianco di Kay, dove io dovrei essere. "Fermo lì, testa calda."

Abbasso gli occhi sulla donna, prima sul palmo disteso della sua mano, poi di nuovo sul suo volto. Non può parlare sul serio.

"Tutto bene, Vic?" le chiede una delle altre infermiere; giuro che i bordi delle sue labbra si arricciano in un sorriso che vuol dire: *'Non provare a sfidarmi'*. È alta (beh, tantissime donne sembrano alte, in confronto a quella distesa sulla barella a pochi metri di distanza), ma riuscirei a spostarla senza tanti sforzi.

"Sì," annuisce, senza mai togliermi gli occhi di dosso. "Ci penso io."

Stringo gli occhi, cercando di intimidirla in tutti i modi che conosco. Il suo sorriso non fa che diventare più grande, fino al punto che riesco a vederle il bianco dei denti.

"Ho messo in riga uomini più grossi di lui, un piccolo giocatore di football non mi spaventa." L'umorismo dietro la sua affermazione allenta un po' del panico che mi strangola come un cappio. Probabilmente aiuta il fatto che si sia riferita a me come *piccolo*; nessuno mi ha mai definito così in tutta la mia vita.

"Ora, signor Nova…" Si guarda alle spalle per controllare la situazione e, quando seguo il suo sguardo, mi viene un altro crampo allo stomaco non appena vedo che stanno pulendo la ferita di Kay con della soluzione salina. Dal momento che l'ospedale è associato all'università, non sono sorpreso del fatto che questa donna mi conosca. "Può dirci cos'è successo a Kayla?"

Deglustisco, cercando di mandare giù il groppo di emozioni grande quanto un pallone da football, poi le rispondo. La situazione peggiora quando vedo un medico che tiene in mano un ago ricurvo, pronto a richiudere la ferita alla testa di Kay.

"Le hanno dato un pugno." Getto le braccia in aria, allargando le mani per mostrare la mia innocenza. "Non sono stato io," mi affretto a dire.

"Non l'ho pensato neanche per un secondo." Mi posa una mano sul bicipite, i suoi occhi blu assumono un'espressione più dolce. Vista la reazione che hanno avuto prima i paramedici, era l'ultima cosa che mi aspettavo che dicesse, soprattutto con una tale certezza. "E il taglio alla testa?"

Ancora una volta i miei occhi si voltano verso Kay, istintivamente faccio un passo in avanti. Quasi avesse previsto la mia mossa, l'infermiera (mi pare si chiami Vic-qualcosa) si muove assieme a me, bloccandomi.

Devo infilarmi le mani nelle tasche dei jeans per evitare di stringerle a pugno, mentre mi tornano alla mente i particolari di cui mi hanno informato i miei amici. Ho solo un piede dentro la sala, ma è evidente che non dovrei nemmeno trovarmici. Non posso rischiare di perdere quella poca libertà a causa di qualcuno convinto che io stia minacciando il personale, quando la mia furia è unicamente rivolta verso un certo Liam Parker.

"Quando è caduta, ha battuto la testa contro il tavolo." Devo fermarmi e schiarirmi nuovamente la voce. "Non volevo rischiare di spostarla, ma ho cercato di fermare l'emorragia usando la mia maglietta; le ho toccato il viso *delicatamente*, cercando di farle aprire gli occhi, ma… *ma*… non li ha aperti." Parlo frettolosamente e alla fine mi si spezza la voce, mentre vengo travolto dalla paura di ciò che tutto questo potrebbe significare.

Sento le lacrime minacciare di uscire, ma le respingo, non permetto loro di scendere. Non ho paura di piangere, ma ho il timore che, se mi abbandonassi all'emozione, sarebbe come confermare all'universo lo scenario più negativo.

"La portiamo giù a fare la TAC, Vicki," dice qualcuno che, a giudicare dal camice bianco, presumo sia un medico; intanto, la lettiga su cui giace Kay viene già trasportata verso le porte dal lato opposto a quelle dove mi trovo io.

"Grazie, dottor Holloway. Rimarrò con il signor Nova finché non avremo i risultati."

Proprio come prima, l'infermiera mi blocca prima che io possa seguire Kay. Apprezzo la sua offerta di aspettare insieme a me, la apprezzo davvero tanto, ma come può pretendere che io stia in disparte quando è il mio cuore quello che stanno portando via?

Ti prego, piccola, resisti.

Su suggerimento dell'infermiera Vicky, faccio un salto in bagno così da pulirmi il sangue dalle mani… il sangue di Kay. Mentre osservo l'acqua color porpora vorticare intorno allo scarico, sento il bisogno di vendetta che mi brucia nelle vene.

L'unica forza abbastanza potente da impedirmi di mettermi alla ricerca di Liam Parker in questo preciso momento, è il bisogno di essere presente per Kay in ogni modo possibile.

Pssst! Da questa parte. Il mio coach interiore interviene per la prima volta dopo un bel po' di tempo. *Dovremmo scoprire dove fanno gli esami e cercare la nostra ragazza.*

Questa sì che è una strategia che mi sento di appoggiare.

Accartoccio il ruvido asciugamano di carta e lo butto nel cestino della spazzatura, pronto a seguire il mio nuovo piano, ma mi fermo sulla soglia del bagno non appena noto lo sguardo che mi rivolge Vicki.

"Voi maschi alfa siete tutti uguali," dice con una risata, mentre si allontana dal muro a cui era appoggiata con le braccia incrociate per venire al mio fianco.

"Cosa intende?" Faccio finta di nulla, guadagnandomi un'altra risata da parte sua. Non so cosa mi aspettassi dal personale del pronto soccorso, ma di certo non una come lei.

"Ah, stai facendo il finto tonto… che tenero." Mi batte sulla schiena una mano fredda, ricordandomi che sono a torso nudo. Aumenta la forza del suo tocco e mi guida attraverso il pronto soccorso per condurmi nella sala d'attesa. "Ora, prima che provi a tirare fuori quelle fossette che tutto il mondo conosce," fa ruotare un dito davanti alla mia faccia, mentre penso: *'Già, grazie tante, Instagram'*, "sappi che con me non funzionano. *Inoltre…* non provare nemmeno a dirmi che quella non sarebbe stata la tua prossima mossa. Come ho già detto," annuisce a sé stessa, "conosco i maschi alfa."

Per la prima volta, da quando Liam Parker si è infiltrato alla festa degli Alpha Kappa, sento che mi viene voglia di sorridere.

Quando si aprono le porte automatiche, ho la sensazione che ogni persona in sala d'attesa si sia voltata a guardarci. A dirla tutta, conosco buona parte dei presenti.

Su un lato della stanza c'è ammassato un gruppo di miei compagni di squadra; stanno dando il loro contributo fornendo dichiarazioni a degli agenti di polizia e dimostrando pienamente cosa sia il nostro spirito di squadra.

Dalla parte opposta, Kev, appoggiato contro il muro con le braccia incrociate sull'ampio petto, resta di guardia mentre Trav e Grayson fanno del loro meglio per scavare un solco nel pavimento di fronte al punto in cui CK sembra consolare, senza riuscirci, Em e Quinn… *Sono sconvolte o incazzate?* Bailey, che sono alquanto sorpreso di vedere, scorre il dito sul telefono e non sembra troppo preoccupata.

La prima a individuarmi è Em; scatta in piedi e, nella fretta di raggiungermi, quasi rovescia le tazze di caffè che Noah e Alex stanno distribuendo.

Io e l'infermiera Vicki veniamo tempestati di domande che si accavallano le une alle altre, in una disperata ricerca di informazioni.

Se l'infermiera Vicki si fosse infastidita, sarei rimasto deluso. No, invece giurerei che sia alquanto divertita dallo spettacolo, nonostante ci voglia un'eternità per calmare tutti quanto basta per fornire loro le poche informazioni che ho.

Vengo travolto da più di una dozzina di varianti della domanda: *'Come sta Kay?'*

Se solo sapessi come rispondere...

C aos.

Caos totale.

Avete presente il detto *troppi cuochi rovinano il brodo?* Beh, lo stesso concetto si può applicare ai miei amici presenti in sala d'attesa. Non stiamo ottenendo niente, e sottolineo *niente.* Tutti parlano e urlano gli uni sopra gli altri, io non riesco nemmeno a proferire una parola. Kay avrà finito con gli esami prima che io riesca a dire a questi pazzi quello che è successo.

"Oh santo cielo, Mase," esclama Bette, ansimante come se avesse corso, mentre si fa strada verso di me.

Mi avvolge le braccia in vita e io rispondo al suo abbraccio, scambiando un cenno di saluto con E sopra la testa di lei. *Come fanno a essere già qui?* Sono successe tante cose, ma una veloce occhiata all'orologio appeso sulla parete opposta mi conferma che è trascorsa solo un'ora, da quando Grayson li ha chiamati.

"Come sta Kay?" chiede E, mentre io gli domando a mia volta: "Come avete fatto ad arrivare così velocemente?"

Onestamente, non ho idea del perché questa domanda sia tanto importante per me. Forse ho solo bisogno di distrarmi con qualunque cosa pur di non pensare alla mia sempre più crescente preoccupazione per Kay, non lo so.

"Abbiamo preso un elicottero." E agita una mano. "Non ha importanza. Come sta mia sorella? Dov'è?"

"L'hanno portata dentro per degli esami." Questa volta mi arrendo e stringo le mani a pugno, con le nocche che si tendono per lo sforzo. "Temono che possa avere un'emorragia cerebrale, era ancora incosciente quando siamo arrivati."

"*Ossantocielo.*" Bette si copre la bocca, gli occhi pieni di lacrime. E le si avvicina e la stringe al suo fianco, mentre lei cerca di farsi forza.

"I dottori dovrebbero arrivare a breve con i risultati. Gli esami in sé non richiedono molto tempo, e a quest'ora avranno già dato a Kayla priorità assoluta," ci conferma l'infermiera Vicki.

L'intero gruppo tira un sospiro di sollievo. Tra non molto avremo delle notizie.

La vera domanda è se saranno buone o cattive.

La mia attenzione viene catturata da qualcuno che si schiarisce la voce; quando mi volto, vedo i due poliziotti che stavano parlando con i miei compagni di squadra. Quando si presentano, mi rendo conto che non sono gli stessi che ricordo di aver visto alla sede dell'Alpha Kappa. A essere onesti, con tutto il caos che c'era, avrebbero potuto anche essere lì senza che li avessi visti.

Cominciano a spiegare cosa hanno fatto da quando sono arrivati sul posto questa sera, ma prima che possano iniziare a raccogliere le nostre dichiarazioni, ritorna il dottor Holloway. Lo riconosco nell'istante in cui posa i suoi occhi scuri sul nostro gruppo.

"La famiglia di Kayla Dennings?"

Io ed E facciamo un passo avanti simultaneamente.

"Mia sorella sta bene?" domanda E con voce incerta.

"La TAC ha dato esito positivo, nessuna emorragia, ma sentirà gli effetti della commozione cerebrale per qualche giorno."

Tutto il mio corpo si affloscia per il sollievo; Bette che mi tiene per il braccio è l'unica cosa che mi impedisce di collassare al suolo completamente.

"Per ricucire la ferita alla testa ci sono voluti cinque punti di sutura, ma fortunatamente è vicina all'attaccatura dei capelli, il che dovrebbe minimizzare la formazione di una cicatrice."

Punti... le hanno dovuto mettere i punti per colpa di quello stronzo.

"A causa delle contusioni per la caduta e del pugno che ha ricevuto, abbiamo fatto anche una serie di radiografie."

Bette mi sta stringendo così forte l'avambraccio che le sue unghie mi scavano nella carne, ma non batto ciglio. La rabbia che mi sale ripensando ai modi in cui è stato fatto del male a Kay mi anestetizza.

"Kayla non corre nessun pericolo grave. Tuttavia..." La gravità del suo tono di voce mi fa raddrizzare la schiena. "Dovrà essere operata per risistemare correttamente la frattura dello zigomo."

Già è brutto sapere che quel figlio di puttana ha messo le mani addosso a una donna (anzi, alla *mia* donna), ma sapere che le ha causato una frattura... dire che ho voglia di ucciderlo è dir poco.

"Quando sarà operata?" gli domanda Bette.

"Entro un'ora," conferma il dottor Holloway.

"Opererà lei?"

"No." Il medico scuote la testa. "L'operazione verrà eseguita da uno dei nostri chirurghi plastici, la dottoressa Nikols." Solleva il polso sinistro per controllare l'orologio. "Dovrebbe arrivare a breve per discutere dell'intervento e della convalescenza sia con voi che con Kayla."

Quelle parole catturano la mia attenzione. Allora vuol dire che...

"È sveglia?" Non riesco a trattenere la speranza dalle mie parole.

"Sì," annuisce. "Ha ripreso conoscenza durante gli esami. È un po' intontita a causa della commozione e degli antidolorifici che le abbiamo somministrato, ma ha chiesto di lei."

Ma che cazzo? Me lo dice solo *adesso*? Che cazzo abbiamo aspettato a fare? Sapevo che li avrei dovuti seguire, prima.

Quando alle mie orecchie giunge una risata familiare, capisco che l'infermiera Vicki, ancora una volta, mi ha letto nel pensiero. "Datti una calmata, testa calda." Mi circonda il polso con le dita sottili, bloccandomi. "Non potete entrare tutti insieme."

Il dottor Holloway si prende un momento per guardare la folla davanti a sé; a giudicare da quanto gli si allargano gli occhi, capisco che è scioccato dal numero di persone presenti. "Sì, esatto. Per adesso posso permettere l'accesso solo a quattro persone."

"Sono io la quarta." Tessa Taylor, arrivata a un certo punto durante il pandemonio di domande, salta in avanti e prende la mano di E, voltandosi verso Grayson per scusarsi con lui. Nessuno dei presenti negherebbe che io, E e Bette siamo gli altri tre.

"A quanto ho capito, Kayla ha subito ferite a seguito di un'aggressione." Il dottor Holloway parla a tutto il gruppo, ma si rivolge in particolare ai due agenti. "Date la gravità delle ferite e la conseguente commozione cerebrale, e considerati anche gli antidolorifici somministrati, non è il momento migliore per chiederle di rilasciare una dichiarazione."

"Capisco." I due agenti annuiscono. "Abbiamo comunque bisogno di parlare sia con il signor Dennings che con il signor Nova, ma possiamo aspettare. Con il video dell'incidente e le dichiarazioni rilasciate dai testimoni, abbiamo abbastanza materiale per procedere con la denuncia, se la famiglia lo desidera."

"Potete scommetterci che facciamo denuncia," sbotta E. "Roviniamolo, quel figlio di puttana."

Bette scorre una mano sulla schiena di E per calmarlo. Questo non è il momento migliore per perdere le staffe… non che io, in questo momento, sia messo tanto meglio.

"Sentite…" dice E dopo aver fatto un bel respiro. "Vi fornirò tutto ciò di cui avete bisogno, lasciatemi solo dare un'occhiata a mia sorella. Dopo sarò tutto vostro."

Una volta sistemati i dettagli, il dottor Holloway comunica all'infermiera Vicki dove possiamo trovare Kay; la seguiamo attraverso il pronto soccorso, superando diverse stanze occupate da altri pazienti, fino a raggiungerne una in fondo.

Fisso la tenda bianca di fronte a me come se, guardandola abbastanza intensamente, riuscissi a vederci attraverso. L'infermiera Vicki la scosta, facendo tintinnare gli anelli, e quando vedo ciò che si nasconde dietro faccio un respiro profondo.

Sdraiata sul letto, Kay sembra ancora più piccola e più fragile di quanto non l'abbia mai vista. I suoi riccioli biondi sono sparsi in modo scomposto sul cuscino che le sorregge la testa, mentre i loro riflessi arcobaleno, di solito sgargianti, sembrano quasi affievoliti dalla gravità della situazione.

Una leggera macchia arancione, lasciata dalla soluzione di betadine usata per pulire la ferita, fa capolino da sotto la medicazione che le copre la tempia, e il livido sulla guancia appare più evidente rispetto a mezz'ora fa. Il centro del livido è giallo sgargiante, circondato da un alone di rosso, mentre l'esterno è di un viola intenso. Digrigno i denti pensando che dietro quel livido grande come una palla da baseball si cela un osso rotto.

"Oh, Kay," esclama Bette mentre si avvicina lentamente al suo fianco tenendo E per mano.

Kay sussulta sentendo la voce della cognata, ma continua a tenere gli occhi chiusi.

Tessa si appoggia ai piedi del letto, mentre io vado al fianco destro di Kay. Delicatamente, faccio scivolare un dito sotto il bordo del suo camice ospedaliero, sollevandolo per vedere quanto sono estese le sue ferite. Mormoro più di un'imprecazione, osservando le chiazze sulla pelle d'avorio. Vederla così ferita mi distrugge.

"Kay?" Le sfioro con una nocca la curva della guancia. "Di' qualcosa, ti prego. Ti faccio male se ti tocco?" Le accarezzo le ciglia con un dito.

"Tu…" Tossisce. "Pure adesso mi vuoi toccare, Cavernicolo?"

Il sollievo di sentire la sua voce basta a farmi cedere le gambe, costringendomi ad appoggiarmi alla ringhiera del letto. "Cazzo, piccola." Serro le ginocchia per non cadere a terra; mi piego in avanti e appoggio la fronte alla sua, mentre le cingo la nuca con una mano. Attorno a me, tutto quanto sparisce mentre mi fermo per assaporare a fondo il suo profumo. Non importa se di solito sa di menta e vaniglia e in quel momento è coperto da quello del disinfettante: mi importa solo che lei sia qui, che sia sveglia e che sembri stare bene.

"Ecco la mia ragazza," esclamo quando finalmente riesco a intravedere i suoi occhi grigi.

"Perché sei nudo?" chiede Kay, il suo sguardo scende dal mio collo al torso nudo.

Una risata profonda mi rimbomba in petto. "Ho indosso i pantaloni."

"Peccato," sussurra prima di chiudere nuovamente gli occhi.

Il solo fatto di vederla sveglia è stato sconcertante, ma sentirla esprimere la sua consueta impertinenza mi fa quasi commuovere. Trattengo l'emozione e le do un bacio sulla fronte.

"*Effettivamente* cosa ci *fai* senza maglietta?" mi chiede E, mentre noto che le rughe di stress sul viso gli si stanno già attenuando. "Non hai un briciolo di rispetto per te stesso, amico?"

Sollevo il braccio tatuato, flettendo il muscolo e facendo ondeggiare il disegno. "Invidioso, vecchietto?" ribatto, approfittando di quel raro momento di leggerezza.

"Ti faccio vedere io chi è vecchio." E abbassa le braccia davanti a sé, facendo la sua migliore imitazione di un culturista, torcendo il viso e grugnendo per ottenere un effetto maggiore.

"Giuro, non vi reggo." Bette alza gli occhi al cielo in uno stile molto simile a quello di Kay.

"Io di certo non mi lamento." Tessa mi osserva facendo spallucce; quando mi volto a guardarla, mi fa l'occhiolino.

Kay ride sommessamente, stringendomi la mano.

"Tu," dice E ruotando un braccio e indicando Tessa, "sei *troppo* giovane per guardare i ragazzi."

Un'altra risata di Kay, seguita da un gemito e da un borbottio per non riuscire ad alzare gli occhi al cielo.

"Ho sedici anni, E, non *sei*," risponde Tessa mettendosi una mano sul fianco per sottolineare la sua affermazione.

"Ma almeno gli è permesso stare qui dentro così?" domanda E all'infermiera Vicki, indicandomi con una mano. Nel frattempo che lei controlla il livello dei fluidi nella flebo, Kay si è già riaddormentata.

"Non credo di essere la persona giusta a cui chiedere. Da ciò che mi dice mia nuora, mio figlio fa molta fatica a tenersi i vestiti addosso… perfino nella cucina dove lavora lei." Detto ciò, si congeda dandomi un'altra pacca sulla spalla; il suono dello schiaffo non fa altro che enfatizzare la mia nudità.

Eric esce dalla stanza avvertendoci che, prima di parlare con la polizia, deve fare una telefonata; a quel punto, porto nuovamente la mia attenzione su Kay. Non mi importa che sia rimasta sveglia per pochissimo tempo; aver trascorso alcuni minuti con lei cosciente, per adesso, basta e avanza.

MASON

Guardare la dottoressa Nikols e la sua équipe portare via Kay per l'intervento è una delle cose più difficili che abbia mai dovuto fare. Accidenti, mi sembra che sia diventata una costante di questa serata; non posso proteggerla se non è con me, lo detesto.

L'infermiera Vicki arriva assieme all'équipe di chirurghi, e con lei c'è anche una certa Jordan Donovan.

"E tu che credevi che i miei figli ti facessero passare dei guai," dice Vicki a Jordan, con una rassicurante aria di affetto familiare tra loro.

"Ma per favore, mamma Steele," replica Jordan agitando una mano, "*metà* dei problemi che Vince deve affrontare sono causati da mio fratello gemello." I suoi penetranti occhi nocciola passano da me a E. "Oltretutto, un po' di dramma sportivo potrebbe essere un bel cambiamento."

Ho l'impressione che ci sia qualcosa che mi sfugge, ma con tutto quello che sta succedendo non ho la capacità mentale per occuparmene.

"Per essere qualcuno che pago per aiutarmi a gestire la mia immagine pubblica, ne dici di cazzate, Donovan," risponde E, mentre lui e Bette salutano con un abbraccio la regina delle addette stampa. Jordan Donovan non è affatto come te l'aspetteresti, visto che quando si tratta dei suoi clienti ha la reputazione di essere spietata. Tanto per cominciare, la maggior parte dei "colletti bianchi" del mondo dello sport si veste sempre in maniera adeguata, ad esempio in abiti eleganti, non di certo con un paio di leggings e una felpa extralarge dei New Jersey Blizzards.

"Potrei anche dire cazzate," replica Jordan aprendo un palmo sul petto, dove è presente il disegno di uno yeti, "ma sono riuscita a convincere mamma Steele a usare la sua influenza per sistemare Kay in una delle stanze più grandi, con un divano e una grande poltrona reclinabile. Più tardi mi ringrazierete per avervi fornito un posto più comodo dove sedervi, dormire… fare *quello che vi pare.*"

Bette si volta e seppellisce il viso contro il fianco di E, anche se il movimento sballonzolante delle spalle tradisce la sua risata. Tessa, che non si fa tanti scrupoli, è piegata in avanti e si stringe la pancia dal ridere.

Porto con me un po' di questo buon umore mentre svolgo lo spiacevole compito di rilasciare le mie dichiarazioni agli agenti di polizia che mi stanno aspettando. Spero di riuscire a celare l'astio che covo sotto la superficie.

Il tempo trascorso a parlare con la polizia è stato più breve di quanto pensassi. Per fortuna gli agenti erano seri, quando dicevano di aver già raccolto abbastanza prove da altre persone; io non sono stato di grande aiuto, dal momento che non mi è del tutto chiaro cosa sia successo. Più che altro ho raccontato i retroscena di ciò che ha condotto agli eventi di questa sera.

Non appena ho finito, l'infermiera Vicki (o mamma Steele, come la chiama Jordan) accompagna sia me sia il gruppo che ha descritto come "metà dell'Università di Jersey" nella sala d'attesa di chirurgia al quarto piano. È molto più bella di quella del pronto soccorso. I soffitti sono alti, mentre i divani e le poltrone, caratterizzate da una combinazione di grigio e marrone, hanno un'aria accogliente.

A quest'ora della notte (o del mattino, dipende da come la si vede) la stanza è occupata solo da un'altra coppia, oltre che dal nostro gruppo. A parte guardarci nel momento in cui entriamo, i due non ci prestano molta attenzione.

Con gran sollievo dello staff dell'ospedale, basta un veloce ringraziamento ai miei compagni di squadra per ridurre il nostro gruppo a sedici persone. Non sembra molto, ma considerate che all'inizio il nostro gruppo era composto da almeno due dozzine di persone.

"Ok…" Jordan tira fuori un iPad dall'enorme borsa, pronta ad andare subito al nocciolo della questione. "Ditemi tutto quello che è successo, e non tralasciate nessun dettaglio."

Spostiamo e riposizioniamo i mobili in un cerchio improvvisato, davanti al quale ci mettiamo a sedere io, E, Bette, Jordan e Tessa. Em sale sulle ginocchia di Grayson, i due si scambiano uno sguardo mentre Em infila in tasca il telefono. Dal Ringraziamento, qualche giorno fa, ho notato che CK non ha più tenuto le distanze con Quinn, arrivando addirittura a farla sedere sul suo grembo e a stringerle un braccio attorno alla vita.

Trav si sistema di fronte a me, e dal tic nervoso che ha alle gambe vedo tutta la sua rabbia repressa; Noah, Alex e Bailey, invece, vanno a occupare le rimanenti sedie libere.

Savvy, arrivata insieme a Tessa, si avvicina e si stringe all'amica, condividendo con lei una qualche sorta di comunicazione silenziosa. Con le braccia incrociate, in piedi dietro le persone sedute, ci sono Carter e Wes: la mandibola di quest'ultimo si serra ogni volta che lancia uno sguardo verso Em seduta in grembo a Grayson.

Tutti insieme, iniziamo a raccontare quanto è accaduto nelle ultime otto ore o giù di lì; inizia Carter spiegando ciò che è successo nei tunnel, e conclude Grayson dicendo che Kay ha preso un pugno che era diretto a me.

"Sapevo che era successo qualcosa prima della partita, visto il modo aggressivo con cui avete giocato," dice E annuendo.

"Io e i ragazzi dovevamo mandare un messaggio," risponde fiero Kev, fermandosi e appoggiando le mani sullo schienale della sedia di Alex. "Kay è una degli Hawks. Non ci si può permettere di comportarsi da stronzi con noi."

Istintivamente, rispondiamo alla sua affermazione urlando cori della nostra squadra; E gli batte il pugno dicendo: "Chapeau."

"Ma perché colpire Kay?" Jordan solleva lo sguardo, continuando a digitare qualcosa sull'iPad. "Se l'obiettivo di Liam era quello di spingerti a fare rissa, perché deviare il colpo verso di lei?"

Perché il bastardo vuole morire, suggerisce il mio coach interiore.

CK si sporge verso Quinn per parlare. "Non era lei il suo obiettivo."

"Spiegati," gli dice E in tono autoritario. Ero nervoso all'idea di affrontarlo, quando stavo cercando di riconquistare Kay, ma adesso ho l'impressione che finalmente vedrò il suo terrificante lato da fratello iperprotettivo. Non mentirò: è più spaventoso adesso di quanto non lo sia sul terreno di gioco.

Gli occhi di CK si fissano sui miei; risponde ad E, ma è a me che si rivolge. "Liam stava facendo le sue tipiche cazzate da bulletto, e quando tu ti sei voltato per assicurarti che Kay stesse bene non ti sei accorto che si stava avventando su di te. Kay l'ha visto e ha cercato di spostarti."

"Cosa diavolo le è venuto in mente?" dico a denti stretti. Più tardi io e lei faremo una bella chiacchierata.

Devi tenere d'occhio la tua ragazza, Nova.

Non mi sei di aiuto, ribatto al mio coach interiore, per quanto detesti dire che ha ragione. Davvero... ma cosa le è venuto in mente? Mettersi tra me e un pugno? Sono grosso il doppio di lei.

Per la frustrazione mi tiro via il cappello e mi passo una mano tra i capelli. Giuro, a volte si dimentica di quanto sia minuta.

"No, la domanda giusta è un'altra." interviene Savvy, condividendo con Wes un sorriso complice. "Quello che dovremmo chiederci è: se il suo obiettivo era Mase, dove accidenti stava mirando con quel pugno, dato che ha colpito Kay in faccia? Lei gli arriva," sobbalzo quando mi dà una pacca sullo sterno, "qui."

Le dinamiche non mi interessano. Sapere che Kay si è fatta male cercando di proteggere me, quando dovrebbe essere il contrario... ecco, questo è inaccettabile.

#Capitolo7

UofJ411: Aggiornamenti su #Kaysonova
foto di Kay in un letto di ospedale
@Msteresaap: Hanno dovuto ricoverarla? #LeHannoFattoMale #LaRagazzaDiCasanova
@Mylifethroughfiction: Porca miseria! Guardate che livido che ha in faccia! #PungiballUmana #LaRagazzaDiCasanova
@Notnow.imreading: DOBBIAMO sapere cos'è successo. #SentoOdoreDiTragedia #CosaFaCasanova #Kaysonova

Io e Grayson teniamo il passo mentre la dottoressa Nikols ci guida attraverso un lungo corridoio grigio; superiamo diverse porte chiuse, prima di fermarci davanti a una indicata come *Sala risveglio #5*.

"Kayla non rimarrà qui a lungo. La trasferiremo non appena riacquisterà conoscenza e riconoscerà l'ambiente che la circonda. È importante tenere presente che potrebbe non ricordare molto delle interazioni che ha avuto mentre usciva dall'anestesia," spiega la dottoressa.

Sia io che Grayson facciamo cenno di aver capito, poi ci disinfettiamo le mani usando il dispenser appeso al muro fuori dalla stanza.

Supero la soglia e mi blocco… *cazzo!* Mi fermo bruscamente e Grayson mi sbatte contro la schiena, l'unica cosa che ci impedisce di capitombolare a terra sono i nostri riflessi da atleti.

Ciò che vedo mi devasta. Il fiato mi si blocca nei polmoni, il cuore mi batte contro le costole e il flusso sanguigno mi romba nelle orecchie.

Kay giace in un letto d'ospedale (una vista che temo stia diventando troppo frequente) con le braccia appoggiate sopra una coperta bianca rimboccata in vita, la flebo attaccata al dorso della mano destra e una specie di pinza che le collega il dito indice al monitor che riporta il battito cardiaco; in questo momento, non indossa alcun anello.

Ha un tubo per l'ossigeno infilato nel naso, la plastica trasparente segue la curva del livido sulla guancia e si aggancia all'orecchio. Vorrei che riuscissero a lavarle i capelli, perché i suoi riccioli incrostati di sangue, nel punto in cui poggiano sul cuscino, sembrano rigidi.

Sposto lo sguardo sullo schermo accanto al letto, concentrandomi sul susseguirsi di picchi che dimostrano che lei è qui, è viva e starà bene.

Devo avere conferma di questo fatto con il contatto fisico, sentire la sua pelle morbida contro la mia, ascoltare il battito del suo cuore sotto i polpastrelli; prendo una sedia e, delicatamente, infilo la mia mano sotto la sua. Le scorro il pollice lungo il cerotto che le tiene fermo il tubo della flebo, mentre Grayson, dall'altra parte, prende a sua volta una sedia e stringe la mano di Kay.

Nessuno di noi dice una parola; l'unico suono presente nella stanza è il flusso costante dell'ossigeno e i bip regolari del battito cardiaco di Kay.

Bip. Bip. Bip.

Il mio respiro si sincronizza con ciascuna delle lente inspirazioni ed espirazioni di Kay.

L'adrenalina della notte inizia a scemare e vengo travolto dalla stanchezza, finendo per appoggiare la testa contro il letto. Sento il telefono vibrarmi in tasca. Normalmente lo ignorerei, ma visti gli eventi della serata, l'istinto mi dice che farei meglio a dargli un'occhiata.

Per quanto vorrei che non fosse così, sono certo che la storia di ciò che è avvenuto stanotte sia già filtrata all'esterno, a prescindere dal fatto che gli eventi riportati siano corretti o meno. La gente *ama* i drammi, e qualunque cosa che sia utile ad aumentare i like e le condivisioni sui social.

Questa, poi?

La ragazza del celebre *tight end* dell'università viene portata via in ambulanza dopo la festa della vittoria degli Hawks... una notizia del genere è oro puro.

Senza contare la possibilità (per quanto remota, visto che siamo nel cuore della notte) che la mia famiglia abbia già scoperto tutto e stia cercando di mettersi in contatto con me.

Premo il pollice sul pulsante per sbloccare il telefono e apro l'account Instagram UofJ411. Ovviamente ci sono già foto che testimoniano il momento in cui lasciamo la sede dell'Alpha Kappa.

Grayson emette uno sbuffo e, quando alzo lo sguardo, noto che anche lui sta scorrendo lo schermo del telefono. Sono certo che, con tutta probabilità, stiamo guardando le stesse cose.

Scorro ancora e ancora, ignorando l'icona rossa che mi segnala la batteria scarica, senza fermarmi a mettere like o a commentare.

Poi...

Vedo l'ultimo post pubblicato.

La mia iperconsapevolezza su tutto ciò che riguarda Kay è l'unico motivo per cui riesco a percepirle il lieve tic contro il palmo della mano, mentre mi spremo le meningi pensando a come sia stato possibile che qualcuno sia riuscito a scattare una foto di lei qui dentro.

L'infermiera si avvicina per controllare tutti i parametri vitali di Kay e, per quanto mi dispiaccia farlo, comunico a Grayson che sto uscendo. Non ci vorrà molto perché trasferiscano Kay in una stanza normale; a quanto pare, abbiamo una nuova serie di problemi da affrontare.

Suo fratello non la prenderà affatto bene. È stato ancora più inamovibile (ammesso che sia possibile) nel tenere Kay lontana dagli occhi del pubblico di quanto non lo sia Kay nei confronti dei nostri hashtag di tendenza.

Appena torno nella sala d'attesa, noto E passarsi la mano tra i capelli mentre sta parlando con Jordan; è evidentemente già a conoscenza delle foto. Probabilmente è per questo motivo che l'infermiera Vicki ha fatto la sua ricomparsa.

"Amico... dov'è la tua maglietta?" mi domanda JT; solo in quel momento mi accorgo che è presente anche lui. Immagino che sia arrivato mentre ero con Kay.

"Romeo, qui, sta cercando di piacere alle infermiere mostrandogli un po' di pelle," dice E indicandomi con il pollice, solo per ricevere una manata sul petto da parte di Bette.

"Non fare lo stronzo, Eric," lo ammonisce Bette.

"Oh-ho-ho," ridacchia JT. "Attento, vecchio: non finisce mai bene quando ti chiama Eric."

Ci sono alcune alzate di occhi (questa tendenza di Kay sta

diventando un'epidemia all'interno del nostro gruppo), ma nello sguardo di JT vedo rispetto e gratitudine; qualcuno deve avergli detto la vera ragione per cui sono senza maglietta, ma ora mi sta prendendo in giro perché è questo ciò che facciamo noi uomini quando non riusciamo a gestire le emozioni forti.

"Grazie, amico," gli dico, quando mi allunga una delle sue magliette dal borsone appoggiato su una delle sedie. Me la infilo; è un po' stretta, ma mi sta.

Finito il tempo delle battute, E torna a concentrarsi sulla conversazione che stava tenendo con l'infermiera Vicki e Jordan. "Allora credete che sia possibile avere una stanza in… cazzo… non lo so…" Si passa nuovamente mano tra i capelli, arruffandoli più di quanto non lo siano già. "…in'ala più sicura o qualcosa del genere?"

"Eric…" L'infermiera Vicki gli appoggia una mano sulla spalla.

"Lo so." Il fratello di Kay fa un enorme sospiro, poi fa cadere la testa in avanti e appoggia il mento contro il petto. "Ho solo il timore, con tutta la copertura che la stampa ha dato alla partita e quella che verrà a seguito di tutto questo," risponde, facendo roteare un dito in aria, a indicare sia l'ospedale, sia i motivi che ci hanno fatto finire qui. "Ho paura che queste nuove foto finiscano per scatenare gli avvoltoi."

È un'ipotesi reale? La vicenda potrebbe trasformarsi in qualcosa di più di un semplice gossip universitario?

Da qualche parte in lontananza, le porte dell'ascensore si aprono e B irrompe nella stanza; quando si ferma davanti a noi, le suole delle sue scarpe da ginnastica emettono un rumore simile a quello delle unghie sulla lavagna.

"B?" Alla vista di Ben Turner, il *quarterback* dei Crabs, E allarga gli occhi e le sopracciglia gli si alzano fino a sfiorare l'attaccatura dei capelli. "Che ci fai qui?"

"Ma che cazzo di domanda è?" B si piazza davanti al migliore amico mettendosi le mani ai fianchi. "Pensavi che non sarei venuto anch'io?"

"E la partita?" E non lo dice, ma il suo tono esprime implicitamente a B: *'Non essere sorpreso della domanda'*.

"Pensi che sia *quella* la cosa più importante in questo momento?" gli risponde B gettando le braccia in aria.

"*Non esiste* che abbiano concesso anche a te il permesso di assentarti."

"Che si fottano." B dà una pacca sul petto a E e il suono rimbomba in tutta la stanza; ogni paia di occhi rimbalza tra loro due, completamente rapiti. "Pagherò la sanzione. La nostra ragazza ha bisogno di noi. La famiglia deve restare unita."

Tutte le obiezioni di E cadono nel momento in cui gli viene ricordata la sua grande famiglia variegata.

"Comunque, sono davvero incazzato con te, fratello. Mi mandi un messaggio per dirmi di prendermi cura di Herkie perché Kay è in ospedale e tu devi correre a Jersey. Ma. Che. Cazzo?"

"Dov'è il mio cane?" chiede E in maniera difensiva.

"Non usare quel tono con me." B gli allunga un dito verso la faccia, in una maniera spaventosamente simile a Bette. "Sono andato a prenderlo e l'ho lasciato a casa tua prima di venire qui."

"*Tu*," E batte il dito contro B, facendolo rimbalzare all'indietro, "hai fatto salire il mio," indica sé stesso con il pollice, "*cane* nella tua," ora indica il suo amico con la mano, "*Ferrari*?" E resta a bocca spalancata, Bette gliela chiude mettendogli un dito sotto il mento.

"Ma neanche per sogno." B getta indietro la testa per le risate. "Mi sono preso la libertà di servirmi della tua Cadillac Escalade." Allunga la mano verso la tasca e fa girare tra le dita le chiavi della macchina. "Ho pensato che, se ti fosse servito un mezzo, avrei fatto meglio a prenderne uno capace di far entrare tutti, sia quelli a due che a quattro zampe."

"Grazie, B." Bette si libera da sotto il braccio di E per poter finalmente abbracciare B come si deve, lanciando al marito, ancora una volta accigliato, un'occhiataccia che vuole dirgli: '*Fai il bravo*'.

"Ok..." JT batte le mani per reclamare l'attenzione, chiaramente abituato alla maniera in cui loro due interagiscono. "Adesso che abbiamo chiarito tutto, possiamo tornare a concentrarci su Kay?"

"Wow, bello," esclama E, indietreggiando di alcuni passi. "Non chiamarla Kay. Mi fa troppo strano quando la chiami così."

JT ridacchia. "Lo dice anche lei."

"Vero," concorda Tessa da qualche parte dietro di me.

"Amico..." E prende la testa di B sotto un braccio e gli sfrega la sommità con le nocche. "Kay si incazzerà da morire con te quando scoprirà che sei qui."

"Con me?" B allunga un braccio e gli dà un pizzicotto sul petto per liberarsi. "Aspetta il momento in cui si renderà conto dell'effetto che la *tua* presenza qui avrà sul suo punteggio di FantaFootball."

"Certe volte mi chiedo perché sono tuo amico," dice E, massaggiandosi il capezzolo dolorante.

Attorno a noi, l'ospedale comincia lentamente a dare segni di vita: le infermiere del turno di giorno danno il cambio e un gruppo di medici si raduna attorno alla postazione delle infermiere per prepararsi al giro di visite mattutine; intanto, E e B continuano a bisticciare come una vecchia coppia sposata.

Allungando le braccia e facendo un lungo sbadiglio, Grayson fa ritorno e ci informa che Kay verrà ufficialmente trasferita in una stanza privata. Le borse che ha sotto gli occhi e il cielo che inizia a rischiararsi fuori dalle finestre rivelano quanto sia tardi... o presto.

"Ok, ascoltate." Jordan raduna tutti attorno a sé. "Oggi sarà una giornata piuttosto lunga. Abbiamo ancora un po' di tempo per noi stessi, dopodiché le cose inizieranno a svolgersi molto rapidamente." La stanchezza che sentivo prima mi travolge di nuovo, facendomi sentire le ossa pesantissime mentre penso a quanto Jordan abbia ragione. "Perché non andate a casa e vi fate qualche ora di sonno?"

Tutti emettono un gemito di rifiuto, facendo sì che Jordan e l'infermiera Vicki si scambino una specie di comunicazione silenziosa, prima che la severa operatrice sanitaria prenda in mano le redini della situazione.

"Sentite... Il fatto che siate rimasti tutti per la vostra amica è ammirevole, ma non ho abbastanza influenza per permettere a *tutti* di rimanere." Alza una mano, interrompendo le obiezioni che sicuramente le rivolgeranno. "Otto," fa una pausa per sottolineare la frase, "otto di voi possono restare, e sono anche *troppi*. Il resto di voi può ritornare alle nove, quando ricomincerà l'orario delle visite."

Di solito siamo un gruppo che tiene il volume della voce basso per rispetto degli altri, ma adesso iniziano tutti a fare a gara per essere tra coloro che avranno il diritto di rimanere.

Convincere i Royals è stato facile, ma persuadere Tessa ad

andarsene a casa ha richiesto uno sforzo sovrumano da parte di JT. Lei ha accettato solo perché qualcuno doveva pur andare a prendersi cura di Herkie.

Ho avuto lo stesso problema con i ragazzi, in particolare con Trav, ma lui doveva dare un passaggio a Quinn e Bailey al campus. Inoltre, ho bisogno di persone che vadano a parlare con il coach Knight e gli spieghino ciò che è *realmente* accaduto, prima che la situazione vada fuori controllo.

CAPITOLO 9

B*ip.*
Bip.
Bip.
Cosa sono tutti questi bip?
Ugh. Mamma mia, che mal di testa.
Bip.
Bip.
Bip.
Oh, aspetta…
Sono in ospedale. Bene.
Qualunque cosa mi abbiano dato i medici ha contribuito a ridurre a una leggera pulsazione il martellamento che sentivo all'interno del cranio, ma in ogni caso non è una bella sensazione.

"Amore, mi serve il tuo telefono."

"Cosa? Perché?"

"Sei la commissaria della lega di FantaFootball, puoi accedere e modificare la formazione di Kay."

"E perché dovrei farlo?"

La mia mente è ancora confusa e annebbiata. Non sono certa che le voci nella mia testa siano reali. Propendo per l'ipotesi lo siano, perché due di quelle voci sono maschili, e la mia cheerleader interiore è l'unica che mi parla nella testa (e talvolta urla). In ogni caso, sono piuttosto divertenti.

"Tuo marito ha paura della sua sorellina."

"E tu sei invidioso del fatto che lei abbia inserito Dennings dei New England come quarterback invece che te."

"Sì, sì, come no."

"Tesoro…" Sento un sospiro. *"Se proprio vuoi un figlio, devi modificare la formazione. Altrimenti Kay mi strapperà le palle."*

Cerco di aprire gli occhi, ma è come se qualcuno mi avesse aggiunto piombo all'ombretto e adesso le mie palpebre pesassero un milione di chili.

"Mase, siediti."

"Sono a posto così."

Sento una mano familiare strisciarmi sotto il palmo e darmi una leggera stretta. Ordino ai miei muscoli di ricambiare il gesto. Dal momento che non riesco a portare a termine un compito tanto semplice, mi abbandono al torpore dato dagli antidolorifici e mi riaddormento.

Quando mi risveglio, non ho idea di quanto tempo sia trascorso. Mi sento come se fossi stata travolta da un autobus, e quando sbatto le palpebre per riaprire gli occhi devo ripararli dall'intensità della luce, grata che almeno la lampada posta direttamente sopra di me sia spenta.

Le conversazioni di prima sono cessate, c'è solo il flebile suono di una vecchia replica di *Friends* trasmessa sul televisore attaccato alla parete.

Il mio campo visivo diventa più chiaro e adesso riesco a mettere a fuoco la stanza. La prima cosa che noto è la sua dimensione. Ho l'impressione che, per averne ottenuta una così grande, qualcuno abbia messo una buona parola; noto anche quante persone addormentate sono sparse per la camera.

Sotto una larga finestra c'è un ampio divano, su cui Bette ed E sono acciambellati insieme; B è steso accanto a loro, la testa appoggiata sulle braccia incrociate sopra il bracciolo.

Nell'angolo c'è un tavolino rotondo; G, Em e CK hanno preso

una serie di felpe e altri indumenti, trasformandoli in dei cuscini improvvisati.

Un leggero russare attira la mia attenzione verso destra; il movimento troppo veloce mi causa delle vertigini. Mi compaiono delle macchie davanti agli occhi e mi sale la nausea. Faccio profondi respiri per superare il momento peggiore, inspirando dal naso ed espirando dalla bocca.

Una volta passato il rischio di vomitare l'anima, non riesco a non sorridere osservando JT (non sono affatto sorpresa della presenza del mio migliore amico) sprofondato su una sedia reclinabile.

*Peccato che tu non sappia dove hanno messo il tuo telefono, perché guarda che bella foto verrebbe fuori. *indica ripetutamente* Potresti scenderci con il kayak, lungo quel rivolo di bava.*

Arriccio le labbra per trattenere la risata che la mia cheerleader interiore sta cercando di strapparmi. Le piace scherzare, ma ciò non toglie che mi sento circondata e protetta dalle persone che compongono la mia famiglia allargata.

Il cuore mi sobbalza nel petto quando abbasso lo sguardo verso il peso che sta piegando in giù il materasso.

Mase.

La mia mano sinistra è stretta tra le sue; rispetto alle sue mani grosse come guanti da baseball, la mia sembra quella di una bambina. Ha il viso rivolto nella mia direzione, quasi come se non riuscisse a distogliere lo sguardo da me nemmeno nel sonno.

Insulto mentalmente Liam *testa-di-cazzo* Parker per i cerchi scuri, simili a lividi, che vedo sotto le lunghe e attraenti ciglia di Mase. Per quanto rari, in tutti i ricordi che ho della mia presenza qui lui è sempre stato al mio fianco. Non è giusto. Dovrebbe essere a letto per riposarsi dopo una partita tanto difficile, non portarsi sull'orlo dello sfinimento preoccupandosi per me.

Questo è lui: il mio ragazzo, il mio protettore, il mio Cavernicolo.

Non mentirò, le sue tendenze neandertaliane mi fanno emozionare ogni volta (non giudicatemi), ma il problema è che quegli istinti protettivi lo rendono cieco rispetto a tutto ciò che non sia io. Sono il motivo per cui non si è accorto che Liam gli stava balzando addosso: era troppo impegnato ad assicurarsi che io stessi bene.

*Ferma un momento! *fa la T di time-out con le mani* Possiamo* *prenderci un secondo per cercare di capire come ha fatto quello stronzo a entrare nella sede dell'Alpha Kappa?*

Miss Cheerleader Interiore ha ragione, ma la mia mente è troppo ingarbugliata per riflettere su questo argomento.

Che cosa fa, dunque, una ragazza, quando si innamora di un maschio alfa con nessun istinto di autoconservazione? Ve lo dico io: usa le sue stesse strategie… per quanto, dal momento che mi sento come se qualcuno mi avesse dato una padellata in faccia, credo che sia meglio cambiare idea.

Solo che…

Quando guardo Mase…

Non riesco a dire che non lo rifarei.

Deve aver perso il cappello mentre si addormentava, dal momento che è lì sul letto da qualche parte vicino al mio ginocchio. Le sue ciocche color caffè sono tutte spettinate, non posso fare a meno di allungare la mano e passarmele tra le dita.

Si agita al mio tocco, per quanto sia leggero come una piuma, stringendomi istintivamente la mano. Sto per scostargli le dita dalla testa, quando quelle stesse ciglia che stavo ammirando alcuni minuti prima si sollevano, mostrandomi la mia sfumatura di verde preferita.

"Ehi." Sussurro così piano che, più che scandire le lettere, le sto mimando con la bocca.

Ci vogliono alcuni secondi prima che gli svanisca lo stordimento causato dal sonno e realizzi che sono sveglia. Quando finalmente se ne rende conto balza sulla sedia, facendomi cadere la mano dalla sua testa, il che mi fa imbronciare.

"Sei sveglia." Il suo sussurro è pieno di incredulità.

"Sono sveglia," concordo. "Non volevo svegliarti."

Assume un'espressione corrucciata, formando una V tra le sopracciglia; si guarda intorno e piega le labbra come se avesse fatto qualcosa di sbagliato. "Non avrei dovuto addormentarmi."

"Ma sei pazzo?" gli domando con aria divertita. "Avevi bisogno di dormire." Osservo il suo viso stanco, ma bellissimo, e faccio un sospiro. Perfino quand'è esausto è troppo bello da descrivere a parole. "E a giudicare da quelle borse sotto gli occhi, ne hai ancora bisogno." Gli passo un dito lungo la pelle rigonfia.

Quando gli accarezzo la guancia, lui appoggia la mano sulla mia. Sento i calli del suo palmo mentre lui sfiora il mio col naso.

"È il tuo modo gentile per dirmi che ho un aspetto schifoso, piccola?"

"No." Trattengo un altro sorrisetto. "Sto solo dicendo che hai delle borse sotto gli occhi così grosse che potrei farci entrare tutto il contenuto del mio zaino."

Arriccia le labbra quando faccio riferimento al mio famigerato zaino. I ragazzi si divertono a prendermi in giro, dicendo che pesa più di me.

"Come ti senti?" Fa scorrere lo sguardo su di me, osservandomi le ferite. Posso solo immaginare lo spettacolo degno di Halloween che gli si para davanti.

"Come se mi avessero usata come sacco da boxe." Non ride alla battuta; i suoi occhi si oscurano, passando da un colore verde acquamarina a un colore verde pino.

"Sai che sono arrabbiato con te, vero?" L'espressione severa e il tono secco mi fanno capire che non sta scherzando.

"Con me?" Cerco di alzare un sopracciglio, ma mi fa troppo male. "Perché dovresti essere arrabbiato con *me*?" L'ultima parola mi esce come uno squittio.

Non risponde. Invece, si passa la mano libera tra i capelli, facendo spuntare le ciocche tra le dita e finendo poi per stringersi la nuca. *Accidenti, è arrabbiato sul serio.*

"Cosa *cazzo* ti è *venuto in mente*?" Il suo sguardo duro mi blocca sul letto.

"Eh?" Dovrà essere un po' più specifico. "Probabilmente ho una commozione cerebrale, quindi parlare per indovinelli non è un buon modo per ottenere risposte."

Allarga le narici e fa un respiro profondo che gli espande il petto.

*Buuuu. *fa il broncio* Si è messo una maglietta.*

Non è il momento, rimprovero la mia cheerleader interiore.

"Voglio *dire*… come hai potuto pensare che fosse una buona idea mettersi tra me e un pugno. *Diretto. A. Me?*"

Ma che domanda è?

"*Ma sei serio?*" Ha pure la sfrontatezza di rispondermi con un semplice cenno del capo. "Continui a ripetere che sono tua e che tu proteggi ciò che è tuo. Beh, *accidenti*," colpisco il materasso con la mia mano libera, il tubo della flebo strattona contro il nastro adesivo che lo fissa. Sono così frustrata che vorrei strapparmi i capelli, ma non oso; mi fa già abbastanza male la testa, non serve che ci aggiunga anche l'autolesionismo. "*Tu*," gli arriccio le dita sotto il palmo e lo punzecchio, "sei *mio*. E *anche io...*" mi colpisco il petto, ignorando il tubo della flebo che si tende un'altra volta, "...proteggo ciò che è mio."

Alle nostre spalle sentiamo una risata divertita, mentre il resto dei presenti inizia a svegliarsi.

"Attento," lo avverte E.

Bette sogghigna. Saranno anche i miei tutori da poco tempo, ma sono sempre stati molto orgogliosi di avermi cresciuta durante gli ultimi anni di liceo (e secondo loro più importanti).

"Farò il bravo," dice Mase a mio fratello, continuando a mantenere l'attenzione su di me, "ma non cambia il fatto che posso reggere un pugno meglio di lei."

"Non gli avrei mai permesso di farti del male," ribatto; il volume della mia voce sale assieme alla rabbia, svegliando coloro che dormivano ancora.

Mase si mette a sbuffare. A sbuffare, cazzo. In questo momento ho davvero voglia di tirargli una sberla.

"Piccola..." Scuote la testa. "Non mi avrebbe fatto male."

Emetto un rumore gutturale e le spalle gli sobbalzano per la risata che sta trattenendo.

"Ovviamente." Sbuffo dalla frustrazione, faticando a trattenere un'alzata di occhi. "Che stupido da parte mia pensare che un pugno avrebbe potuto far male al *grande* Mason Nova." Mi do uno schiaffo delicato alla fronte.

Lo stronzo ha pure l'audacia di mettersi a ridere. "Non sto dicendo questo, ma..." Mi accarezza con estrema delicatezza il lato ferito del viso. "Io sono grosso *letteralmente* il doppio di te. Anche solo la fisica è dalla mia parte. E poi..."

Chiudo gli occhi mentre lui fa scorrere le dita fino a stringermi la nuca in una presa solida. Si sposta e lo sento spingere contro il lato del letto pochi secondi prima che l'inebriante profumo del suo sapore mi riempia i sensi, sovrastando l'odore pungente del disinfettante.

"...a giudicare da come ha colpito *te* in *faccia*, chissà dove mirava."

JT sghignazza, e adesso è *lui* che vorrei prendere a schiaffi.

Mentre Mase si scosta per riprendere posto, allungo le dita per avvolgergli il polso quanto meglio mi è possibile, dato che ho il pollice ancora a un paio di centimetri dal toccarmi la punta delle altre dita. Gli ruoto la mano finché non riesco a vedere le nocche. Non sono né livide, né gonfie, né ferite come mi sarei aspettata.

"Che stai facendo?" Sembra divertito mentre gli traccio ogni protuberanza dei grandi metacarpi.

"Non hai fatto a botte con lui?" Sollevo lo sguardo e una fitta di dolore mi attraversa le tempie.

"Oh, avrei voluto." Questa volta la sua risata profonda fa sì che tutte le mie parti femminili si mettano sull'attenti, mentre lui si gira per unire le nostre dita. "Ma ero troppo concentrato a fermare il sangue che ti usciva dalla testa." La tensione nella sua voce mi dice quanto quel ricordo gli faccia male.

Porto la mano sulla piccola benda quadrata che in questo momento mi copre i punti di sutura necessari a tenere insieme la pelle lacerata.

"Cosa credi che sia accaduto alla mia maglietta?" mi, chiede sorridendo e facendo spuntare una delle fossette.

Non so se dovrei essere grata o meno per il fatto che le mie ferite fossero così catastrofiche da rendermi una priorità assoluta, ma tutto ciò che sento è uno schiacciante senso di colpa.

Tutta questa storia è colpa mia. Avrei dovuto stare alla larga da Mase; se non per i guai che avrei attirato verso di lui, almeno per tenergli lontano Liam. Dalla prima volta che Liam ha cercato di usarmi su Instagram per provocare Mason, ho avuto la certezza che mi vedeva come il punto debole del mio ragazzo. Il modo in cui ha rivolto contro di me le sue frecciatine prima fuori dagli spogliatoi, e poi alla sede dell'Alpha Kappa, ne è ulteriore prova.

Ciò che non riesco a capire è come Liam abbia potuto pensare che una rissa tra lui e Mase non rischiasse di danneggiare anche le proprie possibilità di passare la selezione ad aprile.

C'è anche il piano di usare Chrissy/Tina…

"Ehi." Mase mi afferra il mento per riportare il mio sguardo sul suo, con quegli occhi verdi che mi leggono nell'anima. "Che stai pensando in quella bella testolina?"

"Mi dispiace," sbotto.

"Per cosa?"

"Per aver portato," agito una mano in aria, "tutto… *questo* su di te." Senza dargli la possibilità di replicare, vomito fuori il resto delle parole. "E se vi foste picchiati? E se ciò ti avesse compromesso la tua idoneità per la selezione? Non dire che non sarebbe potuto accadere, perché sai benissimo che sarebbe potuto succedere. E se ti fosse costato tutto ciò per cui hai lavorato? Come avresti mai potuto perdonarmi, se fossi stata io la ragione per cui tu non avresti realizzato i tuoi sogni?"

Emetto un rantolo, il macchinario accanto a me si mette a suonare sempre più frequentemente a seguito del mio stress crescente.

Uno stridio estremamente sgradevole mi ferisce le orecchie quando Mase si alza nuovamente con fare brusco. I suoi movimenti sono nervosi, ma quando mi prende il viso tra le grandi mani mi sento come se fossi un pezzo di vetro fragile. "*Tu.*" Mi guarda *dritta* negli occhi. "Sei. *Tutto.*" Mi si blocca il respiro. "Il resto è secondario."

Le lacrime mi sgorgano dagli occhi, e quando lui me le asciuga con il pollice, il pianto non fa che aumentare.

"Mase," lo invoco con voce spezzata.

"Lo so, piccola." Le sue labbra sfiorano le mie in un bacio decisamente troppo breve.

"Ugh. Disgustoso," grugnisce JT. "Sono *sempre* così… *smielati?*"

"Quasi sempre," risponde CK.

"Ringrazia che frequenti un'università tanto lontana," aggiunge G.

La porta della stanza si spalanca, interrompendo qualunque commento strafottente E stesse per fare; non sono mai stata più felice di venire tastata e pungolata da un'infermiera mentre mi controlla i parametri vitali.

MASON

Rimango in disparte con JT mentre l'infermiera esegue gli esami. Cazzo, quanto è doloroso guardare il bel viso di Kay gonfio e scolorito da tutti quei lividi. Tutti i miei istinti primordiali mi stanno urlando contro, non saranno soddisfatti fino a quando Liam Parker non subirà un destino simile. Se in questo momento Kay non giacesse in un letto d'ospedale, correrei fuori a cercarlo e lo pesterei al punto che nemmeno sua madre sarebbe capace di riconoscerlo.

Il leggero schiocco della porta che si apre fa sì che tutti si voltino per vedere la dottoressa Nikols fare ingresso nella stanza. Ci rivolge un breve cenno di saluto prima di spostarsi rapidamente verso il letto di Kay, dirigendosi verso di lei e l'infermiera.

La dottoressa Nikols estrae una torcia a penna dalla tasca del camice; stringo i denti quando vedo Kay trasalire per la luce. So per esperienza quanto possa essere dolorosa una commozione cerebrale; sono certo che il resto della sua mente non se la stia passando molto meglio, visto il colpo che ha subito.

Non glielo confesserò mai, ma il fatto che si sia preoccupata per me, e il suo tentativo (per quanto mal riuscito) di proteggermi mi spinge solo ad amarla di più. Tuttavia, ciò non toglie quanto mi infastidisca che per proteggere me abbia messo in pericolo sé stessa.

Io.

Un metro e novantacinque.

Centotredici chili.

Giocatore di football collegiale.

Protetto dalla mia ragazza puffa.

Comica.

Ridicola.

Ma completamente mia.

"Come ti senti, Kayla?" le chiede la dottoressa Nikols.

"Sono stata meglio." Kay assume un'espressione contorta mentre la dottoressa le ispeziona delicatamente lo zigomo appena risistemato.

"Ne sono certa." Sulle labbra della dottoressa Nikols compare un piccolo sorriso. "Nausea?"

"Solo appena mi sono risvegliata," risponde Kay. "Quanto a commozioni cerebrali, questa non era nemmeno troppo forte."

"Hai già subito traumi cranici in passato?"

Kay inizia ad annuire; poi si ferma a causa del dolore, inspirando tra i denti. "Ero una cheerleader a livello professionistico."

Sul viso della dottoressa compare un'espressione comprensiva. "Ah, sì. Ho sistemato un po' di nasi rotti di tue colleghe."

"Un infortunio che tu non hai mai subito, PF." JT ridacchia quando pronuncia il nomignolo di Kay *pfff*.

"Già, complimenti, amico," dice E sbuffando. "*Un* infortunio che sei riuscito a non causarle, le volte in cui non l'hai afferrata in tempo," dice sarcastico.

"Oooh." JT si mette le mani sul cuore e sbatte le palpebre. "Non sfottere la mia abilità di ricezione solo perché è migliore della tua, E."

"Dice il cheerleader al giocatore di football professionista."

"Dice quello che afferra una palla a quello che afferra le persone."

"Volete comportarvi bene, idioti?" Bette schiaffeggia E sul petto con il dorso della mano. "Altrimenti questa simpatica dottoressa finirà per pensare che Kay sia circondata da animali."

Dall'altra parte della stanza, Grayson e CK fanno del loro meglio per non scoppiare a ridere; Em e B, al contrario, si lasciano andare a grasse risate.

La dottoressa Nikols scuote la testa, ma a giudicare dal modo in cui arriccia le labbra per trattenere le risate si vede che è divertita da tutte queste buffonate. Scrive qualcosa sulla cartella clinica di Kay e rivolge l'attenzione verso Bette, che si è spostata accanto al letto.

"Quando potremo riportarla a casa?" Bette porge la domanda di cui tutti siamo ansiosi di conoscere la risposta.

"Sembra che tutto stia procedendo per il meglio," dice la dottoressa Nikols, chiudendo la cartella clinica di Kay. "Dal momento che i suoi parametri vitali sono stabili, non vedo motivo per cui non dovremmo dimetterla già domani."

Lascio andare un respiro che non mi ero accorto di aver trattenuto.

"Grazie, dottoressa," dice Bette stringendole la mano.

"Non c'è di che." Dà un'occhiata in giro per la stanza. "Cercate di non fare troppo rumore, ok?"

Acconsentiamo tutti, poi la dottoressa si congeda. Apprezziamo il fatto che abbia chiuso un occhio con noi per aver fatto degli strappi alle regole e non vogliamo rischiare di perdere la libertà che ci è stata concessa.

Poco tempo dopo l'uscita della dottoressa, la porta della stanza si apre di nuovo e Jordan Donovan fa il suo ingresso. L'addetta pubblicitaria disinvolta, ma competente, che ha trascorso tutta la notte a risolvere i nostri problemi vestita in leggings e felpa, è sparita. Al suo posto è arrivata la celebre regina delle pubbliche relazioni, vestita con un paio di pantaloni di pelle, tacchi a spillo, una giacca nera aderente e una camicetta di seta bianca con una sottile cravatta nera, il cui nodo pende largo sul petto.

"Oh, bene," esclama dando un'occhiata alla stanza; posa la borsa per terra, senza curarsi del fatto che sia firmata, e prende posto sul bracciolo del divano più vicino a Kay. "Siete tutti in piedi."

"Difficile dormire quanto continuano a esaminarti e punzecchiarti," esclama Kay, seccata.

Un piccolo sorriso si forma sulle labbra di Jordan, che tira fuori il suo fidato iPad. "Come ti senti?"

"Sopravvivrò."

"Sarà proprio meglio," mormoro, digrignando i denti.

Kay grugnisce cercando di alzare gli occhi al cielo. "Rilassati, Cavernicolo." Solleva un braccio e allunga la mano verso di me. "Vieni qui."

Stringo gli occhi di fronte alla noncuranza con la quale è riuscita a dimenticare quello che le è successo, come se non avessi passato le due ore più dolorose e stressanti della mia esistenza a chiedermi *se* sarebbe sopravvissuta.

Tutto quel sangue… *cazzo*, non riesco a togliermi quell'immagine dalla testa. Giuro, mi sembra ancora di sentire la fitta di tutte le volte che l'ho pregata di aprire gli occhi senza ottenere risposta.

"Mase." Muove le dita, e io già colmo la distanza tra noi; sono incapace di ignorare la supplica nella sua voce.

Intreccio le dita tra le sue e le stringo, probabilmente più forte del dovuto. Le sussurro delle scuse mentre cerco di allontanare quei brutti pensieri dalla testa. È difficile. La mia vita prima di Kay non era niente, in confronto agli ultimi mesi trascorsi con lei. Chi vorrebbe mai perderla?

Mi traccia dei cerchi sul pollice col proprio. Perfino con un trauma cranico riesce a capire abbastanza bene i miei pensieri da sapere che ho bisogno di essere tranquillizzato. Le sollevo la mano e gliela bacio.

"Siete pronti a sentire i piani dalla A alla…" Jordan scuote la testa da un lato all'altro come se stesse calcolando qualcosa, "… H?"

"H?" chiedo.

"Più o meno." Annuisce. "Prima che la mia socia Skye prendesse l'aereo per venire qui da Chicago, siamo riuscite a formulare circa otto scenari."

"Skye sta venendo qui?" E si piega in avanti, appoggiando i gomiti sulle ginocchia divaricate.

"Già." Jordan sposta l'attenzione verso di lui. "L'istinto mi dice che avremo bisogno di tutto l'aiuto possibile."

"Merda." Kay impreca accanto a me; questa volta sono io a tranquillizzarla con una carezza del pollice.

"Abbiamo a che fare con troppe variabili per riuscire a prevedere come andrà a finire. Se riusciamo a definire almeno a grandi linee tutte le diverse ipotesi, sarà più facile affrontarle nel caso dovessero realizzarsi," spiega Jordan ai presenti. La facilità e la sicurezza con cui parla rende evidente perché tutti vogliano farsi rappresentare da lei. Accidenti, Brantley venderebbe un rene per assumerla come mia agente di pubbliche relazioni dopo che sarò diventato un giocatore professionista.

"Innanzitutto," Jordan scorre sullo schermo dell'iPad e si volta verso me e Kay, "mi dispiace dirtelo, Kay, ma credo che i giorni in cui potevi tenere tutto nascosto siano finiti."

Sullo schermo compare il sito della *ESPN*, aperto su un articolo intitolato: *Mason Nova dell'Università di Jersey porta a casa molto più che dei touchdown, nella vittoria di ieri contro la Penn State.*

Sopra il link dell'articolo c'è la foto di me che bacio Kay dopo la partita. Vedere la foto in tutta la sua gloria ad alta risoluzione mi riempie di soddisfazione. Sulla schiena di Kay, in bella vista, ci sono il mio nome e il mio numero a caratteri cubitali rossi. Se ciò non dimostrasse a sufficienza il fatto che lei è mia, il modo in cui siamo avvinghiati l'uno all'altra lo prova eccome. La avvolgo con un braccio sotto la traccia bianca del grande #87; il casco mi pende dalla mano e sembra che il delizioso sedere di Kay ci sia seduto sopra. L'altra mano che le tengo stretta al fianco dimostra a tutti quanto lei sia mia. La qualità della lente usata per scattare la fotografia è talmente alta che si vede il bianco delle mie nocche.

Cazzo, quanto mi piace quella foto. C'è un motivo se l'ho messa come sfondo del mio cellulare.

La parte che preferisco, e intendo dire *in assoluto*, è vedere il modo inequivocabile con cui la mia ragazza mi reclama a sua volta.

Mi tiene le gambe avvolte ai fianchi, i piedi stretti insieme per le caviglie che ci cingono insieme. Ha le braccia strette al mio collo, il nero del suo smalto copre la striscia di nero che ho sulla guancia; con una mano mi accarezza il lato del viso, con l'altra mi stringe la nuca con una presa possessiva sui capelli.

La. Cosa. Più. Sexy. Di. Sempre.

Ricordo il bruciore sul cuoio capelluto mentre lei mi tirava i capelli ogni volta che stringeva le gambe, ondeggiando dolcemente sul mio corpo... i nostri respiri che si fondevano, il sapore salato del mio sudore, e l'aroma dolce del suo caffè sulle labbra ogni volta che le nostre lingue si intrecciavano.

Quella foto è una manifestazione fisica dell'adrenalina che

abbiamo provato per gli eventi che erano avvenuti sia prima che durante la partita, e dei sentimenti che ci avevano scatenato. Con un bacio ci siamo posseduti completamente l'un l'altra.

"*Apperò.*" JT guarda lo schermo da sopra la mia spalla ed emette un fischio. "Quel bacio sarebbe quasi da vietare ai minori." Agita una mano verso l'iPad. "Ho la sensazione che avrebbero dovuto censurarvi la faccia."

"Sta' zitto." Le guance di Kay si macchiano di un adorabile rossore, facendo ridere JT ancora di più. "Ma poi perché hanno messo questa foto nell'articolo?"

"Perché..." risponde Jordan, che mi fa segno di restituirle l'iPad, "...una roba del genere è oro puro per il *clickbait*. Foto romantiche come questa vengono rilanciate su BuzzFeed, Reddit e Tumblr e attirano quei lettori che non sono interessati allo sport. Posso quasi garantirti che questa foto verrà condivisa su un'infinità di board di Pinterest. Voi due," ruota un dito davanti a me e Kay, "siete quelli che *nel giro*," la piega delle sue labbra aggiunge sarcasmo alla frase, "chiamiamo i *cocchi dei media*."

Uff. Cocchi dei media. *Fantastico*. Sono sarcastica, si capisce?

Non so cosa mi punzecchi di più: quelle tre parole o le fossette piene d'orgoglio che spuntano dalle guance di Mason.

"È a questo punto che mi dici di cambiare strategia e di fare come te?" chiedo a Jordan. In quanto sorella di non uno, ma di due giocatori di punta della NHL, e moglie di un altro, ha imparato a sua volta l'arte di gestire la propria immagine pubblica. Sul suo account Instagram, TheMrsDonovan, ha un numero di followers quasi pari a quello degli atleti che gestisce.

I bip del macchinario accanto a me aumentano di velocità; lo fisso torva per aver rivelato a tutti l'ansia che mi sta montando dentro.

"Ora non esageriamo," risponde Jordan. "Non serve passare da zero a cento. Onestamente… ciò che hai fatto nell'ultima settimana, con Mason che ti ha lentamente inclusa nei contenuti dei suoi social, è bastato a soddisfare la curiosità di coloro che usano l'hashtag #LaRagazzaDiCasanova."

Mi accascio contro i cuscini che mi sorreggono, il bip si attenua a seguito della mia lunga espirazione. *Merda!* Se solo Jordan sapesse quanto sono stata vicina a vomitare, quando ho detto a Mase di postare quel selfie di noi con la maglietta *Adoro il gioco, ma soprattutto AMO il giocatore*. Dopotutto… Liam mi ha portata al limite, con le sue provocazioni riguardo a chi avrei tifato alla partita. Ne ho avuto abbastanza e ho fatto l'unica cosa che mi è venuta in mente per mettere a tacere lui e chiunque osasse continuare a sproloquiare sul fatto che fossi una spia della Penn State.

Al pensiero della persona che mi ha provocato queste ferite, sento la tempia e lo zigomo farmi male simultaneamente. Vorrei sapere cosa è passato per la testa a Liam. Se sperava che sarebbe bastato spingere Mase a fare rissa per metterlo in cattiva luce, facendolo apparire come una testa calda incapace di controllarsi, allora non si può certo dire che il suo fosse un gran piano. Anche Liam avrebbe fatto una brutta figura, dal momento che era stato lui a provocare.

Le insinuazioni di Liam sul fatto che il mio passato stia infangando la reputazione di Mason, e l'aver pagato Chrissy/Tina per sparare delle ignobili stronzate, hanno decisamente più rilevanza, anzi, potrebbero seriamente far apparire Mason meno appetibile al momento della selezione. Cazzo… se quella stronza dovesse portare a termine le sue minacce, Mason potrebbe diventare completamente indesiderabile agli occhi delle squadre di football.

Adesso che la partita è finita, e non devo più temere che il mio fidanzato attuale ammazzi il mio ex, devo dirgli tutto. A essere onesta dovrei dirlo anche a Jordan, per vedere se c'è un modo per fermare il piano di quella stronza prima che abbia la possibilità di realizzarlo.

"Possiamo tornarci sopra più tardi." La voce sicura di Jordan mi strappa dai miei pensieri. "Voglio parlare dei prossimi passi che potremmo fare e delle potenziali nuove storie che potrebbero emergere man mano che evolvono le vicende."

Mi sento nelle braccia una sensazione pungente, come se degli insetti mi strisciassero sotto la pelle. Odio tutto questo, odio il fatto che la mia vita privata non possa rimanere… privata. Ma quando alzo lo sguardo verso l'uomo seduto accanto a me, con le borse sotto gli occhi, i capelli arruffati dal sonno ora nascosti sotto il berretto da baseball, e la sua mano nella mia, mi rendo conto che perdere parte dell'anonimato a cui mi aggrappavo come mezzo di sopravvivenza è un prezzo che sono disposta a pagare, per avere Mason Nova nella mia vita.

Lo amo.

Eccome se lo ami, canticchia la mia cheerleader interiore. A lei è piaciuto Mason fin dal primo istante.

Io? L'ho combattuto. Ho combattuto per non far entrare di nuovo i tipi come lui nella mia vita. Ho combattuto per respingere il più possibile i grandi e spaventosi sentimenti che provavo per lui, ma era troppo testardo per ascoltarmi.

Adesso il pensiero di perderlo mi spaventa a morte.

Ha confessato che io sono l'unica cosa di cui gli importa. Da come l'ha detto, sembra che per lui io sia più importante del football. Spero che sia ancora vero una volta che gli avrò rivelato tutto. È giunto il momento. Se vogliamo avere un futuro insieme, deve conoscere tutti i dettagli del mio passato.

"Ecco quello che sappiamo..." Come se sapesse del mio bisogno di un'ancora, Mase mi stringe dolcemente la mano, quando Jordan ricomincia a parlare. "...è stato spiccato un mandato di arresto per Liam, gli agenti lo eseguiranno stamattina."

"Così velocemente?" domanda Bette, stringendo la mano di E.

"Sì. Dal momento che la squadra della Penn State deve ancora lasciare l'albergo, è più facile se riescono a prenderlo prima che attraversi i confini dello stato," spiega Jordan.

"Quanto pensi che sarà grossa la storia del suo arresto?" chiedo, esprimendo una delle mie paure più grandi.

"A meno che non ci sia una fuga di notizie, dovrebbe passare inosservata. Queste grandi università non amano che si parli di notizie spiacevoli, se possono evitarlo."

"È vero," annuisce E, che a giudicare da quanto stringe la mandibola deve essere piuttosto frustrato dalla situazione. "A meno che non venga interpellata direttamente, la Penn non rilascerà una dichiarazione formale. Tutt'al più, diranno qualcosa nel caso dovessero sospendere Liam da qualunque partita di coppa che i Nittany Lions siano chiamati a giocare."

"Credi davvero che lo sospenderanno?" La mia voce è molto più flebile di quanto vorrei.

"Se E avrà qualcosa da dire, potrai esserne certa," dice JT con un sogghigno malizioso mentre va a occupare la sedia libera vicino a CK.

"Maledetto stronzo," E allunga il braccio e il pugno. "Forse quattro anni fa non sono riuscito a togliere la borsa di studio a quel coglione, ma puoi scommettere il mio culo che farò una chiamata al coach Daniels per ricordargli le sue convinzioni in materia di violenza sulle donne."

"Fratello." B sbuffa, passandosi una mano sul viso.

"Cosa c'è?" E invia un'occhiataccia al migliore amico.

"La frase è 'puoi scommettere il *tuo* culo', non *il mio*."

"Primo," E allunga l'indice, "lei," indica verso di me, "è mia sorella. *Non* farò commenti sul suo culo. Secondo," alza anche il dito medio, agitandoli entrambi a pochi centimetri dal naso di B, "sei solo invidioso che il mio culo è più bello del tuo."

"Balle!" urla B, alzandosi dal divano e prendendosi il sedere con entrambe le mani.

"Dobbiamo fare un altro confronto fianco a fianco e rimetterci ai voti sulle nostre storie di Instagram?" domanda E vantandosi della sua vittoria come *Miglior Culo dei Crabs* alcuni anni fa.

"Fatti sotto, Dennings. Ho fatto un sacco di squat. Stavolta sei tu quello con il culo grasso," replica B, sculacciandosi davanti a E.

"Fanno sempre così?" domanda Mase, gli occhi chiari gli brillano del primo vero accenno di ilarità da quando sono stata ricoverata. Mi ci vuole un momento per spostare lo sguardo da quella visione affascinante al punto in cui B, adesso, si è messo a twerkare.

"Più o meno. Vista la gente di cui si circonda, è davvero un miracolo che E sia riuscito a diventare uno dei primi atleti rappresentati da Jordan, escludendo i giocatori di hockey."

Jordan esplode in una risata. "Ma per favore. Almeno loro discutono con persone in carne e ossa. Hai idea di quante volte devo sentire mio fratello discutere se il suo culo è più bello di quello di un personaggio di fantasia durante le sue riunioni del club del libro?"

"Oh mamma mia." Bette si soffoca dalle risate. "*Scommetto* che stai parlando di Jase. Vivo per ascoltare le storie di Lyle sul club del libro dei tuoi fratelli."

Sono d'accordo. Adoro essere presente quando Bette fa i capelli a Lyle, il barista più favoloso che ci sia. In questo memento prenderei *volentieri* un caffè dalla sua caffetteria, l'Espresso Patronum.

Onestamente penso che al di là di Skye, la socia in affari di Jordan, nessuno più di Jordan sia adatto a gestire le dinamiche della nostra famiglia. Anche lei ha un gruppo tutto suo ed è convinta che non sia necessario avere legami di sangue per far parte della famiglia.

"Al di là del titolo di miglior culo..." Sono invidiosa della facilità con cui Jordan riesce a ricomporsi. "Non dovremo preoccuparci della Penn. Della Jersey, invece..." Si interrompe guardando nuovamente l'iPad. "Hai più sentito il tuo coach?" chiede a Mase.

Lui si sposta per prendere il telefono dalla tasca, abbassando il letto con il proprio peso. "È scarico." Preme il bottone laterale, ma lo schermo resta nero. "Si è scaricato per tutte le notifiche che ho ricevuto." Lo getta vicino a me. "Cosa ti fa credere che il coach Knight si metterà in contatto con me?"

Jordan apre il profilo Instagram UofJ411; scorre un post dopo l'altro, ogni foto rappresenta qualcosa che mi sono persa mentre ero priva di sensi.

"So che, quando nuotavo per la BTU, il nostro direttore sportivo rimaneva informato su qualunque cosa riguardasse gli atleti dei Titan. Immagino che sia lo stesso per gli Hawks, *specialmente* per il fatto che tu sei costantemente in tendenza."

Un lampo di senso di colpa percorre i lineamenti di Mason, e questa volta sono io a stringergli la mano. Non è colpa sua. È colpa mia al cento per cento. Quando ci siamo lasciati, ho usato la mia risolutezza nell'evitare i social network come scusa per non ritornare insieme a lui. Ho trascorso settimane a crogiolarmi nel mio dolore, troppo spaventata all'idea di darci una possibilità, timorosa che Mase pensasse che non fossi abbastanza per lui.

Per quanto continui a detestare le domande intrusive degli hashtag #CosaFaCasanova e #LaRagazzaDiCasanova, spero che il fatto che Mase abbia creato l'hashtag #Kaysonova aiuti a dimostrare che non lascerò che i social media mi allontanino da lui. Voglio anche che sappia quanto io sia fiera di dire che lui è mio.

Spero solo che lui possa dirlo ancora e che non pensi, come ha insinuato Liam, che io *sia* la figlia di mia madre, una volta che gli avrò rivelato l'ultimo dei miei segreti.

CAPITOLO 12

MASON

Secondo molta gente, se non funziona il piano A, si passa al piano B. Lo stesso non si può dire di Jordan Donovan. Quando dice che ha preso in considerazione il primo terzo dell'alfabeto, lo dice sul serio.

Porca miseria, ha messo giù possibili soluzioni in risposta a scenari che io non avevo nemmeno considerato possibili.

Kay emette il nono sbadiglio, perché è evidente che gli eventi di ieri sera stanno ancora avendo ripercussioni su di lei. Sono sconvolto che la mia piccola anti-mattiniera preferita non abbia ancora chiesto del caffè; per quanto, avendo già subito traumi cerebrali, sa bene che bisognerebbe evitare la caffeina. Mi chiedo se temere per la mia incolumità, nel caso prenda una tazza per me.

Mi brontola lo stomaco, ricordandomi che sono passate ore dall'ultima volta che ho mangiato qualcosa di solido. Quasi avessi scatenato una reazione a catena, tutti gli altri seguono l'esempio.

Bette, assumendo il ruolo di mamma, si alza in piedi, si stiracchia sollevando le braccia e si offre di andare a prendere dei sandwich dalla caffetteria dell'ospedale.

"Vengo con te," dice Em sbadigliando a sua volta. "Credi che riuscirei a convincere una di quelle simpatiche infermiere a farmi una flebo di caffè?"

"*Tu* non pensarci nemmeno." Bette si volta e punta un dito contro Kay, che sbatte le palpebre con aria innocente.

"Non è così divertente stare dall'altra parte della barricata, eh, Scricciolo?" dice E, puntando entrambi gli indici contro Kay.

"Non fare il furbo, ti ricordo che non è che tu ti sia comportato benissimo con il trauma cranico che ti sei beccato all'inizio della stagione, Eric," replica Bette.

"Amo quando lo colpisce chiamandolo *Eric*," dice JT a B fingendo di parlare a voce bassa.

"Oh sì, frustalo per bene, grande capo Bette," esclama B mimando l'atto di schioccare una frusta.

"Bambini… tutti quanti." Per quanto stanca, Bette fa un piccolo sorriso mentre lei ed Em si dirigono nuovamente verso la porta. Prima che riescano a raggiungerla, però, la porta si spalanca e fanno il loro ingresso i miei compagni di squadra, con un Trav dall'aria anche troppo sveglia in testa al gruppo.

I miei amici si lasciano alle spalle una scia di bacon, uova e caffè, ed è a quel punto che noto che ognuno di loro ha in mano un sacchetto di carta o un portacaffè di cartone.

"Accidenti, Puffetta," sibila Trav fermandosi ai piedi del letto di Kay.

"È il tuo modo carino per dirmi che ho un aspetto schifoso, QB1?"

"Assolutamente no, piccola." Stringo la mandibola davanti al palese tentativo del mio migliore amico di prendermi per il culo flirtando con lei, specialmente quando si piega per darle un bacio sulla sommità della testa. "Sei sempre e comunque troppo bella per questo idiota," dice girando il pollice nella mia direzione e io gli rispondo facendogli il dito medio.

"Sposta il culo, McQueen," esclama Alex spostandolo con un colpo d'anca.

"Davvero…" Noah fa lo stesso ad Alex non appena questi si stacca dall'abbraccio di Kay. "Smettila di monopolizzare l'attenzione."

"Si comporta sempre come se fosse il suo preferito perché è il migliore amico di Nova," aggiunge Kev.

Quinn si fa strada tra i tre idioti, che in questo momento si stanno battendo il pugno, e porge a Kay un sacchetto di carta. "Non ero sicura di cosa potessi mangiare, quindi ti ho…"

"*Abbiamo*," la corregge un quartetto di giocatori di football.

"…preso qualcosa di leggero," continua Quinn, ignorando del tutto i ragazzi. "Ci sono uno yogurt, una banana, della purea di mele e un muffin ai mirtilli. Ho pensato che magari puoi mangiare quello che ti è permesso adesso e puoi tenere il resto per dopo."

"Grazie, Q," dice Kay con un altro sbadiglio; si sta stancando velocemente.

Tra le tazze di caffè noto una bottiglia di succo d'arancia, la seconda bevanda preferita di Kay al mattino; mi alzo a prenderla e il palmo della mano mi scivola sulla condensa che si è accumulata sulla plastica, poi giro il tappo per aprirla.

"Ehi!" Trav solleva le mani come per dire: '*E io?*', facendo del suo meglio per sembrare offeso. "A noi non ci ringrazi?"

"Aww…" scherza Em mentre Quinn si stringe sulla sedia con lei. "Credo che qualcuno voglia farsi accarezzare l'ego."

"Io non accarezzo *niente* di Trav," afferma Kay decisa.

Cerco di trattenere il sorriso ma fallisco miseramente. La prima volta che ho cercato di conoscere Kay era una vera sputafuoco. In realtà, lo è ancora. Anzi, è in grado di insultare tutti esattamente come ogni altro membro dello spogliatoio.

"Perché sorridi?" I suoi occhi grigi, mentre si voltano verso di me, hanno un'aria divertita.

"Sai che amo quando gli rompi le palle."

"HA!" Grayson esplode in una risata, sputando caffè dal naso.

Em e Quinn strillano e saltano in piedi nel tentativo di evitare gli spruzzi incandescenti, mentre JT schiaffeggia Grayson tra le scapole per fargli passare la tosse. Una volta che si è ripreso, dice: "Mi piace come te ne stai lì seduto tranquillo, comportandoti come se Kay non ti avesse riservato lo stesso trattamento, Nova."

Questo commento fa sì che le persone più adulte nella stanza si alzino in piedi e prestino attenzione.

"*Oooh*." Jordan abbassa l'iPad in grembo, mette i gomiti sulle ginocchia e si piega in avanti. "Raccontaci un po'."

Sento un brivido lungo la nuca e, per qualche motivo, le guance mi diventano roventi quando tutta l'attenzione si rivolge verso di me.

Con le dita delicate, Kay inizia a seguirmi i contorni del disegno nero sul braccio; le prendo la mano, accarezzando il punto della pelle, adesso nuda, dove di solito c'è il mio anello. Sono trascorse solo poche settimane da quando ho avuto l'onore di vedere Kay indossare il mio anello tra quelli che rappresentano le persone più importanti della sua vita, e in questo momento detesto il fatto che non ci sia. Un'altra cosa per cui posso incolpare Liam Parker.

"Credo che ci siano troppi bei momenti tra cui scegliere," dice Noah toccandosi la punta del mento con aria pensierosa.

Mi tornano in mente i ricordi degli insulti scherzosi, delle frecciatine che mi rivolgeva e della maniera palese con cui mi respingeva all'inizio. Sento l'uccello pulsarmi nei pantaloni e, proprio come tante altre volte prima, mi chiedo come sia possibile che questo lato della mia ragazza mi ecciti a tal punto.

"Vi ricordate quante volte non riusciva a convincerla a uscire con lui?" chiede Trav rivolgendosi ai presenti.

È vero. Kay ha fatto del suo meglio per cercare di rendermi impossibile farla uscire dal guscio. Anche dopo essere riuscito a farle ammettere la mia esistenza e a conversare con me, ho dovuto *lavorare sodo* affinché accettasse di uscire con me. Fortunatamente sono una persona molto determinata che nel proprio vocabolario non conosce il termine "arrendersi".

"La mia preferita è la volta in cui lo ha chiamato 'herpes'," dice Em con un ghigno strafottente.

"*Noooo,*" esclama Jordan, a bocca aperta.

"Già. Pensavo che gli Hawks avrebbero dovuto far entrare in campo il *quarterback* di riserva, perché quando l'ha chiamato così, Trav si stava strozzando con l'acqua."

Sento di odiare un pochino Trav per la maniera in cui mi sta ridendo alle spalle. Se non rischiassi di ribaltare il letto di Kay, gli darei un pugno nelle palle per farlo tacere. Quel desiderio non fa che aumentare quando lui sospira: "Bei tempi."

Invece di rischiare di mettere a disagio la mia ragazza, mi giro e lancio un'occhiataccia al mio migliore amico: appena si presenterà l'opportunità, mi vendicherò alla grande.

"Bene, Cavernicolo." Trav ridacchia per il soprannome che mi ha affibbiato Kay, poi si ricompone. "Prima che ti emozioni troppo," solleva un borsone che non mi sono accorto avesse con sé, "ho preso un po' di roba da camera tua."

Ecco: il fatto che abbia pensato a una cosa del genere, che mi copra sempre le spalle senza che nemmeno glielo chieda… quello è il motivo per cui non lo picchio nonostante flirti costantemente con la mia ragazza.

"Siamo anche passati a parlare con il coach come ci hai chiesto, e abbiamo fatto bene… stava andando fuori dai gangheri."

A quanto pare una delle teorie di Jordan si è dimostrata corretta. Mi chiedo se sia fondato anche se il suo sospetto sul fatto che il coach Knight abbia cercato di contattarmi.

"Spero che tu sia pronto a correre intorno al campo tutta la settimana, fratello," dice Noah.

Trav annuisce, confermando ciò che stavo pensando. "È incazzato perché hai ignorato le sue chiamate."

Prendo dal letto il telefono ormai scarico e mostro a tutti lo schermo nero. Ancora una volta, senza bisogno di chiederglielo, Trav mi porge il suo.

"Dubita che riusciremo a mantenere il massimo riserbo, visto che le foto di te e Kay in ambulanza stanno già circolando…"

Sento Kay irrigidirsi e io le prendo nuovamente la mano, mostrandole il mio sostegno nell'unico modo che, per il momento, conosco. Vorrei poterla prendere tra le braccia e proteggerla da tutto ciò che sta avvenendo attorno a noi, ma non posso. Il meglio che posso fare è essere al suo fianco e aiutarla a fronteggiare la situazione. Non c'è alcuna forza sul pianeta che me lo può impedire.

"…ma, in poche parole, se ti dovesse essere chiesta qualunque cosa riguardo agli eventi di ieri sera, vuole che la tua risposta sia 'No comment'."

Un altro punto a favore di Jordan Donovan. A quanto pare devo fare una telefonata.

CAPITOLO 13

KAYLA

Sono decisamente stravolta. Il numero di persone sparse per la mia stanza non appena mi sono risvegliata è stato sbalorditivo da vedere, ma adesso? *Porca miseria.* Questa situazione mi ricorda il caos della Caserma prima di una gara. Se Papà Taylor fosse qui, sono certa che ci farebbe la ramanzina per tutti i codici di sicurezza antincendio che stiamo infrangendo. Meno male che è di turno alla caserma dei pompieri.

L'ultima cosa che mi aspettavo è che Trav e i ragazzi facessero la loro comparsa, anche se, visto il modo in cui si sono comportati, sono certa che li offenderei se lo dicessi a voce alta. Invece, facciamo finta che per quattro enormi giocatori di football sia normale essere seduti sul pavimento con la schiena appoggiata al muro.

Sono anche esausta, ma veramente esausta. Ogni volta che apro la bocca per sbadigliare, mi parte una fitta di dolore dallo zigomo.

Bette mi ha detto almeno sei volte di tornare a dormire, ma mi sono sempre rifiutata. Invece, i miei occhi sempre più stanchi rimangono fissi sulla porta della stanza. Mase è uscito dieci minuti fa per parlare con il coach Knight e non è ancora tornato.

Non dovrebbe già essere qui? Mi sembra che la sua assenza si stia prolungando un po' troppo, visto che ha avuto la direttiva di rispondere solo 'No comment'.

Un'ansia familiare mi ribolle nelle viscere, insieme alla costante sensazione che sia *tutta colpa mia*.

Bip. Bip. Bip.

"Trav," lo chiamo, ignorando il crescente bip del macchinario accanto a me.

Appoggia una mano a terra e balza in piedi. "Che c'è, Puffetta?" Si piega in avanti, sporgendosi sulla ringhiera a lato del letto.

Cerco di lasciarmi rasserenare dalla vista del suo sorriso abbassa-mutandine, ma non ci riesco.

"Dimmi la verità." Il rumore dei miei capelli increspati mi riempie le orecchie mentre cerco di mettermi in una posizione più comoda. "Mase è nei guai?"

"Per cosa?" Gli si forma una ruga tra le sopracciglia.

"Per ieri," gli rispondo indicando la porta chiusa con una mano.

Onestamente, non ho idea di cosa pensi di me il coach Knight. Prima mi intrufolo nello spogliatoio della sua squadra alla vigilia della partita più importante della stagione, poi divento la ragione per cui i suoi capitani hanno quasi fatto rissa.

"Stai scherzando, vero?" I suoi occhi blu mi scrutano alla ricerca di indizi che indichino che sto davvero scherzando, ma tutto ciò che trova è una stoica determinazione. "Merda, Kay. Dici sul serio?"

Non posso farne a meno. Non importa quante volte JT mi dica che sono melodrammatica nel mio timore che il passato possa ritornare e condizionare il potenziale della carriera di Mason, ma non riesco a scrollarmi di dosso quella paura. Con tutta probabilità, il senso di colpa che provo per non avergli detto tutti i dettagli non fa altro che aumentarla. Spero che rivelargli tutto mi aiuti.

C'è anche la questione di...

"Quando tu e Mase avete scoperto la storia di Chrissy/Tina, chi ha lasciato chi?" Faccio del mio meglio per tenere la voce abbastanza bassa in modo da mantenere la nostra conversazione riservata.

Trav si volta all'indietro come se l'avessi schiaffeggiato, le pupille larghe rivelano quanto sia sconvolto.

Oooh, non si aspettava questa domanda. La mia cheerleader interiore osserva con interesse.

"Merda." Trav si passa una mano sulla testa, scompigliandosi i capelli, per poi stringersi la nuca. Si guarda attorno in maniera quasi frenetica; per quanto, nel mio profondo, sappia perfettamente che quella tizia mi abbia detto solo bugie quando si è presentata alla mia porta, non mi piace questa punta di dubbio che mi si sta insinuando dentro.

Vengo colta nuovamente dall'impulso di sbadigliare, ma mi trattengo. Non ha importanza; proprio come Mase, Trav se ne accorge, i suoi occhi blu si addolciscono e lo vedo analizzare ancora una volta le mie ferite.

Si guarda ancora una volta alle spalle, poi si avvicina. Appoggia un gomito sul cuscino vicino alla mia testa e mi avvicina la bocca all'orecchio.

"Tina è protagonista di un momento della mia vita che non mi piace rivangare," ammette, mentre io mantengo lo sguardo sopra la sua spalla, verso la porta che resta ancora chiusa. Non ricordo di aver mai sentito Trav così serio, così solenne.

"Lo capisco." Oh, eccome se lo capisco. Guardate il mio ex.

"Lo so che lo capisci." Lo sento deglutire. "Questo è il motivo per cui tu, e solo tu, sei l'unica persona con cui ne parlerò."

Una lacrima solitaria mi scende sulla guancia, ma non oso interrompere il momento per asciugarla. Proprio come Mase, QB1 mostra raramente agli altri il suo lato tenero; preferisce vivere dietro la maschera del donnaiolo affascinante. Trav potrebbe anche flirtare spudoratamente con me, specialmente in presenza di Mase, ma resta sempre e comunque il suo migliore amico. Non importa se rispondere a quelle domande gli riaprirebbe una vecchia ferita, Trav non esiterebbe.

So che è così, e ciò che ha appena detto è il suo modo per dimostrarmi che lo stesso vale per me. Un'altra lacrima segue la prima.

"Adesso non è il momento, però, perché se il mio migliore amico entrasse e ci sentisse parlare di *lei* mentre tu sbadigli ogni due secondi," Trav si fa indietro e mi asciuga la lacrima con il pollice, "mi prenderebbe a calci in culo."

Mi mordo le labbra per trattenere un singhiozzo o un sorriso, non so bene quale dei due.

"So che è il tuo Cavernicolo." Questa volta cedo all'impulso di sorridere; è troppo buffo vedere l'ilarità nello sguardo di Trav mentre pronuncia il soprannome di Mase. "Ma vedendoti in questo stato," muove una mano per indicare il mio corpo disteso sul letto, "il suo autocontrollo è sul punto di rottura. Non ci vorrà molto perché lo perda del tutto."

#Capitolo14

UofJ411: Sono arrivati i rinforzi. Spero che nessuno abbia scommesso sui Crabs oggi. #EntranoInCampoLeRiserve #LaRagazzaDiCasanova
foto di E e B davanti alla postazione delle infermiere all'University General Hospital
@Oamberwhereartthou: Wow! So che Eric Dennings è suo fratello, ma c'è addirittura Ben Turner? #FatemiUnAutografo
@Ofbooksandportkeys: Porca puttana! La ragazza di @CasaNova87 ne CONOSCE di gente. #QuantiDeiCrabsConosce
@Raineydaybookreviewslorraine: Accidenti! Ci SERVONO aggiornamenti sulla tua ragazza @CasaNova87. Deve essere messa male, se loro due mancano alla partita. #ChiSeNeImportaDella-Privacy

UofJ411: Immagino che questo ex studente della Penn State non sia troppo dispiaciuto del fatto che ieri la sua vecchia squadra abbia perso contro l'Università di Jersey #FutureLeggendeDelFootball #CosaFaCasanova
foto di E insieme a Mason seminudo nella sala d'attesa dell'ospedale, con le teste piegate vicine

@Redhatterbookblog: Accidenti! A @CasaNova87 dovrebbero vietare di indossare la maglietta #GuardaCheMuscoli

@Reynereadsalot: Nessun altro è curioso di sapere di cosa stanno parlando? #DitecilVostriSegreti #CosaFaCasanova #Kaysonova

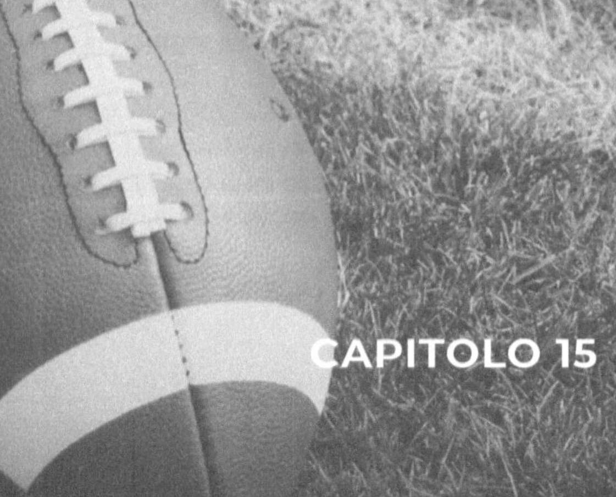

MASON

Sono stanco e frustrato, il che non è una bella combinazione; senza contare che voglio ancora dare la caccia a Liam Parker per pestarlo a sangue.

Quella che doveva essere una semplice telefonata con il coach Knight si è trasformata in una conversazione di quasi mezz'ora in cui ho raccontato tutti gli eventi di ieri, a partire da quello che è successo prima della partita fino all'operazione di Kay. Dire che il coach non era contento è un eufemismo.

Se qualcosa dovesse emergere, l'ordine assoluto e categorico da parte sua e dell'università è dichiarare 'No comment'. A quanto pare, Kay non è stata l'unica a preoccuparsi della rapidità con cui gli eventi avrebbero potuto degenerare, se fosse entrata in gioco la rivalità tra le due università. Per il momento, la storia di quanto avvenuto sembra essersi limitata alle poche foto postate dal profilo Instagram UofJ411. Voglia il cielo, le cose rimarranno così.

Ho il torcicollo e ogni tanto sento delle fitte nella parte inferiore della schiena, a ricordarmi che le poche ore di sonno che sono riuscito a guadagnarmi le ho trascorse rannicchiato su una sedia al capezzale di Kay. Non che mi lamenti, infatti non è quello che sto facendo. Resterò qui con lei fino a quando non verrà dimessa. È l'unico modo per assicurarmi che riposi, perché prima che me ne andassi aveva difficoltà a dormire.

Fortunatamente, quando rientro nella stanza vedo che Kay sta dormendo. Un poco dello stress che mi sento addosso scompare nel momento in cui la vedo con gli occhi chiusi e la fronte rilassata.

"Tutto a posto con il coach?" domanda Trav, quando gli porgo nuovamente il telefono.

"Sì." Ritorno verso la mia sedia con i piedi pesanti e ci sprofondo sopra, il mio sedere colpisce il sedile con un tonfo.

"Livi mi ha mandato un messaggio, stamattina."

Trattengo un'imprecazione. L'ospedale non sarà affatto felice, se si dovessero aggiungere *altre* persone. I gemelli adorano Kay, così come mamma. Non ci metteranno molto a convincerla a portarli qui e, in tal caso, corro il rischio che venga anche Brantley. Non ho abbastanza energia per fare i conti con *lui*.

"Le ho detto che Kay sta bene, ma che dobbiamo tenere basso il numero dei visitatori." Trav osserva la stanza, con più persone che sedie disponibili, poi sogghigna. "Ha promesso di tenere aggiornata tua mamma."

"Grazie, amico."

Mi passo le mani sul viso nel tentativo di scrollarmi di dosso la spossatezza che mi attanaglia. Questa situazione è un gran casino: mi sento come se stessi camminando sul filo del rasoio: un semplice passo falso e crolla tutto.

Ho fatto di tutto e di più per riportare Kay nella mia vita. Perché sento che sarà lunghissima la battaglia per convincerla che l'unico posto a cui appartiene è al mio fianco?

"È stata accolta con grande stupore la notizia, riportata dai Crabs, che né Eric Dennings né Ben Turner avrebbero partecipato alla partita di oggi."

"Oh, merda." L'imprecazione di E mi risveglia dal torpore in cui stavo iniziando a precipitare.

"G, alza il volume," ordina Bette, mentre i miei occhi mettono a fuoco la TV appesa al muro, dove è in onda il programma di inizio gara dei Crabs.

"A seguito della notizia che la sorella di Dennings è stata ricoverata in ospedale, non sorprende la sua assenza."

"Darà di matto quando scoprirà che ne stanno parlando nel pre-partita," dice JT, appoggiandosi alla sedia.

"E che mi dici di Ben Turner?"

Quando la trasmissione passa di nuovo alla giornalista a bordo campo, lo schermo si divide in due: al suo fianco compare un post tratto dal profilo di Instagram di B dove si vedono lui ed E che fanno le boccacce davanti alla telecamera durante il Giorno del Ringraziamento. Proprio nel momento in cui la tensione all'interno della stanza inizia a scemare, il sangue mi si gela nelle vene.

Non a causa della foto che mostra l'amicizia più famosa di tutta la National Football League. No, il problema è ciò che stanno facendo nella foto, ma anche chi l'ha postata: UofJ411. *Figli di puttana!* Come hanno fatto a ottenere una foto di loro nella sala d'attesa dell'ospedale?

"È risaputo che i due giocatori condividono una forte amicizia sia dentro che fuori dal campo," spiega la giornalista a bordo campo. *"Non mi ha sorpresa vedere che Turner è corso a fianco dell'amico nel momento del bisogno. Non sono stati confermati i dettagli di cosa può aver causato il ricovero della giovane Dennings, ma una cosa è certa... l'attacco dei Crabs avrà un bel po' da fare, se oggi vuole riportare una vittoria contro i Cincinnati."*

Nessuno dice una parola, l'unico rumore che si sente nella stanza è il battito furioso delle unghie di Jordan Donovan contro lo schermo dell'iPad.

"Che cosa intendevano con 'ultime notizie'?" La voce di Kay, ancora leggermente roca per l'intubazione a seguito dell'operazione, richiama tutti sull'attenti. Si era addormentata, *speravo* che dormisse ancora fino a quando non saremmo riusciti a trovare il modo migliore per dirle tutto.

KAYLA

Inarco la schiena mentre la muovo prima a destra e poi a sinistra, cercando di trovare una posizione comoda. Ho dormito un po' durante la giornata, ma non posso dire di essermi riposata.

Per quanto mi sia commossa oltre ogni possibile immaginazione per il gran numero di persone che hanno voluto mostrarmi la loro vicinanza, l'aumento degli stimoli dovuti alla presenza di così tanta gente in una sola stanza mi ha sconvolto i sensi, anche a causa degli effetti della commozione cerebrale.

Bette è intervenuta e ha fatto la mamma chioccia con tutti; un bel cambiamento, visto che di solito quel trattamento viene riservato solo a me. Grazie ai suoi ragionamenti, Trav e i ragazzi non hanno protestato (beh, non troppo) quando li ha convinti a fare ritorno al campus. Grazie alla vittoria contro la Penn State, il prossimo fine settimana gli Hawks disputeranno il campionato della Big Ten. È già abbastanza grave che Mase salti gli allenamenti di domani; non possono essere assenti tutti i capitani, se vogliono avere la speranza di partecipare ai play-off.

G e le ragazze sono andati via per una ragione simile, per quanto si siano dimostrati più riluttanti degli altri.

Ho accettato di prendermi una settimana di pausa dalle

lezioni per guarire. Ci vorranno alcuni giorni prima che mi sia permesso di guardare uno schermo, il che ha facilitato la decisione; CK ha risolto il problema quando si è offerto di raccogliere tutto ciò di cui potrei aver bisogno per rimanere al passo con le lezioni, una volta che sarò in grado di leggere senza che ciò mi causi un mal di testa martellante.

"Cosa ti serve, piccola?" chiede Mase, quando cerco di risistemarmi un cuscino senza troppo successo.

Emetto un sospiro di frustrazione e sollevo lo sguardo verso di lui. È l'unica persona che è rimasta ferma nel suo proposito di non lasciarmi sola. Onestamente, penso che E e B abbiano accettato di spostarsi negli uffici della All Things Sports proprio perché sapevano che Mase sarebbe rimasto con me. Ora che la stampa conosce il motivo per cui loro due sono assenti dalla partita di oggi (i Baltimora hanno perso contro i Cincinnati per due *touchdown*), mio fratello si è dimostrato ancora più risoluto nel cercare il modo migliore per anticipare la notizia, così da non essere presi alla sprovvista dai media come accaduto ai tempi del processo di papà.

Quando JT è venuto a salutarmi prima che Bette lo accompagnasse all'aeroporto per prendere il volo di ritorno per il Kentucky, si è trattenuto un attimo e mi ha sussurrato nell'orecchio: "Fatti forza."

Con le parole di incoraggiamento del mio migliore amico che mi risuonano nella testa, faccio un respiro profondo e seguo il suo consiglio.

"Ti va di stenderti con me?" domando a Mase con voce flebile. Sì, lo voglio vicino perché mi aiuterà a dormire, ma in realtà ho bisogno di sentirmi stretta tra le sue braccia quando dovrò affrontare una delle mie più grandi paure: la mia verità.

Mase stringe gli occhi guardando ancora una volta le mie ferite. Il modo in cui muove la gola mentre si sforza di deglutire rivela quanto sia combattuto nel cedere alla mia richiesta. Dopo alcuni secondi scuote la testa. "Non voglio farti male."

"Non potresti mai." La mia risposta è automatica.

Fa una strana espressione mentre si stringe la nuca, il bicipite gli diventa spesso come una noce di cocco e mi viene voglia di affondarci i denti. Beh, che volete? Ho una commozione cerebrale, non sono mica morta.

"Non puoi fare pressione sullo zigomo." Mase fa un altro tentativo per non acconsentire alla mia richiesta, ma non ci casco.

"Allora sdraiati sul mio lato destro." Sollevo il braccio e picchietto due volte il materasso.

"Non voglio tirare la flebo."

È un'obiezione che posso risolvere facilmente. Allungo le dita verso i bottoni sulla spalliera del letto fino a quando non trovo quello per chiamare l'infermiera. In un batter d'occhio compare una piccola donna dai capelli bruni che mi sposta la flebo al braccio sinistro.

"Visto?" Con un gesto eclatante, sollevo la mano destra appena fasciata e senza più il tubo della flebo. "Problema risolto." Picchietto nuovamente il materasso e muovo la mano in cerchio. "Ora porta quel bel culetto qui, nel letto con me."

Il mio complimento scherzoso gli fa piegare le labbra abbastanza da fargli uscire una delle fossette, ma non basta a convincerlo a venire qui.

"Ti prego, Mase." Stringo le labbra e faccio il miglior broncio di cui sono capace. "Dormirò molto meglio tra le tue braccia." Non ho problemi a sfruttare il senso di colpa come motivazione.

Mi fa aspettare un minuto buono prima di girare attorno al letto, togliersi le scarpe e stendersi nello spazio che gli ho indicato. Mi infila il braccio tatuato dietro il collo e mi cinge le spalle. Mi fa scorrere le dita lungo la parte posteriore del braccio, accompagnandomi verso di sé. Mi sposto fino a trovare quel bellissimo punto che è lo spazio tra la sua ascella e il suo petto muscoloso e mi accoccolo.

Facendo attenzione all'ago, stendo il braccio sul suo ventre. Faccio scivolare le dita sotto il bordo della sua maglietta e, lentamente, gli traccio i solchi degli addominali, talmente belli che vorrei leccarli.

Il sospiro di piacere che sfugge a Mase mi dice che aveva bisogno di sentirmi tra le braccia tanto quanto io avevo bisogno che mi stringesse.

Non posso credere che tutto sia accaduto nel corso di nemmeno ventiquattr'ore. La vita come la conoscevo non sarà mai più la stessa. Maledetto Liam Parker.

Inspirando profondamente, cerco di inalare quanto più possibile il familiare profumo di sapone. È un po' debole, ma è sufficiente a calmarmi i nervi prima che gli riveli i miei segreti più vergognosi.

Sei sempre la figlia di tua madre. Santo cielo, quanto *odio* il fatto di non riuscire a togliermi quel pensiero dalla testa. Io non sono affatto come quella donna, ma ormai il seme del dubbio è stato piantato. Un altro regalo di quello stronzo del mio ex.

"Ricordi quando mi hai detto che niente di ciò che avresti appreso riguardo alla mia vita ti avrebbe fatto cambiare idea su di me?"

"Mmm," mormora Mase, mentre affonda il naso nei miei capelli. "Credo di ricordare. A quanto pare, ho una memoria di ferro per quei momenti in cui ti ho bloccata contro un muro."

Sento il mio corpo infiammarsi, anche lui se li ricorda bene… ma questo è troppo importante. Mi sono già tirata indietro troppe volte per permettermi di distrarmi.

"Dicevi sul serio?"

Qualcosa nel tono della mia voce deve avergli fatto capire la gravità della situazione, perché, con tutta la delicatezza di questo mondo, mi avvolge la guancia ferita con la mano. "Questa," mi piega le dita dietro la testa, "è la donna che amo. Il tuo passato ti ha resa *questa* persona."

Adesso o mai più.

"Mia madre ha ucciso mio padre."

Silenzio.

Se fossimo in qualunque altro luogo, e non in un ospedale sterile, sono sicura che sentiremmo il frinire dei grilli.

Invece, sentiamo solo il gocciolio costante della flebo. Fortuna che prima l'infermiera ha disattivato i bip dei macchinari, altrimenti ascolteremmo il mio battito irregolare.

Finalmente trovo il coraggio di sollevare lo sguardo dalle cuciture regolari del colletto della camicia grigia di Mase al suo volto. Sono pronta al peggio, al giudizio che mi aspetto.

Solo che…

Non arriva.

"Cosa?" Mase mi pone la domanda espirando.

Ripeto una delle frasi più difficili che abbia mai dovuto pronunciare. "Mia madre ha ucciso mio padre."

"Credevo…" Deglutisce muovendo il pomo d'Adamo. "Credevo che tuo padre fosse stato ucciso da un autista ubriaco."

Per quanto mi provochi una scarica di dolore nel cranio,

invece di rispondere a voce, annuisco. È già difficile parlarne, non posso sprecare le poche, preziose parole che sono in grado di proferire.

Vengo travolta dai ricordi di quella sera.

Io e JT eravamo riusciti a completare con successo un *full toss* verticale nel nostro allenamento di *partner stunt*, diventando così una delle poche coppie in grado di eseguire un'acrobazia tanto difficile.

T e Savvy, che avevano registrato il tutto, stavano perdendo la testa.

Alla coach Kris brillavano gli occhi mentre ci guardava ripetere l'acrobazia una seconda volta; aveva dichiarato immediatamente che l'avrebbe aggiunta alle nostre acrobazie per i mondiali.

Quando T aveva mandato il video ad E, era stato così fiero che ci aveva videochiamati durante una cena con la squadra, rischiando di mettersi nei guai. Credo che quella fosse la mia parte preferita. Lo avremmo visto il giorno successivo, quando saremmo andati a Houston per vedere la Penn State giocare nel campionato nazionale.

Così, quando papà Taylor si era presentato alla Caserma prima del solito, avevamo pensato che il tempismo fosse perfetto. Nessuno di noi aveva notato i suoi occhi rossi, né il suo aspetto distrutto, fino a quando non aveva dovuto mandare in frantumi il nostro mondo.

"Mia mamma..." Tossisco, pensando al titolo che lei ha perso il diritto di portare. "Era lei, l'autista ubriaca."

"Tesoro." Mase stringe la sua presa su di me, avvicinandomi di poco a lui. Chiude gli occhi e appoggia delicatamente la fronte alla mia, come se così facendo potesse assorbire il mio dolore. "È per questo che non parli di lei? Perché si è messa lei alla guida, invece di tuo padre?"

Vorrei che fosse quello il motivo. Peccato che la verità non sia così semplice.

"Non erano nella stessa macchina. *Lei* guidava l'auto che ha *colpito* quella di mio padre."

Sento la bile salirmi nell'esofago. Credevo di aver superato da anni il senso di abbandono che le scelte di vita di mia madre mi avevano provocato. Stavo bene. Nel corso degli anni ho trovato donne fantastiche che hanno ricoperto il ruolo di madre, e che soprattutto *volevano* farlo: Michelle (la mamma di JT), la coach

Kris, Bette, perfino mamma G. Solo perchè Patricia è sangue del mio sangue non significa che io abbia bisogno di lei nella mia vita.

"Non ne parlo perché, quando avevo otto anni, ha deciso che essere mamma non faceva per lei... almeno fino a quando non ci ha *scambiati*," sputo ogni grammo di repulsione che provo per quella parola, "per il tipico marito facoltoso di Hollywood con due figli al seguito."

Quella è la parte che fa più male. Io ed E non eravamo abbastanza per lei, ma i nostri fratelli acquisiti, che avevano quasi la nostra età, sì.

Il fatto più umiliante è stato che, quando si è ripresentata, l'ho accolta a braccia aperte. Cazzo, quanto ero ingenua.

"La stampa si è nutrita del dramma familiare dei Dennings per mesi. E quando..." Mi interrompo; non riesco a finire per il timore che anche lui sia d'accordo.

Mi aggancia un lungo dito sotto il mento, sollevandolo fino a quando non incontro nuovamente i suoi occhi verdi. "E quando cosa?" chiede Mase.

A questo punto potrei anche dirglielo. Non può desiderare di uccidere Liam più di quanto non lo desideri già, dico bene?

"E quando Liam mi ha mandato quella maglietta," appena nomino il mio ex, Mason stringe la presa fin quasi a farmi male, "ha incluso un messaggio."

MASON

La mia mente sta ancora cercando di elaborare ciò che mi ha detto Kay. Per quanto ci provi, non riesco a addormentarmi. Una rapida occhiata mi conferma che almeno lei non soffre dello stesso problema. *Bene.* Ha bisogno di riposare, se vuole stare meglio.

Il flebile schiocco della porta mi spinge a sollevare lo sguardo; scopro così che E, Bette e B hanno fatto ritorno. Nella luce che filtra dal corridoio, vedo la sorpresa sui loro volti nel trovarmi a letto con Kay.

Ho esitato a mettermi nel letto vicino a lei, ma non perché non lo volessi… *anzi*, eccome se lo volevo. La mia riluttanza era dovuta alla paura di farle male, non voglio *mai più* essere io a far del male alla mia ragazza.

Quando mi ha rivolto quei suoi occhi grigi e imploranti, come diavolo avrei mai potuto dirle di no? Semplice: non potevo. Adesso fungo felicemente da cuscino per il suo corpo. E poi, egoisticamente, averla tra le braccia, sentire il suo corpo contro il mio mi assicura davvero che *sta* bene.

"È da tanto che dorme?" chiede Bette accarezzando la testa di Kay.

"Da circa dieci minuti," rispondo. La bocca le si piega in una smorfia.

"Ha sofferto molto?" domanda E avvicinandosi alla moglie, ripetendo il suo gesto d'affetto verso Kay. "Speravo che riuscisse a dormire di più, senza noi nei paraggi."

Comprensibile; se Kay non avesse trascorso la maggior parte del tempo a informarmi, a farmi *conoscere* i suoi segreti, anch'io sarei infastidito dalla sua mancanza di sonno.

Tenendo la voce bassa per non disturbare la nostra paziente, gli dico: "Mi ha raccontato di vostra madre."

Bette sussulta, E allarga le narici e fa un passo indietro. Gli si scuriscono gli occhi, sul volto gli compare un'espressione più feroce di quando gli abbiamo riferito cos'è successo con Liam. Una vena gli pulsa visibilmente sulla tempia.

"Se solo quella stronza avesse afferrato il concetto di *stare alla larga*, la vita avrebbe potuto essere diversa…" E inspira profondamente, sollevando le spalle e allargando il petto. "Per *tutti* noi."

Accorgendosi come me della sua rabbia, Bette accarezza il braccio di E per prenderlo per mano; quel semplice gesto produce un cambiamento evidente.

"E," Bette scuote la testa. "Adesso non è il momento."

"Dai retta alla signora, fratello," dice B stendendosi sulla poltrona reclinabile dove JT ha trascorso la notte.

E ascolta il consiglio dell'amico, accoccolandosi con la moglie sul divano; ognuno di noi chiude gli occhi e si arrende alla stanchezza.

Non so quanto tempo sia trascorso prima di essere risvegliato, questa volta da un'infermiera che è passata a controllare Kay.

"È contro le regole mettersi a letto, signore," dice, guardandomi con aria di disapprovazione.

Kay emette un mugolio e comincia ad agitarsi, temendo che mi assenti. Le accarezzo il braccio per rassicurarla silenziosamente che non vado da nessuna parte. Non abbiamo seguito le regole da quando siamo arrivati, perché iniziare adesso? Kay si risistema e uno sbuffo d'aria mi colpisce la pelle della gola.

Offrendo all'infermiera il mio sorriso più smagliante (non si ottiene il soprannome Casanova senza avere tonnellate di fascino), faccio del mio meglio per mitigare le sue perplessità.

"È vero, ma vede..." Sorrido ancora di più, tirando fuori quelle fossette che, come dice Kay, fanno impazzire le donne. "... la mia ragazza mi ha *implorato*."

Sollevo le sopracciglia per dirle: *'Come potevo rifiutarmi?'*

La donna mi guarda con un'espressione ancora più corrucciata.

*Oh no. *si afferra il mento e scuote la testa fingendosi preoccupato* A quanto pare non sei più quel Casanova che pensavi di essere.* Sono certo di averlo già detto, ma è meglio ripeterlo: il mio coach interiore è uno stronzo.

Temendo che l'infermiera voglia ancora cacciarmi dal letto, faccio un ultimo tentativo. "Ha detto che riesce a dormire solo tra le mie braccia. Ho pensato che ha molto bisogno di riposare, giusto?"

"Va bene." Finalmente si arrende. "Stia solo attento allo zigomo. Non deve farci pressione, se vuole che le guarisca perfettamente."

Emetto un sospiro di sollievo, sgonfiando il petto. "Ha la mia parola."

Osservo la scena e do il meglio di me per stare fuori dai piedi mentre controlla il monitor, regola il livello dei fluidi e segna qualcosa sulla cartella clinica di Kay.

"Devo svegliarla per terminare l'esame," dice, girandosi verso Kay addormentata.

Annuisco. Non so quanto lei abbia dormito, ma so perfettamente che, per le commozioni cerebrali, bisogna fare questo tipo di controlli ogni paio d'ore.

Con un tocco delicatissimo, faccio scorrere un dito sulla guancia di Kay. "Skittles, piccola." Le traccio la linea della mandibola. "Svegliati, tesoro."

Kay, continuando a tenere gli occhi chiusi, si agita e si stringe a me ancora di più. "È troppo presto," mormora.

Una risatina mi rimbomba nel petto. Sarà anche sera ma, con tutto il caos che c'è stato, sembra che la mia piccola anti-mattiniera stia facendo la sua comparsa.

"Ti prometto che puoi tornare a dormire non appena questa simpatica infermiera," mi giro e le faccio l'occhiolino, "avrà finito con te." Non sono contrario a un po' di lusinghe e di civetterie, se possono aiutarmi a entrare nelle grazie dello staff ospedaliero.

Faccio scorrere il pollice lungo il labbro inferiore di Kay; è screpolato, scommetto che mi chiederà quella roba per le labbra che le ragazze amano tanto.

I suoi occhi grigi, attraversati da nuvole di tempesta, mi guardano con fare accusatorio, come se fossi *io* il cattivo della situazione. "Una ragazza non può dormire in pace?" brontola.

Le do un bacio sulla punta del naso. "Non avevi detto di essere una paziente migliore di E?"

Impreca sottovoce. "A volte ti odio." Si mette seduta, così che l'infermiera possa terminare gli esami.

Questa volta scoppio in un'enorme risata. Quanto amo questa ragazza. Sono sicuro che mi tormenterà anche quando saremo vecchi e decrepiti.

"Stavolta magari lo molli *tu*, sorella," dice E svegliando tutti gli altri nella stanza.

"Ma è così carino," dice Kay con un mugolio scherzoso.

"Questo è uno dei motivi per cui rimango insieme a tuo fratello," scherza Bette; stavolta perfino l'infermiera si unisce alle risate.

CAPITOLO 18

KAYLA

Non sono passate nemmeno trentasei ore e già sono più che pronta a lasciare questo postacc… ehm, ospedale.

Ho bisogno di una doccia; anzi, meglio ancora, di immergermi nella vasca idromassaggio del bagno principale di casa. Non parliamo, poi, di quella catastrofe che sono i miei capelli.

Nel corso dei miei numerosi salti in bagno (e ne ho fatti tanti, visti tutti i fluidi che mi hanno somministrato per via endovenosa) sono riuscita a evitare di guardare il mio riflesso. Ho rimandato quel dovere il più a lungo possibile.

*Piantala di fare la fifona. *si mette una mano sul fianco* Come fai a dire che i tuoi capelli sono una catastrofe se non ti sei nemmeno guardata allo specchio?*

La mia cheerleader interiore è fortunata che alzare gli occhi al cielo mi faccia ancora male. Non ho bisogno di vedermi i capelli per sapere che ho ragione. Riesco a percepirli, addirittura a *udirli* ogni volta che si muovono. I capelli non dovrebbero essere qualcosa di udibile.

Con le mani appoggiate al ripiano, le dita piegate sul bordo che scavano nella porcellana del lavandino, sollevo lo sguardo ed emetto un sussulto non appena vedo il mio riflesso.

Ok, avevi ragione. Hai un aspetto schifoso.

In questo momento, i miei classici ricci degni di una stella della musica country sembrano perfetti per candidarmi al ruolo di Merida, semmai la Disney facesse una versione in *live action* di *Ribelle*; il sangue che macchia alcune delle mie ciocche aggiunge quel giusto tocco di realismo. *Non esiste* che tenti di districare questo disastro, a meno che non mi metta in testa cinque litri di balsamo. Non riesco nemmeno a farmi la coda di cavallo.

Non è neanche la parte peggiore. No, l'onore va alla mia carnagione pallida. Se con i capelli che mi ritrovo potrei fare la principessa Disney, con il pallore della mia pelle potrei al massimo candidarmi per interpretare la sorella di Casper. Persino le mie lentiggini sembrano scolorite.

Non mi stupisce che Mase stringa i denti ogni volta che mi guarda. Il livido sulla mia guancia sinistra si staglia perfettamente contro il mio pallore cadaverico.

Per non far vedere il sedere a tutte le persone presenti nella stanza, mi sono mossa con la velocità di un ottuagenario e, prima di uscire dal letto, mi sono infilata i leggings che mi ha portato Em. Non importa che Mase mi dica quanto adori vedere le mie chiappe al vento grazie al mio stilosissimo camice da ospedale: ne ho abbastanza.

Facendo un respiro profondo, mi levo il camice e lo appoggio sul mobile. Per fortuna che Em ha avuto l'accortezza di prendere uno dei miei reggiseni sportivi che si allacciano sul davanti; metto al sicuro la mercanzia e completo il vestiario con una maglietta nera che recita *Meglio morire che bere il caffè decaffeinato*. Mi viene da sorridere: sono sorpresa che Em non abbia cercato di rubarmela.

Nel tempo che esco dal bagno, tre persone si sono aggiunte al nostro gruppo. Contro il muro, vestito con una giacca di pelle, c'è un Carter King dall'aria cupa che tiene le braccia incrociate e, di tanto in tanto, rivolge un'occhiataccia a G ed Em che parlano sul divano l'uno con la testa vicino all'altra. Oltre a salutarlo con un breve cenno del mento, non gli presto molta attenzione; mi concentro, invece, sulle altre due nuove arrivate: Jordan Donovan e la sua socia in affari, Skye Masters. Ricordo che Jordan aveva accennato al fatto che Skye l'avrebbe aiutata a gestire la situazione, ma il fatto che sia *qui* mi fa stringere lo stomaco.

"Come ti senti?" Il sorriso smagliante di Jordan dovrebbe rilassarmi, ma non è così.

"A parte che mi sento come se avessi lottato contro Vince Steele?" le rispondo, riferendomi all'attuale campione di pesi massimi della Ultimate Fighting Championship. "Non troppo male."

"Uff, non dirlo ad alta voce, Vicki potrebbe sentirti," dice Skye con un sorrisetto beffardo sulle labbra, indicandosi l'orecchio con il dito fresco di manicure. Non ho avuto molte interazioni con l'altra metà della All Things Sports (più che altro, è Jordan a occuparsi delle pubbliche relazioni di E), ma riesco a capire che anche lei è una tipa tosta.

"Vicki?" *Chi è Vicki?*

"L'infermiera del pronto soccorso?" chiede Mase, tendendo la mano verso di me quando attraverso la stanza per dirigermi verso di lui.

"Già." Jordan si scambia con Skye uno sguardo che non riesco a interpretare, quasi come se stessero condividendo un segreto. "Vicki, o mamma *Steele*," enfatizza il cognome, "è la mamma di Vince. Se io non avessi sopportato le stupidaggini di suo figlio e del mio gemello, non sarei riuscita a convincerla a usare la sua influenza per farvi rimanere tutti qui con Kay."

A Mase cade la mandibola e io cerco di chiudergli la bocca con un dito, così può smetterla di assomigliare a un pesce lesso. Ho sempre trovato divertenti le sue osservazioni sulla mia disinvoltura ogni volta che mi ritrovo circondata da E e dai suoi compagni di squadra. Ma Jordan Donovan è un altro paio di maniche: quando si tratta di sentirsi a proprio agio circondata da persone famose, lei non è seconda a nessuno.

"Ah…" Skye appoggia un gomito sulla spalla di Jordan. "Che teneri, pensavate di aver avuto un trattamento di favore solo perché siete degli atleti famosi."

"Non essere cattiva." Jordan dà una manata giocosa a Skye sull'addome. "Sai che il loro status aiuta." Fa spallucce. "Noi sappiamo semplicemente come sfruttarlo al meglio."

Mi fermo un momento per studiare la regina dell'hockey. Potrebbe avere ragione. Dal momento che ha sottolineato il fatto che io e Mase adesso siamo diventati i cocchi dei media, mi chiedo se, per la prima volta in assoluto, non potrei approfittarne per usare la stampa a mio vantaggio.

Adesso, però, non è il momento di pensarci. Nell'aria c'è una tensione palpabile che prima, quando sono andata a cambiarmi, non c'era. L'ho sentita nell'istante in cui sono uscita dal bagno e ho visto i nuovi arrivati. Basta. Devo affrontare la questione di petto.

"Cosa c'è che non va?" chiedo ai presenti, andando al sodo.

"Cosa ti fa pensare che ci sia qualcosa che non va?" domanda E, facendo il vago.

"Oh… non so," dico sarcastica. "Forse il fatto che avete smesso di parlare non appena sono arrivata. Oppure, sapete," allungo un braccio verso Carter, ignorando le fitte di dolore che mi procurano i lividi, "il fatto che, casualmente, King sia qui."

"A dirla tutta," Carter si passa una mano sul berretto nero che ha in testa, "io ero presente quando ti hanno ricoverata."

"E sono certa che è stato solo perché *mia* sorella era con la *tua* quando ha ricevuto la telefonata per sapere cos'era successo."

Piega le labbra così lievemente che, se non avessi prestando abbastanza attenzione, non me ne sarei accorta; poi, come se la questione fosse del tutto irrilevante, l'espressione gli sparisce dal volto.

Lascio perdere e mi concentro sul punto successivo. "C'è anche il fatto che non è presente soltanto Jordan, ma anche Skye. Ieri avete passato buona parte della giornata alla All Things Sports: è *impossibile* che vi siano venute in mente altre strategie. Se loro sono qui, significa che stanno agendo in risposta a qualcosa."

Ancora una volta, tutti si guardano l'un l'altro invece di rispondermi. È davvero irritante.

"C'è un gruppo di giornalisti fuori dall'ospedale," dice E a denti stretti.

Rimango a bocca aperta e Mase mi avvolge con un braccio dietro la schiena per tirarmi più vicina a sé.

Il circo mediatico è iniziato.

Da quando sono trapelate quelle foto, confermando la ragione per cui hanno saltato la partita di ieri, né E né B hanno rilasciato alcuna dichiarazione. Se la stampa sta già cercando di ottenere un semplice commento, cosa accidenti farebbe se scoprisse i dettagli di *come* sono finita qui?

"Perciò abbiamo pensato a un piano brillante," dice B battendo le mani e sfregandosele insieme.

"Dici che è brillante solo perché l'hai ideato *tu*," risponde E alzando gli occhi al cielo, l'ennesima prova che è davvero mio fratello.

"Non arrabbiarti, bello." B stringe le guance di E fino a fargli arricciare le labbra, poi gli spinge il viso da una parte e dall'altra. "Devi solo sfoggiare quel tuo bel sorriso da un milione di dollari e distrarre le telecamere, così Piccola Dennings può svicolare fuori senza essere notata."

Sarebbe questo il loro piano? Mi volto verso King, che è vicino alla porta. "Sì, Dennings." Annuisce. "Ecco perché sono qui. Tuo fratello mi vuole per le mie abilità da *Speed Racer*."

"Direi più che altro da *Fast & Furious*."

"La solita impertinente," sussurra Mase, e un brivido di calore mi scorre lungo la spina dorsale mentre sento le sue labbra sfiorarmi l'orecchio. "Credevo di essere io l'unico a cui davi filo da torcere."

"Siamo un po' gelosetti, Cavernicolo?" gli rispondo, per scherzare.

"No." Mi pizzica l'orecchio. "So che sei mia."

Non glielo direi mai, perché finirei soltanto per incoraggiarlo, ma certe volte amo il suo lato possessivo.

"C'è anche…" Le parole di G vengono interrotte da Em, che gli mette la mano sulla bocca e gli dice: "Non adesso." La guardo incuriosita, ma lei si limita a scuotere la testa. Più tardi dovrò ricordarmi di chiederle di cosa si trattava.

Jordan e Skye cominciano a illustrare i dettagli del (aspettate, fatemi alzare mentalmente gli occhi al cielo) *brillante* piano che ha ideato B. Lui e mio fratello usciranno dall'ingresso principale e attireranno l'attenzione degli avvoltoi in agguato. Nel caso qualcuno di loro non ci caschi, Em fingerà (cosa niente affatto difficile, ve lo garantisco) di essere me, con il cappuccio della felpa a coprirle il viso, e verrà scortata da Bette e G verso la Cadillac Escalade di E. Non è molto, ma si spera che faccia guadagnare abbastanza tempo a me e a Mase per sgattaiolare fuori dall'ingresso dei dipendenti, dove King ci aspetterà nella Camaro dei Royals.

Mase sorride con le fossette in bella mostra mentre prendo la felpa portata da G dalla sede dell'Alpha Kappa: il mio ragazzo vuole sempre vedermi il suo nome addosso. Si accovaccia davanti a me, seduta sul letto dell'ospedale, e infila le lunghe dita nel colletto della felpa per liberare i capelli che erano rimasti intrappolati dentro. I tratti del viso gli si addolciscono mentre mi guarda con un'espressione adorante e mi accarezza la linea della mandibola con il pollice.

Gli avvolgo le mani attorno ai polsi; nel momento in cui il suo sguardo si ferma sulla mia guancia, vedo un lampo di senso di colpa nei suoi occhi.

Dopo qualche altro secondo, si leva il cappello dalla testa e lo posa sulla mia, questa volta con la visiera rivolta in avanti. Mi piace come il cappello irradi ancora il calore della sua testa. Tecnicamente è troppo grande per me, ma la mia massa di capelli ormai fuori controllo gli impedisce di cadermi di dosso.

Un'altra piccola sistemata, poi Mase mi allunga un braccio dietro la schiena e tira su il cappuccio. Una volta certo che sono coperta nel modo migliore possibile, mi dà un bacio sulla testa e mi tende la mano. "Riportiamoti a casa, piccola."

CAPITOLO 19

KAYLA

Dopo aver lasciato me e Mase a casa della mia famiglia, King ci saluta con un colpo di clacson e si allontana lungo il vialetto. Camminando lentamente assieme a me, Mase mi accompagna verso l'ingresso; lo osservo perplessa quando vedo che apre la porta senza sbloccare la serratura. Siamo arrivati prima di Bette ed E, la porta non dovrebbe essere aperta.

La mia domanda trova risposta non appena entriamo e veniamo investiti da un aroma delizioso che si diffonde dal fondo della casa. Riconoscerei ovunque il profumo degli gnocchi col pollo di mamma G.

"Oh santo cielo," gemo. "Penso di aver messo su due chili solo a sentire il profumo del tuo cibo," le dico non appena entriamo in cucina.

"Tesoro," mi saluta con il suo forte accento del sud, mentre supera il mobile della cucina per stringermi in uno dei suoi soliti abbracci dolci, ma pur sempre vigorosi. È da lei che i suoi figli hanno imparato come abbracciare. Comunque, quelli sono i migliori abbracci *in assoluto*.

"Sto bene, mamma G," dico, rimanendo stretta a lei qualche secondo in più. "Te lo giuro."

"Affamata?" Tira fuori un piatto dalla credenza senza attendere la mia risposta.

"Del tuo cibo?" Mase mi preme una mano dietro la schiena, dirigendomi verso il soggiorno. "Sempre."

Non mi sorprende vedere che sullo schermo piatto sopra il camino sta andando in onda un episodio di *Masterchef*. Mamma G adora i programmi di cucina, di sicuro lo dimostra con i suoi manicaretti.

Mase mi aiuta a sistemare un paio di cuscini di sostegno, poi appoggia sul divano degli altri cuscini per sé e mi solleva i piedi per aiutarmi a togliermi gli stivali.

"*Siiiiiiiiii!*" esclama G pochi secondi dopo che abbiamo sentito la porta d'ingresso aprirsi e chiudersi nuovamente; i suoi passi sbattono velocemente contro il pavimento di piastrelle mentre corre lungo il corridoio. "Gnocchi col pollo." Abbraccia la mamma, poi la solleva e la fa roteare.

"Grant Samuel," lo rimprovera lei. "Non c'è bisogno di urlare." Lo accarezza amorevolmente sulla guancia mentre lui la guarda raggiante.

Adoro guardare G con la madre, diventa un vero tenerone con lei. A livello fisico sono opposti, proprio come me e G. Papà G, tra i due, ha sicuramente la genetica dominante: G è alto con i capelli e la pelle scura proprio come lui, mentre mamma G è bassa, bionda e pallida come me.

"Ah," mormoro mentre mi metto in bocca una forchettata del piatto preferito di G. "Ora capisco il *vero* motivo per cui sei venuto ad aiutarmi a uscire dall'ospedale." Mi picchietto la tempia. "E io che credevo che lo avessi fatto per me," mi metto la mano sul cuore, "quando in realtà l'hai fatto per goderti la cucina di tua mamma."

Gli altri arrivano mentre io e G continuiamo a discutere se lui sia ancora degno di definirsi mio amico. Mio fratello e B salutano mamma G più o meno come ha fatto il figlio, mentre Bette opta per un approccio più discreto.

I ragazzi si avventano sui piatti come se non avessero mangiato per settimane; io, invece, continuo a consumare il mio pasto come una persona normale.

Una volta finito di mangiare, Mase prende il mio piatto e lo appoggia sul tavolino. Non c'è niente di meglio che del buon cibo fatto in casa, e gli gnocchi col pollo di mamma G bastano a farmi sentire di nuovo umana.

"Ehi Bette," la chiamo, sollevandomi oltre lo schienale del divano.

Mia cognata si stacca dal punto in cui mio fratello la stava premendo contro il muro. Mi ripugna il fatto che probabilmente le stesse sussurrando cose sconce nell'orecchio ma, dal momento che ho l'intenso desiderio di diventare zia, preferisco non esprimere ciò che penso.

"Tutto bene? Cosa posso portarti?" Bette appoggia i gomiti sui cuscini del divano e si china verso di me, lasciandosi andare agli istinti materni.

"Sto bene." Agito una mano per allontanare le sue preoccupazioni. "Ma," indico quel disastro di ricci che ho in testa, "puoi aiutarmi a lavarmi i capelli? Devo stare attenta a non bagnare i punti, sarebbe più facile se mi dessi una mano."

"Certo." Allunga una mano per lisciare delicatamente uno dei riccioli insanguinati. "Vieni di sopra."

Prima che riesca ad alzarmi per seguire Bette, Mase mi solleva e mi porta in braccio per tutto il tragitto. Non mi lamento, sono troppo a mio agio tra le sue braccia.

"Bello," dice quando entra nel bagno principale.

Sì, è bello, ma non è troppo elegante: a destra c'è una doccia grande a sufficienza per tre persone, e vicino c'è una vasca idromassaggio; nell'angolo c'è il gabinetto e, vicino alla vasca, due lavandini: uno per lui e uno per lei. La parte preferita di Bette? La poltrona lavatesta da parrucchiere che gli ha installato E.

Mase mi mette a sedere sul seggiolino davanti al lavandino regolabile; intanto, Bette è tornata dal mio bagno personale con il mio shampoo e il mio balsamo.

"Mmh, menta." Mase apre il tappo del balsamo e mi fa l'occhiolino.

"Buon Natale," scherzo, menzionando la storia dei bastoncini di zucchero che mi aveva detto giù in Kentucky.

Bette mi dice di appoggiarmi allo schienale, poi, con molta attenzione, mi avvolge un asciugamano arrotolato attorno alla testa, sistemandolo come se fosse una fascia, allo scopo di proteggere i punti. Non importa se si bagnano un pochino, ma faremo del nostro meglio per tenerli asciutti il più possibile.

Mase si mette in disparte mentre Bette si occupa con cura di pulirmi il sangue dai capelli. Mentre loro due continuano a chiacchierare, lascio che i movimenti delle forti dita di Bette mi aiutino a far svanire ciò che rimane del mio mal di testa. Non c'è niente di meglio al mondo che farsi lavare i capelli da qualcuno.

"Dopo vuoi metterti un po' in ammollo?"

Spalanco le palpebre, guardando il viso rovesciato di mia cognata. "Sì, grazie." Chiudo gli occhi mentre l'acqua calda mi sciacqua la schiuma dai riccioli.

"Ci penso io." Non appena Mase si allontana per aprire l'acqua, sento subito la mancanza del suo corpo vicino al mio.

"Più calda che puoi, per favore," gli chiedo.

"Va bene," dice mentre regola l'acqua. "Ma dopo devi metterti il ghiaccio sulle ferite."

Vorrei ribattere, ma non lo faccio: ha ragione. Il calore aiuterà sicuramente i miei muscoli indolenziti, ma non farà nulla né per i lividi, né per il gonfiore.

Mase mi posa un bacio delicato sullo zigomo intatto, poi mi sussurra che torna subito.

Non appena i passi di Mason si allontanano, Bette inizia un secondo giro di shampoo. "Quel ragazzo ti ama davvero tanto."

"Lo amo anch'io." Sento il cuore battermi nel petto. "Lui è… *tutto*." Sussurro, quasi timorosa che, se lo dicessi a voce troppo alta, finirei per sfidare l'universo. Abbiamo ancora un sacco di questioni da affrontare, se vogliamo farcela come coppia; non voglio rischiare di mettere alla prova il destino.

Mi aspettavo che Bette replicasse, ma non lo fa. Quando il silenzio continua a prolungarsi, apro nuovamente gli occhi e vedo che ha in volto uno di quei sorrisi sognanti che, normalmente, ha solo nei momenti in cui guarda in faccia mio fratello. Bette è una vera romanticona. "Da quanto sono riuscita a sentire all'ospedale, direi che lui pensa lo stesso di te."

Adesso sono io quella che sorride come una beota innamorata, ricordando quello che mi aveva dichiarato Mase mentre, al contempo, mi rimproverava per aver cercato di proteggerlo.

Mase ritorna mentre Bette mi sta passando il balsamo sulle ciocche aggrovigliate. Fa del suo meglio per sbrogliare i nodi peggiori, ma opta per farli impregnare bene di balsamo, così che dopo siano più facili da districare. Mi avvolge i capelli in uno chignon e me li fissa sulla testa con un fermaglio.

Mi metto a sedere, rimpiangendo di non essermi tolta la felpa prima che Bette iniziasse a lavarmi i capelli. Pazienza.

Pulisce il lavandino e raccoglie i flaconi dei miei prodotti da bagno. Poi si pone di fronte a me, mi dà un bacio sulla fronte e dice al mio uomo: "Prenditi cura della nostra ragazza." A quell'ordine, lui risponde annuendo.

Visto che non voglio rischiare di perdere l'equilibrio e finire col sedere per terra, mi tolgo le calze da seduta e le butto in direzione del cestino della biancheria nell'angolo del bagno.

Mase tira fuori due soffici asciugamani dall'armadio, li appende al porta-asciugamani e mette il mio cellulare a portata di mano sul bordo della vasca. "Chiamami se hai bisogno di qualcosa." Un altro bacio delicato, questa volta sulla sommità della testa.

Dato che quelle parole non mi piacciono, lo blocco rapidamente prima che possa allontanarsi. "Rimani."

Sposta lo sguardo prima sulla mia presa disperata attorno al suo polso, poi sul mio viso. Deglutisce, facendo sobbalzare il pomo d'Adamo. Non dovrei trovare sexy un'azione tanto semplice, ma è più forte di me. "Piccola..."

"*Per favore?*"

Si strofina l'orecchio e volta la testa in direzione della porta del bagno. "Sei ferita. Per quanto mi piaccia credere di essere un gentiluomo..."

Sbuffo, e lui mi guarda con gli occhi stretti. Gentiluomo un cavolo.

"...se ti vedessi nuda, non credo che sarei in grado di controllarmi."

Eccolo, il Cavernicolo che amo.

Mi mordo il labbro per trattenere un sorriso di vittoria e batto mentalmente il pugno alla mia cheerleader interiore perché, con questa mossa, lo sguardo di Mase si è bloccato sulla mia bocca.

"Vieni dentro con me." Faccio due piccoli passi in avanti fino a far sfiorare il mio petto contro il suo. Alle mie parole il verde acquamarina dei suoi occhi si scurisce, ma lui continua a mantenere il busto dritto, dentro di sé lotta pensando alle mie parole. Sì, ammetto che è un desiderio egoista, ma ne ho bisogno. Devo dimostrare sia a lui che a me stessa che (zigomo fratturato escluso) questa volta ci vorrà molto di più di Liam *testa-di-cazzo* Parker per distruggermi. "Per favore."

"Non voglio farti male." Dal tono grave della sua voce

capisco quanto sia spaventato da questa eventualità, ma scuoto la testa prima ancora che riesca a finire la frase.

Lasciando la presa su di lui, piego i gomiti, tiro fuori le braccia dalle maniche della felpa e le infilo nel busto. Allungo le mani fino all'apertura, allargando le dita su entrambi i lati del collo, e distendo il tessuto il più possibile mentre lo faccio passare sopra la testa.

"Se davvero non vuoi farmi male..." Ripeto lo stesso processo con la maglietta. "...allora entra nella vasca." Tengo lo sguardo fisso sul suo, mentre abbasso lentamente la cerniera del reggiseno sportivo e lo getto sul mucchio di vestiti che si sta formando sul pavimento.

Infilo i pollici nella fascia dei leggings e inizio a calarli lungo le gambe. Non è certo lo spogliarello più sexy del mondo, i miei movimenti sono lenti e poco fluidi a causa della commozione cerebrale, ma mentre mi volto verso la vasca, lascio che il mio corpo nudo faccia la sua parte. "Ho bisogno di qualcuno che mi aiuti a lavarmi la schiena." Inarco la schiena in modo che il mio sedere svetti nella sua direzione.

"Non giochi lealmente, piccola," inspira tra i denti mentre avanzo nuovamente verso di lui, facendogli scivolare le mani sotto l'orlo della maglietta e sentendo i muscoli degli addominali contrarsi al mio tocco. Amo quando succede.

"Mai detto di farlo." Gli faccio scorrere le dita lungo il bordo dei boxer, scendendo dentro con le mani. "E poi..." Libero la mano sinistra e gliela avvicino al viso. "...nemmeno tu." Agito le dita, facendo rimbalzare la luce sul peridoto che adorna ancora una volta il mio anulare sinistro.

Spuntano fuori quelle maledette fossette mentre Mase fa girare tra le dita l'anello che mi ha regalato, ignorando gli altri due che indosso sulla stessa mano. Quello scemo sapeva *esattamente* quello che stava facendo, quando cercava di riconquistarmi. Solo lui poteva essere tanto presuntuoso da aggiungere il significato del dito per il quale lo ha fatto fare su misura.

Proprio mentre sto per pensare che mi contraddirà, o che accamperà qualche scusa per negare le mie richieste, mi sorprende tirandosi la maglietta sopra la testa in quel modo sexy che fanno i ragazzi, con una sola mano.

Un centimetro dopo l'altro, il mio sguardo famelico si nutre della sua pelle calda e olivastra. Il tatuaggio nero che decora il suo corpo non fa che enfatizzargli ogni tendine dell'avambraccio, ogni movimento dei bicipiti, l'ampiezza del torace, ogni dettaglio e avvallamento dei muscoli dell'addome. Persino nel mio stato riesco ad apprezzare che razza di opera d'arte sia il mio uomo.

Getta via il berretto come se fosse un frisbee, si passa una mano sulla testa e si spettina le ciocche color caffè proprio come faccio io quando mi ci aggrappo mentre mi scatena orgasmi multipli.

Tra questo, e il modo in cui tiene gli occhi spalancati fissi sui miei mentre si tira i pantaloni e le mutande giù lungo le forti gambe, il mio corpo si avvampa e mi sento bagnare.

Aiuto, lo desidero... al diavolo le ferite e il trauma cranico.

Nessuno dei due si muove, ognuno fissa l'altro, entrambi respiriamo pesantemente. Il petto ampio come un muro di mattoni gli ansima a ogni inspirazione, e i miei seni salgono e scendono allo stesso ritmo del suo respiro.

Ho perso da tempo ogni timidezza nei confronti dell'attrazione che provo per lui, quindi assaporo avidamente ciò che mi si presenta davanti. Sul petto ha alcuni lividi dovuti alla partita, ma non sono evidenti quanto i miei. Gli conto ogni singola protuberanza degli otto muscoli addominali e seguo il percorso che mi conduce al suo uccello già duro, delineato meravigliosamente dalla V dei suoi muscoli. È veramente ingiusto, da parte sua, avere tutto quello *e anche* un paio perfetto di fossette sulle guance. Accidenti a loro e alla loro capacità di rimbambirmi.

"Skittles," ringhia, i capezzoli mi si inturgidiscono fino quasi a farmi male. "Porta il tuo bel culo nella vasca prima che finisca per scoparti contro il lavandino come ho fatto in Kentucky."

Se prima credevo di essere bagnata, adesso sono letteralmente fradicia.

"Dovrebbe essere un deterrente?" Piego la testa di lato. "Perché quella è stata una delle *migliori* scopate della mia vita."

Indica l'idromassaggio con fare aggressivo. "In vasca. Adesso."

Sibilo tra i denti mentre con le dita dei piedi sfioro l'acqua, la cui temperatura è al limite dell'ustione. *Perfetta.*

Lo stesso fa Mase mentre si cala nella vasca dietro di me. "Accidenti, Skit. Vuoi farti il bagno o bollire delle aragoste?"

Ridacchio a questa esagerazione, sistemandomi tra le sue gambe divaricate e appoggiandogli la schiena al petto. Inclino la testa di lato e gli premo la parte intatta contro il pettorale duro. Potrei rimanere così per sempre.

Sento i suoi polpastrelli scorrermi lungo il braccio sinistro, lasciandosi dietro delle gocce d'acqua mentre quel tocco delicato continua a tracciarmi la linea della clavicola. Sento la grande mano di Mase avvolgermi la curva dove il collo incontra la spalla, prima di percepire il suo pollice calloso tracciarmi le linee del tatuaggio dei personaggi di Peter Pan dietro l'orecchio. "Non mi hai mai detto che cosa significano."

No, non gliel'ho mai detto. L'unica volta che mi ha chiesto dei piccoli personaggi Disney tatuati sul mio corpo è stata nei primissimi tempi in cui avevamo iniziato a uscire insieme. All'epoca ero riuscita a sviare il discorso dicendogli che era un significato troppo personale. In realtà, non sarei riuscita a spiegarglielo senza rivelargli la verità riguardo a mia madre.

Adesso è tutto diverso.

"Sono una combinazione di diverse cose, ma principalmente li ho fatti in ricordo della mamma di JT."

"In ricordo?"

"È morta quando io e JT eravamo alle medie. Cancro al seno."

"Mi dispiace, piccola." Mi accarezza il collo con la mano, mentre con l'altro braccio mi avvolge la vita per stringermi a sé un po' di più.

"Grazie." Non mi servono le condoglianze, ma le apprezzo comunque. Sono passati anni, quindi il dolore per aver perso la principale figura materna della mia vita è svanito col tempo. Proprio come papà Taylor, mamma Taylor è sempre stata un secondo genitore; probabilmente è per questo motivo che, quando la nostra madre biologica ci ha abbandonati, per me e mio fratello non è stato doloroso come avrebbe dovuto essere.

"Lei amava la storia di Peter Pan. Nelle librerie di casa Taylor ci sono copie di tutte le versioni e riedizioni della storia." Papà Taylor aveva passato un'infinità di ore a cercarne quante più possibile e gliele aveva regalate a ogni anniversario o compleanno.

"Quando era ormai diventato evidente che non sarebbe guarita..." Il tempo avrà pure lenito il dolore, ma devo comunque mandare giù un groppo di emozioni. "...siamo andati tutti insieme a Londra per vedere la famosa statua." Stavolta le mie parole vengono interrotte da una risata. "Eravamo così tanti che credo ci siano almeno cinquecento foto solo di quella giornata."

"Credo di averne viste alcune a casa di E."

Ridacchio pensando a quanto sono ridicole le foto che mio fratello ha appeso sui muri della casa di Baltimora.

"A casa di E ci sono molte foto di mamma Taylor. Sarà anche passato qualche anno, ma credo che parte del motivo per cui ama così tanto Bette, per quanto inconsciamente, sia perché è stata lei ad assumere subito il ruolo di mamma per me, senza che nemmeno le venisse chiesto."

La conversazione muore, non c'è bisogno di dire altro sul perché ciò significhi tanto per noi.

Alle mie spalle sento i muscoli di Mase contrarsi e allungarsi mentre si sporge per afferrare qualcosa. Un momento dopo sento il rumore di un tappo che si apre e l'aria si riempie del profumo di vaniglia. *"Mamma mia."* Mi avvolge con un braccio, tenendo la spugna tra le mani, poi sento che mi sfiora con i denti il punto in cui ho il tatuaggio. "Il tuo profumo mi fa venire fame," dice con voce lussuriosa.

Vorrei dirgli che sono d'accordo con lui; vorrei dirgli che il profumo di lui fresco di doccia è uno dei miei preferiti, che sono grata di potermelo godere due volte al giorno grazie ai rigorosi ritmi di allenamento, ma non riesco a proferire una singola parola. Ogni nervo, ogni cellula del mio corpo è concentrata solamente sulla spugna che viene trascinata lungo il mio braccio, su per la spalla e per tutto il mio petto.

Avanti e indietro. Poi Mase la immerge nuovamente nell'acqua e ricomincia a tracciarmi dei cerchi attorno ai seni.

Usa la mano libera per lavarmi meglio, avvolgendomi e stringendomi, il suo pollice pulisce la schiuma attaccata ai miei capezzoli ormai completamente turgidi.

Inarco la schiena, sono pervasa dal piacere delle sue dita che mi stringono, sovrastando l'indolenzimento che sentivo prima. La leggera pressione mi sprigiona un lampo di libidine direttamente al clitoride, e le gambe mi si aprono di loro spontanea volontà.

Mentre continua a stuzzicarmi, sento l'erezione premermi contro la schiena. Inspiro l'aria densa e profumata, ho i seni gonfi, pesanti, desiderano… di più.

Invece, Mase allenta la presa, facendoli rimbalzare leggermente nell'acqua, e mi china in avanti, facendomi scorrere la spugna tra le scapole.

Inclino il mento e lo fulmino con lo sguardo.

"Che c'è?" Mason piega la bocca di lato in un sogghigno malizioso. "L'hai detto tu che ti serviva aiuto per lavarti la schiena."

Saresti tu l'impertinente, secondo lui? La mia cheerleader interiore incrocia le braccia e sbuffa.

"Quello era prima che iniziassi a provocarmi."

Posso giocare allo stesso gioco. Gli posiziono entrambe le mani sulle ginocchia, angolandole in modo che la punta delle dita cada verso l'interno delle cosce, e inizio a disegnargli pigramente, quasi distrattamente, delle linee su e giù lungo la pelle, aumentando di intensità ad ogni passaggio.

"Chi ha detto che ti stavo provocando?" Muove in avanti il bacino, mentre gli passo il pollice lungo la piega in cui la coscia incontra il fianco.

"Io." Mi piego in avanti, in modo da strusciargli il sedere contro l'erezione ad ogni movimento.

Sento il rumore dell'acqua che scroscia, poi Mase mi avvolge la vita con un braccio e mi tira all'indietro fino a quando non gli aderisco al petto con la schiena. Con la coda dell'occhio, vedo la spugna color lavanda sparire sotto la superficie dell'acqua.

Trattengo il respiro, pronta a sentirla lambire il mio centro caldo. Invece, lui me la fa scorrere lungo la coscia, viaggiando lentamente prima in basso, poi in alto, e infine immergendola nello spazio tra le mie gambe. Ottengo solo un leggero sfioramento al mio clitoride, prima che lui la sollevi e ripeta lo stesso processo lungo l'altra gamba.

Mase mi infila una mano sotto una delle ginocchia, mi piega la gamba e appoggia il mio piede contro l'esterno del suo per divaricarmi. Ancora una volta ignora il punto in cui ho maggiormente bisogno di lui, lavandomi lungo il polpaccio e sul piede.

Finalmente sento la consistenza ruvida della spugna premere contro il mio centro: Mase usa le dita per divaricarmi abbastanza da permettersi un contatto diretto con il clitoride, ogni passaggio è al tempo stesso troppo e non abbastanza. Mi muovo sui fianchi in cerca di un po' di sollievo, ma lui blocca la mano libera su una delle mie anche, tenendomi ferma.

Sto per implorarlo o per perdere la testa, non ne sono sicura.

Lascia andare la spugna, che ritorna a galleggiare in superficie, e mi infila due dita dentro. Un gemito acuto mi sfugge dalla bocca, la mia schiena si stacca dal suo corpo con un risucchio udibile.

"Cazzo, piccola," geme Mase, facendomi sentire il suo fiato sull'orecchio. "Sei *fradicia*." Muove su e giù le dita, scatenandomi un orgasmo così forte da mandarmi in confusione, fortunatamente nulla a che vedere con il mio trauma cranico.

"Oh, mamma mia." Continua a muoversi, e il mio corpo collassa contro il suo. Le cose che mi fa, il modo in cui mi fa *sentire*, dovrebbero essere illegali. Solo il cielo sa che non glielo dirò mai: ha già un ego smisurato, non serve che glielo gonfi ancora di più.

Una volta ripresami dall'orgasmo, quando le sue dita lasciano la presa dalla mia passera, faccio forza sulle ginocchia e mi volto in modo da trovarmi faccia a faccia con lui.

Raccolgo la spugna, aggiungo un po' di bagnoschiuma e inizio a lavargli il petto.

Vi verrebbe da pensare che, essendo appena uscita dall'ospedale, in fase di recupero da un intervento chirurgico, con una commozione cerebrale e piena di lividi, il sesso sia l'ultima idea che mi passa per la testa; ma sentire il corpo muscoloso di Mase sotto le mie mani allontana tutto.

"Attenta, piccola." Posa gli occhi sui lividi che mi costellano il lato destro del torace. "Non voglio che ti faccia male."

"Sto bene." Allargo le ginocchia per mettermi a cavalcioni sui suoi fianchi.

So che per Mase, e probabilmente per molti altri, l'idea che sia io a proteggere lui è folle, ma il solo pensiero che qualcosa possa fargli male mi dà terribilmente fastidio.

Ripensando a ciò che è accaduto, capisco che Mason avrebbe potuto battere Liam facilmente. Rispetto al mio ex, ha qualche centimetro in più di altezza e qualche chilo in più; ma, in quel momento, il mio unico pensiero era di tenerlo al sicuro.

È come se il mio corpo avesse bisogno di una conferma che stia bene, che l'altra sera non si sia fatto male. Allineo la mia fessura al suo uccello e, mentre la punta entra con estrema facilità, ringrazio chiunque abbia inventato la pillola contraccettiva. Aveva ragione: sono così bagnata che neppure l'acqua della vasca fa la differenza.

"Kayla." Sussurra il mio nome come una specie di imprecazione, un avvertimento a cui non presto attenzione, mentre continuo a scendere fino a quando il mio clitoride gonfio non gli sfiora il bacino. "*Cazzo.*"

Gli avvolgo le mani dietro al collo, unendo le dita per ancorarmi al suo corpo. Inclina la testa all'indietro e ci fissiamo l'un l'altra senza mai interrompere il contatto visivo mentre inizio a muovermi.

Lentamente.

Su e giù.

Dentro e fuori.

Mase mi appoggia le mani sui fianchi, ma non le stringe come fa di solito, si limita ad avvolgermi per permettermi di mantenere il mio ritmo lento.

Il mio sguardo gli trasmette ogni mio pensiero e sentimento.

Ti amo.

Ho bisogno di te.

Sei mio.

Sei al sicuro.

Una parte di me teme che lui mi blocchi per il bisogno di proteggermi, ma quando vedo che non lo fa mi sento sollevata.

Il nostro ritmo è lento, eppure intensissimo.

Dentro e fuori.

Su e giù.

Oscillo il bacino avanti e indietro, tirandomi fuori da lui fino a far rimanere dentro solo la punta, per poi affondare completamente.

Su fino alla punta.

Giù fino alla base.

Un movimento del bacino.

Il suo pube che mi struscia contro il clitoride.

Un gemito reciproco.

Il nostro ritmo languido continua, ancora e ancora.

Sento la pressione dentro di me crescere sempre di più, so di essere sul punto di venire ancora. La presa delle sue dita su di me è l'unico segno che mi dice che anche lui è vicino. Un altro movimento dei fianchi e veniamo insieme. Non è l'orgasmo più animalesco che ci siamo dati l'un l'altra, ma è comunque profondo.

Mi fermo mentre raggiungiamo entrambi l'apice del piacere.

Mason mi stringe tra le braccia, spingendomi a sé fino a quando non mi seppellisce il viso contro il collo.

"Porca troia," mi mormora senza fiato contro la pelle.

Annuisco, completamente d'accordo con lui.

Rimaniamo così, tenendoci stretti l'un l'altra come se non volessimo mai separarci, fino a quando l'acqua non inizia a raffreddarsi. Alla fine mi sposto in modo da finire di lavarci.

Aziono la leva per scaricare l'acqua e prendo il soffione della doccia. Passo la spugna a Mase e mi tolgo il fermaglio dai capelli. Mentre inizio a srotolarli dalla crocchia, sento le sue lunghe dita iniziare a scorrere lungo le ciocche, pulendole dal balsamo.

Una volta che siamo lavati entrambi, Mase mi tiene per mano mentre appoggio i piedi sul tappetino da bagno in memory foam, poi mi avvolge il corpo in un soffice asciugamano color celeste, usandolo per pulire l'acqua dalla mia pelle. Una volta che ha finito, ricambio il favore; intanto, ci sorridiamo l'un l'altra come due ebeti.

Mi strizzo i capelli nella vasca il più che posso prima di andare verso l'armadio della biancheria per prendere un terzo asciugamano, visto che l'altro lo ha usato lui.

Comincio a strofinarmi i capelli, poi vengo sopraffatta dalla stanchezza e inciampo di lato.

Mase mi impedisce di cadere afferrandomi prontamente per il gomito. "Forza, Skittles. Andiamo a letto."

"Già un altro round?" Cerco di ammiccare alzando le sopracciglia, ma mi fa male proprio come quando alzo gli occhi al cielo, allora mi fermo subito.

Lui, comunque, lo nota e mi solleva da terra prendendomi ancora una volta in braccio. Potrei dirgli che sono perfettamente capace di camminare da sola verso camera mia, ma perché dovrei? Il mio posto preferito al mondo è tra le sue braccia.

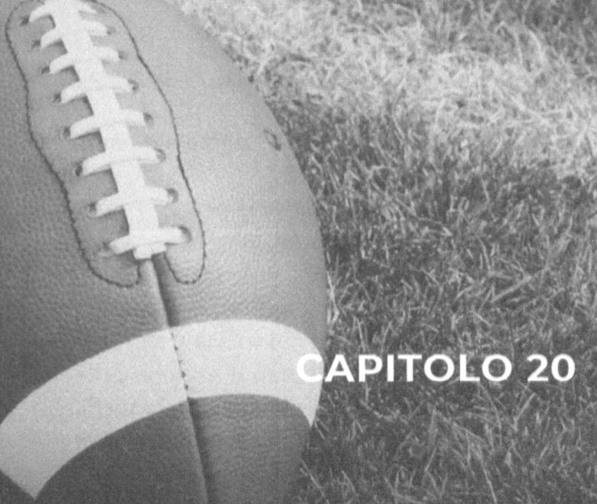

CAPITOLO 20

MASON

Il fatto che Kay non opponga resistenza quando la prendo tra le braccia come una sposa è il primo indizio che è più stanca di quanto non lasci intendere. La mia ragazza si comporta da impertinente anche nei giorni peggiori; la versione docile di lei che sto tenendo in braccio è il segno più evidente che ha bisogno di dormire, e ne ha bisogno adesso.

Una volta nella sua stanza, la sistemo vicino al letto, tenendole le mani strette attorno alle braccia per qualche secondo più del necessario. Una volta certo che riesce a reggersi in piedi, mi sposto verso il suo comò e comincio ad aprire i cassetti fino a trovare i vestiti che indossa per andare a dormire.

Getto sul letto un paio di pantaloni della tuta dei New Jersey Admirals, una canottiera e una maglietta della Henley (tutti blu, perché sappiamo bene quanto lei ami abbinare i colori); mi avvicino e srotolo l'asciugamano sistemato a mo' di turbante, facendole ricadere i lunghi riccioli intorno alle spalle e lungo la schiena.

Se i ragazzi scoprissero che una delle prime caratteristiche che ho notato di lei, oltre alla scarsa altezza, sono stati i suoi capelli, mi costringerebbero a ridare indietro la tessera d'appartenenza al mondo maschile. Tuttavia, non posso fare a meno di rigirare tra le dita uno dei suoi riccioli lunghi fino alla vita, assaporando sulla pelle la sensazione setosa delle ciocche. Il modo in cui le combinazioni di viola, rosa, rosso e nero giocano a nascondino tra la massa dorata dei ricci mi fa venir voglia di scorrerci dentro le dita per scoprire quali altre tonalità celano.

Kay emette un piccolo sospiro mentre gioco con i suoi capelli, ma sono i brividi le che ricoprono la pelle nuda delle spalle e delle braccia a risvegliarmi dal mio stato di trance.

Dopo essermi assicurato di essermi stretto bene l'asciugamano attorno alla vita, mi inginocchio davanti a lei per aiutarla a mettersi i pantaloni.

Come sono cambiati i tempi, eh, Nova? Una volta eri celebre per togliere i pantaloni alle ragazze, non per infilarglieli. Meno male che per lei ne vale la pena.

Al mio coach interiore piace prendermi per il culo, ma almeno capisce quanto Kay significhi per me.

Al contrario di altri…

Kay, che appoggia le mani su di me per non cadere a terra, mi riporta al presente, mentre le faccio salire i pantaloni lungo le gambe toniche nascoste dall'asciugamano. Non toglierglielo è stata una scelta strategica. Se voglio lasciare che le dita di Kay continuino a massaggiarmi la testa, e non un'altra parte del corpo più in basso, non posso rischiare di vederla nuda un'altra volta.

Sono pur sempre umano, e per di più maschio. È una vera battaglia, ragazzi.

Quasi mi avesse letto nel pensiero, Kay si infila la canottiera sopra l'asciugamano. Il bagno, e molto probabilmente i due orgasmi che ha avuto, sembrano aver contribuito a ridurre la tensione che i lividi sul torace le hanno provocato, perché i suoi movimenti non sono più così bruschi come prima.

"Pensi che tuo fratello mi prenderà a calci in culo, se scendo giù così?" Indico l'asciugamano avvolto all'altezza dei fianchi. "Dici che a JT dispiacerà prestarmi un'altra delle sue magliette?" Anche se vivono a pochi isolati di distanza, nelle loro rispettive case tengono i vestiti l'uno dell'altra.

Gli occhi grigi di Kay scorrono lungo il mio corpo, squadrandomi palesemente. Visto? Non sono l'unico. Lei è eccitata dal mio corpo quanto io lo sono dal suo: una delle tante ragioni per cui lei è perfetta per me.

"Non serve," dice lisciandosi la maglietta. "Le tue sono in alto a sinistra."

"Eh?" Arriccia le labbra alla mia risposta tutt'altro che eloquente.

"Il cassetto in alto a sinistra del guardaroba è pieno di tuoi vestiti."

Per quanto ami sfottermi perché cerco sempre di vederla con il mio nome addosso, dandole le mie magliette e le mie felpe della squadra di football, non credo proprio che abbia messo insieme abbastanza vestiti da riempire un cassetto. D'altra parte, anche se fosse, finirei per andare in giro come Paperino, perché non le ho mai dato dei boxer o dei pantaloni da indossare.

"Oh…" Le avvolgo le braccia attorno ai fianchi, incrociando le mani ai polsi e lasciandole pendere dolcemente sulla curva del suo sedere. "Mi hai riservato un cassetto," le dico in tono scherzoso.

Fa una breve smorfia e alza gli occhi al cielo come per dirmi: *'Ovviamente, scemo'*. "Tu per me sei importante, volevo assicurarmi che ti sentissi a casa." Il fatto che nelle sue parole non ci sia una briciola di ironia mi colpisce direttamente in una parte del cuore che, fino a quando non ho iniziato a uscire con lei, non mi ero neppure reso conto di avere.

Oh, piccola.

Non è un gesto appariscente, ma proprio come l'inclusione del mio anello nella sua collezione, questo è uno dei suoi modi per dichiarare quanto sia seria riguardo alla nostra storia. Quando apro il cassetto, sono stupito di vedere quanto sia pieno: magliette, una felpa (non una di quelle che le ho dato io), alcune paia di pantaloncini, pantaloni della tuta, mutande, jeans e calze.

Come ha fatto?

"Una sera ho chiesto a Livi di portarmi una borsa con i vestiti che usi per allenarti," dice Kay rispondendo alla domanda che non le ho posto.

Herkie fa il suo ingresso mentre mi sto vestendo velocemente con un paio di pantaloni della tuta grigi e una maglietta nera con scritto *'Proprietà privata: squadra di football dell'Università di Jersey'*. Afferro il grosso pettine che Kay sta tenendo in mano e inizio a lisciarle i capelli io, eliminando gli ultimi nodi. Una volta finito, le do una leggera spinta e la conduco verso il letto.

Allungo la mano verso gli antidolorifici e la bottiglia d'acqua che Bette ha lasciato sul comodino, apro entrambi e li porgo a Kay. Quando ha finito, prendo gli impacchi di ghiaccio.

"Sdraiati accanto a me," le suggerisco, facendo segno a Herkie di salire sul lato dove di solito lei si mette a dormire: Kay avrà meno possibilità di appoggiarsi sullo zigomo fratturato, se si stringerà al cane in questo modo.

Attivo gli impacchi di ghiaccio sbattendoli contro la coscia. Abbasso il piumone e gliene posiziono due tra la canotta e la maglietta, sistemandoli nei punti in cui so che ha i lividi peggiori.

Avvolgo l'ultimo impacco in un asciugamano e glielo poso delicatamente sullo zigomo fratturato. Noto che il gonfiore si è ridotto sensibilmente, ma non sarò felice finché non vedrò sparire il livido del tutto.

Avvolge il braccio attorno al corpo peloso di Herkie mentre rimbocco le coperte, sperando che le impediscano di congelare a causa degli impacchi di ghiaccio.

"Dormi, piccola." La bacio sulla fronte e do a Herkie una grattata sulle orecchie dicendogli: "Bravo."

Sto per chiudermi la porta alle spalle, assicurandomi di lasciarla semiaperta nel caso il cane abbia voglia di uscire, quando sento Kay sussurrare: "Ti amo, Cavernicolo."

Un piccolo sorriso mi piega le labbra. "Anch'io, Skittles."

"Tutto a posto?" chiede E non appena faccio ingresso in cucina.

"Sì. Sta già dormendo come un ghiro." Non sono sorpreso. Siamo solo al pomeriggio, ma la giornata è già stata abbastanza intensa. Prima Kay è riuscita finalmente a rilasciare la sua dichiarazione alla polizia riguardo a ciò che è accaduto, poi c'è stato quel casino con la stampa fuori dall'ospedale. È abbastanza da farmi desiderare di essere io quello nel letto con lei, e non sono neppure io quello che ha subito un trauma cranico.

A dirla tutta… potrei mettermi a fare qualche esercizio per consumare un po' della rabbia che mi scorre in tutto il corpo. Al di là del sesso che abbiamo fatto, vedere la portata delle ferite di Kay mi ha fatto rimpiangere di non essermi messo subito a caccia di Liam, l'altra notte. Per avere tutti quei lividi, la caduta sul pavimento deve essere stata *pesante*.

La porta d'ingresso si spalanca e Tessa si precipita in casa, i capelli rossi si agitano al ritmo del suo passo veloce. Squadra le persone sparse in cucina e nel salotto con un'espressione corrucciata.

"Sta dormendo," le dice G; lei subito gira i tacchi salendo di corsa le scale.

Mi muovo cercando di seguirla perché non voglio che disturbi Kay, che ha un assoluto bisogno di dormire, ma vengo fermato da una mano delicata che mi si posa sull'avambraccio. Mi volto e vedo Bette scuotere la testa. "Staranno bene. Tessa si metterà nel letto di fianco a Kay."

Fantastico. Ora sono geloso di un cane e di una studentessa delle superiori.

Alcune ore più tardi, Tessa torna di sotto (Kay, fortunatamente, sta ancora dormendo) e arriva Trav, che supera l'ingresso dei Dennings come se fosse casa tua.

"Fratello..." Senza avvertirmi, Trav lancia verso di me un mazzo di chiavi: solo i miei riflessi da atleta, che mi permettono di prendere i suoi passaggi più improbabili sul campo, mi impediscono di farle cadere a terra. "Credo che quel King stia pensando a come poterti rubare la macchina."

Accanto a me, Tessa fa scorrere le dita sullo schermo del telefono prima di portarselo all'orecchio, mentre io saluto il mio amico battendogli il pugno.

"Di' a tuo fratello che è troppo grande per farsi venire l'uccello duro per una macchina," dice Tessa a quella che sono abbastanza sicuro sia Savvy, poi E urla: "TESSA!"

"Come se non sentissi di peggio negli spogliatoi." Agita una mano verso di lui, poi getta il telefono sui cuscini del divano in mezzo a noi.

B, seduto su uno sgabello al mobile della cucina e intento a mangiare l'ennesima pietanza della signora Grayson, emette uno sbuffo. "Prega di non avere mai delle figlie, amico." Punta la forchetta verso E. "Le tue sorelline ti fanno già venire abbastanza capelli bianchi. Sono convinto che se ti nascesse una femmina finiresti per diventare pelato." Sbuffa un'altra volta.

"Non preoccuparti," Bette passa le dita tra i capelli di E, che chiude gli occhi rilassando l'espressione infastidita, "non ci sono segni che stia accadendo nessuna delle due cose."

"Perché sei così impertinente?" chiede King a Tessa, mentre la sorella si dirige verso di lei.

"È una cosa di famiglia," rispondono all'unisono E, Bette e Tessa.

La signora Grayson si dedica a servire il cibo ai nuovi arrivati, e Trav, quando riceve il suo piatto, le dà un grosso bacio sulla guancia, facendola sorridere in modo smagliante. Flirta veramente in maniera spudorata: non so perché, quando lo fa anche con Kay, lei gliela faccia passare tanto liscia. Credo che Trav abbia il "flirt" nel DNA.

"Come mai sei qui?" gli chiedo.

"Sono venuto a portarti la Shelby," dice Trav con la bocca piena. "Immaginavo che saresti rimasto a dormire qui." Alza un sopracciglio e io rispondo annuendo. "Così non devi preoccuparti di cercare un passaggio, mentre io posso farmi riaccompagnare indietro da M&M."

Il volto di Em si contorce per il disgusto, non so se sia per quel soprannome idiota o per il fatto che Trav le sta avvolgendo un braccio intorno al collo così fortemente da farla quasi soffocare.

"M&M?" Si libera della sua presa e, quando lo fa, vedo che il volto di King assume un'espressione meno tesa.

Interessante.

"Che c'è?" chiede Trav, con la bocca piena di cibo. "Non ti piace?" Em scuote la testa e Trav diventa pensieroso. "Devo continuare a chiamarti Jackie O?"

"Jack-" sussulta, interrompendo le sue parole, e si volta verso King. "Ma vaffanculo, Carter."

Prima che possano iniziare la discussione, suona il campanello.

Trav si offre di andare a rispondere alla porta, così da potersi tirare fuori dalla situazione che ha involontariamente creato.

Non posso fare a meno di ridere quando E borbotta qualcosa sul fatto che i *quarterback*, qui, fanno sempre come se fossero a casa loro.

"Posso aiutarvi?" sentiamo Trav chiedere.

"Ma lei non usciva con quel Nova? Questo qui non è il *quarterback*?" chiede una voce femminile: a E si rizzano le orecchie.

"Così dicono, ma forse Liam ha ragione e quella si sta davvero facendo l'intera squadra. Non ne sarei sorpreso," risponde una voce maschile.

Ma che cazzo?

"Ma che cazzo?" E dà voce ai miei pensieri, poi tutti andiamo a vedere cosa succede; io scavalco lo schienale del divano.

"Scusate," interviene Trav con tono sempre più duro. "Ma voi chi *cazzo* siete? E che volete?"

Mentre ci avviciniamo alla porta, vedo Trav in piedi con le gambe larghe e le braccia conserte sul petto, bloccando di fatto l'ingresso come un buttafuori che lavora all'entrata di un locale.

Alle sue parole sentiamo la donna sussultare; io e il mio coach interiore ci battiamo il cinque.

"Come *osi* parlarci in questo modo?" dice l'uomo, chiunque sia, con tono incredulo.

"Vi parlo come cazzo mi pare." Non ho bisogno di guardarlo per vedere che Trav sta sfoggiando un sorriso che vuol dire: *'Andate a farvi fottere'*. "Vi presentate a casa della mia famiglia e insultate mia sorella di fronte a me," scuote le spalle, un gesto ancora più intimidatorio visto che ha le braccia conserte, "non esiste che io sia *gentile*." Sputa fuori l'ultima parola come un insulto.

Sapevo che il mio migliore amico si era avvicinato molto alla mia ragazza, ed ecco perché si mostra istintivamente protettivo nei suoi confronti, ma se in questo momento Kay sentisse Trav chiamarla sua sorella proprio come lei fa con Tessa, con tutta probabilità si metterebbe a piangere.

"Sorella?" chiede la donna. "Sappiamo chi è Eric Dennings, e tu non sei lui."

"Comunque Kay *fa* parte della mia famiglia." Se possibile, Trav allarga il petto ancora di più, mentre continua a rimanere in posizione difensiva. "Ve lo chiedo di nuovo... chi siete e cosa volete?"

Io e Grayson ci mettiamo a un fianco di Trav, mentre E e Carter si posizionano sul lato opposto. Davanti a noi c'è una coppia di adulti, all'incirca dell'età del mio patrigno. Sotto il cappotto di lana sbottonato, l'uomo indossa quello che riconosco subito essere un abito Armani fatto su misura, mentre della donna riesco a vedere solo i tacchi a spillo e un filo di perle vere, dato che i bottoni del lungo giaccone sono chiusi. Mi sento un vuoto nelle viscere.

Credo di sapere chi siano, ma, non avendo mai incontrato i genitori di Liam Parker, non posso esserne certo.

"Signore e signora Parker," dice E con voce dura, confermando i miei sospetti. "A cosa dobbiamo il *piacere*?" Pronuncia l'ultima parola proprio nello stesso tono con cui Trav ha detto "gentile".

"Che volgari," lo rimprovera la signora Parker. "Si *vede* che vi hanno educato bene."

"Dite un'altra parola contro mio padre e non esiterò a chiamare la polizia." E diventa letalmente serio.

A giudicare dal modo in cui i due guardano oltre le nostre spalle, è evidente che stanno aspettando che li invitiamo a entrare, ma non ci pensiamo nemmeno. Quando se ne rende conto, il signor Parker sospira in modo drammatico.

"Siamo qui per parlare di queste *ridicole* accuse che vi *ostinate* a rivolgere contro mio figlio." Non so come faccia a dirlo con espressione seria. Quello che so è che sto provando l'impulso irrefrenabile di stenderlo a terra, esattamente come vorrei fare con il figlio.

"*Ridicole?!*" grida Trav prima di me.

Poi E mette una mano sulla spalla di Trav, chiedendogli silenziosamente il permesso di prendere in mano la situazione. Non c'è bisogno che qualcuno di noi perda la testa e renda le cose più complicate.

"Signor Parker." E attende che il patriarca della famiglia Parker gli rivolga la sua completa attenzione, prima di continuare. "Le assicuro che non c'è *niente* di ridicolo nelle accuse di aggressione e lesioni che abbiamo rivolto contro Liam. Mia sorella ha dovuto subire un intervento per riparare lo zigomo che suo figlio le ha fracassato con quel pugno. Senza contare il fatto che l'ha fatta cadere a terra priva di sensi, o che le ha provocato innumerevoli lividi con un attacco ingiustificato."

"*Ingiustificato?*" strilla la signora Parker. "Liam si stava soltanto proteggendo"

"Quando mai un uomo di un metro e ottanta, e per di più un giocatore di football, deve fare a pugni per 'proteggersi'," E fa le virgolette con le dita, "da una ragazza che non arriva a un metro e cinquanta?" Si ferma, aspettando una loro risposta. "*La prego…* mi illumini. Vorrei *davvero* saperlo."

Una chiazza di colore sale dal collo del signor Parker raggiungendogli le narici allargate, la mascella rigida e la brutta faccia, mentre la signora Parker (non vi prendo per il culo) si aggrappa alle perle della collana come una casalinga degli anni Cinquanta. È evidente che non sanno cosa rispondere; tra loro cala un lungo e imbarazzante silenzio.

"Sapete…" dice Trav abbassando la sua postura difensiva. "È davvero un peccato che il video di quello che è successo sia già stato pubblicato sui social." Mi guarda da sopra la spalla e mi fa un cenno con la testa per dirmi: '*Ne parliamo dopo*', in risposta alla mia espressione che vuol dire: '*Cosa cazzo stai dicendo?*'.

Trav si passa una mano tra i capelli e scuote la testa come se *lui* fosse deluso per i Parker. "Auguri, se volete convincere qualcuno delle stronzate che quello spreco di sperma di vostro figlio sta cercando di vendervi."

Facciamo tutti un passo indietro ed E chiude la porta davanti alle loro facce sconvolte.

"Spiegati. Ora," dico a Trav avvicinandomi.

Si guarda attorno, ma nessuno sembra sapere di cosa stia parlando.

"Cazzo." Quando se ne rende conto, si passa entrambe le mani sul volto. "Non riesco a credere che nessuno di voi abbia impostato le notifiche per i post di UofJ411. O che tu," mi sbatte il dorso della mano contro il petto, "non abbia *ancora* messo in carica il telefono."

Tira fuori il telefono dalla tasca e scorre fino a quando non trova quello che stava cercando. Lì, in un video lungo un minuto, viene mostrato il momento esatto in cui Liam Parker ha commesso il più grande errore della sua vita.

#Capitolo21

UofJ411: Come fa @TightestEndParker85 a essere ancora vivo dopo questo? #MortoCheCammina #CasanovaTiTroverà
video di Liam che si avvicina a Mason e a Kay, che viene colpita da un pugno quando cerca di intervenire (si sente solo il baccano della festa)
@Rock_n_read719: Porca puttana! Non fargliela passare liscia @CasaNova87 #DifendiLaTuaRagazza #Kaysonova
@Shenanigator: La rivalità ha raggiunto un NUOVO livello #NonHaiFattoUnaBellaCosa #TieniLeManiAPosto #CosaFaCasanova
@Sjenkins31: Questa è una dichiarazione di guerra #NonScherzare-ConGliHawks

KAYLA

Sarà anche trascorsa una settimana dal trambusto che ha causato Liam alla sede dell'Alpha Kappa, ma l'intero campus sembra ancora essere in fermento nel parlare dei dettagli di ciò che è avvenuto, tanto di quelli veri quanto di quelli esagerati.

Il fatto che al coach Knight e ai ragazzi sia stato chiesto del video che circola su internet durante le interviste post-partita, dopo che la settimana scorsa l'Università di Jersey ha battuto il Wisconsin nel campionato della Big Ten Conference a Indianapolis, ha certamente contribuito a mantenere la storia ancora attiva.

Anche adesso, mentre mi dirigo da un'aula all'altra, con degli stivali Hunter alti fino al ginocchio che mi permettono di non perdere l'equilibrio e di camminare a lungo, vedo gli sguardo rivolti nella mia direzione e la gente che mormora.

Buona parte dei lividi che avevo in faccia sono guariti. C'è soltanto un piccolo punto ancora tinto di viola, il resto sta svanendo in un orrendo colore marrone e giallognolo. Grazie al cielo, e grazie soprattutto al fatto che il kit di trucco professionale di Bette era fornito di un coprente ad alta tenuta. Altrimenti non voglio immaginare le chiacchiere che avrei scatenato.

Alla mia sinistra, vedo un telefono puntato verso di me

(molto poco discretamente, aggiungerei). Abbasso la visiera del nuovo cappello nero dell'Università di Jersey, identico a quello che indossa sempre il mio ragazzo (un suo regalo, ovviamente), facendo cadere in avanti i riccioli lasciati sciolti e assicurandomi che ciò che il trucco non è riuscito a nascondere sia oscurato il più possibile.

Dopo aver trascorso la settimana scorsa a riprendermi e, in generale, a nascondermi da ciò con cui non voglio avere a che fare, ma che sono comunque costretta ad affrontare, è giunta l'ora che mi comporti da ragazza adulta e che mi impegni. Ecco perché oggi, sotto la mia camicetta di flanella aderente bianca e nera, mi sono assicurata di indossare la mia maglietta con scritto: 'Non tirartela, ti guardo dal basso all'alto solo perché sono nana'.

La coach Kris mi ha cacciata nuovamente dalla Caserma, dicendo che avevo bisogno di un'altra settimana di relax per recuperare gli studi che ho lasciato indietro quando non mi era permesso guardare lo schermo del computer, nei primi giorni successivi al trauma cranico.

Fuori dalle porte della Jefferson Hall c'è un folto gruppo di studenti; maledico la mia statura verticalmente svantaggiata quando mi è così difficile farmi largo tra la calca di corpi che mi intralcia. Di solito riesco a sopportare gli urti occasionali, ma adesso anche solo una gomitata potrebbe compromettere la mia guarigione.

Mi si irrigidisce la schiena quando scorgo il ghigno sornione di Adam tra la folla. Onestamente non capisco quale sia il suo problema, o cosa lo spinga a essere quel coglione che è, ma non mi è mai piaciuto. Probabilmente molto è dovuto a quell'arroganza che indossa come un'uniforme, ma sinceramente non lo sopporto.

"Puffetta." Alle mie spalle sento la voce di Trav, a cui decido di aggrapparmi come se fosse un salvagente e io stessi per annegare.

"QB1." Mi giro sui tacchi e lo saluto. Il suo tipico sorriso da playboy sciupafemmine si allarga appena sente il suo soprannome. A volte mi viene da chiamarlo T, ma dal momento che Tessa ha reclamato il diritto di essere la T principale della mia vita, questa settimana ho avuto difficoltà a usare quel nomignolo, visto che ero insieme a entrambi.

Mi mette un braccio attorno alle spalle e mi stringe a sé.

"McQueen." Il sorriso di Adam si fa più viscido e stringe gli occhi in uno sguardo divertito.

"Hall." Trav, che non mi ha mai lasciata andare del tutto dopo l'abbraccio, mi stringe a sé più forte quando sente che mi sono irrigidita a seguito del saluto di Adam.

Adam squadra Trav da capo a piedi. Per quanto dovrebbe essere impossibile, le labbra gli si piegano ancora più in alto: adesso assomiglia a una qualche versione demente del Joker in abiti da studente universitario. "Non dovresti essere in giacca e cravatta?" Allunga un dito verso l'orecchio. "Magari indossare un auricolare?"

Trav piega il viso verso di me, con un'espressione che vuol dire: *'Ma di che cazzo sta parlando?'*. Gli rispondo con un'alzata di spalle per dirgli: *'Perché lo chiedi a me?'*.

"Ah..." Adam si dà una pacca sulla fronte, facendo il finto tonto. "Mi sbagliavo? Non stai giocando a fare la guardia del corpo della regina del football?"

"Regina del football?" squittisco, mentre il terrore mi cade nelle viscere come un macigno.

"Uno dei tuoi nuovi hashtag in tendenza," spiega Trav, tenendo la voce bassa per non farsi sentire dagli impiccioni che ci circondano.

Getto lo sguardo a terra. Avrei dovuto saperlo. Per quanto siano diversi dai tempi delle superiori, i social media riescono ancora a condizionare la mia esistenza in modo eccessivo. Non passa giorno che non sia in guerra con me stessa per decidere cosa fare, ma non riesco mai a prendere una decisione.

Dovrei riattivare i miei account? In tal caso, dovrei lasciare che il mondo conosca ogni dettaglio della mia vita come compagna di un futuro giocatore professionista, o i curiosi si accontenteranno di ciò che io deciderò di fargli conoscere? Lasciarmi coinvolgere e avere il controllo sui messaggi che trasmetto potrebbe avere qualche vantaggio.

Oppure dovrei continuare a evitarli del tutto? Dovrei pregare che la curiosità riguardo a ciò che è accaduto con Liam inizi a scemare e che le acque si calmino? Dovrei sperare che, dopo la partita di playoff (e, in caso di vittoria, dopo il campionato nazionale), io e Mase alla fine della stagione perderemo la nostra condizione di "cocchi dei media"?

Per quanto sia tentata di seguire quest'ultimo piano, capisco bene quale sia il problema. Chi ci può garantire che il ciclo non si ripeterà ogni volta che a Mase accadrà qualcosa nel corso della carriera? Nei prossimi mesi avrà i test attitudinali della Combine, le selezioni e il campo di addestramento. Mase sarà già sottoposto allo stress di dover dimostrare il proprio valore nella sua stagione da esordiente, oltre a dover affrontare quella che inevitabilmente diventerà una relazione a distanza. È giusto, da parte mia, mettergli addosso anche l'ansia di doversi occupare anche del fatto che siamo sempre in tendenza?

Merda! Non voglio nemmeno pensare all'idea che si trasferisca chissà dove per otto mesi all'anno. Ecco un altro problema per la Kay del futuro.

"Uff." Appoggio una mano sulla visiera del cappello e la tiro giù nel tentativo di sparire.

Il suono di una risata profonda mi fa girare la testa verso un Trav fin troppo divertito; una parte dei capelli recentemente tagliati da Bette gli cade giù e gli copre uno degli occhi mentre cerca di trattenere le risate. Quel ghigno che ho visto far cadere mille paia di mutandine si manifesta in tutta la sua forza quando nota che alzo gli occhi al cielo. Il mio ragazzo sarà anche soprannominato il Casanova del campus, ma il suo migliore amico dovrebbe chiamarsi Romeo. L'incapacità di Trav di *smettere* di corteggiare (per quanto sia innocuo) gli procurerà un livido costante sul braccio, quando Mase diventerà troppo cavernicolo.

"Andiamo." Trav mi dà una spinta e mi fa superare Adam e i suoi amici che bloccano l'ingresso. Nemmeno la vista di alcuni telefoni puntati verso di noi riesce a cancellare la felicità che provo per il fatto che Adam sia stato snobbato da uno dei confratelli. Anche se non l'ha dato a vedere, Trav ha completamente ignorato le sue cazzate. "Ti accompagno in classe, sorellina."

Sorrido così tanto che mi fa male la guancia ancora in via di guarigione, ma non mi importa; non posso farci niente. Penso solo al fatto che Trav, davanti ai Parker, si è presentato come mio fratello.

"Devo ancora abituarmi a sentirmi chiamare così da te," ammetto.

Trav mi guida verso il muro per schivare gli altri studenti che cercano di entrare in aula. Appoggia entrambe le mani sulle mie spalle per assicurarsi che gli dedichi tutta la mia attenzione. È raro vederlo così, senza un pizzico di ilarità; ciò mi fa capire che sta per dire qualcosa di serio.

"Una volta mi hai detto che io per Mason ero importante, quindi ero importante anche per te." Mi appoggia un dito sotto il mento. "Beh, Puffetta… il sentimento è reciproco."

Mi getto su di lui, sopraffatta dall'emozione, e gli stringo le braccia attorno alla vita così forte da fargli emettere uno sbuffo: "*Ooof.*"

"Ti voglio bene, T," gli dico contro il petto, dove ho sepolto la faccia, continuando a tenerlo stretto.

Mi appoggia il mento sulla sommità della testa e ricambia il mio abbraccio. "Ti voglio bene anch'io, Kay."

Spero che il suo compleanno cada in un mese per cui indosso già un anello. Sto finendo le dita, ho l'impressione che Trav diventerà un membro della mia "famiglia" non felice di non essere rappresentato.

Quando finalmente ci separiamo, mi dà un colpetto alla visiera del cappello. "Ora tira fuori il tuo lato secchione e vai in classe. Ci vediamo alla sede stasera."

A causa delle regole della NCAA, la squadra di football può fare solo quindici sessioni di allenamento nelle settimane che precedono le partite di coppa. Ho intenzione di sfruttare tutto il tempo extra che riesco a trascorrere con Mase e i ragazzi, ma il fatto che Trav mi abbia ricordato di stasera (e della discussione che ho intenzione di aprire) ha ridotto un po' il buonumore che provavo.

UofJ411: Lunga vita alla #ReginaDelFootball #Bentornata
#LaRagazzaDiCasanova
foto di Kay all'università
@Simono9311: È passata cosa, una settimana? #DevoAggiornarmi
#LaRagazzaDiCasanova
@Smalltown_booklover: Aww… guardate. Ha il cappello identico a
quello di @CasaNova87 #Gemelli #TraguardiDiCoppia

UofJ411: Ma ditemi voi se non sono carini #MiglioriAmici
#LaRagazzaDiCasanova
foto di Trav con il braccio attorno a Kay
@Sparksandmoonlight: È una specie di triangolo amoroso?
#CasanovaDeveSaperlo
@Summerlynn83: Ho sempre pensato che questi due fossero un
po' troppo "vicini" #AveteCapitoCosaIntendo
@TheQueenB: #ChiVuoleBeneCondivide

Il periodo degli esami è l'unico in cui la sede della confraternita degli Alpha Kappa non ha l'aria di… beh, di essere la sede di una confraternita. Nella settimana degli esami, e in quella che la precede, qui non si fanno feste. Molti dei nostri confratelli sono atleti, ed è fondamentale riuscire a ottenere buoni voti se vogliamo mantenere l'idoneità per continuare a giocare.

Con tutti gli impegni che derivano dall'essere uno studente atleta, tenere il passo con i requisiti accademici è una battaglia costante.

La prima volta che il coach Knight mi ha beccato a sgattaiolare fuori per ricevere il mio bacio pre-partita da Kay, non mi ha fatto fare i giri di campo fino a vomitare solo perché si è reso conto quanto lei fosse importante per i miei buoni voti.

Ecco perché, in questo momento, il nostro gruppo si trova sparpagliato nella taverna della sede dell'Alpha Kappa. Una volta questa era la mia stanza preferita, ma dalla sera in cui Kay si è fatta male, non riesco più a entrarci senza vedermi davanti agli occhi lei accartocciata sul pavimento con la testa immersa in una pozza di sangue.

Devo scuotere energeticamente il capo per liberarmi dall'immagine che continua a insinuarsi nella mia mente. Trascorrono diversi secondi prima che riesca a concentrarmi sulla scena reale che mi si presenta davanti.

Em, adesso che è tornata da una telefonata, sta confrontando gli appunti con Grayson. Quinn tiene la testa così vicino a quella di CK da sferzarlo con la coda di cavallo ogni volta che si volta per fargli una domanda. Alex, Noah e Kev stanno smanettando sui portatili; c'è anche Bailey (per quanto non sia sicuro di come mi faccia sentire la sua presenza), intenta a sottolineare con l'evidenziatore le pagine del libro che tiene aperto sulle ginocchia.

Manca solo la mia ragazza. Se poco fa non mi avesse mandato un messaggio, dicendomi che doveva occuparsi di alcune faccende prima di venire qui, a quest'ora sarei preoccupato da morire. Non avrei esitato un minuto a correre verso il suo dormitorio per controllare se stesse bene, anche se ciò mi avrebbe fatto guadagnare un'alzata di occhi e un rimprovero per essere un cavernicolo iperprotettivo.

È stata una vera impresa convincerla a spostare la nostra sessione di studio alla sede dell'Alpha Kappa. Già prova un'antipatia generale per tutto ciò che riguarda la vita delle confraternite, ma si sente ancora più a disagio a venire qui, dal momento che non abbiamo ancora capito come abbiano fatto Liam e i compari a entrare. Anche se il mio istinto cerca di convincermi del contrario, resta il fatto che si trattava di una festa con centinaia di persone ammassate all'interno. Sarebbe stato facile per chiunque intrufolarsi senza essere notato.

Kay arriva col botto... letteralmente: spalanca la porta a battente della sala talmente forte da farla sbattere contro il muro. Le sue falcate sono le più lunghe che le abbia mai visto fare, e credo che, se fosse fisicamente possibile, le uscirebbe il fumo dalle orecchie. Tiro indietro un gomito quando Trav si appoggia al mio fianco per sussurrarmi nell'orecchio che anche lui ha avuto le mie stesse sensazioni.

Sbuffando, Kay si butta sul cuscino libero accanto a me, muovendosi a scatti mentre tira la cinghia della borsa dei libri, apre aggressivamente la cerniera, tira fuori il portatile e se lo sbatte in grembo.

Quando rimane in silenzio, invece di spiegare ai presenti ormai incuriositi il motivo di tanta agitazione, appoggio il mio MacBook sul tavolino e mi volto verso di lei, che indietreggia contro il bracciolo del divano mentre cerco di abbracciarla appoggiandole le mani sui fianchi.

Piega il busto nella mia direzione, ma continua a rifiutarsi di guardarmi. "Ehi." Le appoggio due dita sotto il mento e le piego fino a quando i suoi occhi grigi non incontrano i miei. "Ti va di parlarne?"

Il suo sguardo va prima a destra e poi a sinistra. "Parlare di cosa?" Cerca di sembrare indifferente, ma riesco a percepire la tensione nella sua voce.

"Oh, non lo so..." Trav mi appoggia il mento sulla spalla come se io fossi un pirata e lui il mio pappagallo, poi allunga un braccio e fa ruotare un dito a pochi centimetri dal naso di Kay. "Di qualunque cosa ti abbia provocato... *quella* faccia."

Anche se non la vedo, perché ce l'ho alle spalle, so che è Em quella che ha appena emesso uno sbuffo.

"Delicato, fratello," dice Grayson con un colpo di tosse, unendosi alla risata di Em.

"Vabbè, G." Trav finalmente si ricorda di una piccola cosa chiamata spazio personale e indietreggia. "Dico solo che lo sguardo di Puffetta è più feroce di quello di Kev quando guarda un *quarterback*."

Kay sbatte le palpebre e schiude quelle belle labbra che non ho ancora avuto la possibilità di baciare, mentre rivolge l'attenzione verso Trav. "L'hai chiamato G." Quanto è tenero vederla sorpresa da ciò.

"Tu sei mia sorella, lui è mio fratello. In questa famiglia lui si chiama così, quindi perché no?"

Nel tentativo di riportare la conversazione su ciò che ho bisogno di sapere prima di andare in escandescenze, accarezzo la guancia di Kay, facendo scorrere un pollice lungo lo zigomo ancora in via di guarigione. Piega la testa verso la mia mano, come se cercasse conforto nel mio tocco.

"Il mio numero di telefono è finito nelle mani di altri... giornalisti molto *insistenti*. È da due ore che rispondo alle loro chiamate, e con 'rispondere' intendo riattaccare subito."

"Ma che cazzo?" ringhio a quelle parole. Una parte di me non riesce a biasimare la stampa e i follower di Instagram per essere ossessionati dalla mia ragazza: è sexy, affascinante (quando vuole), e la storia sua e del fratello è davvero avvincente. Unite tutto ciò al fatto che io e lei formiamo una gran bella coppia, e li capisco. Ciò non significa comunque che la faccenda mi piaccia.

"Credi che..." Mi interrompo, il pensiero che mi è balzato in testa mi ha colto del tutto alla sprovvista.

Porca puttana! Dimmi che non ci stai pensando sul serio, Nova. L'occhiataccia che mi sta rivolgendo il mio coach interiore non è *niente*, in confronto a quella che sarebbe la reazione di Brantley.

"Credo cosa, Mase?"

La voce soave di Kay mi riporta al presente. Il modo istantaneo in cui la sua espressione tormentata si rilassa non appena i suoi occhi incrociano i miei... è il motivo per cui è nato quel pensiero. *Lei* è il motivo.

"Credi che la stampa perderebbe interesse più velocemente, se ritirassi pubblicamente la mia disponibilità alla selezione di quest'anno?"

L'intera stanza si blocca come se qualcuno avesse premuto il bottone di stop. Tutti si fermano. *Cazzo!*

"COSA?!" scatta Kay con la stessa furia di prima. *Merda!* Questa reazione me la sarei aspettata da Brantley, non da lei.

Le avvolgo le dita attorno alla testa. "Ho ancora un anno di idoneità. E se me lo giocassi? Se non farò parte della selezione di quest'anno, sarò una storia meno interessante."

"Mi sembra un modo di pensare molto ingenuo." Ahia. In tutte le volte che si è comportata da impertinente con me, non credo che mi abbia mai insultato apertamente, ma mi sento come se l'avesse appena fatto. "Sei un giocatore troppo bravo perché questa trovata funzioni." Il suo sorriso tenero è più rassicurante del complimento che mi ha rivolto. "Non lasciare che *questo* rovini tutte le esperienze fantastiche che ti aspettano. *Tu*," mi avvolge il viso tra le mani, imitando la mia presa, "meriti di vivere i tuoi sogni *adesso*."

Ma se i miei sogni fossero cambiati?

"Oltretutto," agita una mano in aria, "i giornalisti hanno chiamato più che altro a causa del fatto che il video di Liam sta facendo ancora presa." So che si è preoccupata quando mi hanno interrogato riguardo a ciò che è successo... ma perché, quando dice quelle parole, si rivolge verso Em? Perché si sta *giustificando* con lei?

La mia confusione aumenta quando Em agita a sua volta una

mano in aria, aggiungendo: "Questa storia passerà, e quando succederà, loro se ne faranno una ragione."

Chi sono loro?

Kay non sembra convinta, il solco tra le sopracciglia le diventa più marcato e il suo volto è sempre più corrucciato.

Dato che non riesco più a sopportare di vederla turbata per colpa di quel cazzone che non si vuole decidere a sparire e basta, sollevo Kay e me la metto in grembo, baciandola fortemente. Le basta un secondo per sciogliersi contro di me e dimenticare tutti i problemi.

Per ora.

CAPITOLO 25

Tutta la calma che provo dopo aver allenato alla Caserma per la prima volta in quasi un mese scompare nel momento in cui mi fermo davanti ai cancelli della villa in cui abita la famiglia di Mason. Non sono più tornata dalla notte in cui, all'inizio della nostra relazione, mi sono inaspettatamente fermata a dormire lì. Non so perché, ma mi sento intimorita.

Sarà forse perché finalmente stai tirando fuori gli attributi e parlerai a Mase e Trav della loro ex fidanzata dalla doppia personalità… sai, quella conversazione che stai rimandando da una vita? La mia cheerleader interiore potrebbe anche evitare di parlarmi con un tono tanto accusatorio.

Facendo un respiro profondo, abbasso il finestrino e apro i cancelli digitando il codice che mi ha dato Livi. Lei e il fratello gemello Olly hanno saltellato dalla gioia sul mio sedile posteriore per tutta la durata del viaggio. Dal momento che sarei venuta qui dopo aver terminato l'allenamento degli Admirals, mi sono offerta di dare loro un passaggio; volevo regalare un pomeriggio libero a Grace Nova-Roberts (la madre di Mase e dei gemelli), invece di costringerla a trascorrerlo alla Caserma.

Seguo il lungo vialetto curvo, osservando quali auto vi sono parcheggiate, e scelgo di parcheggiare Pinky, la mia Jeep, vicino alla Lexus di Em. A quanto pare G ha finito la partita di basket e noi siamo gli ultimi a essere arrivati.

Tessa, che si è unita a noi solo dopo l'allenamento delle Marshal, osserva con gli occhi spalancati l'enorme villa in pietra grigia adornata da colonne bianche. Non la biasimo.

Quando facciamo ingresso nell'ampio atrio, vediamo che non c'è nessuno. "Scommetto che sono nella sala giochi," dice Livi andando verso il corridoio sulla destra.

"Nella sala giochi?" domanda T, voltandosi di scatto con sguardo incredulo.

"Davvero ti stupisce che in un posto del genere," risponde Olly allargando le braccia, "ci sia anche una sala giochi?"

Da sopra la propria spalla, T incontra il mio sguardo; entrambe scuotiamo la testa come per dirci: *Porca miseria!* Prima la sala cinema, che aveva tutta l'aria di una sala di proiezione vera e propria, e adesso pure la sala giochi. Poi cosa, una pista da bowling? Giuro, questo posto fa le scarpe alla casa di E a Baltimora.

Raggiungiamo una serie di porte di mogano, simili a quelle della sala cinema; da una delle due porte, aperta, si sentono grida di celebrazione e applausi. Come dimensione, il posto è molto simile alla palestra della casa di mio fratello... e stiamo parlando di quasi duecento metri quadri, il sogno di ogni maniaco del fitness.

Su una parete c'è uno schermo da ottanta pollici, con tutte le console di gioco immaginabili. Quando vedo il grande divano in pelle nera, con quattro poltrone da gaming posizionate di fronte, mi metto istintivamente a cercare CK. Scommetto che in questo momento sta sbavando: ha consentito solo a G di vedere il video-gioco che sta progettando, ma non sarei sorpresa se lo facesse vedere anche a Mase per avere la possibilità di giocarlo qui.

Sul muro opposto a quello dove si trova il paradiso dei video-giocatori c'è un bancone da bar in legno nero con degli sgabelli viola. Appeso al muro c'è un altro schermo piatto (questa volta un modesto cinquanta pollici) e, mentre mi avvicino, noto che oltre alla grande collezione di liquori ci sono anche un minifrigo e una cantinetta per i vini.

Ci sono anche un vecchio cabinato di PacMan, un tavolo da air hockey e un calciobalilla. Nell'altro angolo c'è un bersaglio per le freccette con un tabellone personalizzato Nova-Roberts.

Devo dare atto a Brantley che il designer che ha scelto per la creazione di questo ambiente ha fatto un lavoro eccellente nel non rendere il posto troppo asfissiante: ogni parte della sala si può utilizzare senza disturbare gli altri.

Saluto, abbraccio e bacio sulle guance tutti gli amici che incrocio, finché non mi fermo una seconda volta. Quasi non noto l'eleganza del tavolo da biliardo in legno nero (perfettamente abbinato al bancone del bar) con il feltro grigio, o le luci geometriche di forma sferica in stile moderno sopra di esso. No, la mia concentrazione è tutta rivolta alla persona che sembra padroneggiare alla perfezione la posa da *cattivo ragazzo* che scatena fantasie nella mente delle donne: Mase.

I miei occhi rimbalzano su e giù mentre cerco di cogliere tutti i dettagli contemporaneamente: il taglio dell'onnipresente cappellino nero al contrario, la scintilla maliziosa nelle iridi verdi, il punto delle guance dove sono spuntate le fossette da capogiro grazie al sorrisetto diabolico.

Il cuore mi batte all'impazzata e il mio respiro si fa affannoso per tutti i pensieri sconci che mi passano in mente.

Come se le mie mutandine non fossero già rovinate per ciò che vedo dal suo collo in su, ciò che vedo dal collo in giù completa il disastro.

Le maniche della maglietta nera *Hawks Athletics* sono tese sotto i suoi bicipiti; la scritta rossa e bianca non fa altro che rendergli evidente l'ampiezza del petto e la flessuosità degli avambracci incrociati.

Mase si incammina verso di me per raggiungere il colletto del mio cappotto e stringermi contro di sé; infilo i piedi tra i suoi nello spazio tra le gambe divaricate, prima che le sue labbra scendano a lambire le mie.

Visto che è piegato verso di me, la nostra differenza di altezza non è drastica come al solito; devo comunque sollevarmi sulle punte dei piedi e avvolgergli le braccia attorno al collo muscoloso. Non so se volesse che questo bacio fosse breve, ma non appena sento la barba punzecchiarmi le labbra non riesco a fare a meno di approfondire il nostro legame. Quando lo sento attorcigliarmi le mani tra i capelli, piegandomi meglio la testa, e lambirmi la lingua sospirando dal piacere, capisco che si sta godendo il bacio.

Ci separiamo solo quando le persone intorno a noi iniziano a canzonarci. Con dita agili Mase mi abbassa la cerniera e mi aiuta a togliermi il cappotto, poi mi volta verso la stanza, tenendomi con la schiena premuta contro il petto e il sedere appoggiato all'inguine.

"Bella maglia, Puffetta," dice Trav indicando la maglia a maniche lunghe con scritto *Cattiva dal fiocco in giù.*

Mi stringo le mani sul cuore e piego le ginocchia con fare drammatico. "Sono felice che ti piaccia, QB1. Come avrei *mai* potuto vivere, se non ti fosse piaciuta?"

"Sbruffoncella." Mi fa il dito medio e io gli invio un bacio volante dicendogli: "Lo sai che mi vuoi bene."

"*Mamma mia.*" Tessa si batte una mano sulla faccia. "Ti comporti con lui proprio come ti comporti con E."

Il sorriso smagliante sulla faccia di Trav parla da sé. Con un semplice commento da parte di Tessa, ha consolidato per sempre lo status di mio fratello maggiore.

"Com'è stato tornare al lavoro?" Mase mi seppellisce il viso contro il collo, baciandomi il tatuaggio dietro l'orecchio.

"Fantastico." Fatico a parlare mentre con i denti mi pizzica il tendine che connette il collo alla spalla. "Chi ha vinto la partita?"

G emette uno sbuffo e, quando mi volto a guardarlo, vedo che sta mimando il gesto di ricevere una pugnalata al cuore. "A quanto pare, da quando esci con un giocatore di football inizi a dubitare del talento delle stelle dell'università, Baby."

Mase ridacchia contro la mia pelle, chiaramente divertito dall'accusa. È vero, finché non sono diventata amica di G avevo un interesse soltanto marginale per il basket. Ora che ho un legame personale con il gioco, non mi limito più a guardare solo degli spezzoni del torneo della March Madness; adesso sono totalmente presa. Il fatto che non sappia il risultato della partita che ha giocato questo pomeriggio la squadra di basket dell'Università di Jersey non ha niente a che vedere con il mio primo amore, il football.

In una sala piena di giocatori di football, il commento di G scatena un'infinità di battute e prese in giro che definiscono il tono del resto della serata.

G ci fa una narrazione molto animata di come gli Hawks abbiano battuto i Michigan State Spartans grazie a un suo tiro da tre punti allo scadere del tempo.

CK riesce a battere chiunque osi sfidarlo a una partita di

biliardo.

T e i gemelli discutono con Em e Q della possibilità che la Red e la White Squad vincano i campionati nazionali il mese prossimo, e ogni tanto mi coinvolgono nella discussione per sapere cosa ne penso delle sessioni di allenamento di questa stagione della Blue Squad dell'Università del Kentucky.

Faccio del mio meglio per rilassarmi e godermi la giornata libera dallo studio, prima di rimettermi sotto domani. Non è il pensiero degli esami che mi tiene in allerta, no: è la conversazione che dovrò sostenere una volta che i nostri amici andranno a dormire.

T è la prima ad avvicinarsi dove sto strusciando il sedere contro Mase. Non tento nemmeno di nascondere il sorriso che mi scatena l'erezione che mi preme contro la parte bassa della schiena, mentre cerca di far mangiare la mia Mrs. Pac-Man dai fantasmi.

"*Adesso vado.*" T appoggia le mani sui lati del cabinato, si alza sulle punte dei piedi e si china per darmi un bacio sulla guancia.

"Fammi indovinare, tu e Savvy ieri sera avete guardato *Ragazze a Beverly Hills*?" Piego la testa per darle a mia volta un bacio, molto meno entusiasta del suo. Oltre a guardarsi mille volte *Gossip Girl*, T e Savvy hanno una gran passione per i film anni Novanta.

"È un classico." Fa spallucce.

"Come farai a tornare a casa?" le chiedo, visto che le ho dato io un passaggio.

"King mi sta aspettando fuori dal cancello." Solleva il telefono e lo agita da una parte all'altra. "È la serata del poker," dice uscendo dalla porta a passo di *moonwalk*. Ogni volta che in inverno c'è il rischio che le strade si ghiaccino, King organizza tornei di poker clandestini, e Tessa lo affianca con la funzione di compare. Quando avrà finalmente ventun anni, finirà per sbancare i casinò.

Mentre le lancette dell'orologio si avvicinano alla mezzanotte, il resto dei nostri amici inizia a salutare il gruppo. CK va via insieme a Em e Q, dopo aver confermato a me e a G che domani ci troveremo in biblioteca per un ultimo ripasso.

Ho già chiesto a Trav di restare; così, quando gli altri residenti della sede dell'Alpha Kappa ci salutano, lui rimane seduto sul divano.

Sono piegata in due dalle risate mentre guardo Noah allontanarsi a passo di danza da un Mase accigliato dopo avermi dato una pacca di buona fortuna sul sedere. Alzo gli occhi al cielo: sono davvero dei bambini mai cresciuti.

I gemelli sono andati a letto; quando Mase, comodo sul divano vicino a Trav, mi tira a sé per farmi sedere sul suo grembo, siamo rimasti solo noi tre. Ho rimandato tanto, anche troppo a lungo, se devo dirla tutta. Ora basta tergiversare.

A giudicare dal modo in cui Trav mi guarda con la coda dell'occhio, ho la sensazione che sospetti il motivo per cui gli ho chiesto di restare. Anche se non lo sa, gli sono grata del fatto che non abbia più tirato fuori il discorso da quando non gliene ho parlato io mentre ero in ospedale.

Non che renda le cose più facili…

Su e giù, e poi in cerchio, scorro il dito sul tatuaggio tribale del braccio di Mase. Forse, se continuo a concentrarmi sul disegno, sarò in grado di sputare il rospo.

"Quando…" Mi sforzo di deglutire intorno ai nervi che all'improvviso mi si sono stretti in gola. Schiarisco la voce e ci riprovo. "Quando vi siete resi conto del gioco che stava facendo Chrissy/Tina," sotto di me sento l'intero corpo di Mase irrigidirsi, "…chi ha lasciato chi?"

"*Perchééééé?*" Mase trascina la parola con una nota di tensione.

"Devo saperlo." Lancio un'occhiata a Trav, immobile come una statua. "È importante."

"Kayla…" Oh oh. Non è mai un bene quando Mase mi chiama per nome intero. "*Lei* non merita un secondo della tua attenzione. È irrilevante, insignificante e ininfluente."

"Tu sì che hai un bel vocabolario di aggettivi, fratello," scherza Trav.

"Fanculo, stronzo," lo insulta, mentre mi stringe attorno alla vita con un braccio come una fascia; ma sono grata per la battuta. Mase avrà bisogno di tutta la leggerezza possibile, quando gli dirò che si sbaglia.

Ragazzaaaaa, lasci sempre che gli altri ti trattino come vogliono loro. Fatti forza, sei più coraggiosa di così.

Dando retta al consiglio della mia cheerleader interiore, faccio un respiro profondo e prego.

"Poco prima della partita contro la Penn State, si è presentata al mio dormitorio."

"Chi?" chiede Mase, ma non sono io a rispondergli: è Trav.

"Tina," dice a voce bassa.

"COSA?!" abbaia Mase, facendomi indietreggiare involontariamente. Mi bacia la sommità della testa nel tentativo di calmarmi.

"Ha detto di essere venuta per avvertirmi."

"*Avvertirti?*" Annuisco quando Mase ripete la parola.

"*Starei molto attenta, fossi in te. Non sempre accetta un no come risposta. Io lo so bene.*" Ancora oggi mi ribolle il sangue ripensando a quell'insinuazione. Sono le bugie come le sue che fanno tornare indietro di *anni* i tentativi delle vittime di violenza sessuale di ottenere giustizia.

"Mi ha detto che l'hai stuprata," Mase mi stringe ancora di più, "e quando non ho creduto a quelle accuse assurde, ha cercato di convincermi che Brantley l'ha pagata per tenere la bocca chiusa."

Gli unici suoni presenti nella stanza sono i ronzii dei mini frigoriferi e i respiri affannosi. Quando non riesco più a sopportare quel silenzio, alzo la testa e mi volto per prendere il viso di Mase tra le mani.

"*So* che non è vero." Mentre parlo gli vedo un fuoco nelle profondità verdi degli occhi. "L'*unica* ragione per cui ti chiedo come vi siete lasciati è per cercare di capire quanto rancore covi lei verso di te." Guardo alla mia destra verso Trav. "Verso *entrambi*."

"Siamo stati noi," inizia Mase.

"Insieme," conclude Trav.

Il che non mi sorprende. Affrontare Chrissy/Tina e porre fine insieme alla faccenda sarebbe stato un modo in più per dimostrare la solidità della loro amicizia.

"Cazzo." Lo sento afferrarmi la nuca con una mano, tirandomi più vicino finché le nostre fronti non si toccano. Chiudo gli occhi e inspiro profondamente, il profumo di sapone aiuta a rallentare il battito frenetico del mio cuore. "Hai una *pallida* idea di quanto mi *terrorizzi* il fatto di sentirmi come se ti avessi messo un bersaglio sulla schiena e non ci fosse *nulla* che io possa fare per proteggerti?"

"Mase."

"Mi fa *morire*, piccola."

Non è colpa sua. Proprio come lui ha provato a convincermi

che ciò che è successo è stata colpa di Liam e non mia, questa è tutta colpa di Chrissy/Tina.

"Ma perché venire da te, poi?" Piega la testa, pensieroso. "Brantley potrebbe anche non averla pagata, ma sicuramente avrà pensato che saresti venuta a dirmelo; *non esiste* che il mio patrigno non usi le sue risorse per spaventarla."

"L'ha pagata Liam."

"Che cazzo?" impreca Trav, Mase gli lancia uno sguardo che vuol dirgli che condivide le sue parole.

"Ha detto che, anche se io non le avessi creduto, non significa che non sarebbe riuscita a convincere la stampa; almeno per il tempo sufficiente a spingere le squadre di football a pensare che sei un rischio e che non dovrebbero sceglierti." Per quanto io tema il fatto che presto mi ritroverò a vivere una relazione a distanza, farò tutto quanto in mio potere per difendere il suo futuro.

"Ti ho già detto che non me ne frega niente della selezione." Le unghie di Mase mi scavano nella pelle mentre stringe la presa su di me. "Anche se le sue cazzate mi facessero perdere la selezione, non significa che non posso venire scelto da una squadra una volta che si sarà chiarito tutto."

"No." Scuoto la testa prima ancora che termini la frase. "Ti costerebbe *milioni*."

"Piccola." Mase guarda verso la sala giochi. "Non si può certo dire che abbia bisogno di soldi. *Tu* sei la cosa importante per me."

Cazzo. Iniziano a bruciarmi gli occhi; cerco di non piangere, ma non ci riesco, e Mase mi asciuga una lacrima. "Accidenti. Tu e le tue parole sdolcinate."

"C'è un motivo se mi chiamano Casanova." Una delle fossette fa capolino.

"Sei un cretino." Odio quel nomignolo.

"Ma mi ami comunque."

"Il cielo mi aiuti, ti amo… Cavernicolo."

Tutt'a un tratto si fa silenzioso, sul bel viso gli compare un'espressione pensierosa. I nervi mi saltano all'erta quando si passa una mano sul cappellino. "Forse dovrei davvero pensare di rimandare la selezione all'anno prossimo e lasciare che le acque si calmino."

Scuoto la testa prima che finisca di parlare. Credevo che avessimo accantonato questa idea ridicola settimane fa.

CAPITOLO 26

MASON

Mentre sistemo le valigie in preparazione del viaggio di quasi una settimana in Texas per il Cotton Bowl, la mia mente è assillata dai ricordi di ieri. Di solito, quando la squadra si mette in viaggio per una partita in trasferta, si tratta solo di un weekend, ma le partite di coppa ci richiedono di rimanere nella città ospitante per tutti gli eventi preliminari e per la copertura mediatica.

Per quanto sia figo potersi allenare nello stesso stadio dei Dallas Outlaws, non riesco a scacciare la mia preoccupazione per Kay. Dopo che ieri sera ha rivelato a me e a Trav la notizia-bomba riguardo a Chrissy/Tina e a Liam, mi ha assicurato di avere la situazione sotto controllo.

Chissà che cazzo intendeva? Tutto quello che so è che, se dovesse accadere qualcosa, io mi troverò a duemilacinquecento chilometri di distanza.

"Mason." Il suono della voce del mio patrigno mi costringe a interrompere la preparazione dei bagagli per guardare verso la porta aperta della mia camera da letto. Non ho ancora informato Brantley di ciò che mi ha detto Kay e, a giudicare dall'espressione imperscrutabile sul suo volto, ho il presentimento che forse sia un bene.

"Papà." Rimango a osservarlo mentre tiene le mani nelle tasche dei pantaloni chino perfettamente stirati, poi chiudo la cerniera e metto da parte la valigia. Potrebbe anche non essere il mio padre biologico, ma è l'unica figura paterna che ho conosciuto dopo che l'uomo con cui condividevo il DNA è morto quando avevo due anni. Il più delle volte, lo chiamo con quel titolo che si è più che guadagnato.

Si dà un'occhiata alle spalle prima di entrare del tutto in camera mia. Appena si avvicina mi irrigidisco, sentendo immediatamente tutto il peso della tensione che ha investito il nostro rapporto fin dall'inizio della stagione.

"Prima che tu te ne vada, ci sono alcune questioni di cui dobbiamo discutere."

"Ok..." Incrocio le braccia.

"Non sono sicuro che questa..." Brantley fa una pausa come se stesse cercando la parola giusta. Quando la trova, vorrei quasi che non l'avesse fatto. "...*ragazza* sia la cosa migliore per te."

All'inaspettata menzione di Kay stringo le spalle fino quasi a toccare le orecchie.

"Come hai detto?" Cerco di reprimere l'istinto di protezione che sto provando in questo istante tenendo a mente che è con il mio patrigno che sto parlando.

"So che credi di amarla, ma..."

"Non è che lo credo. Ne sono certo."

Emette un sospiro pesante e si passa una mano sui capelli accuratamente pettinati. Non importa che sia domenica e che il resto della famiglia indossi diverse varietà di abiti casalinghi: felpe, t-shirt sbiadite, magliette oversize, pantaloni della tuta e, nel caso di Livi, pantaloni del pigiama con stampa a forma di tacos. Brantley no, figuriamoci: indossa una polo bianca abbinata a un paio di pantaloni chino con una piega così netta che potrebbe tagliarti un dito.

"Mason," mi dice con condiscendenza.

Visto che sono ancora nervoso dopo ciò che è successo ieri sera, lo avverto: "Fossi in te, sceglierei le prossime parole con molta attenzione."

Non mentirò, sono un po' perplesso. Certo, quando ho iniziato a uscire con Kay, Brantley non era proprio il suo più grande fan, soprattutto perché la incolpava (ingiustamente) del fatto che Olly avesse smesso di giocare a football; ma credevo che ormai fosse acqua passata. Ora che fa il cheerleader per i New Jersey Admirals, Olly è più felice di quanto non l'abbia mai visto, e con Kay come allenatrice ha buone possibilità di ottenere una borsa di studio.

Quando, tra me e Kay, le cose hanno cominciato a farsi serie, Brantley temeva che avere una ragazza mi avrebbe distratto dal football. Mamma ha chiuso il discorso molto velocemente. Se solo Brantley sapesse quanto Kay trovi ridicola la mia idea di non seguire ciò che lui stesso ha pianificato per la mia carriera. Potrei averne parlato con lei qualche volta, ma fino a quando non prenderò una decisione vera e propria riguardo a ciò che voglio fare per la selezione, non ne posso discutere con Brantley.

Tra l'altro, con la sola eccezione della partita che ho giocato dopo essermi lasciato con Kay (sì, ammetto di essere stato uno stronzo che è saltato a conclusioni affrettate), le mie statistiche stagionali non sono mai state migliori. Accidenti, la mia ragazza conosce il gioco così bene che può parlare di strategia con me e i ragazzi, le rare volte che guarda dei replay con noi.

Il momento peggiore è stato quando Brantley ha cercato di insinuare che Kay fosse una cacciatrice di dote che mi vedeva soltanto come il suo prossimo biglietto d'oro. A quella frase gli ho riso in faccia, per quanto sorpreso del fatto che lui non abbia raccolto informazioni su di lei e scoperto a quale atleta sia connessa.

"Mi dispiace, figliolo." Nella voce di Brantley c'è un'emozione genuina che aiuta a placare la bestia che sento dentro, seppur di poco. "Sono solo preoccupato che lei possa avere un impatto negativo sulla tua carriera." *Cazzo, mi sembra di sentire Kay.* "È tutta la vita che lavoriamo per arrivare alla National Football League." Parla ancora al plurale. "Non voglio che una qualche ragazza e i suoi problemi ti costino tutto ciò per cui ci siamo impegnati."

Tutta la calma che stavo iniziando a provare svanisce nel momento in cui si rivolge alla mia ragazza, alla mia Skittles, al mio *tutto*, come "una qualche ragazza". Per il momento, decido di lasciar correre e di concentrarmi sulla questione più importante.

"Non sono i 'problemi' di Kay," dico facendo delle enormi virgolette con le dita. *Io* sono quello che ha causato i problemi, *non* Kay. È stato l'hashtag #CosaFaCasanova che ha condotto alla nascita di #LaMisteriosaRagazzaDiCasanova. Non mi interessa che Liam Parker sia il suo ex. È stato il legame di Kay con me a farlo ritornare.

"Liam Parker è il suo ex fidanzato, non è così?" chiede Brantley, intuendo i miei pensieri. Digrigno i molari, ma annuisco con riluttanza. Solleva le mani come per dire: *'Non ho altro da aggiungere'*, facendo uscire l'avvocato che è in lui.

"*Liam*," sputo fuori il suo nome, "non si è fatto vivo con Kay per anni. Si è insinuato nella sua vita strisciando da serpente qual è solo quando ha scoperto che io e lei stavamo uscendo insieme."

I motivi per cui Liam ha deciso di compiere la sua vendetta contro me e la mia ragazza sono irrilevanti. Deve sparire e basta. Il bastardo deve ancora pagarla per aver fatto del male a Kay.

"Gira un video su tutto il web dove ci sei tu pronto a menare quel tizio." Trattengo a fatica uno sbuffo in stile Em quando lo sento usare il termine *menare*. "C'è già chi dice che tu sia una testa calda."

Sono in momenti come questi che mi dico che forse non avrei dovuto scegliere come agente un membro della famiglia. Visto che Brantley ha una vasta conoscenza in legge, e specificamente in materia di contratti, al tempo aveva senso che fosse lui a gestire i miei, ma sto iniziando a mettere in discussione quella scelta. Ci sono giorni in cui sembra dimenticarsi che per lui io sono più di un semplice cliente.

"Non ti interessa affatto che quello stesso video mostri Kay farsi male cercando di proteggere *me*?"

Ieri notte, a letto, ho fatto del mio meglio per cercare di farlo capire...

Sì, certo, adesso il tuo metodo per "farle capire" qualcosa è scopartela fino a farla venire due volte.

Zitto, dico al mio coach interiore. Per quanto, sì... non ha tutti i torti. *mi do il cinque da solo* Comunque...

Viste le rivelazioni di ieri, sapevo che, prima di prendere l'aereo per Dallas, dovevo assicurarmi che Kay non si mettesse in pericolo con altri goffi tentativi di proteggermi. Vederla ricoverata in quel modo è un'esperienza che non voglio dover ripetere mai più.

"Hai ragione," ammette Brantley, e la faccia gli si contorce in quel modo che sembra voler dire: *'Ho un piano'*, proprio come quando inserisce un qualche balzello nei contratti che aiuta a stipulare. "I media *amano* quella parte della storia..."

Trattengo il respiro. Dove vuole andare a parare?

"Forse, se mettessi in risalto la vostra relazione sul tuo profilo Inst..."

"No!" abbaio. Cazzo, perché adesso salta fuori con questa storia? Con Kay ha sempre avuto un atteggiamento altalenante, e la cosa più frustrante è che non riesco a capire perché. Mi rende impossibile capire cosa pensi davvero. Prima disapprova la nostra relazione, poi è d'accordo se può usarla a mio vantaggio. Ma non se ne parla nemmeno.

"Non capisco." Piego le mani sulla visiera del cappello e butto all'indietro la testa, guardando il soffitto come se potesse offrirmi delle risposte.

"Cosa non capisci?" Non mi bevo quell'espressione innocente sul suo volto.

"Prima non vuoi che abbia una ragazza, poi sì." Prova a rispondere, ma lo interrompo sollevando la mano. A dirla tutta, la sua opinione in materia non mi interessa, c'è una questione importante che intendo sottolineare. "Quando, o meglio ancora *se*, Kay deciderà di mettere una parte della sua vita... anzi, della *nostra* vita sui social, sarà perché lo avrà voluto lei. Non ho intenzione di usare la nostra relazione solo perché vuoi cavalcare la storia dei 'cocchi dei media'."

Il viso e il collo di Brantley si tingono di rosso. Per quanti meriti abbia, e ne ha tanti, il suo difetto più grande è che reagisce male quando le cose non vanno come vuole lui. Visto che è nato con la camicia, e ha una brillante carriera da avvocato, Brantley Roberts è cresciuto seguendo il vecchio adagio: *Brantley Roberts ottiene sempre ciò che vuole.*

"Sei giovane, sul punto di dare inizio a una carriera che pochi sono in grado di realizzare. Perché vuoi legarti le mani?"

Ecco che gira di nuovo la frittata. Mi verrà il mal di testa, a forza di correre dietro alle sue opinioni sempre più mutevoli.

Detesto questa tattica. Sì, mi sono più che guadagnato il nomignolo di Casanova, ma tutto è cambiato quando una biondina con le ciocche arcobaleno mi ha accusato di averle portato il caffè solo nella speranza che mi facesse un pompino. Da quel momento ho capito che avrei dovuto cambiare strategia, se volevo dimostrarle che intendevo giocare sul serio.

"La amo," dichiaro semplicemente.

"Lo capisco. *Davvero*, lo capisco." Si passa nuovamente la mano tra i capelli. "Ma già una volta credevi di essere innamorato, e guarda come è finita." Quel riferimento a Chrissy/Tina mi porta sul punto di sbottare; raddrizzo la schiena nel tentativo di mantenere la calma.

"È *questo* che non capisco. Prima dici che faccio male ad avere la ragazza, poi dici che faccio bene: ho bisogno che mi spieghi cosa pensi realmente."

Brantley si riprende, raddrizza le spalle e mi osserva con uno sguardo freddo e calcolatore. "Perché proprio *questa* ragazza? Perché scegliere proprio la ragazza che ti sta impedendo di raggiungere il tuo pieno potenziale?"

Ora basta.

La mia pazienza ha raggiunto il limite.

Ho cercato di rispondere con le buone.

Di comportarmi bene.

Ho cercato di mostrargli rispetto, nonostante le sue indicazioni contrastanti, ma non riesco ad ascoltare un'altra parola proveniente dalla sua bocca.

Che vada a farsi fottere. Non può decidere con *chi* scelgo di condividere la mia vita, *specialmente* dal momento in cui ciò che intende realmente con "raggiungere il mio pieno potenziale" è ottenere i migliori contratti pubblicitari possibili e diventare uno dei "volti" della squadra per cui finirò per giocare.

Non esiste che gli parli di ciò che mi era venuto in mente, o delle minacce che mi ha rivolto una certa Christina Hale.

"Quella persona," stringo i denti così fortemente che fatico a parlare, probabilmente avrei bisogno del paradenti che uso quando gioco, "che continui a chiamare *una qualche ragazza* è molto di più. Kay non è solo la mia ragazza, lei è il mio *tutto*."

Il mio intero corpo è attraversato dall'istinto di combattere per lei, di difenderla, di proteggerla. *Cazzo!* Devo andarmene di qui prima di dire o fare qualcosa di cui potrei pentirmi.

UofJ411: OH MERDA! OH MERDA! OH MERDA!
#QuantoMiDispiacePerTe #VaiInPanchina
***spezzoni della conferenza stampa in cui il coach Daniels
conferma che Liam Parker verrà sospeso dalle partite di
campionato della Penn State***
@Christyheartsbooks: Il karma è davvero crudele #NonSiScherza-
ConGliHawks
@Cmd427: Sto ancora aspettando che @TightestEndParker85
venga picchiato come merita #VoglioGodermiLoSpettacolo
@Cr8zysockbookblock: Stiamo ancora aspettando ^^
@CasaNova87 #DifendiLaTuaDonna

CAPITOLO 28

KAYLA

Tutti credono che la vita di un atleta sia *incredibilmente* affascinante. Soldi, macchine, belle case, i riflettori, tutti gli infiniti privilegi di cui è composta una vita da sogno… ma non è tutto rose e fiori.

Non fraintendetemi, a mio fratello è andata bene (anzi, molto bene) e io, in quanto sua sorella, ho goduto di molti di quei privilegi. Ciò che voglio dire è che c'è anche il rovescio della medaglia: il tempo e la dedizione che si impiegano per gli allenamenti sia durante che alla fine della stagione, mantenere una dieta sana, gli impegni promozionali con la squadra e tutti gli sponsor che un giocatore ha la fortuna di ottenere.

Se si vuole praticare uno sport a livello professionale, tutte questi fattori fanno parte degli impegni. Nel quadro complessivo, tuttavia, non sono niente in confronto a quello che è, secondo me, il sacrificio più grande di tutti: il tempo trascorso lontano dalla famiglia a causa delle partite in trasferta.

Se devo essere onesta, ai giocatori della National Football League va meglio rispetto a quelli di altri sport, dal momento che la stagione normale dura diciassette settimane e c'è solo una partita a settimana, per un totale di sedici partite. La Major League Baseball gioca centosessantadue partite e, anche se la

National Basketball Association e la National Hockey League ne giocano solo ottantadue, in tutte e tre si possono dover affrontare trasferte che durano fino a due settimane.

Alla fine, ciò significa che non sempre si può essere presenti per certi eventi o festività. Se siamo fortunati, Natale cade in un giorno in cui non ci sono partite (quest'anno, per esempio, cade di venerdì) e ciò vuol dire che E non è costretto ad allenarsi. Purtroppo, quest'anno non sarò io a preparare le decorazioni per Babbo Natale, perché sarò in Texas a tifare per il mio uomo al Cotton Bowl.

Fortunatamente, la coach Kris chiude la Caserma per le festività di Natale e Capodanno, così, dopo gli esami di lunedì, sono potuta andare direttamente a Baltimora per godermi alcuni giorni con la mia famiglia, prima di volare verso sud il giorno della Vigilia.

Detto ciò, discutere con E nella sua cucina, come sto facendo in questo momento, non è il massimo del divertimento. Nemmeno il fatto che JT sia qui, e che trascorrerò cinque giorni interi con lui, riesce a risollevarmi l'umore.

Mio fratello è in piedi dall'altra parte del bancone e mi guarda con le braccia incrociate, le narici dilatate e la mascella contratta. Se dovessi tirare a indovinare, direi che sta cercando di escogitare un modo per strangolarmi da due metri di distanza.

"Non dirai sul serio, Kay," dice con voce dura.

"Certo che dico sul serio, E." Un tic nervoso gli fa sobbalzare la guancia. "Non dico che mi piaccia, perché non mi piace, ma il piano è questo."

Devo far ragionare mio fratello, fargli capire che il mio è un buon piano. Sono certa che, quando lo dirò a Mase, andrà fuori di testa.

Ecco perché non glielo diremo fino a quando il fatto sarà ormai compiuto, concorda la mia cheerleader interiore canticchiando.

"Liam deve pagarla per ciò che ti ha fatto." E colpisce il bancone con il dito. "Lui," colpo, "ti ha spaccato," colpo, "lo zigomo," altri due colpi, "*cazzo*." Stavolta apre il palmo della mano e schiaffeggia il bancone con una botta che rimbomba in tutta la stanza. "Ti hanno dovuta *operare*." Altri due colpi. "Porca troia. Operare, Kayla."

Emetto un sospiro quando mi chiama con il mio nome intero;

lo guardo allontanarsi dal ripiano della cucina e fare del suo meglio per strapparsi i capelli dalla radice.

"Credi che non lo sappia?" grido, trattenendo un sussulto per la fitta di dolore che avverto nell'osso appena guarito. "Credi che me ne sia dimenticata? Credi che il *trauma* che mi ha procurato sia stato così forte da farmi perdere la memoria?" Più a lungo urlo, più divento sarcastica.

"Non sei divertente."

Sospiro di nuovo e butto la testa all'indietro, le spalle mi scendono mentre tutta la combattività che provo inizia a svanire. "Lo so, E, ma pensaci un attimo…" Giro attorno al ripiano centrale della cucina, avvicinandomi a lui lentamente, come se fosse un animale messo all'angolo. La descrizione non è troppo lontana dalla realtà; se avesse un anello gigante attaccato al naso, assomiglierebbe in tutto e per tutto a un toro inferocito. "Tu non vuoi finire su tutti i giornali, e certamente nemmeno io." Gli appoggio il palmo della mano sull'avambraccio, sentendogli i muscoli contrarsi al mio tocco. "Questa è l'idea migliore che mi sia venuta in mente per impedire che ciò accada."

Da così vicino riesco a sentirlo digrignare i denti. Il dentista gli farà una bella ramanzina riguardo al prendersi cura dello smalto.

"Potremmo ottenere due obiettivi in un colpo solo…"

"Il colpo lo darei a lui," mormora mio fratello, e io fatico a trattenere una risata. Sembra un adolescente in preda a una crisi isterica. Non aiuta il fatto che JT, dal salotto, risponda "Anch'io".

Bette entra in cucina e prende una bottiglia di vino. "Non ti aspettare che io ti paghi la cauzione se vieni arrestato per omicidio, E." Il modo in cui pronuncia il nome del marito dice più di mille parole.

"Non sia mai, cara." E si volta verso sua moglie, sbattendo le palpebre e cercando di sembrare il ritratto dell'innocenza.

"Non chiamarmi *cara*, Eric." Avanza verso di lui fino a toccargli le punte dei piedi e agitargli un dito davanti alla faccia.

"Accidenti, fratello," dice JT emettendo un fischio. "Ti ha chiamato Eric. Non è un bene."

"Lo so," risponde E, poi mordicchia la punta del dito di Bette, facendola squittire. "Non preoccuparti, tesoro." Le avvolge un braccio attorno alla vita e la tira a sé. "Prometto di comportarmi bene."

"Ne dubito fortemente." Bette lo mette al suo posto con uno sguardo che vuol dire: '*So che mi dici un sacco di cazzate*'.

Rido davanti a quella scena, nascondendomi la bocca con la mano. Mase mi dice sempre che adora il modo in cui lo prendo in giro con la stessa facilità con cui gli dico che lo amo. Beh… ho imparato dalla migliore.

"Lo prometto," dice E alzando due dita.

Bette sbuffa. "Non sei un boy scout, scemo." Le ci vogliono alcuni secondi per riprendersi dal bacio di E, poi si volta verso di me, osservandomi con sguardo materno. "Devi spiegarmi il tuo ragionamento, se vuoi che sia d'accordo."

Ed è esattamente ciò che faccio: spiego tutto ciò che avevo paura di ammettere. La paura di diventare *la* notizia del giorno, di vedere la mia vita sezionata e criticata da sconosciuti dietro uno schermo e tutt'intorno a me. La paura che Liam, e adesso anche Chrissy/Tina, possano danneggiare le possibilità che Mase passi la selezione. Il timore che, se non sono in grado di gestire i media ora (sia quelli tradizionali che i social) con Mase al mio fianco, come potrò esserne in grado quando lui si troverà a centinaia, se non migliaia, di chilometri di distanza con la squadra che lo sceglierà?

Mentre parlo, la mia famiglia si raccoglie attorno a me; anche T e papà Taylor si sono avvicinati per ascoltare il mio sfogo.

"Alcune parti della storia sono già state diffuse," dico mentre mi avvio a chiudere il discorso. "Facendo in questo modo, possiamo quanto meno tenerne sotto controllo una parte."

Nessuno parla per primo, e apprezzo il fatto che ognuno il loro si prenda del tempo per metabolizzare ciò che ho detto, invece di dire la propria opinione d'impulso.

"Kay," Bette allunga le braccia sul bancone centrale e unisce le mani alle mie, "sei *sicura* di voler fare questo accordo? Sei *davvero* sicura che sia questo ciò che vuoi?"

"Se mi stai chiedendo se questo è ciò che Liam si merita," scuoto la testa, spostando via bruscamente i riccioli che mi sono caduti in avanti, "allora no. Per lui non sarà un grosso danno economico."

Devo essere sincera? Vorrei che fosse ancora legale mettere una persona alla gogna nella piazza centrale del paese.

"Perché cazz…"

Bette alza una mano per interrompere l'imprecazione di E.

"Ma se mi stai chiedendo se riesco a guardarmi allo specchio ogni giorno e a sorridere di ciò che vedo," annuisco, "allora sì." Guardo oltre la spalla di mia cognata e vedo lo sguardo fermo di mio fratello. "L'unico modo per avere una *possibilità* che Liam sia chiamato a rispondere di ciò che ha fatto è fargli causa. Sì, abbiamo dalla nostra parte molte prove e diversi testimoni, ma non riuscirò a sopravvivere una seconda volta al circo mediatico."

Vedo il momento in cui E si arrende, i suoi lineamenti si scuriscono mentre ricorda l'orrendo spettacolo del processo della morte di papà.

"Facendo in questo modo, impediamo ai Parker di raccontare storie su come il loro *adorato* ragazzo sia stata la vera vittima di una famiglia cresciuta da una pregiudicata ubriacona e assassina. Inoltre..." Inspiro profondamente, gonfiando il petto. Ho promesso a Mase che non mi sarei messa in pericolo cercando di tenerlo al sicuro. Con questo piano, posso dire in tutta onestà che sarò in grado di mantenere quella promessa. "Spiegando perché Christina Hale è stata pagata, e notificandole che procederemo con una denuncia per diffamazione se dovesse diffondere le sue bugie, toglieremo a Liam il suo prezioso burattino."

Mentre E telefonava a Jordan Donovan e all'avvocato per dare inizio al nostro piano, Bette e papà Taylor si sono messi a cucinare un banchetto che sfamerebbe l'intera caserma dei pompieri.

Attualmente io, JT e T stiamo "dormendo" a causa del nostro coma alimentare, mentre la TV trasmette il film *Piccoli campioni*. T ha la testa adagiata su un cuscino appoggiato alla gamba del fratello, mentre io mi sono messa a mio agio con i piedi sulle cosce di JT e uso Herkie come cuscino.

Il film si interrompe nel momento in cui Becky si arrampica sugli scaffali del supermercato e getta a Junior rotoli di carta igienica come se fossero palloni da football; sullo schermo compare la foto di me e Mase che ci baciamo dopo la partita contro la Penn State.

JT, dimostrando ancora una volta di meritarsi il titolo di mio migliore amico, allunga la gamba e con l'alluce preme il pulsante del telecomando per accettare la videochiamata.

"Ehi, ragazzi," dico mentre nell'inquadratura appaiono i volti del mio ragazzo e dei suoi amici.

"Ehi, Skittles." Mase mette in mostra le sue fossette, facendomi desiderare di poter attraversare lo schermo e infilarci un dito.

Mi sposto contro Herkie, che alza la testa e mi lecca tutto il lato destro del viso, mentre aspetto per un minuto buono i convenevoli degli altri.

"Come va, ragazzi?" chiedo facendo l'indifferente. Sono abbastanza certa di conoscere il motivo della chiamata, ma non voglio rischiare, nel caso non abbiano ancora ricevuto i pacchetti che, come mi è stato confermato, sono stati consegnati alla portineria del loro albergo. Perché Mase non sa che abbiamo pianificato di partire in anticipo (e arrivare quindi alla Vigilia, non la notte di Natale), quindi volevo assicurarmi che ricevessero i loro regali adesso.

Ognuno di loro, in questo momento, è il fiero proprietario di una maglietta buffa scelta personalmente da Kayla Dennings, stavolta a tema football.

"Ho una domanda." Mase alza un dito davanti alla telecamera.

"Sì?" Mi giro una ciocca di capelli tra le dita. "Che cosa, tesoro?"

Dal modo in cui si morde le labbra capisco che non l'ho ingannato neanche per un secondo.

"Come hai fatto?"

"Come ho fatto a fare cosa?" chiedo.

"Skittles," avverte. "Non fare la finta tonta. Sei troppo intelligente, non è da te."

Non dovrei emozionarmi, però è così. Sarà anche uno stereotipo, ma mai una volta il mio atleta sexy mi ha fatto sentire a disagio per le mie tendenze nerd. Anzi, l'esatto contrario. L'unica volta che si lamenta è quando non gli permetto di distrarmi con quello che *lui* chiama "studiare".

"Lo sapevi..." Mi metto a sedere, piegando le gambe sotto di me e posizionandomi davanti alla telecamera, "...che i concierge degli alberghi sono *molto* utili?"

"A quanto pare." La scintilla dei suoi occhi color verde acquamarina mi dice che, la prossima volta che mi vedrà, me la farà pagare per essere stata impertinente. Non vedo l'ora che sia domani.

"Beh…" Batto le mani. "Non lasciatemi sulle spine." Cerco di guardare negli occhi ognuno di loro. "Vi sono piaciuti i regali?"

"Eccome, piccola. Guarda qui." Kev si alza per farmi vedere che indossa la sua maglietta con scritto: *'LINEMAN. Perché Muro Impenetrabile non è un ruolo ufficiale'*.

"Grande." Sollevo due dita in segno di vittoria. "Sono contentissima che vi piacciano."

"Cazzo, sì!" urla dalla gioia Kev, prima che Alex lo sposti bruscamente di lato per mostrarmi la propria maglietta. C'è disegnato un libro di strategie di gioco, e sotto c'è scritto: *'Oh! Era tuo? Non mi sembrava che lo stessi usando'*. Entrambe le loro magliette sono chiare, certa che avrebbero contrastato perfettamente con la loro pelle scura. Dovrei battere il cinque a me stessa.

Noah si fa strada a spintoni in mezzo a loro per mostrarmi la sua maglietta, la quale recita: *'Palla in meta, Dan'*. Per quanto odi Instagram, ho pensato che se gli piace così tanto quella citazione di *Ace Ventura* da usarla nella versione originale come parte del suo username, allora doveva a tutti i costi averla sulla maglietta.

"Puffetta." Trav prende il laptop da Mase e si allontana.

"Ehi, QB1." Inizio ad avere un debole per il migliore amico del mio ragazzo. Quell'affascinante playboy ha fatto un bel lavoro per farsi strada nel mio cuore, e il giorno in cui si è riferito a me come sua sorella ha vinto.

"Ti prego, dimmi che non l'hai regalata anche a B?" chiede indicando la scritta sulla sua maglietta rossa, che recita: *'Ci sono DUE TIPI di persone in questo modo, e i QUARTERBACK sono migliori di entrambi'*.

"No. Quella l'ho fatta fare apposta per te," gli assicuro, poi mi avvicino per sussurrargli: "Sai che sei *tu* il mio *quarterback* preferito."

"Ma che diavolo?" urla B alle mie spalle. Non dovrebbe sorprendere nessuno il fatto che, poco fa, si sia presentato giusto in tempo per la cena. "Non va bene, Piccola Dennings. Non va bene per niente."

Agito una mano nella sua direzione mentre si lamenta con E di non avermi cresciuta bene, poi riporto la mia attenzione su Trav.

"Nonna ha ricevuto la sua?" La nonna di Trav è una delle persone più fighe che abbia mai conosciuto. Emana un'aria regale alla Helen Mirren unita a una personalità forte.

Trav annuisce. "Ho già ricevuto un suo Snapchat, e l'ha postata anche su Instagram."

Quanto è patetico che la nonna sia sui social mentre io sia troppo terrorizzata di riattivare i miei account? Non sono l'unica a pensare che la nonna sia davvero fantastica: Trav continua a lamentarsi del fatto che abbia più follower di lui... e lui ne ha migliaia.

Tra l'altro, la nonna è una grande amante delle mie magliette. Ne ho fatta fare una per lei, da indossare quando assume il ruolo di super fan di Trav alle partite. È nera con lettere bianche e rosse che recitano: *'Al diavolo il BINGO. Questa nonna urla TOUCHDO-WN!'*. Al posto della O c'è un pallone da football, e sul retro c'è il numero #7 di Trav. Ho anche sostituito il suo nome con *Nonna McQueen*.

"Sono contentissima che le sia piaciuta," dico orgogliosa.

"No." Trav scuote la testa, con le ciocche che gli cadono davanti agli occhi. "La ama, Puffetta, la *ama*." Si scosta una ciocca dal viso. "Ha anche accennato due o tre volte al fatto che potresti diventare tu la sua preferita, al posto mio." Cerca di fare un'espressione corrucciata, ma non riesce a fare a meno di sorridere.

"Dille che il sentimento è reciproco."

Come mi aspettavo, alla mia dichiarazione fa seguito un coro di "Ma che diavolo!". JT, addirittura, mi tira i capelli come quando eravamo all'asilo.

"Per quanto ti voglia bene, QB1," do una gomitata a JT, "posso riavere indietro il mio ragazzo adesso?"

L'immagine sullo schermo diventa confusa mentre il computer passa da una mano all'altra, finché... finalmente, nell'inquadratura, non compare il mio uomo. Soltanto che...

Storco le labbra in un cipiglio. "Non hai indosso la tua maglietta," gli dico facendo il broncio.

"Me ne hai data più di una." Alza un sopracciglio. "Come facevo a scegliere?"

"Non fa una piega," dice JT tossendo.

"*Comunque...*" Rivolgo un'occhiataccia al mio migliore amico per il suo comportamento infantile e mi concentro nuovamente su Mase. "Ci sentiamo più tardi?"

"Assolutamente." Lo vedo brillare attraverso lo schermo, gli occhi gli si scuriscono come quando ci troviamo a letto… nudi. Appropriato, visto che prima gli ho mandato un messaggio in cui gli dicevo che avevo in serbo per lui un regalo che non potevo dare anche agli altri, e che avrebbe potuto riceverlo soltanto una volta che fosse stato *da solo*.

Proprio come all'inizio della chiamata, ci scambiamo i saluti e gli auguri di buon Natale.

"Ti amo, Skittles," dice Mase prima di riattaccare.

"Ti amo anch'io, Cavernicolo."

Gli soffio un bacio. Non vedo l'ora che sia già arrivato il momento, perché *l'altro* regalo che ho preparato per Mase di certo non mi metterà nella lista dei buoni.

Raccolgo il telecomando e faccio ripartire il film con un sorriso da beota stampato sul viso… almeno fino a quando JT non decide di distruggere i miei sogni.

"Sai che si arrabbierà quando scoprirà il tuo piano per gestire la situazione con Liam, vero?"

CAPITOLO 29

MASON

La mia giornata è iniziata così.

SKITTLES: Ho un regalo di Natale in anticipo per te.

IO: Sai che non è bello provocarmi quando sono troppo lontano per fare qualsiasi cosa?

SKITTLES: Perché? *emoji che fa spallucce* Non ho mica detto che devi aspettare per aprirlo.

IO: Ehm, piccola… ti sei dimenticata che sono a Dallas? È un po' difficile aprirlo a 2500 chilometri di distanza.

SKITTLES: *alzo gli occhi al cielo*

IO: Sai che cosa provo quando alzi gli occhi al cielo *emoji sorridente che mostra i denti*

SKITTLES: Ci sono giorni in cui mi chiedo se il casco ti protegga la testa abbastanza. Comunque, non distrarmi, non ho ancora bevuto il caffè.

IO: Wow *emoji con la faccia scioccata* Devi davvero amarmi.

SKITTLES: Infatti... si vede che JT mi ha fatta cadere a terra troppe volte.

IO: Sbruffoncella.

SKITTLES: Ma mi ami lo stesso. COMUNQUE... ho qualcosa per te, ma DEVI VEDERLO SOLO TU. Capirai tutto da solo. Adesso torno a dormire. È troppo presto per il regalo. Ti amo. Mi manchi.

Inutile dire che le concussioni che ho subito nel corso degli allenamenti, i sollevamenti massacranti in sala pesi e tutte quelle cazzate che bisogna fare con i media per le partite di coppa non mi sembrano troppo male dopo questi messaggi.

Adesso il problema è trovare un modo per rimanere da solo. Per una persona normale non sarebbe un problema. Per me... non altrettanto.

Innanzitutto, trovarmi a Dallas con la squadra significa avere un compagno di stanza. In secondo luogo, i miei amici sono onnipresenti, quasi in una maniera ridicola. Giuro, riesco a dedicare meno tempo alla mia ragazza quando giochiamo in trasferta rispetto a quando giochiamo in casa.

La cena con la squadra è quasi finita, non ho più tempo di trovare una soluzione prima che scatti il coprifuoco e sia costretto a rimanere in stanza con Trav. A quel punto, però, il più grande rompiballe di tutti i tempi si piazza sulla poltrona vuota accanto alla mia.

"Vuoi dirmi perché la mia sorellina ha un diavolo per capello?" Trav mi mette il telefono davanti alla faccia e mi mostra i messaggi che gli ha mandato Kay.

PUFFETTA: Se vuoi che ti prepari un'altra volta il mio chili, o QUALUNQUE altro piatto, stasera lascerai Mase da solo per un'ora.

PUFFETTA: Vale ANCHE per gli altri.

PUFFETTA: *GIF di Stewie Griffin che stringe gli occhi e fa uno sguardo diabolico*

Sbuffando, mi copro il viso con la mano per nascondere la risata. Non dovrei essere sorpreso del fatto che lei abbia trovato un modo per prendere in mano la situazione. È la mia cazzutella formato tascabile, poco ma sicuro. Mamma mia, quanto la amo.

Sollevo la testa e guardo il mio migliore amico con un'occhiata che significa: *Te lo devo proprio spiegare?'* Coglie l'allusione e fa un cenno di disgusto.

"No. Neanche morto." Agita una mano davanti alla faccia, come se potesse bloccare quel pensiero. "Non voglio sapere niente della tua perversa vita sessuale con la mia sorellina." Si alza dalla sedia facendola stridere contro il pavimento.

Non vedo l'ora di raccontarlo a Kay.

Dopo cena, buona parte della squadra si dirige nel salone che l'hotel ha allestito come sala giochi solo per noi. Mi intrattengo un po' con i ragazzi facendo una partita a *Madden NFL*, poi vado nella mia stanza.

C'è una piccola parte di me che ancora non si fida dei miei compagni di squadra (la maggior parte del tempo ci comportiamo da idioti) quindi metto la catenella alla porta.

Prendo il laptop e lo sistemo sulla scrivania vicino alla finestra. Mentre aspetto che si avvii, mi tolgo la maglietta e la getto a terra. Nei miei viaggi precedenti, io e Kay non abbiamo mai fatto sesso telefonico, soprattutto a causa dei miei amici codipedenti di cui vi parlavo prima. Non sono sicuro che sia proprio *questo* ciò che faremo, ma so che lei ama vedere i miei muscoli, e a me piace assecondare la mia ragazza.

Se non porta al sesso telefonico questo…

Visto che l'abbiamo chiamata prima di cena, Kay è il primo contatto in cima alla lista. Clicco e aspetto che lei risponda. Quando finalmente la chiamata si avvia, non vedo Kay da nessuna parte; c'è solo un copriletto rosa con stampa animalier. Riesco tuttavia a sentirla, mi è impossibile trattenere una risata.

"Forza, Herk, fuori."

A giudicare dai rumori sta cercando di spostare fisicamente il cane, che è grande quanto lei.

"Senti… ti voglio bene, piccolo, ma alla tua mamma non piacciono le cose a tre, quindi devi andartene."

Woof! Woof!

"Non provarci neanche." Trattengo un'altra risata. Sembra quasi che stia discutendo con me, non con quella palla di pelo. "E non fare quello sguardo, stavolta non funziona."

Dopo, i rumori si fanno più deboli e non riesco a distinguerli bene. Quanto vorrei che la telecamera fosse girata verso di loro, è sicuramente una scena molto divertente.

"Vai a cercare zia T. Sono certa che ha i bocconcini per te." Alla fine, Kay fa ricorso alla corruzione e, a giudicare dal rumore di unghie che stridono contro il parquet, funziona.

"*Alla buon'ora,*" dice Kay ansimando, poi sento la porta chiudersi e la serratura scattare.

Lo schermo diventa confuso per un momento quando lei alza il computer dal letto e sistema la telecamera fino a entrare nell'inquadratura.

Porca miseria, che visione.

Nel tempo trascorso dalla nostra telefonata di prima, Bette deve averle dato una bella pettinata. Ancora una volta, le lunghe ciocche ricciolute le pendono lungo le spalle. Se devo essere onesto, non so dire quale delle sue acconciature mi piaccia di più: per me è sempre sexy. Guardando meglio noto che, assieme alle parti bionde più brillanti, Kay ha anche dato una rinfrescata alle striature rosse e nere che spuntano in mezzo. Quanto mi piace vederle addosso i colori dell'università. La fanno bella da morire.

Indossa un trucco leggero: solo un po' di mascara per oscurare le ciglia bionde e un tocco di lucidalabbra brillante. Il modo in cui il colore rosso le mette in risalto le labbra carnose mi causa una mezza erezione. Mi sembra quasi di *sentirle* avvolte attorno all'uccello.

Non appena osservo il resto del suo corpo, la mia mezza erezione si erge in tutta la sua lunghezza, pronta a uscire dai pantaloni e a sfondare lo schermo per arrivare da lei.

Cazzo!

Ha indosso la mia casacca nera. Non pensereste mai che sia sexy vederla avvolta in quel materiale scuro e informe, ma con tutte le volte che sono riuscito a farle indossare il mio nome, mai prima d'ora ha messo la mia casacca. A quella vista, sia il mio coach che il mio cavernicolo interiore si alzano in piedi e applaudono. Vorrei chiederle di voltarsi, così da poter vedere quanto è fantastica la scritta NOVA #87 sulla sua schiena, ma mi trattengo… con molta fatica.

Non esagero, quando dico che è un bene che quella sia la seconda casacca della squadra, perché non credo che riuscirò a indossarla di nuovo senza pensare a come, mentre lei tira l'orlo, quel grosso 87 rosso sul davanti le si distende sulle tette.

Mentre le squadro il corpo e gli occhi scintillanti, capisco che sa esattamente ciò che sto pensando.

"Ti piace ciò che vedi, Cavernicolo?" mi chiede, con un sorrisetto eloquente: Kay sa benissimo che apprezzo quella visione.

"Sempre, piccola." Faccio girare un dito in aria per indicarle i capelli. "Vedo che hai dato una rinfrescata ai colori dell'università."

"Ti piacciono?" chiede allontanandosi la frangetta dagli occhi.

"Certo." Stavolta sono io a sorridere, facendole anche l'occhiolino. "Sai cosa penso del tuo arcobaleno, Skittles."

Sul volto le compare un sorriso degno di una pubblicità di un dentifricio, mentre sulle guance le appare una bellissima macchia di colore.

"Beh, non sorprenderti se Bette gli darà un'altra rinfrescata prima del campionato nazionale. Sai che si lamenta sempre che il rosso sbiadisce velocemente." Alza gli occhi al cielo.

"Prima che Bette compri una riserva di tinta rossa, ricorda che dobbiamo vincere il Cotton Bowl."

"Pfft." Al mio commento, Kay agita una mano. "Gli Irish sono stati bravi quest'anno, ma non sono *niente* in confronto agli Hawks. Il loro *quarterback* non è bravo a leggere l'azione quanto Trav, il che significa che Kev gli sarà *addosso* in un batter d'occhio. E con un bell'uno-due da parte tua e di Alex, la loro difesa non saprà nemmeno da che parte voltarsi."

Mamma mia, adoro il fatto che conosca bene il football. I ragazzi dicono sempre che è sexy quando "parla di football". La sua profonda conoscenza del gioco, e di cosa bisogna fare per giocare ai massimi livelli, per me è eccitantissima. La macchia di umidità che mi bagna i boxer ne è la prova.

La incrollabile fiducia che ha Kay nella squadra e nelle nostre capacità è la più grande iniezione di forza che un uomo possa ricevere; odio dover aspettare ancora diversi *giorni* prima di poterla baciare.

"Com'è il Texas?" La domanda mi risveglia dalla fantasia di metterla nuovamente a novanta contro il ripiano del lavandino.

"Bello. La squadra ci ha dato dentro con gli allenamenti." L'anno scorso siamo riusciti ad arrivare fino al campionato, ma abbiamo perso. Stavolta non sarà così. Questo sarà il nostro anno: lo sento. "Mi manchi, però."

*Cazzo! Ma ti stai a sentire? Sei fortunato che Kay abbia insistito che questa telefonata fosse riservata, altrimenti i ragazzi ti avrebbero già tagliato le palle. Oh, com'è caduto in basso il leggendario Casanova. *esce dal campo**

Per quel suo sorriso accecante, più luminoso dell'albero di Natale nella hall dell'albergo, vale la pena subire i rimproveri del mio coach interiore e pronunciare le parole sdolcinate che ho appena detto.

Ci sono giorni in cui mi viene da pensare che Kay non capisca la profondità dei sentimenti che provo per lei. O quanto io…

No. Meglio non pensarci per paura di fare una cavolata e rovinare il momento litigando.

"Posso dirti *grazie* per i messaggi che hai mandato a Trav? Pensavo che si incazzasse da morire, visto che l'hai minacciato di non cucinare più per lui." Mi stringo un braccio alla pancia per trattenere le risate ripensando a quanto è sbiancato. Non pensate che non mi sia accorto del modo in cui Kay mi ha squadrato per bene… perché me ne sono accorto eccome. "È stata la parte migliore della giornata."

"Ah, tu dici?" Stringe gli occhi, tenendoli sempre fissi sui miei addominali, mentre affonda i denti bianchi nel labbro inferiore.

"Già." La mia voce si fa roca, tutto il mio corpo è attraversato dalla lussuria.

"Chissà se posso fare qualcosa ancora di meglio? *Hmmm?*" Quando mugola mi sento sul punto di venire nelle mutande come un adolescente che guarda il primo porno. "Prima di tutto…" Alza il braccio sinistro e se lo porta dietro la schiena per raccogliersi i capelli, il mio anello mi fa l'occhiolino dalla sua mano. "Scommetto che stai *morendo* nell'attesa di scoprire come mi sta la casacca." Si alza in piedi mettendo il laptop sul comodino vicino al letto. Mantenendo la presa sui capelli, si gira, dandomi le spalle per mostrarmi le scritte rosse NOVA e 87 che le coprono completamente la schiena. "È tutto ciò che hai sempre sognato?" mi provoca, guardandomi da sopra la spalla.

"*Piccola,*" grugnisco. Adesso che è in piedi, noto che la mia casacca è *l'unica* cosa che indossa. Devo schiarirmi la voce prima di parlare nuovamente. "Dove hai messo i pantaloni?"

Perché diamine le stai chiedendo dei pantaloni adesso? Perché cerchi sempre di metterle i vestiti addosso? Devi. Tirarglieli. Via. Giuro che ti scambio con qualcun altro.

"Non si adattavano bene al tuo regalo."

"Il mio regalo?" Alzo le sopracciglia fino a quando non toccano il bordo del cappello. "Sono abbastanza certo di non giocare senza pantaloni."

Kay si volta nuovamente verso la telecamera, con le dita strette attorno al bordo della mia casacca, che le cade oltre le ginocchia. "Credevi che il mio regalo fosse vedere me con indosso la tua casacca?"

...Sì? Voglio dire, *è* letteralmente uno dei miei sogni.

"Oh, Mase." Ridacchia.

Le pupille le si dilatano fino a che i suoi occhi diventano del colore del carbone, mentre mi scruta nuovamente ogni centimetro del torso nudo. Senza dire una parola, incrocia le braccia all'altezza dell'addome, afferra il bordo inferiore della casacca e se la porta sopra la testa senza alcuno sforzo, in maniera assolutamente sexy; l'equivalente di quando noi uomini ci togliamo la maglietta con un mano sola. Il mio sguardo le resta fisso sulle dita, poi si toglie la casacca e la fa afflosciare a terra in un mucchio informe di tessuto.

A momenti rischio di soffocarmi ingoiando la lingua.

Porca troia!

Ha le tette premute assieme da un pizzo rosso con cuciture nere di contrasto, il tutto incorniciato dalle punte ricce dei capelli. In mezzo a loro, a chiamarmi come un bersaglio contro cui far scorrere l'uccello, c'è un fiocco di raso nero che evidenzia il petto glorioso e lo fa sembrare un pacco regalo tutto per me.

È uno di quei modelli a mezza coppa; il pizzo riesce a coprirle a malapena il rosa dei capezzoli... non che la cosa abbia importanza, perché è così eccitata che vedo comunque le punte turgide fare capolino.

Adesso è il mio turno di divorare il suo corpo con gli occhi. Lo percorro in tutta la sua lunghezza, oltre il petto che si gonfia a ogni suo respiro, giù fino ai muscoli tonici dell'addome e il piercing rosso che le decora l'ombelico. Al di sotto, ci sono altri centimetri di pelle liscia e morbida prima di raggiungere il bordo delle sue mutandine di pizzo rosso.

Quel minuscolo pezzo di tessuto sembrerebbe quasi potersi rompere alla minima pressione, inoltre si allaccia ai lati con una doppia serie di fiocchi di raso nero intonati. Non ho mai avuto desiderio più grande in vita mia che quello di non trovarmi a oltre duemila chilometri di distanza. Mi prudono le mani dal desiderio di sciogliere quei lacci.

Le mutandine sono abbastanza basse da permettermi di vedere gran parte del tatuaggio con le ali d'angelo sotto il bacino.

Mi tocco attraverso i pantaloni della tuta, grato di non aver indossato i jeans, altrimenti a quest'ora mi ritroverei con una cicatrice dolorosissima sull'uccello.

"*Cazzo*, Kay." Il mio grugnito rimbomba in tutta la stanza attraverso gli altoparlanti.

"Ti piace?" Inclina la testa e fa roteare una ciocca di capelli intorno al dito, piegando il fianco.

"Eccome." Aumento la pressione del mio palmo sull'uccello. "Vorrei saltare attraverso lo schermo e farti vedere quanto."

"Non hai ancora visto il meglio."

C'è altro? Sgrano gli occhi al punto che rischiano di uscirmi dalle orbite. Come diavolo fa a esserci di *meglio*?

Si avvicina in punta di piedi, puntando la telecamera verso il basso per mettere a fuoco la parte inferiore del suo corpo. Il primo piano del triangolo che copre a malapena la V tra le sue gambe non fa che peggiorare la situazione nei miei pantaloni. Si gira di nuovo, lentamente, riempiendo lo schermo con una delle parti del suo corpo che preferisco.

Altro liquido seminale mi macchia le mutande, mentre dal pizzo fa capolino quel suo bel sedere sculacciabile.

L'uccello mi supera ufficialmente la barriera dei pantaloni quando la provocatrice dall'altra parte dello schermo si piega in avanti, mette le mani sul letto di fronte a sé, inarca la schiena e mostra il culo in un perfetto stile scopata alla pecorina degna di un film porno.

Mamma mia! Se in questo momento le fossi alle spalle, la prenderei per i fianchi e affonderei tutto dentro in meno di un secondo.

Kay si raddrizza prima che io possa dare inizio alla festa senza di lei; con le unghie dipinte di rosso percorre la schiena fino a giungere al foro circolare nella parte superiore delle mutande. Nel piccolo cerchio, posto appena sopra la provocante fessura delle chiappe, c'è un minuscolo ciondolo di strass con il numero 87.

"Porca puttana."

Quando la telecamera mostra l'intero corpo di Kay, sul volto le compare un sorriso da Stregatto.

"Hai marchiato te stessa meglio di quanto io abbia *mai* fatto," ammetto.

"Oh, non so..." Con la mano destra gioca con il mio anello che ha all'anulare sinistro. "Tu hai pensato a dei modi piuttosto spettacolari."

Eccome se l'ho fatto; un giorno le infilerò su quel dito un anello così grande che perfino le persone sedute sugli spalti più bassi di qualunque stadio in cui finirò per giocare riusciranno a vederlo.

Kay squadra nuovamente il mio corpo, fermandosi nel punto mi accarezzo la cappella che mi spunta dai pantaloni.

"Credo che tu sia un po' troppo vestito," dice, gettando un'occhiata ai miei pantaloni.

E adesso sì che l'uccello mi si scatena peggio di Donkey Kong.

Mi levo i pantaloni e le mutande in un colpo solo, talmente eccitato che l'erezione mi rimbalza contro l'addome. Mi appoggio la mano sull'uccello nel momento in cui mi risistemo sulla sedia, in posizione accovacciata, con le ginocchia aperte, così da permetterle di vedere bene ciò che sto facendo. Mentre mi guarda, continua a fare quei *mmh* gutturali sexy da impazzire.

"Stiamo per farlo davvero?" Nella sua voce c'è una vena di insicurezza.

"Solo se lo vuoi tu, piccola," la rassicuro.

Si morde nuovamente il labbro. "Non l'ho mai fatto prima."

"Sesso telefonico?"

"Già." Intreccia le dita, a indicare chiaramente quanto sia nervosa.

"Neanch'io," le dico con un tono rilassante.

I suoi occhi scattano verso i miei. *"Davvero?"* Non mi offendo per il tono incredulo della sua voce. È una domanda che ha senso… Prima di incontrare lei *ero* un vero cane sciolto.

Tuttavia, non riesco a trattenere una risata. "Davvero, piccola. Prima di te non ho mai avuto una storia seria. Non si chiamano le ammiratrici per una cosa del genere, a meno che non vuoi che si facciano un'idea sbagliata." A quell'ammissione mi bruciano le guance.

Comunque, ottengo l'effetto sperato, e Kay rilassa le spalle visibilmente. "Va bene." Emette un sospiro di sollievo. "Come lo facciamo?"

Che il gioco abbia inizio.

"Per quanto ami tutto quello," ruoto un dito per indicarle la lingerie scatena-erezioni, "voglio vederti."

All'improvviso, mi dà di nuovo le spalle e si guarda intorno nella camera da letto. Prima che riesca a chiederle cosa sta facendo, si allontana di corsa, sparendo dalla visuale. Alcuni secondi più tardi, ritorna con la sedia del lavandino del bagno. La posiziona davanti al computer, risistema la telecamera, poi copia la mia posizione.

Si porta le mani sulle spalle e si accarezza le sporgenze delle clavicole con le dita, per poi scendere fino all'orlo delle coppe del reggiseno. Con gli occhi fissi sui miei, fa scendere ancora le dita giù, portando con sé il tessuto. Le tette le saltano fuori, il reggiseno le tiene sollevate, bene in mostra, quasi a volermi dire: '*Sono tutte tue*'.

Si prende un momento per stuzzicare le punte dei capezzoli, prima di far scorrere i palmi delle mani lungo il ventre tonico, fino a giungere ai lacci che tengono insieme le mutandine.

I miei occhi seguono il loro percorso, il respiro mi si blocca in gola mentre la guardo sciogliere abilmente i quattro nodi. Dal momento che è seduta, le mutande non cadono a terra. Avvolge il tessuto nero tra le dita, poi le abbassa tra le cosce aperte e mette in bella mostra per me la terra promessa.

"Mamma mia, la tua passera è perfetta." Lo è davvero. È perfetta. È totalmente depilata, le labbra sono abbastanza carnose da nascondere il clitoride e, quando le apre, sono della più bella tonalità di rosa. Quando si tratta del suo corpo divento maledettamente poetico.

"Sei davvero uno sporcaccione." Torna a guardarmi la mano che tengo avvolta attorno all'uccello.

"Non è questo il punto del sesso telefonico? Più è sozzo, meglio è?"

"Vero."

"Toccati, piccola."

"Dimmi come." I nostri sguardi si incontrano nuovamente. Il colorito sul suo petto mi dice che non è più nervosa e che, anzi, è coinvolta quanto lo sono io.

"Dirigo io lo spettacolo?" A quell'idea vengo travolto da un'altra ondata di desiderio.

"Questo è uno dei tuoi regali di Natale, quindi mi sembra giusto. Dimmi come toccarmi." Fa scorrere la lingua lungo il labbro superiore. "Proprio come faresti se fossi qui con me ora."

Mamma mia, le sue parole… Per essere una principiante, ha cominciato proprio bene.

La mia voce si fa bassa e roca dal desiderio, mentre impartisco le mie istruzioni.

"Innanzitutto… Voglio che tu faccia scorrere *lentamente* le mani in mezzo alle cosce." La guardo deglutire visibilmente mentre ubbidisce ai miei ordini. Non abbiamo nemmeno cominciato e sono già sul punto di esplodere. Mi strizzo la cappella per trattenermi. "Poi con entrambe le mani apri delicatamente le labbra, così posso vedere il clitoride. Voglio vedere quanto è già rigonfio."

Ancora una volta, nei suoi movimenti non c'è la minima esitazione. Questa roba del sesso telefonico potrebbe iniziare a piacermi.

Il clitoride gonfio mi dice che anche lei non ci metterà molto a venire, ormai.

"Quanto vorrei essere lì, così da prendere in bocca il tuo bottone del piacere."

"Bottone del piacere?" Emette una risata strozzata.

"Beh? Non posso divertirmi un po'?"

"No, va bene. Basta che non chiami la mia passera la mia caverna femminile o roba del genere."

"Amo quando dici passera, piccola." Le faccio l'occhiolino. "Adesso premi il tuo… *bottone del piacere*," enfatizzo il mio nuovo termine preferito per indicare il clitoride, "con due dita di una mano, mentre usi l'altra per strizzarti la tetta, come sai che piace a me."

Anche se ride per i miei termini scherzosi, fa quello che le dico.

"Sono sorpresa che tu non le abbia chiamate le sacche del divertimento o roba simile."

Esplodo in una risata. Questa, con tutta probabilità, è la sessione di sesso telefonico più stupida della storia, ma è tutta nostra. Non la cambierei per nulla al mondo.

"In effetti *sono* divertenti," scherzo. "Specialmente quando sei in ginocchio davanti a me e me le strizzi attorno all'uccello mentre mi lecchi la cappella."

"Volevi dire il tuo bastoncino dell'amore?"

"Per favore, non chiamare Casanova il mio bastoncino dell'amore. Comunque, è più grosso di un misero bastoncino." Sì, lei ha dato al mio uccello il soprannome che mi sono guadagnato all'università. Beh? L'ha scelto lei, mica io.

"Va bene… tronco dell'amore. Lo chiamerò TDA per comodità." Le sue parole vengono spezzate da un gemito.

"Come vuoi, Skittles. Adesso concentrati. Voglio che immagini che io sia lì con te. Afferrati il capezzolo e strizzatelo delicatamente. Fingi che lo stia prendendo in bocca e lo stia pizzicando con i denti."

Emette un altro mugolio.

"Brava." La incoraggio mentre con la mano accarezzo la cappella e spargo il liquido su tutta l'asta, lubrificando i colpi. "Adesso muovi le dita sul clitoride, forte e veloce." Giù fino alle palle. "Brava, piccola." Su fino alla cappella. "Continua a farlo finché non vieni."

Non riesco più a vederle passera, visto che ne copre buona parte con la mano, ma vedere come muove le dita in mezzo alle gambe mi basta e avanza. Mi dà un'idea di che aspetto avrà quando si masturberà durante tutte le mie prossime trasferte.

"Così, piccola. *Senti* come si gonfia il clitoride, come comincia a pulsare sotto la pressione delle dita. Adoro quando fa così. È il primo indizio che stai per venire. Mi piace soprattutto quando succede mentre sono sepolto in profondità dentro di te da dietro, usandolo per controllare il tuo piacere quando ti scopo forte e a fondo."

"Oh cielo, *Mase*."

Inizia a dimenarsi sulla sedia mentre si dimentica di tutto il resto attorno a sé e si concentra soltanto sul raggiungere l'apice del piacere.

La velocità della mia mano aumenta in armonia con il ritmo delle dita tra le sue gambe.

Su.

Giù.

Stringo la presa, giro la mano mentre la faccio scorrere su e giù per tutta la lunghezza dell'uccello. Ci sono quasi.

"Sì, piccola." Capisco che è al limite e ha soltanto bisogno di una piccola spinta. "Quando ci rivedremo ti scoperò così forte che camminerai storta per una settimana."

"Mas…" Viene ansimando il mio nome come una supplica spezzata, e presto la seguo anch'io, spruzzandomi sperma su tutto l'addome.

Continuiamo entrambi a lavorare di mano mentre i nostri rispettivi orgasmi iniziano a scemare. Anche se non è stato bello come essere veramente con lei, posso sicuramente accettare questa roba del sesso telefonico quando sarò lontano per le partite in trasferta.

Passano alcuni minuti prima che ritorniamo in noi, poi Kay apre gli occhi. Mi guarda meravigliata quando vede il macello che mi sono combinato addosso.

"Ti sei ricoperto di succo dell'amore." Sghignazza, facendomi scoppiare nuovamente a ridere.

"Solo tu sai farmi ridere e sborrare allo stesso tempo. Ma come cazzo ti vengono?"

Fa spallucce. "Ti sarebbe di qualche aiuto se ti dicessi che, se fossi lì, te lo leccherei via tutto?"

"Cazzo, piccola. Me lo farai venire duro di nuovo."

Adesso è lei quella che fa l'occhiolino.

"Allora, ti sono piaciuti *tutti* i regali che ti ho fatto quest'anno?"

"Cazzo, eccome." Il sorriso che mi dà in risposta è la mia visione preferita al mondo.

"Forse farei meglio a darmi una sistemata e ad andare di sotto, prima che qualcuno venga a cercarmi," dice con aria riluttante.

"Anch'io. La nostra ora è quasi scaduta, e non voglio che Trav faccia irruzione nella stanza giusto per fare lo stronzo."

"Mi scrivi dopo?"

"Puoi scommetterci. Ti amo, piccola."

Mi invia un bacio volante. "Ti amo anch'io, Mase."

Chiudo il laptop e mi dirigo in bagno alla ricerca di un asciugamano per darmi una ripulita, sorridendo per tutto il tempo.

Buon Natale a me.

CAPITOLO 30

KAYLA

Svegliarsi presto al mattino per mettersi in viaggio è una speciale forma di tortura. Già odio le mattine, ma tutta la fretta e l'attesa che comporta prendere un volo non fa che peggiorare il mio umore, non proprio ottimo, quando vedo che le lancette segnano un'ora a cifra singola.

Se qualcuno nutrisse qualche dubbio riguardo a come mi sento stamattina, basta leggere la mia maglietta scollata a maniche lunghe, la quale recita: *Solo perché sono sveglia NON significa che sia pronta a fare qualcosa.*

"Ti rendi conto che stiamo andando a trovare il *tuo* ragazzo, vero?" JT sbatte il fianco contro il mio mentre trasciniamo i bagagli a mano. Immagino che la mia faccia riveli le mie emozioni almeno quanto la maglietta.

"E allora?" gli dico con voce roca a causa di quell'ora ridicola. Sembra quasi che al mio corpo non interessi il fatto che, prima di partire da casa di E, abbia già ingurgitato un'intera tazza di caffè; né il mio fisico né il mio cervello sembrano soddisfatti, a meno che non mi faccia una flebo di caffeina.

"Potresti almeno *fingere* di essere entusiasta." Ride dell'occhiataccia che gli rivolgo mentre saliamo su uno dei marciapiedi mobili all'interno del Baltimore/Washington International Airport. È la Vigilia di Natale e l'aeroporto è pieno di viaggiatori.

"*Sono* entusiasta." Sbadiglio così forte che a momenti mi si stacca la mandibola. "Mase farà i salti di gioia." È convinto che prenderemo il volo di domani sera, perché quello era il piano originale, ma dal momento che E deve mettersi in viaggio per una partita in trasferta, ha suggerito a Bette che anticipassimo il volo a oggi, nel caso ci fossero ritardi a causa delle condizioni atmosferiche.

Superiamo un uomo al telefono, continuando attraverso il terminal che conduce verso il gate. "E poi... hai viaggiato abbastanza con me da sapere che odio questa roba."

"Vero." Stavolta è il mio turno di sbattere il fianco contro il suo. "Fortuna che eri una cheerleader bravissima, altrimenti ti avremmo lasciata lì alla Caserma."

Sbuffo. "Scemo." Gli do una gomitata sullo stomaco. "E poi, cosa intendi con *ero* una cheerleader bravissima? Io spacco ancora."

"Ti voglio bene, piccola peste," dice, invece di rispondere alla domanda.

Arriccio sia il naso che le labbra, comunicandogli senza parole quello che provo per lui in quel momento, prima di dirgli con riluttanza: "Ti voglio bene anch'io." Mi interrompo mentre JT ci aiuta a superare un altro gruppo di viaggiatori. "Anche se penso che Trav potrebbe prendere il tuo posto come mio fratello surrogato preferito."

Sbuffa e solleva gli occhi al cielo. "*Ma fammi il piacere.*"

"Perché?" Faccio spallucce. "Dico solo che è molto più carino con me..."

"Voi due siete ancora nella fase di luna di miele della vostra amicizia. Una volta finita, inizierà a trattarti come il resto di noi." Cioè lui, G, CK, B e, ovviamente, E.

Raggiungiamo il gate di partenza e ci guardiamo intorno per cercare dei posti liberi dove accomodarci.

"Non c'è la luna di miele nelle amicizie." Stavolta sono io a sollevare gli occhi al cielo. "Casomai nelle *relazioni*."

"Cazzate." JT si volta sul sedile per guardare verso di me, appoggiando il braccio dietro il mio schienale. "In questo momento tu e lui siete in quella fase della serie..." Si schiarisce la voce, poi dice con tono stridulo: "…*sei il mio nuovo amico del cuore, ti voglio un mondo di bene, avrei voluto conoscerti prima.*"

Gli rivolgo uno sguardo torvo. Poi Mase dice che sono *io* quella impertinente. Se fosse costretto a trascorrere un lungo periodo di tempo con il mio migliore amico, non riuscirebbe a sopravvivere.

"Molto presto, l'entusiasmo della nuova amicizia si smorzerà, e Trav si renderà conto di che razza di rompiballe tu sia." JT mi preme il naso con un dito.

Gli schiaffeggio la mano. "Sei un idiota."

"Lo so." Fa spallucce, indifferente. "Ma, come ti ho detto prima, mi vuoi bene lo stesso."

Al momento non molto; anzi, vorrei dargli un pugno.

"Ti sbagli, comunque. Io e Trav non siamo mai stati quei tipi di persone che vanno in brodo di giuggiole per una nuova amicizia. L'unico momento in cui mi dichiara amore eterno è quando gli do da mangiare."

"Si dice che la strada per arrivare al cuore di un uomo *passi* attraverso lo stomaco." JT annuisce, appoggiandosi all'indietro e accarezzandosi la pancia.

Dall'altra parte della sala, sedute ai rispettivi posti, T e Savvy si mettono a ridere, chiaramente divertite dalla nostra discussione.

"Attento, Jim," T avverte il fratello. "Sembra proprio che tu stia rischiando di perdere il tuo posto in cima alla lista degli amici di PF."

Bette, a cui hanno controllato la borsa, dal momento che ha portato con sé le forbici e i rasoi per fare i capelli ai ragazzi, fa ritorno in questo momento. Il mio sguardo si concentra sul grande portacaffè che tiene in mano.

"Che ha combinato adesso?" indica verso JT con il portacaffè, ma è a T che rivolge la domanda.

"Niente," risponde JT mentre prende la tazza che gli sta porgendo Bette. "Cercavo solo di far sorridere PF."

Bette scoppia a ridere a crepapelle mentre distribuisce il caffè al resto del gruppo.

"Sai che è pericoloso scherzare con Kay a un'ora del genere." Noto la risatina che Bette sta cercando di nascondere dietro la propria tazza.

Appoggio i piedi sotto di me e cullo il bicchiere di carta tra le mani, inspirando profondamente mentre mi concedo un momento di intimità con la mia salvezza. Questo caffelatte al cioccolato bianco è l'unico amico di cui abbia bisogno.

"Voi *sì* che mi volete bene," borbotto.

"Oh, ma piantala." JT mi infila un dito sotto la tazza e me la inclina verso la bocca. "Beviti il caffè."

Dal momento che Bette è la persona più organizzata del pianeta (credo che sia questo il motivo per cui è riuscita a gestire facilmente una relazione a distanza), è stata in grado di pianificare il viaggio non solo per noi, ma per tutti quanti.

In qualche modo, è riuscita a organizzare i voli in modo tale che noi cinque partissimo da Baltimora, G e D da New York, e CK dal Kansas, per poi atterrare tutti insieme a Dallas/Fort Worth a un'ora di distanza gli uni dagli altri.

Anche Em e Q arriveranno da Dallas oggi, ma hanno degli impegni con la Red Squad, quindi non riusciremo a vederle prima di stasera.

Dopo aver recuperato il bagaglio di Bette ed esserci incontrati con il resto del gruppo, ci dirigiamo fuori, sospirando tutti dal sollievo per l'aria calda da cui veniamo accolti. Quindici gradi non saranno molti, ma quando vivi al nord-est e di solito durante l'inverno la temperatura è attorno allo zero (se non ancora più gelida), questo clima è da maglietta a maniche corte.

Bette si mette alla guida del gruppo come se fosse una mamma anatra, e noi, da bravi anatroccoli, la seguiamo fino a raggiungere un uomo che tiene in mano una lavagnetta bianca con scarabocchiato sopra a pennarello nero la parola *Dennings*.

Visto che siamo le più minute del gruppo, io, T e Savvy ci infiliamo nella terza fila di sedili della Yukon XL Denali. Quando sentiamo Bette confermare all'autista che dovrà lasciare le valigie alla reception dell'albergo, ci viene da ridere per la precisione militare con cui Bette ha pianificato tutti gli spostamenti.

Non solo è riuscita a prenotare una suite da quattro camere da letto nello stesso hotel dove alloggia la squadra dell'Università di Jersey, ma ha anche chiamato una nostra conoscenza per farci fare un giro privato dell'AT&T Stadium.

Miles Dennings (*running back* degli Outlaws, nonché giocatore della mia squadra di FantaFootball, la Premiata Ditta Dennings) è diventato molto amico di E durante i diversi incontri ai Pro Bowl, ma è stata la facilità con cui Bette si è intesa subito con sua moglie Denise che ha creato l'amicizia tra le due famiglie Dennings.

Proprio come accadeva ogni volta che partecipavo alle partite di E, io e Bette ce ne restavamo in disparte, lontane dalla luce dei riflettori. Quando Denise, una modella comparsa in costume da bagno sulla copertina di *Sports Illustrated*, ha sentito del nostro piano di passare il tempo a farci fare manicure e pedicure, invece di partecipare al banchetto organizzato dalla National Football League, si è subito unita a noi. Il resto, come si dice, è storia.

Normalmente, con tutta la copertura mediatica che circonda il Cotton Bowl (la partita, non lo stadio omonimo, dal momento che non viene più giocata lì), non rischieremmo di avvicinarci al suo epicentro, ma oggi è uno di quei rari giorni in cui l'allenamento della squadra dell'Università di Jersey è chiuso sia alla stampa che al pubblico.

Sento salire una leggera ansia, ma dopotutto il tour è privato, sarà un'esperienza entusiasmante, specialmente per coloro che non hanno mai fatto nulla del genere prima d'ora. Non ho intenzione di sorprendere Mase fino a quando non torneremo stasera in albergo, quindi ciò dovrebbe darmi l'opportunità di vederlo, anche se solo in lontananza.

Arriviamo allo stadio in meno di mezz'ora e, nel tempo che superiamo la sicurezza e mostriamo i pass, Miles è fuori ad aspettarci. Quando lo vedono, appoggiato al muro dello stadio, T e Savvy emettono un sospiro sognante che mi fa sorridere.

Miles è un gran bell'uomo: è di alcuni centimetri più basso di mio fratello, ha un sorriso che buca lo schermo, perfettamente in contrasto con la pelle scura, e dei capelli molto corti che, ne sono certa, Bette decorerà in qualche modo prima di lasciare Dallas. Indossa dei jeans scuri a vita alta, un paio di mocassini grigi, una camicia bianca e un maglioncino grigio chiaro, entrambi con le maniche arrotolate fino al gomito per mettere in mostra i tatuaggi sugli avambracci; ai lobi delle orecchie, invece, ha due orecchini di diamanti. Sicuramente deve ringraziare la moglie, una top model, per l'impeccabile senso dell'eleganza.

Miles abbraccia Bette, poi fa lo stesso con me, T e Savvy quando scendiamo dal veicolo. E via di altri sospiri sognanti.

"Ehi, Piccola Dennings," dice Miles, con lo stesso soprannome che mi ha affibbiato B, mentre mi prende una ciocca di capelli che mi cade sulla spalla. "Non credo di averti mai vista con i capelli lisci."

"Sei un uomo… perché dovresti mai notare una cosa del genere?" Scherzo.

"Ehm…" Miles indica sé stesso con il pollice. "Mia moglie è una modella. Sono stato costretto a notare queste cose." Passa una tessera su un lettore e ci apre la porta per permetterci di accedere allo stadio.

"Sono felice di vedere che DeeDee ti ha educato così bene." Bette prende a braccetto Miles e i due ci guidano attraverso i tunnel.

"Sai… tu sei l'unica a cui permette di usare quel nome." A quella confessione, Bette getta in avanti la testa dalle risate.

"A te no?" chiede.

Miles scuote la testa. "Ci ho provato." Allunga un dito. "*Una volta.*"

Questa volta ridiamo tutti insieme.

Percorriamo tutto il lungo corridoio, svoltando a destra e a sinistra come se ci trovassimo in un labirinto, fino a quando Miles non giunge davanti a un paio di porte blu che conducono allo spogliatoio usato dalle cheerleader dei Dallas Outlaw. La stanza è enorme e molto elegante. Il pavimento è ricoperto da una moquette blu e le nicchie personali delle cheerleader sono in legno bianco lucido, con il fondo a specchio e una fila di lampadine ciascuna. Sotto la panca ci sono dei cassetti chiusi e sopra ogni nicchia c'è una foto alta un metro di ognuna delle cheerleader, con indosso l'uniforme.

Potrei anche non essere una tifosa dei Dallas, ma ho sempre pensato che le loro cheerleader abbiano senza alcun dubbio le migliori uniformi di tutto il campionato. Forse il mio debole è dovuto a quanto i pantaloncini della mia vecchia divisa degli Admirals sono simili a quelli indossati da loro.

Miles ci fa vedere anche lo spogliatoio degli Outlaws; io e Bette ci scattiamo una foto davanti al suo armadietto da inviare a E.

Trascorriamo l'ora successiva a scoprire tutto ciò che offre lo stadio: il negozio di articoli sportivi, la tribuna stampa, gli uffici, le sale VIP e la sala dove si fanno le interviste ufficiali post-partita. Qualche volta riusciamo anche a intravedere il campo, e mi viene da sorridere ogni volta che in mezzo al gruppo di giocatori vedo il numero ottantasette.

T e Savvy hanno unito le loro forze da combinaguai con D, e adesso i tre stanno percorrendo l'atrio della suite presidenziale come se fossero ne *Il Mago di Oz*.

"Credo siano cazzate come questa," dice G allungando il braccio che mi circonda le spalle, con l'avambraccio che mi sfiora la guancia mentre indica il fratello, "la ragione per cui mamma e papà non hanno voluto prendere il volo con noi oggi."

Gli affondo il viso nel fianco per soffocare le risate.

Alla fine, Miles si ferma davanti a una delle suite; la targa vicino alla porta dichiara che è il box del proprietario della squadra. Perché ci troviamo qui? Mi è già capitato di entrare nella suite del proprietario dei Crabs con Bette, ma non credo proprio che questa sia inclusa nel giro dello stadio.

"Miles?" chiede Bette, il solco tra le sopracciglia mi dice abbiamo avuto lo stesso pensiero.

"Ehm…" Si interrompe, strofinandosi la nuca.

"Sputa il rospo, Dennings," dice Bette tirando fuori la voce da mamma.

Miles si schiarisce la voce, la pelle scura assume una leggera tonalità di verde. "Mentre stavo organizzando il tutto per oggi, il Grande Capo," usa il soprannome con cui buona parte della lega si riferisce al proprietario dei Dallas, "ha scoperto per chi lo stavo facendo."

"Va bene…" Bette agita in circolo la mano; siamo tutti confusi riguardo al motivo per cui al *Grande Capo* dovrebbe interessare.

"Non facciamoci illusioni." Miles apre la porta, permettendoci di entrare nella suite più lussuosa in cui io sia mai stata in tutta la mia vita. Peccato che io sia troppo distratta da questa bizzarra conversazione per apprezzarla. "Sappiamo tutti che è il proprietario degli Outlaws, ma anche che ha molto più potere nella lega rispetto agli altri proprietari di club. Sa bene chi sei… ma soprattutto chi sono tuo fratello e il tuo ragazzo."

Miles conosce la mia famiglia da abbastanza tempo da sapere bene della mia… avversione verso l'attenzione altrui. Sì, da quando sto insieme a Mason ho, metaforicamente, iniziato a testare nuovamente le acque dei social media, ma ciò che Miles ha appena ammesso riguardo al suo capo? Beh, questa è un'altra storia.

Personalmente, non so come sentirmi riguardo a questa rivelazione; ho bisogno di un momento per ricompormi, prima di reagire troppo impulsivamente. Mentre tutti esplorano le molteplici *stanze* di questa suite fuori di testa, io la attraverso in tutta la sua lunghezza e apro una delle porte scorrevoli in vetro che conducono ai posti a sedere affacciati sulla linea delle cinquanta iarde. Scelgo la fila più vicina al campo, mi sistemo sulla poltrona di pelle e scruto i giocatori disseminati sotto di me, alla ricerca del mio ragazzo.

L'ansia che mi ribolle dentro si placa nell'istante in cui individuo Mase schierato con la linea d'attacco. Quanto gli stanno bene quei pantaloni da football. Lo scatto della palla mi spinge a spostare lo sguardo dal culetto sodo di Mase a Trav; osservo il gioco procedere mentre lui si ritira dietro la linea di *scrimmage*, cerca dei ricevitori liberi, poi lancia una bellissima spirale verso il punto dove il mio uomo sta attendendo il passaggio, prendendola per un guadagno di quaranta iarde.

La squadra sembra in forma; capisco cosa intendeva Mase, quando diceva che ci stavano dando dentro. Osservo alcune azioni, prima di sentire la presenza di Miles.

"Non capisco." Tengo gli occhi fissi sul campo mentre lui prende il posto vuoto vicino al mio. "Al di fuori del cheerleading, io non sono nessuno. Perché accidenti dovrebbe interessargli?"

Tra di noi cala il silenzio,e, per la prima volta da quando riesco a ricordare, è un silenzio pieno di imbarazzo.

"Credo..." Quando Miles si interrompe, abbasso il mento e incrocio il suo sguardo pensieroso. "Credo che voglia mettere in risalto il fatto che in questo momento voi due siete considerati," fa delle grosse virgolette con le mani, "i 'nobili del football'."

Emetto un ringhio. *Grazie mille, UofJ411.* "Cosa? È solo uno stupido hashtag che ha creato un account di pettegolezzi della mia università."

"È vero, ma è un hashtag che ha fatto tendenza a livello nazionale grazie alla conquista del titolo di campioni della Big Ten da parte dell'Università di Jersey, e grazie al fatto che è stato usato in un video che mostra due promesse della selezione di quest'anno in procinto di picchiarsi."

Maledetto Liam Parker. Devo ricordarmi di chiedere a mio fratello se Liam e i genitori hanno firmato le carte.

"Senti." Miles si piega in avanti per guardarmi, appoggiando gli avambracci sul cornicione di fronte a noi. "Dico solo che non sarei sorpreso di scoprire che sei stata avvicinata da qualcuno della dirigenza per chiederti di cambiare posto durante la partita di sabato."

Cazzo!

Riporto la mia attenzione verso il campo. Vedo che hanno già scambiato le *end zone* degli Outlaws: quella destra è dell'Università di Jersey, quella sinistra dei Notre Dame. Anche la stella del Texas, che di solito è in mezzo alla cinquantesima iarda, è sparita, e al suo posto c'è il logo del Cotton Bowl.

Mi stupisce la rapidità con cui gli addetti ai lavori riescono a fare questi cambiamenti. Quando gli Outlaws giocheranno qui per il *Monday Night Football*, non si saprà mai che meno di quarantotto ore prima c'era qualcosa di diverso.

Grace, la mamma di Mase, ci ha invitati nella suite che ha prenotato per la sua famiglia e per Nonna McQueen, ma io ho deciso di sedermi sugli spalti, visto che a Mase piace cercarmi durante la partita. E poi, se i cameraman decidono di inquadrare le famiglie dei giocatori, le suite sono i primi posti dove vanno a guardare.

Personalmente, mi piace trovarmi il più vicina possibile all'azione. L'odore del terreno di gioco, i giocatori che si scontrano gli uni contro gli altri, l'allenatore che urla gli ordini: è questo il football, non qualche maledetto hashtag.

CAPITOLO 31

MASON

Afferro un bicchiere di carta pieno di Gatorade e lo tranguaio, mentre mi passo una mano in mezzo ai capelli madidi di sudore e conto i secondi che mancano alla fine dell'allenamento. Domani la squadra si allenerà senza protezioni, il coach Knight vuole essere sicuro di spremerci fino all'ultimo, oggi. Quell'uomo è una vera bestia, ma è uno degli allenatori migliori per cui abbia mai avuto il privilegio di giocare. È il motivo per cui l'Università di Jersey ha uno dei migliori programmi di football collegiale di tutto il paese.

Durante i miei anni come giocatore per gli Hawks, siamo arrivati alle partite di coppa in tutti e tre gli anni, e l'anno scorso siamo giunti fino al campionato nazionale. Ogni volta che il coach Knight fischia, ogni volta che ci urla "ancora" mentre ci alleniamo, è quasi come se ci stesse spingendo fisicamente verso la vittoria.

Dopo tutto il clamore che ha accompagnato questo tipo di partite negli ultimi giorni, è un po' strano che oggi non ci sia la stampa. Per come è stato costruito l'AT&T Stadium, sembra quasi che gli spalti galleggino sopra il campo. Giocare con gli spalti vuoti crea un'illusione ottica davvero strana.

Un'altra differenza di oggi è che non abbiamo visto i soliti gruppi di turisti che si aggirano per lo stadio, ma solo il personale che preparava il tutto per la partita di sabato.

Alcuni dei miei compagni di squadra hanno detto di aver visto gente nella suite del proprietario degli Outlaws, ma io e Trav eravamo impegnati a perfezionare un *trick play* ideato dal coach Knight. Quando sono in campo, mi concentro solo sul football.

È in questi momenti di pausa, quando mi fermo per prendere fiato e idratarmi, che i miei pensieri vanno alla deriva.

Uno strillo giocoso squarcia l'aria, facendosi strada tra i grugniti sul campo e il rumore delle protezioni che sbattono le une contro le altre. Guardando oltre il bordo del bicchiere, alzo lo sguardo in direzione della suite del proprietario e, sì, vedo che ci sono delle persone. Mi ficco le nocche negli occhi e mi sfrego le palpebre chiuse, perché sono convinto di avere appena visto qualcosa.

"Cazzo, quanto mi manca Kay." Quelle parole mi sfuggono di bocca mentre continuo a fissare il gruppo. Deve mancarmi più di quanto pensassi, perché giurerei che la bionda appesa a testa in giù sulla spalla di un tizio grande e grosso sia proprio lei.

"Lo so, fratello." Trav mi batte la mano sulla spallina. "Ancora qualche giorno e potrai baciare la tua ragazza."

Storco la bocca in un'espressione corrucciata. Kay e i nostri amici arriveranno domani in aereo ma, una volta che saranno qui, sarà già scattato il coprifuoco. Devo vedere se riesco a convincere Trav a coprirmi, nel caso il coach faccia un controllo a sorpresa, così da sgattaiolare fuori per riuscire a salutarla, anche se solo per qualche minuto.

Il mio bisogno di vederla non è neanche dovuto al sesso. Certo, durante la giornata riesco a parlare con lei mentre sono in viaggio, che sia per telefono, messaggio o videochiamata, ma ciò non è paragonabile al toccarla, al tenerle la mano, o al baciarla ogni volta che mi va. Sì, lo so che sembro una femminuccia, una mammoletta frustata, ma non me ne frega niente. Sono abbastanza uomo da ammettere che quella donna possiede le mie palle tanto quanto il mio cuore.

Il coach Knight soffia nel fischietto per richiamare la squadra, e noi ci raduniamo attorno a lui, pronti a sentire qualunque discorso voglia farci per chiudere la giornata. Anche se ci fa un culo così sia in sala pesi la mattina, sia sul campo durante gli allenamenti, il fatto che non abbia paura di tessere le nostre lodi quando lavoriamo bene gli ha fatto guadagnare il rispetto dei suoi giocatori.

Una volta finito il discorso sono trascorsi dieci minuti, e il gruppo di atleti, prima esausto, adesso è carico e pronto a combattere come se non si fosse già allenato per diverse ore.

Seguita dal rumore dei tacchetti, la squadra si dirige verso l'ingresso del tunnel che porta dal campo agli spogliatoi. Io e Trav aspettiamo gli altri rimasti a centrocampo prima di ritirarci.

"Mi domando cosa stia succedendo," commenta Noah quando un gruppo di compagni di squadra si raduna davanti all'entrata del tunnel.

"Qualcuno ha detto di aver visto Miles Dennings poco fa… magari è lui," ipotizza Kevin.

"Non è nella squadra di FantaFootball di Kay?" chiede Alex, facendo rimbalzare il casco contro la gamba.

"Già." Annuisco. "Ha riempito la sua squadra con tutti i giocatori che si chiamano Dennings."

"Vuoi dire anche E?"

Annuisco nuovamente. "Anche Tyron e JJ." Quando menziono il *running back* e il *wide receiver* che ha schierato Kay nella propria squadra, Alex emette un lungo fischio, evidentemente impressionato.

Ci sono ancora un po' di palloni sparsi per il campo, così ci mettiamo a raccoglierli per aiutare lo staff di supporto.

"Cazzo, che fame." Trav si passa una mano sulla pancia. "Potrei mangiarmi la zampa di un cavallo, in questo momento."

Alzo gli occhi al cielo: non posso fare a meno di sorridere pensando che, probabilmente, Kay reagirebbe allo stesso modo.

"Sempre a pensare con lo stomaco, fratello." Spingo Trav con forza, tanto che si sposta di lato di qualche passo. Lui si vendica colpendomi sull'addome con il casco.

"Mi causa meno problemi rispetto a quando penso con l'uccello," risponde alzando e abbassando le sopracciglia.

"Non è quello che mi hai detto ieri sera, McQueen." Kev si riferisce alla bella texana che Trav ha rimorchiato ieri sera nel bar dell'albergo, quando mi ha lasciato la stanza libera per permettermi di telefonare a Kay. Meno male, perché stata la telefonata più infuocata di tutta la mia vita. Anche se sono stanco morto per gli allenamenti, a ripensarci sento l'uccello premere contro la protezione.

"Mase!" urla una voce femminile sorprendentemente simile a quella della mia ragazza.

Accidenti, sto proprio iniziando a perdere la testa. Prima credo di vederla, adesso addirittura di sentirla. Non vedo l'ora che sia domani.

Ma quando mi volto nella direzione da cui proviene la voce, giuro che è davvero lei quella che corre verso di me. Istintivamente, afferro la bionda che mi salta tra le braccia. Quando mi rendo conto di ciò che ho fatto, lascio la presa e tendo le braccia lungo i fianchi, per non incoraggiare ulteriormente questa pazza. Poi le sue labbra si posano sulle mie e vengo investito da un profumo familiare di vaniglia e menta piperita. A quel punto capisco che si tratta *davvero* di Kay, e le mie mani scendono per stringerle automaticamente il sedere; il casco mi cade a terra mentre la premo a me sempre più forte.

Le lambisco la bocca con la lingua, nient'affatto sorpreso di sentire il sapore del caffè. Mugola in segno di approvazione, il suono e le vibrazioni mi arrivano direttamente all'uccello, mentre lei mi stringe le gambe attorno ai fianchi. Il mondo svanisce, mentre mi perdo in quel bacio; l'unica cosa a cui riesco a pensare è trovare il modo più veloce per averla nuda e sotto di me. Cazzo, la sbatterei perfino contro il muro, pur di entrarle dentro il prima possibile.

"Piccola Dennings," dice una voce profonda con una risatina calorosa. "Non credo che montarti il tuo ragazzo davanti a tutti sia un placcaggio che tuo fratello approverebbe."

Quell'interruzione fa sì che Kay sollevi le labbra dalle mie e si rigiri tra le mie braccia per voltarsi in direzione della persona che ha parlato. Le guardo oltre la spalla e vedo che, già, si tratta *proprio* di Miles Dennings.

"Davvero?" Alla domanda sarcastica, Kay inarca il sopracciglio più vicino a me. "Io invece ho sentito che a lui piacciono *molto*... i placcaggi di *quel tipo*."

Bette, a braccetto di Miles, diventa color cremisi. Oh, a quanto pare c'è una storia dietro.

Mentre Kay si stacca da me, la aiuto a scendere a terra, maledicendo le protezioni dell'uniforme che mi impediscono di sentire bene il suo corpo strusciare contro il mio.

"Sei tutto sudato." Arriccia il naso in maniera tenera.

"Ma non dovevi arrivare con il volo di domani?" le chiedo.

A quanto pare stiamo dicendo entrambi delle cose scontate ma, in mia difesa, è l'unica domanda che il mio cervello sia riuscito a pensare, visto che buona parte del sangue mi è defluita verso l'uccello.

Piega di lato le labbra gonfie per i baci, mentre fa il gesto della vittoria con entrambe le mani. "Sorpresa…?" Sembra più una domanda che un'affermazione, come se non fosse sicura che sarei stato felice di vederla in anticipo. Sì, come no.

"La *migliore* che potessi mai farmi." Il suo sorriso in risposta è più luminoso di tutte le luci dello stadio, i suoi occhi grigi danzano di felicità mentre mi guarda.

Il nostro momento intimo viene interrotto, ancora una volta, dai ragazzi che corrono verso di lei e se la passano a vicenda per abbracciarla; lei arriccia nuovamente il naso. "Voi ragazzi puzzate da morire."

"Ti sbagli." Alex le prende la testa tra le mani. "Non è puzza, Baby: è il profumo di quanto siamo fighi."

L'alzata di occhi di Kay dice il contrario.

Per salvare la mia ragazza dai miei amici, la avvolgo con un braccio e me la tiro al fianco, facendo finta che non si sia appena lamentata della mia puzza, per poi guidarla in direzione degli spogliatoi. "Non posso credere che tu sia qui."

Mi reclina la testa sul bicipite per incrociare il mio sguardo, il profumo di menta piperita si diffonde mentre i suoi capelli mi si aprono a ventaglio lungo il braccio. "*Credo* di aver pianificato fin dall'inizio di arrivare oggi."

"Perché non me l'hai detto?"

"Visto che dovevo organizzare tante cose tutte insieme, non ero sicura di farcela. Non volevo darti delle speranze solo per poi doverti dire… *scherzavo*." Abbassa la testa, guardando verso il terreno. "So che tra qualche mese dovremo pensare a come riuscire a vivere in stati diversi…"

Mi si stringe lo stomaco al pensiero di quel futuro non molto distante.

"…tutto quello che sapevo era che non volevo trascorrere il nostro primo Natale insieme in quel modo, non se c'era un'alternativa."

Mi fermo, guardandola scioccato, spinto dal bisogno di

parlarle *davvero*, di spiegarle che non si trattava di semplici pensieri che mi frullavano per la testa. Ma, visto che non ho voglia di litigare e di rovinare questa sorpresa inaspettata, le dico invece: "A tuo fratello andava bene, il fatto che non trascorressi il Natale con lui?"

"Sì. I Crabs, comunque, sono in trasferta questo weekend, ed è stato lui a insistere per comprare a tutti i biglietti dell'aereo. Ha anche prenotato i biglietti e una suite separata per i Grayson, che arriveranno domani." Adesso capisco perché Grant e il fratello sono riusciti a venire qui.

"Allora…" Chino il mento mentre veniamo superati dai nostri amici. "Conosci Miles Dennings, eh?" Glielo chiedo simulando indifferenza, per non permetterle di canzonarmi per il fatto che mi emoziono troppo davanti ai giocatori famosi. Lei si limita a fare spallucce.

"Amo la tua nonchalance riguardo alle mie conoscenze di giocatori professionisti." Le si forma un solco tra le sopracciglia bionde. "Mi fai sentire normale." C'è un sottofondo di tristezza, in quell'affermazione.

Questa volta, quando mi fermo, la sposto di lato fino a premerle la schiena contro il muro, intrappolandola con il mio corpo. Le metto un dito sotto il mento e le sollevo la testa fino a quando i suoi occhi tempestosi non mi donano tutta la loro attenzione. "Piccola," sussurro quando sposta lo sguardo. "Tu non sei normale." Sento il suo corpo irrigidirsi. "Tu," le pizzico il mento per riportare la sua concentrazione su di me, "sei *spettacolare*." Le sue labbra emettono un sussulto dolcissimo. "Non dimenticarlo *mai*."

Si affloscia contro di me; la sollevo da terra e la prendo tra le braccia, premendola contro il muro in un batter d'occhio. A volte i nostri trenta centimetri di differenza di altezza sono fastidiosi, ma non in queste situazioni. Mi rendono le cose solo più semplici.

Allargando i piedi, inclino i fianchi per sostenere la maggior parte del suo peso, in maniera da rimanere con le mani libere per poterla toccare. Infilo le dita in mezzo a una delle sue ciocche tinte, facendole scorrere dalla base del cranio fino alle estremità che le si arricciano intorno alla parte inferiore dei seni. È una sensazione un po' diversa, visti i capelli lisci, ma mi piace comunque.

Kay appoggia la testa al muro, godendosi le mie attenzioni. Non ha mai nascosto l'effetto che il mio tocco ha su di lei. Mi piace la sua disponibilità, sia dentro che fuori dal letto.

Meno male che oggi non è stato consentito l'accesso alla stampa, altrimenti questo potrebbe essere proprio uno di quegli scatti per cui i giornalisti smaniano, da quando è iniziata la storia della nobiltà del football per colpa di quel maledetto Instagram.

"NOVA!" urla il coach Knight. "Porta il culo in doccia così i preparatori possono…" Si interrompe quando vede Kay tra le mie braccia. Immagino che abbia lasciato il campo prima che lei arrivasse, ma non sembra dispiaciuto di vedermi in sua compagnia. *Interessante.* A quanto pare, quell'osso duro del mio allenatore ha *veramente* un debole per la mia ragazza. "Signorina Dennings."

"Coach." Kay mi picchietta la spalla per dirmi di metterla giù, richiesta che ignoro con decisione. Mi guarda con occhi stretti: in quel momento, capisco di aver perso la battaglia. "Sai come la penso quando salti la sessione con i preparatori atletici."

Quando mi rivolgo al coach, lui sta evidentemente cercando di trattenere un sorriso di fronte alla mia tiranna formato tascabile. "Sapevo che c'era un motivo per cui mi piaceva questa ragazza."

A quel commento, Kay fa un sorriso grande da un orecchio all'altro, mettendo in bella mostra ognuno dei suoi dentini bianchi. "Vai." Indica le porte dello spogliatoio con il mento. "Puzzi davvero da morire." Fa una smorfia e arriccia il naso.

"Un minuto fa non sembrava interessarti."

"Solo perché ti amo." Alza un sopracciglio con fare interrogativo. "Puoi dire lo stesso dei preparatori atletici?"

"La solita sbruffona."

"Colpa di Bette."

Da qualche parte alle nostre spalle sento uno sbuffo offeso, seguito da una grassa risata.

"Cazzate," urla JT. "Sei *sempre* stata così, anzi, la *forza* non ha fatto altro che aumentare quando è arrivata Bette."

Kay si sporge per lanciare un'occhiataccia al suo migliore amico, ma né lei né Bette contraddicono quell'affermazione. Ora che conosco la storia della madre, capisco perché lei e la cognata sono tanto unite. Non importa che Kay, all'epoca, fosse già sedicenne; Bette è veramente la sua seconda mamma.

"Vai a fare quel che devi." Kay si solleva sulle punte dei piedi per darmi un bacio sulla mandibola, poi fa un passo in avanti per superarmi. "Ci sono già abbastanza persone per intrattenermi fino a quando non ci vedremo più tardi."

Prima che possa allontanarsi, le cingo un braccio attorno alla vita e la tiro verso di me per darle un bacio più profondo, un bacio come si deve, sbattendomene del fatto che siamo in pubblico. Quando, alla fine, la lascio andare, sono soddisfatto di vedere che ha un'aria leggermente stordita.

"Ti amo, Skit."

"Lo so, Cavernicolo."

"Mi hai appena dato una risposta in stile Han Solo?" Ridacchio.

"Dai la colpa a JT… è lui che ha menzionato la forza."

"Grazie, Amico Cheerleader," gli rispondo, senza distogliere mai lo sguardo dalla mia ragazza.

"Non c'è di che," replica lui, sbruffone quanto lei.

Con un ultimo occhiolino da parte mia, e un bacio volante da parte di Kay, mi dirigo verso gli spogliatoi: sto già contando i secondi che mancano al momento in cui riuscirò ad allontanarmi dalla squadra e a tornare da lei.

#Capitolo32

UofJ411: Tanti auguri di buon Natale a @CasaNova87
#NataleInAnticipo #Kaysonova
foto di Kay e del suo gruppo che fanno ingresso in albergo
@Suntan_malone: *emoji con gli occhi a forma di cuore* La regina
ama il suo re #ListaDeiBuoni #CosaFaCasanova #NobiliDelFootball
@The_book_queen: Nessuno è curioso di sapere in quale stanza
dormirà lei? #TanteCoccole #Kaysonova

CAPITOLO 33

MASON

Con mio grande fastidio, passano *ore* prima che riesca a rivedere Kay. So che non dovrei lamentarmi, visto che non sarebbe nemmeno dovuta arrivare fino a domani, ma cazzo, voglio stare insieme a lei.

Tuttavia, mi sono comportato bene: sono andato a fare la mia sessione con i preparatori atletici, ho pranzato con la squadra e ho guardato i replay delle partite. In poche parole, sono stato un giocatore di football modello.

Quando il pullman della squadra arriva all'albergo, c'è già la stampa ad aspettarci: tipico, sono certo che lo stesso accade nell'hotel in cui alloggiano i Notre Dame. Le possibilità di ottenere un'intervista esclusiva, o anche solo un commento, da uno dei possibili futuri selezionati per il football professionistico aumentano se riesci a beccarli durante i momenti di pausa, quando abbassano la guardia.

Il problema è che, nel momento in cui i miei piedi toccano l'asfalto, la quantità di domande dirette a me (in particolare riguardo a come mi sento riguardo al fatto che la mia ragazza sia qui in Texas a fare il tifo per me) si è decuplicata. Come fanno a saperlo?

"Fratello." Trav mi porge con discrezione il telefono mentre

facciamo del nostro meglio per superare il piccolo gruppo di telecamere e macchine fotografiche lampeggianti puntate nella
nostra direzione. Digrigno i denti quando vedo l'ultima foto che
ha postato UofJ411. Mi domando se posso segnalare l'account e
farlo chiudere.

Pazienza. Devo allontanare dalla mente il pensiero di tutte
queste persone che farebbero meglio a trovarsi un nuovo
hobby. La squadra ha il resto della serata libera fino al coprifuoco, e io ho intenzione di trascorrere tutte quelle ore con la
mia ragazza.

Dopo una breve sosta per depositare le valigie nelle nostre
rispettive camere, entriamo tutti e cinque nell'ascensore e ci dirigiamo al diciannovesimo piano, dove alloggiano Kay e nostri
amici.

Quando busso alla porta, CK viene ad aprirmi e batte il
pugno a ognuno di noi mentre entriamo. Ogni tanto si tiene
ancora distante (Kay ci ha spiegato alcuni dei suoi trascorsi con
gli atleti) ma, nel corso del semestre, ormai si è abituato alla
nostra presenza.

La lussuosa suite è grande a sufficienza per accomodare tutti
quanti. Il soggiorno di forma quadrata presenta un camino a gas
contro una parete e, dietro, una cucina; riesco anche a vedere un
piccolo studio nascosto nell'alcova alla destra di due delle
quattro camere da letto.

"D, fermati. Così non vale," urla Kay, ma le sue parole sono
frammentate: sta ridendo. "Fer… Fermati." Una risatina più
profonda si unisce alla sua risata squillante. "Oh *mamma mia.*
Fermati, D." Sembra che abbia difficoltà a respirare. "Ahhh! G…
salvami da tuo fratello."

"Non ci penso nemmeno, Baby." Grayson sorride, concen-
trando tutta la sua attenzione sul videogioco e ignorando
completamente Kay, che si sta contorcendo accanto a lui sul
divano.

Anche Kay ha un controller in mano, ma è a testa in giù sul
divano e sta cercando in tutti i modi di evitare Dante che cerca di
farle il solletico.

"Non è," una risata, "colpa," un rantolo, "mia," un respiro
affannoso, "se non ti piace," un grido, "perdere contro una
ragazza."

Mi fermo sul retro del divano mentre Kay emette un altro

strillo spacca-timpani. "Tutto bene, Skittles?" le chiedo guardando la scena.

"*Aaah.*" Alza la testa dalla posizione ribaltata, con le guance rosa per lo sfinimento e probabilmente per l'afflusso di sangue. Ho un lampo di preoccupazione per il suo zigomo, ma sono trascorse quattro settimane, quindi cerco di rilassarmi. "Mase." Emette un sospiro di sollievo. "Puoi fare il cavernicolo e salvarmi dal più *fastidioso* dei fratelli Grayson?"

Le avvolgo le mani intorno alle caviglie e la sollevo dal divano, rimettendola in piedi mentre la trattengo per il fianco destro.

"Puoi spiegarmi cos'ho appena visto?" La stringo a me e le do un bacio sulla sommità della testa.

"Stava stracciando D, e quel perdente cercava di distrarla," spiega Em mentre entra in salotto, sedendosi al posto di Kay e raccogliendo il controller da terra per prendere il suo posto nella partita di *NBA2K* in corso.

"Inizia a capire che cosa vuoi..." Bette si ferma con le punte dei capelli di Quinn strette tra le dita e ci fa un gesto con le forbici argentate. A giudicare dalla quantità di ciocche che vedo raccolte sul lenzuolo bianco sotto la sedia di Quinn, non è stata la prima a ricevere un taglio di capelli stasera.

"Sei hai fame anche tu, c'è un casino di cibo in cucina," esordisce Tessa, tenendo un piatto pieno in mano e appollaiandosi su un bracciolo vicino a Grayson. Senza perdere un istante, G le ruba il cibo dal piatto, proprio come fa sempre quando è a pranzo con Kay. La differenza è che, al contrario di Kay, Tessa gli avvicina il piatto per condividere il cibo con lui.

"Davvero," dice Savvy poco lontano, anche lei con un piatto pieno in mano. "Credo che Bette abbia ordinato tutto quello che c'era sul menù."

Ci facciamo strada, salutando e riempiendo piatti di cibo prima di accomodarci anche noi da qualche parte nella suite. Visto che voglio godermi ogni secondo con lei, mi tiro Kay in grembo e lascio che tenga il mio piatto, così da riuscire a stringerla a me.

I controller del gioco cambiano di mano un paio di volte, ogni tanto qualcuno inizia una nuova partita mentre chiacchieriamo del più e del meno.

Bette sta dando gli ultimi ritocchi al pallone che circonda il grande numero 91 dietro la testa di Kev, quando qualcuno bussa alla porta. Dal momento che è il più vicino, Alex si offre di aprire; appena vede di chi si tratta, però, perde letteralmente la testa… beh, diciamo che diventa una statua di marmo.

"Sicuro che sia la camera giusta, tesoro?" domanda una voce femminile.

"Sì." Riconosco la voce di Miles Dennings, perché l'ho sentita prima in campo. "Credo che sia solo rimasto scioccato."

Kay ridacchia, portandosi la mano al viso mentre sbuffa acqua dal naso.

"Non certo per me," ridacchia Miles a sua volta. "Per te, tesoro." Sento il rumore di un bacio. "Giuro che a volte ti dimentichi di quanto tu sia maledettamente sexy."

"DeeDee," urla Bette, correndo verso la porta e spostando di lato un Alex ancora sbalordito.

Non posso dire di biasimarlo per essere rimasto a bocca aperta come un pesce lesso mentre Denise Regan, ora Denise Regan-Dennings, fa il suo ingresso nella suite. La brasiliana di origine americana assomiglia molto alla collega di Victoria's Secret Alessandra Ambrosio. Con quei capelli e occhi color cioccolato e la pelle naturalmente dorata, sembra brillare. Di persona è ancora più bella che sulle copertine delle riviste.

"Betty Boop," saluta Denise con lo stesso calore. Le due donne saltellano mentre si abbracciano.

Miles, facendo quello che fa qualsiasi uomo che abbia una relazione da molto tempo con una donna, le aggira, senza interrompere la loro riunione.

Pffft. Ma sentiti, parli come se fossi questo grande esperto *di storie lunghe. Stai insieme a Kay da quattro mesi e l'hai già lasciata una volta.*

Faccio il dito medio mentalmente al mio coach interiore.

"Accidenti, Bette." Miles fa un giro attorno a Kev per osservarne la rasatura, quasi completata. "Non credevo fosse possibile, ma sei addirittura migliorata dall'ultima volta che ti ho vista all'opera."

"Grazie." Tenendosi a braccetto, le signore si avvicinano a Miles e Bette fa le presentazioni formali. "Alex." Bette schiocca le dita verso di lui. "Vuoi uscire dal tuo shock e tornare nel mondo dei vivi?"

Lui scuote la testa come per schiarirsi la mente, mentre noialtri non ci preoccupiamo nemmeno di trattenere le risate.

"Dov'è la nostra ragazza?" chiede Denise guardandosi attorno.

"Ehi, DeeDee." Kay allunga un braccio e saluta, rimanendo accoccolata sul mio grembo. Mi piace il fatto che sia rimasta attaccata a me per tutto il tempo, da quando sono arrivato.

"Perché lei può chiamarti DeeDee?" si lamenta Miles, con la bocca piena di cibo.

"Le piacciono i soprannomi con una lettera sola." Denise fa spallucce, indifferente, poi si avvicina a Kay e le alza un piede. "Vedo che indossi gli stivali che ti ho mandato."

Abbasso lo sguardo sulla gamba di Kay, seguendone la lunga linea tonica fino a dove i leggings neri elasticizzati scompaiono all'interno di un paio di semplici stivali da cowgirl di pelle nera, alti fino a metà polpaccio.

"Ho pensato di metterli, visto che sono in Texas..." dice Kay strizzando l'occhio. Mi avvicino, sussurrandole che adoro quando fa la cowgirl sopra di me, e mordicchiandole la spalla quando la sento rabbrividire alle mie parole sconce.

"Ma io sono tuo *marito*," si lamenta nuovamente Miles. "Hai fatto sciopero del sesso per tre giorni quanto ti ho chiamata D..." Si interrompe quando Denise alza un sopracciglio. "Quello," conclude, ripensandoci.

Come se ci fosse una strana connessione psichica che deriva solo dall'avere due cromosomi X, tutte le donne nella stanza si guardano tra loro e scoppiano a ridere contemporaneamente. Con quello che è successo nell'ultimo mese (la partita tra Università di Jersey e Penn State, Chrissy/Tina che si presenta alla sua porta, la rissa con Liam dopo la partita, l'ospedale, il ricovero di Kay, tutti i casini legali, e infine gli esami) è da un bel po' che non vedo Kay così tranquilla e spensierata.

Denise avanza verso il marito proprio come se stesse percorrendo una passerella, e l'intera stanza si ammutolisce mentre osserviamo il modo in cui gli fa scivolare le mani sul petto e gli avvolge le braccia intorno al collo. Con dei movimenti automatici, Miles allarga le gambe per permettere alla moglie di accostarsi a lui. È un momento quasi troppo intimo da guardare, ma sono semplicemente affascinanti.

Miles e Denise si guardano negli occhi, lui seduto su uno sgabello vicino al bancone centrale della cucina, lei in piedi in tutta la sua altezza da modella. Mi aspetto che, da un momento all'altro, inizino a baciarsi o a sussurrarsi qualcosa a vicenda. Tuttavia, conoscendo Kay e come si comporta con me, sua cognata e come si comporta con il marito, avrei dovuto aspettarmi quello che invece accade.

"Sopravviverai." Denise dà un bacio sulla punta del naso di Miles, lasciandogli sopra i brillantini del lucidalabbra.

"Visto com'è cattiva quando è con te, Piccola Dennings?" Quando Miles fa un'espressione imbronciata, Kay mi seppellisce il viso contro il collo, facendomi sentire il suo respiro caldo contro la pelle; adesso sono io quello con i brividi lungo la schiena, che mi scendono giù fino all'uccello, duro sotto la curva del suo culetto delizioso.

"Odio quando tu e Ben la chiamate così," sbotta Denise, "sembra che abbia dodici anni."

Quel commento scatena una nuova serie di battute; trascorro le ore successive, prima che scatti il coprifuoco, con un dolore alla pancia per le risate e uno all'uccello per essere vicino a Kay, ma non *dentro* di lei.

A un certo punto Miles videochiama E, sostenendo che le rispettive mogli si siano coalizzate e lo abbiano "aggredito". Bette, nemmeno un po' offesa, continua a far sedere ognuno di noi sulla poltrona da parrucchiera, tagliando e acconciando i capelli, e continuando a conversare normalmente. Lo faccio notare a Kay, ma lei si limita a sottolineare che è quello che Bette fa tutto il giorno in salone.

Quando, infine, arriva il momento di andarmene, Kay si offre di scendere con noi, per prolungare il più possibile il tempo trascorso insieme. Un ultimo giro di saluti e di baci sulla guancia, poi i ragazzi scompaiono nelle loro stanze, dandomi alcuni minuti per dire buonanotte alla mia ragazza in privato, prima che il coach passi a controllare se siamo tutti a letto.

Sono stato provocato e stuzzicato per ore dal rigonfiamento dei seni che le spuntava dalla maglietta ogni volta che si piegava per accoccolarsi meglio tra le mie braccia, dalla curva del sedere che mi strusciava sull'uccello ogni volta che cercava di mettersi comoda. Non appena Trav va via, sollevo Kay tra le braccia e la premo contro la porta.

"Forse non dovremmo farlo qui fuori." Kay fa scorrere un dito lungo i capelli appena tagliati che mi spuntano dietro la testa, sotto la visiera del cappellino all'incontrario; amo quando lo fa. "E se qualcuno scattasse una foto?"

"Che si fottano." Le do un bacio veloce, prima di farmi indietro. "E poi... se non ti tiro su, rischio di farmi venire il torcicollo."

"Non prendermi in giro perché sono verticalmente svantaggiata." Il modo in cui stringe le cosce contro di me per premermi i talloni contro il sedere mi fa gemere per il desiderio di entrarle dentro. "Io non ti prendo in giro perché sei stupidamente alto."

Mi sfugge una risata. Alla ragazza piace rimettermi al mio posto.

"Non ti prendo in giro. Adoro che tu sia in formato tascabile." Le bacio la punta del naso.

"Preferisco il termine 'formato divertente', grazie tante," dice facendo il broncio.

"Oh, tu *sei* in formato divertente." Aggrotto le sopracciglia mentre struscio il bacino contro il suo.

Adesso è lei che si lascia sfuggire un mugolio, facendomelo diventare duro all'istante; sono tentato di dire *Fanculo a tutto* e iniziare a giocare sul serio.

"Non dare inizio a qualcosa che non possiamo portare a termine qui," mi avverte, appoggiando la testa contro il muro.

So che ha ragione, ma questo non mi impedisce di premere la bocca contro la sua, rivendicandola fino a quando non suona la sveglia che ho impostato sul telefono per avvisarmi che manca un minuto all'inizio del coprifuoco. Inspiriamo entrambi affannosamente, a ogni respiro i nostri petti si toccano a vicenda.

"Sei felice che sia arrivata con un giorno di anticipo?" chiede, quando appoggio la fronte alla sua.

"Molto. Non so quanto riuscirò a vederti domani, però, con tutte le cazzate che dobbiamo fare nel pre-partita."

"Te l'ho detto, lo capisco. Non preoccuparti per me, tesoro."

La seconda sveglia squilla: il coprifuoco è cominciato. Kay mi dà un ultimo bacio sulle labbra prima di sganciarsi da me.

"Ti amo, Cavernicolo," dice mentre percorre il corridoio per dirigersi verso l'ascensore.

"Ti amo anch'io, piccola," le rispondo.

Mi manda un bacio volante mentre sparisce dietro le porte che si chiudono. Come faccio a farle capire che non smetterò *mai* di preoccuparmi per lei?

CAPITOLO 34

KAYLA

Tessa, ancora mezza addormentata, si stiracchia e fa ricadere il braccio proprio sopra la mia faccia. In tutti gli anni che abbiamo viaggiato per partecipare alle gare, non è la prima volta che condivido il letto con la più giovane dei Taylor; tuttavia, non credo che ci si possa abituare a dormire con una persona che, durante il sonno, diventa una specie di piovra. Come faccia Savvy a sopravvivere a tutto questo per diverse volte alla settimana, non ne ho proprio idea. Avrei dovuto dormire sul divano, come avevo pianificato, invece di farmi convincere da lei a entrare nel letto.

JT è un compagno di letto molto migliore della sorella; con lui, almeno, non devo temere di svegliarmi con qualche livido. A essere sincera, lui temeva che Tessa, nel sonno, potesse farmi male allo zigomo, ma l'ho convinto che si stava preoccupando troppo. L'osso, ormai, è praticamente guarito; la prossima settimana sarò autorizzata a fare acrobazie e salti mortali, non c'è modo che lei possa colpirmi con una forza tale da romperlo di nuovo.

Qualcuno apre la porta senza bussare: è l'altro Taylor, che si butta di peso sul materasso. "Te l'ho detto che avrebbe cercato di picchiarti, PF." Sposta il braccio di Tessa dalla mia faccia e si infila in mezzo a noi.

"Sì, prego, entra pure," gli dico sarcastica. "Davvero *gentile* da parte tua unirti a noi in questa splendida mattinata." Mi giro di lato, cercando di seppellirmi ancora di più contro il cuscino.

"Calma, sorellina." JT mi sfila il cuscino da sotto la testa. "Sono le dieci passate."

Prima di poter uccidere JT con gli occhi, tanto è profondo il mio sguardo assassino, G entra portando il caffè, si siede sul lato libero del letto e mi allunga una tazza. "Errore da novellino, Taylor," dice G appoggiandosi alla testiera. "Sai che non devi relazionarti con lei al mattino senza portarle della caffeina."

Mi siedo a bordo del letto, mi passo una mano tra i capelli un tempo ricci per scacciare le ciocche ribelli dal viso, e accetto la tazza di bontà nera. "Sei il preferito di tutti i miei fratelli," dico a G, soffiando sul bordo della tazza e bevendo un goccio di caffè. *Perfetto.*

"Sei davvero cattiva, la mattina," brontola JT.

"No." Scuoto la testa, guardandolo con la coda dell'occhio. "Sono sottocaffeinata."

"Sai che la sua bontà d'animo è direttamente proporzionale alla quantità di caffeina che ha in corpo," aggiunge CK sulla porta, con la spalla appoggiata allo stipite e una tazza di caffè in mano.

"Tutti simpaticoni, oggi." Vedo che sono ancora in pigiama. Vuol dire che, se proprio devo alzarmi, almeno me la posso prendere comoda.

"È arrivato il cibo," annuncia una Savvy dall'aria stropicciata. "Giuro, tua cognata non sa che si può anche *non* ordinare tutto quello che c'è sul menù."

Scoppiamo tutti a ridere, visto che quell'affermazione è alquanto accurata. A dirla tutta, è abituata a nutrire regolarmente mio fratello e B, così come tutti i loro compagni di squadra che passano da casa. Nel caso non lo sappiate... i giocatori di football mangiano *molto*.

Dato che gli altri devono spostarsi per permettermi di alzarmi dal letto, infilo una nocca in mezzo a due costole di G, facendogli emettere uno strillo da ragazzina.

"Un suono del genere *non* dovrebbe uscire dalla bocca di un uomo della tua stazza," sghignazza T, facendo scivolare il sedere verso il bordo del letto. Non ha torto: credo che il suono acuto che ha emesso fosse più adatto alle orecchie di Herkie che alle nostre.

"E pensare," G mi guarda arrabbiato e poi sorride pochi secondi dopo, non è mai stato in grado di tenermi il broncio a lungo, "che ti ho preparato io il caffè, stamattina."

"Ti voglio bene, G." Gli invio un bacio volante.

Gli altri escono dalla stanza per andare a mangiare; intanto, io mi infilo un paio di calze lunghe (bianche con strisce rosse sull'orlo), sistemando l'elastico qualche centimetro sotto il ginocchio. Certo, avrei potuto mettermi un paio di leggings per tenermi al caldo, ma i pantaloncini che ho indossato per andare a dormire sono troppo comodi.

Faccio un salto in bagno per fare pipì e lavarmi i denti, poi mi sistemo la fascia del reggiseno sportivo. Una volta giunta in cucina, non sono sorpresa di vedere che sono presenti anche i gemelli. Da quando sono arrivati da Dallas, Olly e Livi hanno deciso di passare la maggior parte del tempo con noi, invece che con i genitori.

"Ehi, coach." Mi salutano all'unisono, come al solito.

"Ehi, ragazzi." Allungo la mano per battere il pugno a entrambi.

Alla vista del banchetto che mi si presenta davanti, mi brontola rumorosamente lo stomaco. Ci sono piatti d'argento pieni di french toast, pancake, uova strapazzate, pancetta, salsiccia e fettine di carne. Il resto del tavolo è occupato da ciotole di vetro piene di frutta fresca e caraffe di succhi di frutta.

Dopo aver esaminato le diverse opzioni, riempio un piatto con un french toast e lo ricopro di burro e sciroppo, prima di completare il tutto con una manciata di fragole e qualche fetta di bacon.

"Sapete cos'hanno in programma i vostri genitori più tardi?" chiedo ai gemelli con la bocca piena di bacon croccante.

Sono un po' esitante a parlarne... I gemelli sono leggermente arrabbiati perché non gli è stato permesso di sedersi con noi sugli spalti: i genitori hanno insistito affinché guardassero la partita dal loro box, come fanno per le partite in casa; tuttavia, penso che, se riuscissi a coordinare i nostri spostamenti da e verso lo stadio, forse riuscirei a tranquillizzarli un po'.

"Sì. Papà ha detto che dobbiamo uscire di qui per le due e

mezza, così abbiamo un'ora abbondante per arrivare nella suite e sistemarci." Il tono di Olly non nasconde la sua infelicità.

Ero tentata di comprare i biglietti per loro in ogni caso, ma ho desistito. C'è già una strana tensione tra me e Brantley: è meglio non alimentarla ulteriormente.

"Mi sembra un buon piano." Mi guardo intorno alla ricerca dello sguardo di Bette e, quando lo trovo, ottengo il cenno che stavo cercando. "Noi usciamo quando uscite voi. Possiamo stare nell'atrio principale fino all'inizio della partita."

"Sai," Bette appoggia i gomiti sul bancone, sporgendosi in modo da farsi sentire meglio, ora che ci siamo spostati sui divani, "dopo aver visto le suite, sono quasi delusa del fatto che non abbiamo preso anche noi un box."

Vi ho già detto quanto adoro mia cognata, vero? Ha un istinto materno di prim'ordine, degno del Trofeo Lombardi del Super Bowl: riesce a interpretare facilmente qualunque situazione. Quando lei ed E decideranno finalmente di darmi il nipote che aspetto così tanto, il bebè avrà la mamma più fantastica del pianeta.

"Perché non...?" Livi si interrompe a metà domanda.

Con la coda dell'occhio vedo Olly che scuote la testa verso la gemella e mi volto completamente verso di lui. "Olly?" Chiedo. Quando non dice niente, mi giro verso la sorella. "Livi?"

Sono entrambi agitati, non è da loro. Non ho idea di cosa abbia provocato questa ondata di nervosismo. Di sicuro c'è qualcosa che non va.

Livi guarda il fratello e aspetta un suo cenno prima di poter continuare. Emette un respiro pesante e inizia a parlare. "Allora..." Una pausa. "Stamattina..." Un'altra pausa. Stavolta devo stringere i pugni per resistere all'impulso di scuoterla e dirle di sputare il rospo. "Si sono presentati alla nostra suite due tipi in giacca e cravatta."

I Roberts e i McQueen condividono l'attico dell'albergo. Se noi credevamo che la nostra suite fosse bella, è una catapecchia al confronto di quella che ha preso Brantley. Al di là di tutto il lusso, ciò che mi rende più invidiosa è l'albero di Natale alto tre metri.

"Va bene..." rispondo, senza ancora capire cosa vogliono dire.

Quando lo sguardo di Livi torna su Olly, lui riprende il racconto. "Erano dell'ufficio amministrativo degli Outlaws." I pezzi mancanti cominciano ad andare al loro posto, ma non credo che mi piacerà l'immagine che ne verrà fuori. Mi tornano in mente le parole di Miles di due giorni prima. "Sono venuti per invitarci a guardare la partita dal box del proprietario."

Porca puttana.

Mai e poi mai avrei pensato che avrebbero adottato questo approccio. Quando abbiamo detto a Miles che la nostra risposta era "no, grazie", pensavo che la discussione fosse chiusa. *Doveva* chiudersi lì. Accidenti, non ci sarebbe mai nemmeno dovuta *essere* una tale discussione.

Faccio un respiro profondo, cercando di rilassare le spalle. "Fatemi indovinare..." Mi piego in avanti per appoggiare il piatto, ora vuoto, sul tavolino. "Si sono assicurati di estendere l'invito anche a me, vero?"

"Anche a Bette," aggiunge Olly.

Quando mi volto per guardarla, Bette arriccia le labbra. Sono sicura che la mia espressione sia identica alla sua. Niente di tutto ciò ha senso. In fondo, capisco Bette: è la compagna di un giocatore di alto livello, il cui contratto sta per scadere. Forse i Dallas sperano di capire quali sono i progetti futuri di E. Ma io? *Perché* io?

Sì, Mase è un bravissimo giocatore di football.

Sì, Mase è sexy da morire.

E infine sì, ammetto che siamo una coppia adorabile. Ma l'interesse verso di noi, così come... beh, il fatto che ci sia un *noi*, è ridicolo.

E poi, Mase dovrà affrontare la selezione. Né *io* né lui abbiamo voce in capitolo riguardo a quale squadra giocherà. A cosa serve realmente la mia presenza?

Sono estremamente grata che Mase sia impegnato con la squadra. Ho deciso di non dirgli nulla dei sospetti di Miles; non serve che diventi un cavernicolo perché ha scoperto che qualcuno ci sta usando per guadagnare. Ultimamente è molto suscettibile.

E poi...

Non. Ha. Alcun. Senso.

Se non altro mancano ancora diversi mesi alla selezione. Poi penseremo a come affrontare le *prossime* sfide.

"Come fai a saperlo?" chiede Livi stringendo le gambe.

"Non ha importanza." Agito una mano. "Cos'hanno detto i tuoi?"

"Papà ha accettato subito."

Ovviamente. Per Brantley, trovarsi gomito a gomito con uno degli uomini più importanti della National Football League è sicuramente un bel colpo per la futura carriera di Mase. Non posso biasimarlo.

Detto ciò…

"Ma Nonna si è affrettata a informarli che tu guardi sempre le partite da dove Mase può vederti, e che, per quanto fosse gentile la loro offerta, non era certa che ti saresti unita a noi," aggiunge rapidamente Livi.

Vi ho già detto che Nonna McQueen è una delle persone che preferisco di più al mondo?

"Amo quella donna," dico.

"È la migliore," rispondono i gemelli all'unisono.

Non avendo nonni in vita, la nonna di Trav ricopre con orgoglio questo ruolo per tutti i ragazzi Nova e Nova-Roberts, una situazione molto simile a quella che c'è tra i clan Dennings e Taylor.

Qualcuno bussa ritmicamente alla porta della suite, facendo calare il silenzio nella stanza. A giudicare dallo sguardo interrogativo che hanno tutti in volto, nessuno ha la più pallida idea di chi possa essere.

D, visto che è il più vicino alla porta, va ad aprire. Sfortunatamente non riesco a vedere di chi si tratta, considerato che la sua mole di due metri occupa tutto lo spazio della porta.

"Ehi, bello," saluta il nostro visitatore. "Non dovresti prepararti per la partita?"

"Prima devo ricevere il mio bacio di buona fortuna," dice una voce familiare, poi D si fa da parte, rivelando il mio ragazzo.

"Mase?" Mi alzo dal divano, andando automaticamente verso di lui, anche se sono ancora confusa sul come sia arrivato fin qua.

"Skittles," mi saluta.

"Che ci fai qui? Tra poco non devi prendere il pullman?"

"Già." Tira fuori le fossette. "Ho meno di cinque minuti per salire sul pullman prima che il coach Knight mi rompa il culo per essere in ritardo." Mi avvolge un braccio attorno alla vita non appena sono alla sua portata.

Gli passo le mani sul petto duro e muscoloso, per poi avvolgergliele dietro il collo. "Mi sembra rischioso."

Fregandosene altamente delle persone intorno a noi (tipico di lui) mi stringe a sé ancora più forte, annullando lo spazio tra noi.

"Ho pensato di venire io a reclamare il mio bacio, visto che tu non potevi venire da me."

Giuro, alcune delle frasi di quest'uomo devono essere sicuramente state prese dai romanzi rosa che piacciono tanto a T.

"Forza." Stringe le labbra. "Baciami, così posso salire sul pullman prima che parta senza di me."

Appoggio i piedi sopra i suoi, mi alzo sulle punte e gli do ciò che desidera. Quando gli traccio la linea delle labbra con la lingua, mi ritrovo improvvisamente in volo; Mase esce dalla suite e mi schiaccia contro il muro del corridoio in pochi secondi.

"Ehm… perché siamo in corridoio?" chiedo quando finalmente riprendiamo fiato.

Sorride, mostrandomi nuovamente le fossette. "Ti metto sempre contro il muro prima di una partita."

"Ok." Piego la testa di lato. "Ma perché in corridoio?" gli chiedo di nuovo, cercando chiarimenti sul motivo per cui ci siamo spostati.

"Ho pensato che avresti preferito che non ti divorassi davanti alla tua famiglia."

Mi scappa una risatina e alzo gli occhi al cielo per la sua ridicolaggine; in risposta, mi pizzica la punta del naso.

"C'era anche una parte della *tua* famiglia." Indico la porta con il mento. "I gemelli sono dentro," gli spiego quando alza un sopracciglio.

"Ah sì?"

"Wow." Mi sfugge un'altra risata. "Ma davvero non te ne sei accorto? Livi era seduta vicino a me sul divano."

"No." Scuote la testa. "Tu per me sei come la zona di meta: mi concentro solo su di te, come quando corro per fare un *touchdown*."

"Adoro quando usi il football come metafora per descrivere la nostra relazione." Sono sarcastica solo in parte, visto che sono colpevole di fare lo stesso. Probabilmente è dovuto al fatto che adora le mie magliette buffe. "Ok, testa calda." Gli do un colpetto sulla spalla, con la mano gli stringo i muscoli nascosti dalla felpa dell'Università di Jersey. "C'è un pullman che ti aspetta."

Invece di rilasciarmi, si struscia contro di me, e la durezza dietro la cerniera preme contro il mio centro caldo, provocandomi un gemito. I pantaloncini rossi che ho addosso non creano una grande barriera contro i suoi jeans e l'erezione.

Mi ruba un altro bacio prima di abbassarmi a terra. Lo guardo entrare nell'ascensore.

"Ricordati di mandarmi una foto della maglietta, prima della partita," dice quando si chiudono le porte.

Scegliere la maglietta che indosserò oggi sarà molto divertente.

CAPITOLO 35

MASON

È il giorno della partita.

Il Cotton Bowl.

L'ultima partita che ci separa dal campionato nazionale.

Diamoci dentro.

Dato che il nostro ranking è migliore, agli Hawks è toccato l'onore di essere la squadra di casa. I Fighting Irish mangeranno la polvere.

Tutta la giornata (ma che dico, tutta la settimana) è stata un turbine di attività. Molti uscirebbero completamente distrutti dall'estenuante programma di allenamenti in palestra, da quelli in campo e dalle richieste dei media, ma gli atleti della D1 non sono come le altre persone; si potrebbe perfino dire che gli atleti che giocano per l'Università di Jersey siano una spanna sopra gli altri. La scuola è conosciuta per avere il maggior numero di studenti che diventano giocatori di football e di basket professionisti, rispetto a tutte le altre maggiori università del Paese. Questa settimana abbiamo dato il massimo.

Giocare in uno stadio professionale, oggi, è l'antipasto di come sarà il mio futuro. Sembro egocentrico, ma è così. Tutti gli esperti discutono di quale sia il mio ranking nella selezione di quest'anno, e nessuno mi ha piazzato al di fuori della *top five*. Sì, sono davvero il migliore.

Il difetto più grande di non giocare in casa è che Kay non riesce a venire a darmi il mio bacio pre-partita. Se devo essere onesto, sono sicuro che avrebbe potuto farcela in qualche modo ma, con tutta la stampa che ci circonda, forse è meglio così.

Dal momento che non volevo rinunciare al mio bacio, ho rischiato l'ira del coach Knight per riceverlo prima che lasciassi l'albergo… e, nel caso ve lo domandiate, sì, il coach mi ha fatto un culo così per essere salito sul pullman con quattro minuti di ritardo. L'ho baciata per bene per assicurarmi che mi aiutasse a superare le cinque ore che mi separano dall'inizio della partita.

Mamma mia, quanto sono felice di averlo fatto. La mia piccola aveva un aspetto davvero tenero, in quel pigiama: una delle mie magliette da football, che per lei è praticamente una vestaglia, visto che, se non se la lega in vita, le cade oltre le ginocchia; un paio di pantaloncini che riescono sempre a farmelo venire duro più velocemente di quanto un *center* passi la palla; infine, delle calze lunghe bianche adornate da strisce rosse.

Aveva nuovamente la sua chioma di capelli ribelli, tutta disordinata, che mi ricorda quando facciamo sesso. *Merda!* Mi sto eccitando di nuovo.

Cazzo, Nova, datti una regolata. Pensa alla puzza dei calzini sudati di Trav, pensa che potreste perdere la partita, pensa a qualunque cosa che ti faccia tenere l'erezione sotto controllo. Lo spogliatoio è l'ultimo posto dove dovrebbe venirti duro.

Il rimprovero del mio coach interiore funziona, almeno fino a quando non inizio a pensare al sapore di lei; la menta del suo dentifricio, l'aroma zuccherino del caffè che ha bevuto…

Mamma mia, volevo mangiarmi *lei* per colazione.

Stasera caccerò a calci in culo Trav fuori dalla stanza per passare tutto il tempo sepolto tra le gambe della mia ragazza… per celebrare la vittoria, spero.

"Smettila di fare pensieri sconci sulla mia sorellina," dice Trav, sedendosi accanto a me.

"Come fai a saperlo?" Cerco, senza successo, di togliermi il sorriso dalla faccia.

"Quando fai quei pensieri, hai sempre quel sorriso da deficiente," dice facendomi girare un dito a pochi centimetri dal volto.

"Non posso farci niente, fratello. È molto… ispiratrice." Mima l'atto di vomitare. "Una volta non avevi problemi a sentir parlare della mia vita sessuale," dico mentre allungo un braccio nell'armadietto per prendere il telefono.

"Nessuna delle tue ragazze è durata tanto a lungo da diventare parte della mia famiglia. Come ti sentiresti, se qualcuno facesse quei pensieri su Livi?" Mi lancia uno sguardo d'intesa, a quell'idea devo combattere l'istinto di vomitare.

Visto che mia sorella va alle superiori, sono sorpreso che non mi abbia ancora parlato di ragazzi. Se dipendesse da me, non uscirebbe con nessuno prima dei trent'anni.

"Hai ragione."

Sento il telefono vibrarmi in mano, guardo in basso e vedo che Kay mi ha mandato un messaggio con una foto. Ha scelto di indossare la maglietta che le ho regalato io: un girocollo bianco a maniche lunghe con toppe sui gomiti e una scritta che recita *Il mio ragazzo VA A SEGNO più del tuo*. Attorno alla parola "mio" ci sono due cuori, e la O di "segno" è un pallone da football. Le lettere sono in nero, mentre il cuore e i palloni sono rossi. Ovviamente, sulla schiena c'è scritto NOVA #87.

Tra quelle che le ho dato, questa è una delle mie preferite, ha la giusta misura di simpatia e doppio senso.

Bette deve averla truccata. Gli occhi grigi le sono messi ancora più in risalto dall'eyeliner e le labbra, che nella foto mi stanno mandando un bacio, sono di un intenso colore rosso. *Cazzo, adoro quando si mette il rossetto.* Proprio come prima, devo pensare a qualcos'altro per far defluire il sangue dall'uccello.

Con la mano che non stringe il telefono, Kay si spinge la frangetta e i riccioli lontani dal viso. A fianco della mia ragazza ci sono i suoi due migliori amici: Grayson che fa l'occhiolino e JT che tiene le mani a forma di cuore.

Digito rapidamente la mia risposta.

> IO: Scusate, ragazzi. Non siete il mio tipo, al contrario della bionda in mezzo a voi.

Inclino lo schermo in modo che Trav possa vedere le buffonate che stanno facendo i nostri amici, facendolo ridere.

SKITTLES: JT ha detto che gli hai spezzato il cuore.

IO: Sono certo che sopravviverà.

SKITTLES: Lo so. E d'altronde non può averti. Tu sei mio.

Amo quando fa la possessiva.

SKITTLES: Stiamo andando allo stadio adesso. Ci vediamo dopo la partita. Sarò la bella bionda che fa il tifo per te dagli spalti. Vai e rompi il culo ai Fighting Irish, tesoro.

IO: *GIF di Tom Cruise nel film Top Gun che dice "Sissignora"*

SKITTLES: *alza gli occhi al cielo* Ti amo.

IO: Anch'io, piccola.

Blocco lo schermo e ripongo il telefono nell'armadietto. È ora di prepararsi. Abbiamo una partita da vincere.

CAPITOLO 36

KAYLA

C'è un bellissimo caos che si percepisce solo durante le partite di playoff. Non importa che si tratti di squadre di football delle scuole superiori, delle università o dei campionati professionali: mi sono resa conto che la sensazione è la stessa.

Ci facciamo strada lentamente nell'ingresso dell'AT&T Stadium, pieno fino all'orlo di tifosi. Sembra che ci siano tante persone che indossano la maglia rossa e nera dell'Università di Jersey quante sono quelle che indossano i colori blu e oro dei Fighting Irish.

Come promesso, trascorriamo con i gemelli il maggior tempo possibile. Ci facciamo tantissime foto (spesso piuttosto inappropriate) con i gonfiabili alti sei metri delle mascotte delle due squadre, piazzati in una delle aree di ristoro dello stadio.

Proprio come mi aspettavo, non appena siamo arrivati, Brantley mi ha presa da parte nel tentativo di convincerci (più che altro di convincere me) a cambiare idea e a guardare la partita con lui e la moglie dal box del proprietario della squadra. Ho rifiutato nella maniera più ferma, ma gentile, possibile.

All'inizio avevamo programmato di assistere, più tardi, all'O-range Bowl, l'altra gara di coppa dei playoff. Invece, nel tentativo di lisciare il pelo a Brantley, gli ho promesso che avremmo partecipato alla festa post-partita che sta allestendo nella sua suite.

Io e Nonna ci scattiamo una foto con le nostre magliette personalizzate, arrivo persino a fargliela pubblicare sul profilo Instagram. Anche se ho appena fatto qualcosa che, normalmente, mi avrebbe provocato l'orticaria al solo pensiero, devo dire che non vedo l'ora di scoprire la reazione di Trav quando scoprirà l'hashtag che ha usato sua nonna.

Quando finalmente raggiungiamo i nostri posti, non mi sorprende minimamente di scoprire che Bette è riuscita a recuperare i biglietti per la fila dietro alla panchina della squadra dell'Università di Jersey, vicino alla linea della cinquantesima iarda. Ci siamo persi l'esibizione di entrambe le bande musicali, ognuna accompagnata dai gonfiabili dei caschi da football delle rispettive scuole. Siamo troppo lontane per vederne le facce, ma Em e Q sono in campo con la Red e la White Squad per tracciare la strada che percorreranno gli Hawks.

Sull'enorme maxischermo sospeso di centocinquanta metri compare il video promozionale del Cotton Bowl; dopo qualche secondo, le due squadre entrano in campo e la folla di ottantamila persone va in delirio, con i fuochi d'artificio che esplodono in milioni di scintille dorate.

Rimaniamo in piedi per assistere all'esecuzione dell'inno nazionale e al faccia a faccia tra i capitani delle due squadre sulla cinquantesima iarda per il lancio della moneta.

Mase è bellissimo come sempre, con i pantaloni da football neri e la casacca rossa; quando si mette dietro la panchina per mandami un bacio volante, tiene il casco con due dita. T squittisce emozionata quando nota che anche lui prende parte alla tradizione di famiglia, sollevando entrambe le braccia e mettendo le mani a forma di Y, tirando fuori il mignolo e il pollice.

Vorrei dire che la partita è entusiasmante (beh, il football è *sempre* entusiasmante), ma gli Hawks prendono il controllo del gioco già dal primo istante in cui i Fighting Irish calciano la palla: il punteggio finale è di 30-3 per gli Hawks.

Nonostante la partita sia stata dominata solo da una squadra, io e la mia famiglia urliamo comunque a squarciagola.

Ci diamo dei colpi d'anca, sculettiamo, alziamo le mani in aria, e credo di aver visto D fare un balletto; danziamo dalla gioia sui nostri posti mentre, in campo, la squadra celebra la vittoria.

Gli Hawks accedono ufficialmente al campionato nazionale.

Sono davvero fiera di loro.

Corro verso la ringhiera e mi metto alla ricerca del mio ragazzo in mezzo a quell'ammasso di giocatori di football saltellanti. Mase dovrà aspettare il ritorno in albergo per ricevere le mie congratulazioni come si deve, ma almeno posso mandargli un bacio.

Mi si blocca il respiro quando quegli occhi verde chiaro mi trovano in mezzo alla folla. Come faccia Mase ad essere ancora più sexy, completamente sudato, non lo saprò mai. I capelli castano scuri gli spuntano fuori in alcuni punti, mentre in altri sono appiattiti dal casco; l'*eye black* gli imbratta tutte le guance, mentre la casacca è piena di macchie di terriccio.

Senza preavviso, inizia a correre nella mia direzione, salta sugli spalti e si solleva abbastanza in alto da trovarsi faccia a faccia con me. Tira fuori le labbra per reclamare un bacio, e io non esito un secondo ad accontentarlo. Gli prendo il viso tra le mani, incurante del sudore che gli gocciola sulla pelle, gli infilo le dita in mezzo ai capelli e gli do un bacio con la lingua. Non mi stacco da lui fino a quando non sento che gli tremano i muscoli per essere rimasto troppo tempo in quella posizione; a quel punto, scende dagli spalti e ritorna in campo.

"Bella partita, tesoro." Appoggio gli avambracci alla ringhiera e mi sporgo in avanti per farmi sentire al di sopra di tutto il rumore.

"Più tardi ritirerò il mio trofeo." Accompagna la promessa sconcia con un occhiolino, prima di correre verso i compagni di squadra.

"*Qualcuno* andrà in tendenza, stasera," canticchia JT, avvolgendomi un braccio intorno al collo e tirandomi a sé mentre iniziamo a incamminarci lentamente fuori dallo stadio. Sembriamo tanti salmoni che provano a nuotare controcorrente.

"Vabbè." Faccio del mio meglio per fare spallucce sotto il peso del suo braccio. "Ho pensato che, se devo imparare a non avere paura di Instagram, è meglio che ogni tanto gli dia in pasto qualcosa."

"Lo senti, questo rumore?" G si volta e si mette una mano attorno all'orecchio. "È il suono di mille tastiere che battono mentre UofJ411 si affretta a postare per primo la nuova foto dell'-hashtag #Kaysonova."

#Capitolo37

UofJ411: Avevamo ragione riguardo a ciò che sta succedendo tra lei e @QB1McQueen7, date un'occhiata a quell'hashtag #INodiVengonoAlPettine #CosaFaCasanova
RICONDIVISO—foto di Nonna McQueen e Kay al Cotton Bowl—
TheNanaMcQueen: Il mio regalo di Natale spacca, grazie a questa ragazza qui #LaMiaNuovaNipotePreferita #ForzaHawks*
@The-mumma-life: Dove compilo i moduli per candidarmi? #ChiedoPerUnAmico
@UnCheckedOther: Non accaparrarti tutti i giocatori di football #LascialiAncheANoi #LaRagazzaDiCasanova

UofJ411: ANDIAMO AL CAMPIONATO NAZIONALE!! #GliHawksHannoVinto #SiamoINumeri1
foto del tabellone del Cotton Bowl con il punteggio finale

UofJ411: Non mi sorprende che @CasaNova87 abbia deciso di festeggiare così #Kaysonova #NobiliDelFootball #IlTrofeoPreferitoDelRe

foto di Mason che salta sugli spalti per baciare Kay
@Work2play: Anch'io voglio essere baciata così #ViSupplico #Kaysonova #NobiliDelFootball
@_Bsdmbutch: Accidenti, che bacio #PotrebbeInsegnarciComeSiFa #Kaysonova
@_The_art_of_reading_: Questa foto dovrebbero metterla sui francobolli #ReERegina

UofJ411: Questo sì che è un terzetto in cui mi infilerei volentieri #MancoSololo #INodiVengonoAlPettine #CosaFaCasanova #Kaysonova
foto di Kay che ride in mezzo a Mason e Trav
@68blackburnc: Certo che loro tre passano MOLTO tempo insieme #InizioASospettareQualcosa
@TheQueenB: C'è anche chi ha storie a tre #GiustoPerDire

Sulla via del ritorno in hotel, Mase mi ha mandato un messaggio per dirmi che lui e i ragazzi, prima di venire alla suite della mia famiglia, avrebbero fatto un salto nelle rispettive camere per cambiarsi. Per me era il piano perfetto, visto che ciò mi avrebbe dato del tempo per riposarmi e avrebbe consentito a Em e Q di unirsi a noi.

Ero dell'idea di cambiarmi, visto che non avevo idea del tipo di festa a cui avremmo partecipato, ma quando Mase è arrivato con indosso la maglietta che gli ho regalato a Natale (la quale recita: *Ho ricevuto questa maglietta da qualcuno che mi trova FANTA-STICO*) ho capito che non avrei dovuto aggiornare l'abbigliamento.

Tuttavia, non appena entriamo in quell'attico anche troppo lussuoso, vengo assalita dai dubbi; la festa assomiglia più all'aperitivo di un matrimonio, che a una festa post-partita.

Perdo il conto del numero di tavoli da buffet drappeggiati da sottili tovaglie bianche disposti tutt'intorno; c'è talmente tanto cibo che è impossibile consumarlo tutto in una sola sera.

Dietro il bancone di quercia nera, una delle caratteristiche della suite, lavorano due baristi in camicia bianca Oxford e gilet neri: mentre andiamo in giro, salutando persone che per lo più non conosco, vedo che in uno degli angoli della sala c'è anche una postazione per il taglio della carne.

Poco dopo essere arrivati, Brantley sequestra Mase e lo trascina in una conversazione con un altro gruppo di uomini, le cui identità mi sono completamente sconosciute. Scelgo di rimanere sulla poltrona che condividevamo prima che il suo patrigno venisse a interromperci.

L'unica fonte di salvezza (ok, non proprio *l'unica*, perché il cibo è veramente spaziale) è il fatto che tutti gli schermi televisivi sparsi per la suite sono sintonizzati sull'Orange Bowl. Il vincitore di questa partita giocherà contro gli Hawks nel campionato nazionale tra due settimane e mezzo.

Al contrario della nostra partita di prima, la battaglia tra gli Alabama e gli Oklahoma è molto più serrata.

"Questo *brisket* sarà anche fantastico," mormora Trav con un pezzo di petto di manzo in bocca, mentre si accomoda sul bracciolo della poltrona dove sono seduta, "ma dopo una partita preferisco di gran lunga prendermi una birra al bar."

"Vero," concordano Noah e Alex.

Di tanto in tanto mi giro per dare un'occhiata a Mase; ogni volta che lo faccio, noto che lui già mi sta guardando. La tensione nella sua mandibola mi dice che non si sta divertendo per niente e odio tutto ciò. Dovrebbe essere la sua serata, non quella di Brantley e di qualunque piano abbia in mente.

L'unico lato positivo della partecipazione alla festa è che i gemelli sembrano più felici di quanto li abbia mai visti negli ultimi giorni, con T e Savvy a completare il quartetto. Grace ha anche commentato su quanto siano cambiati i figli minori da quando si sono unite al gruppo sia lei sia Nonna, che si sono prese una pausa dalle celebrazioni in corso nell'altra stanza.

"Vuoi andare via?" mi sussurra nell'orecchio Mase, quando fa ritorno. Tutto, dal respiro caldo al morbido tocco delle sue labbra, mi scuote le parti femminili.

"Più di ogni altra cosa."

Gli afferro la mano; devo raddoppiare il ritmo per tenerne il passo mentre serpeggia tra i partecipanti alla festa, facendo di tutto per non venire fermato dalle numerose persone che cercano di contendersi la sua attenzione.

Quando usciamo dalla suite ed entriamo nell'ascensore, sono

praticamente senza fiato. "Dove stiamo andando?" chiedo, inspirando pesantemente.

Mase viene verso di me e mi preme contro la fredda parete dell'ascensore, causandomi un sussulto. Con la coda dell'occhio vedo i suoi avambracci contrarsi, mentre mi prende il viso tra le mani. A volte è così maschio da essere travolgente.

"In camera mia." Mi mordicchia il tendine che corre lungo il lato del collo. Ora, per colpa del segno lasciato dai denti, mi fa male ogni mio respiro.

"Ma… e Trav?"

L'ascensore emette un suono per indicare che siamo arrivati, le porte si aprono prima che Mase possa rispondere. Gli afferro di nuovo la mano e, ancora una volta, vengo trascinata di peso, sobbalzando per tenere il passo.

Non so se in giro ci sia qualcuno dei compagni di squadra di Mase; tutto il corridoio scorre via velocemente e, prima che me ne accorga, mi ritrovo all'interno della stanza che Mase condivide con Trav; non ho nemmeno il tempo di elaborare ciò che sta succedendo che mi ritrovo senza maglietta e premuta contro la porta, che adesso è chiusa.

"Gli ho detto di andare a dormire nella tua suite, stanotte," mi dice Mase contro la pelle, facendomi sentire le sue parole scorrere nel sangue. Proprio come ha fatto con la maglietta, fa sparire il reggiseno con un'abilità degna di David Copperfield.

"E lui era d'accordo?" Mi chiedo se sa che dovrà dormire sul divano.

Mase mi bacia il collo lentamente e io gemo, poi appoggio la testa contro la porta per permettergli di baciarmi meglio.

"Non gli ho dato altra scelta." Con la bocca, trova il punto morbido dove il collo incontra la spalla, poi lo succhia, facendomi vedere le stelle. "Non ricordo l'ultima volta che ti ho avuta tutta per me." Bacio. Morso. Risucchio. "Ho intenzione di porre rimedio *adesso*."

Mugolo ancora… Merda, la mia cheerleader interiore mi sta dicendo che sembro una pornostar. Non è colpa mia. Quando va in trasferta, Mase non si rade mai, e ora la barba è più lunga del solito; la sento graffiarmi ancora di più la pelle sensibile dei seni, e ora ho i capezzoli ancora più turgidi.

"Non…" Mi si spezza la voce e, come potrete immaginare,

emetto un altro mugolio quando lui mi prende il capezzolo in bocca e… succhia. "Non hai fame?"

Alla festa, Brantley se l'è tenuto sempre vicino, giocando al ruolo di futuro agente, quindi Mase non è riuscito a godersi il cibo che ha scelto Grace.

"Ho una fame da lupi," ringhia, tirandomi via dalla porta e gettandomi su uno degli enormi materassi della stanza. Mi spinge talmente forte che rimbalzo due volte, e mi fermo solo quando lui mi sovrasta.

"E allora…" Ancora una volta le mie parole vengono interrotte, questa volta dalla sua barba ispida che mi percorre l'addome, mandandomi brividi di piacere direttamente al clitoride. Con la lingua, lecca via l'abrasione causata dai peli pungenti, gira attorno all'ombelico, poi con i denti mordicchia l'anello che lo decora.

Mi sbottona i jeans agilmente, il suono della lampo che si abbassa mi sembra quasi osceno. Una vampata di aria fredda mi colpisce le cosce roventi, mentre i pantaloni mi vengono tirati giù per le gambe. Ridacchio all'imprecazione di Mase quando i jeans rimangono bloccati dagli stivali da cowgirl che ho indossato di nuovo (perché, dopotutto, siamo sempre in Texas).

Le risate lasciano il posto a un sussulto quando lui mi struscia la passera contro il perizoma rosso che indosso. Non so se sia per quella mossa inaspettata o per la pura lussuria che irradia Mase, ma sono già sul punto di venire.

Il rumore dei tacchi pesanti che colpiscono il tappeto quando si getta gli stivali alle spalle è una rappresentazione udibile della determinazione che ha a non fermarsi davanti a nulla.

Adesso può accadere di tutto.

Il tessuto fradicio delle mie mutandine si strappa facilmente sotto le sue dita; se prima avevo qualche dubbio su cosa volesse mangiare, adesso non ne ho più. Io: sono *io* il suo pasto.

Mase si fa strada tra le mie gambe, se le mette in spalla, e, senza alcun preambolo, attacca la bocca al clitoride. Mi divora come se stesse morendo di fame e io fossi il suo buffet, placa i morsi solo col vortice della lingua esperta, per poi ricominciare da capo.

L'orgasmo si abbatte su di me come un maremoto.

Il cuore mi batte all'impazzata, fa a gara con i polmoni per decidere quale di loro mi schizzerà fuori per primo dalla gabbia toracica. Prima che abbia la possibilità di riprendere fiato, mi infila due dita dentro, le mie pareti ci si stringono attorno mentre lui mi prende il clitoride tutto in bocca.

"Oh… cielo… *Mase*." Gli do un colpo al cappellino, gettandoglielo via, e con le dita gli stringo le ciocche color caffè. Se continua così ancora a lungo, presto potrebbe non rimanergli più neanche un capello.

Quando agita le dita, tutte le stelle nel cielo del Texas mi esplodono dietro le palpebre: un secondo orgasmo mi travolge.

Mi dimeno, cercando di scappare… le sensazioni sono troppo, troppo intense, ma Mase mi stringe le braccia forti attorno alle gambe, tenendomi ben saldo il bacino contro il letto mentre continua a divorarmi la passera. È solo dopo un terzo orgasmo, e dopo aver perso ogni briciolo di forza nelle corde vocali, che finalmente mi lascia andare le gambe.

Sono debole, fiacca, flaccida come uno spaghetto *(quando diavolo si è tolto la maglietta?)* nel momento in cui mi fa scivolare le mani sotto le ginocchia e si avvolge le mie gambe ai fianchi. Con una sola spinta, con un solo respiro, si spinge dentro di me in tutta la sua lunghezza.

Apro la bocca, emettendo un grido silenzioso. È davvero raro che Mase riesca a entrare tutto dentro di me in un colpo solo… quando dico che il mio ragazzo è grosso, intendo dire che è grossa *ogni* parte di lui.

"Mamma mia, piccola." Gemendo, mi colpisce il collo con il fiato caldo mentre le morbide ciocche dei suoi capelli mi solleticano l'orecchio. "Sei totalmente *fradicia*."

Ciò spiega come mai è entrato tanto facilmente.

Ho perso la capacità di parlare due orgasmi fa. Gli unici suoni che riesco a produrre mentre pompa dentro e fuori sono dei mugolii incoerenti e dei respiri affannosi.

Non c'è niente di dolce, nel nostro rapporto di stasera. È una scopata puramente animalesca: ogni spinta è alimentata dall'adrenalina della vittoria.

Proprio quando non credevo di riuscire a venire ancora per paura di prosciugarmi, ecco che sento giungere un quarto, impossibile orgasmo.

"Ci siamo, piccola," sussurra. "Vieni. Vienimi sull'uccello proprio come mi sei venuta sulla bocca e sulle dita."

Le parole sconce di Mase mi danno la spinta finale oltre il

baratro. Lo sento venirmi dentro proprio mentre raggiungo il picco, mi stringe la schiena col braccio ancora più forte, vuole sentirmi.

Le spinte si fanno sempre più deboli, mentre cavalchiamo gli ultimi momenti di piacere.

Sempre consapevole della nostra enorme differenza di dimensioni, si gira su un fianco, portandomi con sé e avvolgendomi con un braccio, premendomi un bacio leggero sulla sommità della testa.

"Cazzo, quanto ti amo, piccola."

La confessione sbalordita di Mase è l'ultima cosa di cui mi rendo conto prima di addormentarmi.

CAPITOLO 39

MASON

Dopo aver trascorso insieme tutta la notte successiva al Cotton Bowl (a scopare, a farci mandare su del cibo con il servizio in camera, a fare l'amore e a guardarci una stagione di *Ballers* su HBO), con grande riluttanza, io e Kay facciamo ritorno alla società.

Dopo quella notte, sembra che sia successo di tutto in un colpo solo; il nuovo anno è iniziato con un turbinio di attività.

Innanzitutto, la foto del mio bacio della vittoria con Kay è diventata virale. Fortunatamente, ciò non l'ha infastidita, quasi come se immaginasse che prima o poi sarebbe successo e se ne fosse fatta una ragione. Al suo posto mi lamenterei, ma se lei non ne è scocciata, allora non riesco a fingere che ne sia infastidito io. Ho impostato la foto come sfondo del telefono.

C'è stato un vantaggio in più che non mi aspettavo: a quanto pare, più attenzione riceviamo per la nostra (vi prego, non strappatemi le palle per averlo detto) storia d'amore, meno alla gente sembrano interessare i dettagli di ciò che è successo con Liam Parker. Sono sicuro che la situazione cambierà, quando lui finirà in tribunale per le accuse di aggressione e percosse che gli sono state mosse, ma per il momento mi godo la tranquillità.

Le università sono in pausa invernale per quanto riguarda le lezioni, ma lo stesso non si può dire per gli sport. Kay e la sua famiglia (Bette, Tessa, e Savvy) sono volate nel New England per veder giocare E e i Crabs; CK è tornato a casa nel Kansas; Grayson, la squadra di football e la squadra di cheerleading sono tornati a Jersey; JT e Dante, invece, hanno fatto ritorno nel Kentucky.

La dottoressa Nikols ha dato ufficialmente il via libera a Kay per riprendere le normali attività, e da allora ha trascorso tutti i giorni alla Caserma, sia per gli allenamenti, sia per i corsi di *stunting*.

Visto che devo ancora rispettare il rigoroso programma di allenamento della NCAA, e non sono costretto a frequentare le lezioni, la mia nuova e ritrovata libertà dovrebbe essere qualcosa di positivo. Certo, ora posso passare più tempo con Kay; purtroppo, significa anche che, quando Brantley mi chiederà di tornare a casa, non avrò più nessuna scusa da accampare.

Mi porto dietro il mio braccio destro ma, nell'istante in cui superiamo la soglia di casa, Trav mi abbandona per mettersi alla ricerca dei gemelli, lasciandomi andare da solo verso lo studio di Brantley.

Dopo aver bussato velocemente alla porta, entro e trovo il mio patrigno dietro la scrivania. Lo studio di Brantley è esattamente come te lo aspetteresti da un uomo che si comporta come se fosse il re del proprio castello. È spazioso, con un'enorme scrivania di quercia. C'è un caminetto acceso, con la legna che brucia e scoppietta mentre viene divorata dal fuoco, molto utile per combattere il freddo invernale. La parete dietro la scrivania è occupata da un'enorme finestra alta dal pavimento al soffitto, affacciata sul giardino ben curato; l'altra parete, invece, è composta interamente da librerie di quercia colme di volumi di diritto rilegati in pelle e di prime edizioni dal valore inestimabile.

Di fronte alla scrivania, piegate di quarantacinque gradi, ci sono due poltrone imbottite color marrone chiaro; le raggiungo e mi siedo.

"Mason," dice il mio patrigno, girando intorno al tavolo e prendendo posto sulla poltrona libera accanto a me. "Figliolo."

Tanto il cambio di posizione, quanto le parole che usa, mi mettono subito in allerta e confermano i miei sospetti: ciò che sta per dirmi non mi piacerà.

"Credo sia importante fare una chiacchierata faccia a faccia prima che la squadra prenda l'aereo per Santa Clara."

Annuisco; è meglio che risponda a gesti, visto che non sono sicuro di cosa potrebbe uscirmi dalla bocca. Sto anche pensando che, tra tre giorni, dovrò abbandonare Kay per un'altra settimana: la squadra si metterà in viaggio per giocare nel campionato nazionale. Non aiuta il pensiero che, dato che non ci sono lezioni all'università e i New Jersey Admirals hanno ripreso ad allenarsi, lei sta trascorrendo molto più tempo a Blackwell che al campus… e *anche* Liam abita a Blackwell. Odio la sensazione di lasciarla indifesa, per quanto sia altamente illogica.

"Capisco la tua riluttanza a parlare del tuo legame con quella Dennings…"

Possiamo fermarci un momento, così da dire quanto cazzo mi fa ribollire il sangue il modo in cui cerca *ancora* di sminuire la relazione con la mia ragazza?

"…ma questo silenzio in cui ti chiudi ogni volta che qualcuno ti chiede di lei non aiuta la gente a dimenticare."

"Brantley…" Inspiro profondamente, cercando di restare calmo. "Credevo di avere messo *perfettamente* in chiaro—più e più volte, aggiungerei—qual è la mia posizione a riguardo." Un altro respiro profondo, giusto per sicurezza. "Kayla per me è un argomento *fuori discussione*." L'uso del nome intero è un altro indicatore di quanto sia vicino al limite.

"Lo so," ammette Brantley. "Lo capisco."

Lo capisci davvero? Perché sono abbastanza sicuro che le uniche volte in cui parli bene di lei sono quando vorresti usarla per ottenere qualche strano vantaggio.

"Il punto è," si piega in avanti, appoggiando i gomiti sulle ginocchia, "che non ti rendi conto che, rifiutandoti di parlare di lei, *ma* baciandola in quella maniera che finisce sempre in tendenza su tutti i social, spingi i giornalisti a credere che la storia sia molto più grossa di quanto pensino."

Annuisco nuovamente, perché non ha *tutti* i torti.

"Se tu dessi loro anche solo qualche briciola di informazione, ciò contribuirebbe a diminuire l'alone di mistero che circonda la vostra storia."

L'istinto mi urla di rifiutare categoricamente quell'idea, di rimanere saldo sulla decisione che abbiamo preso. Se questa discussione fosse avvenuta mesi fa, avrei fatto proprio così… ma, in qualche modo, riesco a tenermi a freno quanto basta per prendere in considerazione ciò che mi sta suggerendo Brantley. Ho visto che Kay è cambiata. Non ha dato di matto, non solo per la foto del bacio. Forse l'idea del mio patrigno non è del tutto malvagia.

"Ho bisogno che lo tieni bene a mente quando sarai in California. Questa non è solo la fine della stagione di football… è anche l'inizio della tua carriera. Il modo in cui ti dimostrerai in grado di gestire la stampa farà vedere alle squadre che vali non solo sul campo, ma anche fuori."

Rimugino su quelle parole, muovendo la mascella da una parte dall'altra.

"Non ci saranno solo le squadre a tenerti d'occhio. È la tua prima occasione di dimostrare agli sponsor e alle aziende che sei perfetto per il marketing. Se farai loro una buona impressione, potremmo concludere degli ottimi accordi commerciali."

Ecco, ancora a parlare di soldi. È sempre una questione di soldi, con lui. Non ne ha già abbastanza? Quanti altri zeri vuole aggiungere al conto in banca?

"Ne parlerò con Kay." Non che abbia bisogno della sua approvazione, ma devo fargli vedere che io e lei siamo una squadra. Brantley tende a dimenticarselo.

All'inizio, il piano era di incontrarmi con Kay solo una volta che avesse terminato la doppia sessione di allenamento alla Caserma, ma dopo la… chiacchierata con Brantley, ho bisogno di vederla adesso, non tra qualche ora.

Ecco perché mi sono offerto di accompagnare i gemelli all'allenamento degli Admirals, decidendo che io e Trav trascorreremo il nostro ultimo weekend libero alla Caserma. Olly e Livi ci dirigono su per le scale che portano alla sala d'attesa delle famiglie al secondo piano, mentre loro vanno di sotto a cambiarsi negli spogliatoi di quel capolavoro di palestra.

Sono sorpreso di vedere una bionda di mia conoscenza nella fila più vicina al davanzale, affacciata sull'area principale della palestra, con le braccia incrociate sulla ringhiera. Quando la noto, Trav mi dà una gomitata.

"Ehi." Saluto Savvy King mentre prendo il posto libero alla sua sinistra.

Inclinando la testa, ma senza mai sollevare il mento dalle braccia conserte, getta un'occhiata verso di me e poi verso Trav, poi si concentra nuovamente sulle Marshal che stanno terminando l'allenamento. "Ciao."

Non è neanche lontanamente taciturna come il fratello, ma ho notato che la giovane King non tende a riempire il silenzio con un sacco di parole inutili, al contrario di molte ragazze della sua età (cioè mia sorella).

Kay e gli altri coach annunciano la fine degli allenamenti, e le più o meno due dozzine di ragazze sul tappetino blu rompono le righe. Kay si avvicina a un gruppo di borsoni sul percorso color blu mimetico che circonda l'area degli allenamenti, tira fuori da uno di essi quello che sembra un impacco di ghiaccio istantaneo e lo lancia verso Tessa. Siamo troppo lontani per capire cosa si stiano dicendo, ma dal modo scomposto con cui entrambe agitano le braccia capisco che non dev'essere esattamente la conversazione più pacifica del mondo.

"Cos'è questo litigio tra sorelle?" Indico verso il punto in cui Kay sta appoggiando l'impacco di ghiaccio contro la spalla di Tessa.

"Poco fa, Tess ha preso una botta da una delle sue *flyer*, che le è caduta addosso mentre completavano la sequenza a piramide. Kay voleva che andasse a vedere l'allenatrice, ma T ha indicato la maglietta di Kay ed è tornata in posizione."

Arriccio le labbra e accendo lo schermo del telefono per guardare la foto che mi ha mandato prima Kay, in cui indossa una canotta nera. Sopra di essa, nello stesso font in stile graffiti che, come ho notato, i New Jersey Admirals usano spesso sui capi d'abbigliamento, c'è scritto: *Il sudore si asciuga. Il sangue si coagula. Le ossa guariscono.* Ha detto che era un riferimento a sé stessa e alla propria ferita appena rimarginata, ma le parole scritte sotto in glitter argentato rappresentano perfettamente la sfacciataggine di Kay che ho imparato a conoscere e ad amare: *Niente scuse, principessina.*

Non mi sorprende che la giovane Taylor abbia trovato il modo di usare l'abbigliamento di sua sorella contro di lei. Dovrò ricordarmi di fare anch'io lo stesso.

"Fai la cheerleader per una delle altre squadre?" domando a

Savvy, immaginando che sia qui per questo motivo e che resti nei paraggi fino a quando l'amica non avrà finito l'allenamento.

"No." Non capirò mai come abbia fatto a farmi sentire come se io dovessi conoscere la risposta prima ancora di porle la domanda. *Donne.*

"Stronzetta!" Alziamo lo sguardo tutti e tre quando Tessa chiama la sua migliore amica, che, al contrario, continua a tenere gli occhi fissi sul telefono mentre l'altra si avvicina a noi. "Ho bisogno di dormire un po' prima di stas..." Tessa si ammutolisce e si blocca: piega la testa di lato quando nota me e Trav. "Mase?"

"Ehi, Piccola Taylor."

Storce le labbra quando sente il soprannome che ho coniato apposta per lei. "Cosa vi porta qui, ragazzi?" chiede lei, allargando le braccia per indicare la palestra.

"Immagino lo stesso motivo per cui ci sono anch'io," dice Savvy con tono seccato.

"Anche tu vuoi farti Puffetta?" Trav alza la testa come un cucciolo eccitato. "Figo!"

Gli do uno schiaffo sulla nuca. Ci sono giorni in cui, a giudicare da chi ho scelto come amico, mi pongo dei dubbi sulla mia sanità mentale.

"Mi dispiace rovinare la tua fantasia lesbo, Mister Quarterback." Savvy allunga un braccio davanti a me per dare a Trav uno schiaffetto sulla mano. "Voglio bene a Kay, ma non fino a quel punto."

Tessa sbuffa e si butta sul sedile. "Savvy viene ad assistere agli allenamenti ogni volta che si ferma a dormire da noi."

"Sono tipo la mascotte dei New Jersey Admirals," borbotta Savvy sottovoce.

L'ultima cosa che mi sarei mai aspettato era di divertirmi in compagnia di due liceali, ma non sono le tipiche studentesse della loro età.

Le ore successive, mentre guardiamo gli Admirals, trascorrono velocemente. Mi è impossibile distogliere lo sguardo da Kay che mette a dura prova gli atleti, con la voce abbastanza forte da arrivare fino a noi mentre detta il conteggio per la sequenza a piramide che stanno eseguendo. È incredibile quanto sia autoritaria, quando allena. Sono rimasto impressionato quando ero con lei mentre aiutava JT e la sua partner Rei a perfezionare la loro acrobazia in vista dei campionati nazionali, ma qui, nel posto che lei definisce la sua seconda casa, lo sono ancora di più. Me lo fa venire duro.

Non sarà piuttosto per il modo in cui quei leggings le mettono in risalto il culo?

Devo dire che il mio coach interiore ci ha azzeccato, perché perfino qui dalla piccionaia Kay ha un'aria sculacciabile.

"Andiamo." Tessa si alza, mentre i membri degli Admirals rompono le righe. Savvy prende a braccetto Tessa, mentre io e Trav le seguiamo.

Scendiamo le scale e giriamo un angolo, seguiamo Tessa mentre scansiona una tessera magnetica e apre la porta blu che conduce alla palestra. Non pensavo che avessimo il permesso di accedervi ma, a quanto pare, se siamo in compagnia di una delle cheerleader non ha importanza.

Da quaggiù, è un'esperienza completamente diversa. Le centinaia di stendardi appesi al soffitto, indicanti tutti i titoli nazionali e mondiali che i New Jersey Admirals hanno vinto, fanno ancora più impressione visti dal basso, rispetto al vederli all'altezza degli occhi.

"Mase?" La dolce voce di Kay cattura la mia attenzione e mi fa voltare di scatto verso di lei; il collo mi scricchiola mentre lo raddrizzo dall'angolo di novanta gradi a cui lo tenevo per ammirare i traguardi raggiunti dalla squadra.

"Ehi, piccola." Mi muovo verso di lei con passo incerto quando passo dal pavimento solido al morbido tappetino da competizione.

"Che ci fai q…"

Le afferro il mento e le piego il volto verso il mio per darle un bacio lungo e lento. "Mi mancavi," le mormoro contro le labbra.

Quando dice un "Va bene…" affannoso, capisco che venire qui, invece di aspettare, è stata la mossa giusta.

#Capitolo40

CasaNova87: Come accidenti fanno i @NJA_Admirals a farlo sembrare tanto semplice? #MeglioContinuareAGiocareAFootball #NonSonoBravoComeCheerleader
video di Mason che cerca di far fare la verticale a Kay sopra la propria testa, per poi farla cadere in piedi; Kay continua a ridere per tutto il tempo
@QB1McQueen7: Hai le spalle debolucce, fratello. Ti conviene darci dentro con i pesi, se non riesci nemmeno a sollevare Puffetta sopra la testa. #MiVergognoAChiamartiMioMiglioreAmico

CasaNova87: Giuro @QB1McQueen7 sei il più grande spara-cazzate che conosca. Ma la prova è tutta qui… non ce l'hai fatta neanche tu. #SmettilaDiParlareAVanvera
video di Trav che cerca di sollevare Kay, con lo stesso risultato
@QB1McQueen7: Vabbè! Sta' zitto #AvevoTuttoSottoControllo

CheerGodJT: Siete ENTRAMBI degli idioti @CasaNova87 e @QB1McQueen7. Leggete la mia maglietta e guardate come fanno i professionisti, perché se fate male alla mia amica, aspettatevi di fare due chiacchiere faccia a faccia. #GuardateEImparate #ÈCosìCheFannoIVeriUomini

foto di JT che indossa una maglietta con scritto: *Se pensi che il cheerleading sia facile… perché non lo fai?*; a fianco, un video di JT e Kay che fanno acrobazie durante gli allenamenti

@TheGreatestGrayson37: Merda, li stai proprio mortificando #NonUmiliarliTroppo

@QB1McQueen7: La prossima volta che sei qui dobbiamo ASSOLUTAMENTE berci una birra insieme #MiPiaccionoQuelliComeTe

@CasaNova87: Non ho ALCUN dubbio sul perché TU sia il migliore amico della mia ragazza #SonoCircondatoDaSbruffoni

CAPITOLO 41

KAYLA

Normalmente, con i New Jersey Admirals, le prime settimane dopo la pausa delle vacanze vanno in due modi: o le squadre ci mettono alcuni giorni per recuperare il ritmo, oppure ricominciano a tutta birra.

Fortunatamente per noi, quest'anno abbiamo cominciato bene. Mancano meno di due mesi ai campionati nazionali della National Cheerleaders Association, e ci siamo subito messi a modificare le sequenze di acrobazie, piramidi e passaggi di lancio per aumentare il livello di difficoltà il più possibile, pur raggiungendo lo zero (cioè nessuna caduta).

Le cose si sono fatte molto più semplici, da quando la dottoressa Nikols mi ha dato il permesso di riprendere l'attività regolare. Non che avessi bisogno di dimostrare le mie abilità, ma la coach Kris ama definirmi la sua "arma segreta" grazie alla mia capacità di prendere le redini di un gruppo di *stunting*, se necessario. Abbiamo scoperto che, quando aiuto gli atleti, questi riescono a padroneggiare le acrobazie molto più velocemente, e finché non sarò troppo vecchia, potete essere certi che farò del mio meglio per aiutare i New Jersey Admirals a dare il massimo. E poi, continuare a tenere allenate le mie capacità è il modo migliore per rimanere in forma.

Mentre i miei Admirals si stanno riscaldando, mi consulto con il coach Tim, l'altro allenatore a tempo pieno oltre alla coach Kris. Getto un'occhiata verso l'ufficio di quest'ultima e noto che sta ancora parlando con T e Papà Taylor riguardo a domani. Immagino che dovremo iniziare l'allenamento senza di lei.

"Ti butti anche tu stasera, vero?" mi domanda Tim. Per limiti di età, ha lasciato i New Jersey Admirals due anni prima di me e JT, e adesso frequenta la BTU, un'altra delle università della Division 1 dello Stato, conosciuta per la squadra di hockey più che per quella di football. Tim è sempre stato uno dei miei compagni di squadra preferiti: poter allenare con lui è un vero sogno.

"Già." Faccio una spaccata per terminare gli esercizi di riscaldamento.

Dopo aver messo al corrente la squadra del programma, Tim chiede alla *flyer* di venire vicino a lui a bordo del tappetino, mentre io prendo il suo posto. Gli occhi scuri di Livi brillano dall'emozione quando mi allineo al suo fianco, in attesa che Tim dia inizio all'esecuzione dell'esercizio.

"Uno, tre, cinque, sette," conta Tim con voce sicura mentre eseguiamo l'acrobazia.

È durante uno di questi momenti di transizione da una verticale che sento una mano fuori posto; quando mi volto prima dell'ultima figura, vedo che la distanza sotto di me è spostata di un filo. È così impercettibile che non mi sorprende che non l'abbiamo individuata riguardando i video degli allenamenti.

Spiego cosa dev'essere modificato e scambio il mio posto con la *flyer*. Riusciamo a portare l'esecuzione a compimento al primo tentativo; a quel punto, non posso trattenere un urlo entusiasta. Questi ragazzi vogliono riprendersi il titolo mondiale, nulla li potrà fermare.

Sono madida di sudore almeno quanto il resto della squadra, e vorrei avere abbastanza tempo per farmi una doccia prima di prendere il volo per la California. Quando noto che sono arrivati E, Bette e B, il trambusto all'ingresso della palestra mi conferma che è ora di andare. Purtroppo, lo scorso fine settimana, i Crabs sono stati eliminati al secondo turno dei playoff, ma il lato positivo è che ora la mia famiglia è libera di assistere al campionato nazionale con me.

"Ancora non riesco a credere che Eric Dennings sia tuo *fratello*," dice Livi meravigliata.

"Porca puttana!" impreca Olly, e sono certa che, se Grace fosse nelle vicinanze, lo rimprovererebbe per il linguaggio. "Quello insieme a lui non è Ben Turner?"

Non credevo che fosse possibile ma, quando si emozionano, sono ancora più adorabili del fratello maggiore.

"Volete che ve li presenti?" mi offro, facendoli rimanere a bocca aperta. Alzo gli occhi al cielo, afferro le mani di entrambi e li accompagno verso la mia famiglia.

Papà Taylor esce dall'ufficio della coach Kris; lascio per un attimo i gemelli e mi dirigo verso di lui. "Sicura di voler davvero andare al mio posto?" mi domanda dopo avermi abbracciata.

JT non è l'unico dei fratelli Taylor a essere molto richiesto dalle squadre universitarie. T sarà anche giovane, ma le migliori squadre femminili di cheerleading collegiale hanno già mostrato interesse per lei, inclusa la White Squad dell'Università di Jersey, l'Università dell'Indiana, l'Università di Louisville e la squadra che gioca contro i nostri Hawks nel campionato nazionale, quella dell'Università dell'Alabama.

Dato che avevamo già in programma di assistere alla partita, ci siamo messi d'accordo affinché Tessa, mentre saremmo stati lì, si incontrasse con l'allenatore dei Tide. La caserma dei pompieri, al momento, è a corto di personale, il che significa che Papà Taylor deve lavorare; quindi, mi sono offerta di fare io da tutrice a T per l'incontro.

"Certo," lo rassicuro. Anche se non ho accettato nessuna delle offerte, sono passata attraverso tutta la trafila del processo di selezione con JT, quindi so cosa aspettarmi. Inoltre, ho un piccolo secondo fine.

"Ehi, Scricciolo," urla E, allora io e Papà Taylor ci voltiamo nella sua direzione. "Pronta?"

"Già..." B cerca di nascondere le risate dietro la mano mentre cinge un braccio attorno alle spalle di E, appoggiandosi su di lui. "Prima partiamo, prima rivedrai il tuo piccioncino."

Giuro, lui e mio fratello devono essersi portati dietro un vocabolario per potersi inventare qualche variante del soprannome di Mase, "Casanova". "Piccioncino" è uno di quelli più moderati, il che è un bene, visto che in questo momento siamo circondati da un sacco di gente.

"Lo sai, vero, che non ha importanza quando partiamo, visto

che l'aereo non partirà prima dell'orario del volo?" dice T, e Papà Taylor tossisce nel tentativo di nascondere la risata.

Vorrei farle i complimenti per il sarcasmo, ma, dopo essere stata lontana da Mase per una settimana, mi manca più di quanto voglia ammettere.

Sento un peso ormai familiare calarmi sul petto quando ripenso a tutto il tempo che trascorrerò lontana da lui l'anno prossimo.

Me lo scrollo di dosso, oramai mi riesce piuttosto bene, soprattutto prima di videochiamare Mase. Ogni volta che mi vede triste, ricomincia con quella storia di rimandare la disponibilità alla selezione.

Imparerò ad abituarmi alla distanza. Non voglio che lui si senta, non lo so... colpevole? Non so se sia la parola giusta o meno, ma sto facendo tutto quanto in mio potere per non farlo ricadere nelle vecchie insicurezze. Mi rifiuto anche di permettergli di arrendersi.

#Capitolo42

UofJ411: In tanti si chiedono se Kay sia davvero la #ReginaDiKaysonova, ma guardate le prove che abbiamo trovato su cosa @CasaNova87 e @QB1McQueen7 hanno condiviso in passato ***diverse foto di Mason e Trav con Chrissy/Tina che si abbracciano, si baciano sulla bocca e sulla guancia, mettono le mani a cuore***

@Acolon1729: LO SAPEVO. @QB1McQueen mi è sempre sembrato un po' TROPPO AMICHEVOLE con lei #LoAvevoImmaginato

MASON

Un'altra partita di coppa.

Un'altra settimana lontano per colpa del viaggio e delle promozioni mediatiche.

Dall'altra parte del Paese.

Con tre ore di differenza di fuso orario.

Niente di tutto ciò mi è d'aiuto, quando la mia ragazza mi manca già da morire.

Se non altro, a Santa Clara c'è una gradevole temperatura di ventuno gradi, a differenza della neve di cui si lamentava Kay a casa sua.

Domani giochiamo contro gli Alabama per il titolo di campioni nazionali.

Nei quattro giorni che precedono la partita, il SAP Center si trasforma per offrire agli abitanti della Bay Area, e a tutti i tifosi venuti ad assistere alla partita, quella che viene definita un'esperienza da campionato.

Il tutto culmina con l'evento più atteso dai tifosi: il Media Day. L'evento gratuito offre agli appassionati l'opportunità unica di guardare e ascoltare i giornalisti dei media più importanti del Paese mentre intervistano gli allenatori e gli atleti dell'Università di Jersey e dell'Università dell'Alabama.

In passato non ho mai avuto un'opinione sul Media Day. Anzi, se me lo avessero chiesto, probabilmente avrei detto che mi sarebbe piaciuto molto.

Io e Trav, in occasione di questo tipo di eventi, siamo soliti rilasciare interviste insieme; la stampa si è sempre gettata a capofitto sulla nostra storia. Migliori amici d'infanzia divenuti compagni di squadra, centrali di attacco col fisico da copertina, futuri giocatori professionisti... tutto questo, per un giornalista, è un sogno erotico.

Probabilmente il motivo per cui Brantley ha avuto difficoltà ad adattarsi alla nuova posizione di "no comment" che ho assunto nei confronti dei giornalisti è perché, in passato, non mi sono mai sottratto alle loro richieste. Io e Trav abbiamo sempre messo in risalto la nostra storia il più possibile.

Ciò che il mio patrigno non riesce a capire è che adesso non si tratta più solo di me. Se Kay non avesse avuto dei trascorsi tanto critici con la stampa, le cose sarebbero state diverse: nonostante siamo diventati i "cocchi dei media", non cambia il fatto che Kay ha vissuto il lato brutto della notorietà.

Uno accanto all'altro, io e Trav percorriamo il SAP Center vestiti con le nuove felpe personalizzate che la Nike ha fornito a entrambe le squadre per l'occasione. Sono sicuramente meglio dei completi da damerini che siamo costretti a indossare dopo le partite, non c'è alcun dubbio. Sul petto, a sinistra, ho ricamato il logo della Nike e l'anno del campionato, mentre a destra ho il logo degli Hawks dell'Università di Jersey e il mio numero.

Ci sono alcuni piccoli impianti per le conferenze stampa sparsi in giro per lo spazio dedicato agli atleti che saranno intervistati, e un grande palco con per gli allenatori con il logo nero e oro dei College Football Playoff.

Veniamo fermati dai fan per fare selfie e rilasciare autografi; faccio del mio meglio per godermi il momento e non preoccuparmi della velocità con cui le foto finiranno sulla pagina Instagram UofJ411.

Quando arriva il nostro momento, ci dirigiamo verso la pedana sotto il pannello elettronico con i nostri nomi e ci sediamo dietro il tavolo con il doppio microfono.

Le cose iniziano bene. I primi dieci minuti sono dedicati a parlare della squadra e di come ci sentiamo ad essere gli sfavoriti nella partita di domani. Alcuni giornalisti ridacchiano per le nostre risposte presuntuose.

Poi la faccenda prende un'altra piega.

"Mason." Guardo verso il giornalista che mi ha chiamato e gli faccio un cenno. "Kayla sarà presente alla partita?"

Sotto la tovaglia, dove gli altri non ci possono vedere, Trav sbatte il ginocchio contro il mio per dirmi:*'Stai calmo'*. Per quanto sia frustrato dalla conversazione che ho avuto con il mio patrigno prima di lasciare Jersey, decido di dargli ascolto. Quando Kay mi ha detto di essere d'accordo con lui, mi ha letteralmente sconvolto. È così che sono nati i post dove provavo a fare cheerleading con Kay: abbiamo mostrato al pubblico un po' della nostra vita privata, ma senza far sapere troppo.

"Sarà sugli spalti a fare il tifo per gli Hawks, che sconfiggeranno i Tide," rispondo, mettendo in primo piano la squadra e non la mia storia personale.

"Come pensi che reagirà lei al fatto che l'anno prossimo giocherai per una squadra diversa da quella di suo fratello?" chiede un altro reporter.

Mi ci vuole un grande sforzo per non stringermi il ponte del naso a causa del mal di testa che mi sta scoppiando. Non ho ancora dichiarato ufficialmente di voler dare la disponibilità alla selezione, ma tutti si comportano come se fosse già un fatto scontato.

Mi dà fastidio da morire anche il modo in cui formulano le domande ogni volta che si parla della selezione. Sembra quasi che cerchino a tutti i costi di scatenare qualche attrito. A seconda della squadra che mi selezionerà, c'è una grossa possibilità che io ed E non ci affronteremo sul campo nel corso della stagione regolare.

"Dovrebbe essere interessante," rispondo diplomaticamente.

"Ma no," Trav mette il gomito sul tavolo e appoggia il mento sulla mano, "Kay dirà ad E che ci sarà Bette a fare il tifo per lui, così Mase può averla tutta per sé." Mi batte una delle sue grandi mani sulla spalla e fa l'occhiolino. "La vera sfida sarà quando giocherò *io*."

Mi gratto la nuca e, senza farmi vedere dai giornalisti, gli faccio il dito medio. In risposta, lui mi fa nuovamente l'occhiolino. È davvero un idiota.

"Allora le voci sono vere?" Alla domanda ci voltiamo

entrambi, guardando la folla di microfoni e telecamere che adesso sembra raddoppiata. "Kayla Dennings sta uscendo con entrambi?"

Questo coglione che si spaccia per giornalista sarà responsabile per la creazione di migliaia di meme, grazie alla faccia che io e Trav stiamo facendo per dire: *Ma davvero questo imbecille ci ha fatto una domanda del genere?*

"Che ca..." Trav si blocca, prima di imprecare ad alta voce. Dire *cazzo* davanti alla stampa è una maniera sicura per farci fare un culo così dal coach Knight. "Scusate, pensavo che al Media Day potessero accedere solo giornalisti *seri*, non paparazzi alla ricerca di voci di corridoio." Si mette una mano sul cuore, facendo del suo meglio per sembrare dispiaciuto. "Colpa mia."

Un ronzio imbarazzato attraversa la folla radunata davanti al nostro tavolo. Il carattere affascinante di Trav non è noto solo tra le donne, ma si estende anche alla sua reputazione con la stampa. A differenza mia, non è mai stato noto per perdere la calma. Il fatto che abbia rimesso al suo posto quel pettegolo dice più di mille parole.

Trav ridacchia, ma senza un briciolo di umorismo. "Poi vi domandate come mai il mio amico," un'altra pacca sulla spalla, "si rifiuta di parlare della ragazza quando glielo chiedete." Scuote la testa come un genitore deluso dal figlio.

Decido saggiamente di tenere la bocca chiusa. Stamattina, quando sul profilo Instagram UofJ411 hanno iniziato a circolare quelle vecchie foto di noi insieme a Chrissy/Tina, ero a tanto così da perdere la testa. Se Trav non mi avesse trascinato nella sala pesi dell'hotel non appena le ho viste, chissà se domani sarei stato ancora in grado di giocare.

"Lo dirò una volta, e una volta *sola*." Trav solleva un dito per enfatizzare la frase. "Onestamente, non riesco nemmeno a credere di dover parlare di questa cavolata." Lo dice più a me che ai giornalisti, ma dal momento che non ha coperto il microfono, lo sentono anche loro.

Sta facendo del suo meglio per proiettare un atteggiamento protettivo, ma la vena che gli pulsa sulla tempia mi dice che è vicino a perdere la testa quanto me.

"Kayla Dennings è la ragazza di Mason Nova, e *solo* di Mason Nova." Trav mi cinge le spalle con un braccio, stringendomi quasi fino a soffocarmi. "Mase è il mio migliore amico, il mio fratello figlio di un'altra madre, il mio compagno dentro e fuori dal campo. Ciò significa, automaticamente, che le persone che sono importanti per lui lo sono anche per me. Se insistete a trasformare tutto ciò in qualcosa che non esiste, la nostra conversazione è chiusa."

Segue un silenzio sommesso e stupito alla dichiarazione di Trav, che si alza bruscamente e fa stridere la sedia sul palco come a sottolineare quelle parole. Ai lati del palco, vedo gli altri ragazzi avvicinarsi, in caso avessimo bisogno di rinforzi. Anche il coach Knight ha interrotto la propria intervista e adesso ci presta tutta la propria attenzione.

"Ti rende nervoso stare insieme a qualcuno che proviene da una nota e prestigiosa famiglia di giocatori di football?"

Direi che una definizione del genere è un po' azzardata. Sì, E è un giocatore di punta della National Football League, ma è l'unico della famiglia ad aver giocato a livello professionistico. Non è che i Denning siano come i Mannings, ma pur di ottenere click si dice di tutto, no?

"Ma per favore." Mimo l'atto di togliermi la polvere dalla spalla. "È con *me* che state parlando." Era da un bel po' che non tiravo fuori il mio lato da Casanova arrogante; questo mi sembra il momento adatto.

"Ma giochi nello stesso ruolo di Eric."

"Era sottintesa una qualche domanda?" Forse ho risposto in maniera più aggressiva di quanto avrei dovuto, ma sto iniziando a perdere la pazienza.

Trav scoppia a ridere, arrivando a cingersi il ventre con un braccio e a sbattere la mano sul tavolo.

"Fratello?" lo richiamo.

Quando finalmente si ricompone, si asciuga una lacrima da un occhio. "Scusami. Trovo semplicemente troppo buffo che pensino che E sia il critico più severo della famiglia."

Adesso rido anch'io insieme a lui; entrambi ci comportiamo come se non fossimo nel bel mezzo di un'intervista formale. "Devo rendere atto al mio amico qui presente." Do una gomitata a Trav. "Non esistono critici più duri di Kay." Metto le mani attorno alla bocca e mi volto verso lo spalto dove stanno intervistando gli allenatori. "Scusami, coach." Il coach Knight si limita a toccarsi la visiera del cappello e a farci un cenno con il capo.

"Hashtag verità." Trav allunga indice e medio di entrambe le mani e li batte insieme.

"Dimmi che non hai veramente fatto un hashtag nella realtà." Se c'è mai stato un momento perfetto per alzare gli occhi al cielo come fa Kay, è proprio questo.

"Beh?" Trav alza le mani in aria e fa spallucce, come a volermi dire che è impossibile dargli torto. "A volte devi parlare in hashtag per farti capire."

"Perché noi due siamo amici?"

"Come se potessi continuare a vivere senza di me," ribatte Trav, mentre continuiamo a bisticciare come se non fossimo di fronte a più di una dozzina di giornalisti.

Non vedo l'ora di scoprire cosa dirà Kay quando, più tardi, vedrà l'intervista online.

Il commento del mio coach interiore mi fa riprendere all'istante; mi schiarisco la gola prima di concentrarmi nuovamente e concludere il discorso.

"Comunque…" Batto le mani. "Il tempo a nostra disposizione è scaduto, ma ci rivedremo domani sera," schiocco le dita e punto gli indici verso i reporter, "dopo che gli Hawks avranno vinto." Lancio un coro degli Hawks, che riecheggia in tutta l'arena e viene ricambiato da tutti i miei compagni di squadra e dai tifosi.

Se andrà tutto come prevedo, la partita non sarà l'unica cosa di cui parleranno.

Il campionato nazionale dei College Football Playoff.

Il grande show.

Il Super Bowl della Division 1 del football collegiale.

La battaglia per un trofeo.

Giochiamo per vincere un anello.

Lo spettacolo.

Tutto ciò che ne consegue.

Ogni giocatore collegiale sogna di arrivare qui. Per qualcuno, è la sensazione più vicina a quella di giocare nella National Football League

E poi ci sono io.

Sono più scontroso di un T-Rex a cui prude la schiena. Quei poveracci dalle braccine corte dovevano passarsela molto male.

Volete sapere perché sono quello che Kay definirebbe un brontolone? Beh, lasciate che ve lo dica. È *perché* non ho potuto vederla per ricevere il mio bacio pre-partita.

Ho *bisogno* del mio bacio pre-partita. È sacro.

Adesso vi starete chiedendo: *Come mai non hai ricevuto il tuo bacio pre-partita, Mason? Sei riuscito a ottenerlo prima del Cotton Bowl, oggi non è uguale?*

Io, a questo punto, vi risponderei: *Sì, in teoria sì.*

E invece no.

Stamattina nulla è andato come previsto.

Tutta colpa del maledetto fuso orario. La partita potrà anche iniziare alle otto, per chi guarda da casa, ma ciò significa che, qui sulla costa occidentale, il calcio d'inizio è alle cinque.

Innanzitutto, Kay non ha risposto a nessuno dei miei messaggi.

Così sono salito nella suite che condivide con la famiglia, solo per scoprire che non c'era. L'unica conferma che è emersa è stata la soluzione al mistero degli sms senza risposta: Kay, per sbaglio, ha dimenticato lì il telefono.

Quando finalmente l'ho sentita, ero già sul pullman diretto al Levi's Stadium. Oltre a dirmi che era uscita con Tessa, non mi ha dato altri dettagli; da quel momento in poi, il mio umore si è fatto sempre più cupo.

> SKITTLES: Vuoi darti una calmata?

> IO: Sì, aspetta e spera.

> SKITTLES: *alzo gli occhi al cielo* Ti prometto che andrà tutto bene.

> IO: Non credo proprio.

> SKITTLES: Wow. *emoji con gli occhi spalancati* Devi PROPRIO essere arrabbiato, se non fai allusioni perché ho alzato gli occhi al cielo.

Ha detto bene. Quando non riesce a ottenere da me la reazione o la risposta che vuole, inizia a bombardare i telefoni dei ragazzi. Ho perso il conto delle volte in cui Trav mi ha dato una gomitata per mostrarmi il telefono, oppure Noah si è appoggiato allo schienale del sedile per fare lo stesso. Fortunatamente, Alex e Kev hanno avuto un approccio più calmo e si sono semplicemente girati per farmi vedere il loro.

Nemmeno una valanga di messaggi, immagini e GIF divertenti può farmi dimenticare il fatto che non ho ricevuto il mio bacio pre-partita.

Mentre scendiamo dal pullman e ci avviamo verso gli

spogliatoi, metto le cuffie sulle orecchie e ascolto *Amen* degli Halestorm nel tentativo di non pensarci.

Mi sono appena infilato i pantaloni e le scarpe con i tacchetti, lasciandoli slacciati mentre mi sostengo contro l'armadietto, quando vibra il telefono per la notifica di un altro messaggio.

SKITTLES: E questa? Ti tira un po' su il morale?

Accidenti! Doveva strapparmi un sorriso a tutti i costi. Sullo schermo, a farmi l'occhiolino, c'è Kay con indosso una delle magliette che le ho regalato io. Il clima è abbastanza caldo da permetterle di tenerla arrotolata in vita. La maglietta in sé è un po' larga, ma le aderisce perfettamente alle curve e, tra il bordo della maglietta e la fascia alta dei leggings, si intravede una sottilissima striscia di pelle.

La maglietta è rossa, e riporta scritto a caratteri neri: *Adoro il gioco, ma soprattutto AMO il giocatore.* C'è anche la sagoma di un pallone da football con *MASON* e *87* impressi al centro.

Passo un pollice sopra l'immagine, il suo bellissimo viso è completamente in mostra grazie alla grande treccia laterale che deve averle fatto Bette. La mia parte preferita è che, con i capelli raccolti insieme, si vede bene la grande scritta NOVA #87 sul retro della maglietta. Sono sicuro che non ne sarete sorpresi.

Il telefono suona per indicare che è arrivato un altro messaggio; scorro sullo schermo e vedo che mi ha mandato anche una foto delle scarpe. Indossa sempre le Converse rosse, ma questa volta ha sostituito i soliti lacci con un paio di stringhe che hanno stampati sopra dei piccoli 87.

SKITTLES: Ti amo. Pensa solo al bacio della vittoria che ti poserò sulle labbra dopo la partita.

SKITTLES: *GIF di fuochi d'artificio che esplodono*

IO: Sì… ti servirà MOLTO PIÙ di un bacio per rimediare ai rimproveri di prima.

SKITTLES: Va bene. *sospiro* Allora ti monterò fino a farti impazzire.

IO: Oh, stai certa che sospirerai. E gemerai, e urlerai, e…

SKITTLES: Smettila di mandarmi messaggi sconci dallo spogliatoio. Dai retta a Zac Efron

SKITTLES: *GIF di High School Musical con la canzone Get your head in the game*

SKITTLES: So che parla di basket, non me lo dire.

È pazza, ma il mio malumore è ufficialmente sparito.

IO: Ti amo anch'io, piccola.

Spengo il telefono e lo chiudo nella piccola cassaforte nel ripiano più alto dell'armadietto. È il momento che mi scrolli di dosso il nervosismo per non aver ricevuto il fatidico bacio: devo ascoltare il consiglio di Kay (o, dovrei dire, di Zac Efron) e concentrarmi sulla partita.

Se lo scorso anno ci ha insegnato qualcosa, è che gli Alabama sono degli avversari tosti. La storia *non* si ripeterà.

Lancio un coro degli Hawks e ognuno dei presenti lo ricambia.

Fanculo ai Tide. Questo è l'anno degli Hawks.

KAYLA

Mentre i ragazzi continuano a riempirmi il telefono di messaggi dove mi dicono che Mase è imbronciato come un bambino di quattro anni, perché non è riuscito a ottenere il bacio pre-partita, sento un piccolo senso di colpa formarsi nello stomaco. Spero che ciò che ho pianificato compensi più che bene lo stress che gli ho causato. Mamma mia, questi atleti sono proprio degli sciocchi superstiziosi.

Mentre cerco in ogni modo di calmare i nervi, scorro l'unghia del pollice (ovviamente dipinta di rosso) sull'anello con il peridoto, facendolo ruotare attorno all'anulare. Quello che sto per fare va ben oltre la soddisfazione di un rituale, e non so per quanto tempo ancora riuscirò ad ascoltare T descrivere il mio grande gesto in termini poetici. Continuo a dirle di smetterla. Lo faccio solo per Mason, per nessun altro.

Lui pensa che non me ne accorga, ma vedo il modo in cui cerca di proteggermi quando parliamo, come se la sua autocensura fosse ciò che mi serve per essere in grado di gestire la nostra realtà imminente. Oppure, chissà, magari non vuole che io pensi male di Brantley.

È irrilevante. Importa solo che adesso è giunto il momento di smetterla di nascondersi; è arrivata l'ora di farmi avanti e prendere il controllo della *mia* storia.

Guardare il filmato dell'intervista di Mase e Trav durante il Media Day di ieri mi ha dato una conferma. Ci saranno sempre voci, ci sarà sempre qualcuno alla ricerca di una storia succosa da vendere; tuttavia, quando ho sentito Trav difendere sia Mase che me, ho capito che non sono sola in questa battaglia. E poi, porca miseria, *non* puoi dire alla mia famiglia che direi quelle parole. Si incazzerebbero tutti.

Non ho problemi a riconoscere la vera me stessa, quando sono alla Caserma. No, PF Dennings sa di essere una tipa tosta, non si vergogna di dire che è la migliore *flyer* che ci sia. È ora che io prenda questo atteggiamento e lo applichi al lato Kayla Dennings della mia vita.

Meglio tardi che mai.

Sì, mio fratello maggiore gioca nella National Football League e ne vado fiera. Mentre la gente pensa che questo sia l'aspetto più importante di lui, per me lo è il modo in cui lui ha cambiato la propria vita per crescermi quando papà è morto.

Sì, ho avuto il cuore spezzato, ma a chi non è successo? Le persone a me più care si sono rifiutate di far vincere i miei bulli. Mi hanno protetta, hanno fatto del loro meglio per aiutarmi a crearmi una vita in cui, nonostante tutto, mi sentissi a mio agio. Quello di cui non mi sono resa conto prima di perdere Mase, tanti mesi fa, è che stavo ancora permettendo di vincere a tutti quei cretini.

Ero talmente impaurita che la storia si ripetesse da essermi quasi privata del tipo di amore unico che mio fratello condivide con la moglie.

Mase è stato troppo testardo per permettermi di respingerlo. Mi voleva, sapeva che anch'io lo volevo e non ha accettato un no come risposta. Grazie al cielo. Lo amo in un modo che non credevo possibile. Ha lottato per me, per noi.

Quindi tutto questo, camminare nel tunnel che porterà me e T al campo del Levi's Stadium equivale a prendere in prestito la strategia del mio ragazzo per dimostrare che lui non è l'unico a giocare sul serio.

"Vuoi smetterla di saltellare?" Metto una mano sul braccio di T per cercare di tenerla ferma. È da stamattina che sembra avere le formiche nelle mutande.

"Scusami." Continua a spingere sulle punte dei piedi. "Sono *emozionatissima*." Mi sembra una parola troppo blanda per descriverne lo stato attuale. Sembra Tigro di Winnie the Pooh dopo essersi bevuto un espresso triplo dell'Espresso Patronum di Lyle.

"Non ti senti neanche un po' in colpa, vero?" Per quanto questo dovrebbe essere il mio grande gesto, è stata T ad architettare il tutto.

"Per cosa dovrei sentirmi in colpa?" Si mette entrambe le mani sul cuore e mi guarda con gli occhi blu da bambina innocente.

"Oh, non lo so." Il mio sarcasmo rimbalza sui muri. "Forse perché hai accettato questi pass dal coach dei Bama per incontrare la squadra, pur sapendo benissimo che finirai per andare all'Università di Jersey."

Devo riconoscere che anche l'allenatore Price ha fatto un bel lavoro. Invitare Tessa a incontrare i membri della squadra di cheerleader dei Crimson Tide durante una partita, per di più di alto profilo, è un'esperienza che non avrebbe fatto in altri viaggi di selezione.

"Come fai a sapere che sceglierò l'Università di Jersey?" Mi chiede T con aria di sfida.

Alzo gli occhi al cielo, come per dire: *'Ma fammi il piacere'*. "Per quanto siamo vicini io e tuo fratello, tu e Savvy siete su un altro livello."

Se non sapessi quanto T sia, in fondo, una brava ragazza, probabilmente avrei paura del sorriso diabolico che le sta spuntando su quel bel faccino. È troppo orgogliosa di sé stessa, ma non può darmi torto.

"Hai già pensato a come farai a raggiungere Mase per dargli il suo bacio?" dice, cambiando argomento per non ammettere che ho ragione.

Scuoto la testa. Ho uno spazio di manovra molto stretto, già mi sento come se fosse troppo tardi.

Per chi non è mai stato a una partita di football, la prima volta che una squadra scende in campo non è quando viene annunciata, con tutta la fanfara che ne deriva. No, prima di tutto ciò, entrambe le squadre devono riscaldarsi.

Capito, adesso, qual è il mio piano?

Mase sarà in campo…

E ci sarò anch'io…

Stringo le dita sulla spessa cordicella intorno al collo, scacciando tutte le preoccupazioni sul modo di raggiungere Mase per baciarlo; inspiro profondamente, immergendomi nell'immensità che io e T ci troviamo davanti quando usciamo dal tunnel e ci affacciamo sul campo da gioco. Non importa quante volte lo abbia sperimentato, entrare in campo mi emoziona *sempre*.

Gli spalti sono ancora vuoti per più della metà, ma continueranno a riempirsi man mano che ci avvicineremo al momento del calcio d'inizio.

T mi prende a braccetto e mi guida verso il punto in cui si stanno riscaldando entrambe le squadre di cheerleading degli Alabama. Visto che non deve presentarmi nessuno, guardo verso il campo e cerco il mio uomo in mezzo al mare di casacche bianche. Quando, finalmente, scorgo il grande 87 rosso, Mase mi sta dando le spalle; mi prendo un secondo per ammirare come quei pantaloni da football rossi aderenti gli modellano il sedere.

È davvero il tight end *più sexy di tutto il football collegiale.*

Nel momento in cui rido, T si volta verso di me; quando segue il mio sguardo, capisco che scuote la testa perché ha intuito perfettamente a cosa stiamo pensando io e la mia cheerleader interiore.

Più di una persona ci osserva con sguardo confuso mentre camminiamo sulla linea di bordocampo dei Crimson Tide. Forse avremmo fatto meglio a indossare l'abbigliamento dell'Università di Jersey *dopo* l'incontro.

"Perché ho l'impressione che ci massacreranno per il fatto che indossiamo i colori del nemico?" mi sussurra T.

Non riesco a trattenere la risata. "Mi spaventa la facilità con cui voi Taylor mi leggete nel pensiero."

Dal momento che ho fatto la cheerleader solo per la squadra di un club, quindi non affiliata a una scuola, questa è la prima volta che osservo da vicino i gruppi di cheerleader prepararsi per il giorno della partita. Aprono i pon-pon, alzano i megafoni, dispongono i cartelli per essere facilmente visibili, così da guidare la folla di tifosi nel tifo per la propria squadra.

"Metterete in dubbio la mia fedeltà ai Tide, venendo qui vestite in quel modo," commenta il coach Price indicando la mia maglietta di Mase e quella di T, che recita: *Più speciali di un punto dopo un touchdown. FORZA HAWKS!*

"Sarò sincera," gli stringo la mano, "io e Tessa abbiamo paura che non usciremo vive da qui."

"Andrà tutto bene. Dubito che tu voglia far arrabbiare il tuo uomo." Il coach Price indica il nome di Mason sulla mia maglietta, e io sorrido mentre ci porta in giro e ci presenta le cheerleader degli Alabama.

Non impiegano molto per capire chi siamo io e T (per il cheerleading, non per il football) e per chiamare alcuni compagni della squadra mista. Ci siamo talmente concentrati sulla storia della ragazza misteriosa di Casanova da dimenticare che tutto è iniziato quando la mia identità è trapelata da un video di cheerleading. Sembra che il video virale di me e JT che facciamo acrobazie nella sala banchetti di un hotel sia stato piuttosto memorabile.

La curiosità non fa che aumentare quando scoprono che Tessa è la sorella minore di JT Taylor. Lei arrossisce visibilmente e, per quanto voglia vantarmi di lei in quanto sua sorella maggiore, decido di tacere per non imbarazzarla ulteriormente.

Con T completamente impegnata con le cheerleader dei Bama, mi metto in disparte per vedere se posso sfruttare questa occasione per attuare la mia parte del piano.

Per un colpo di fortuna, Em e Q sono le prime ad accorgersi di me, e rimangono a bocca aperta per lo sgomento. Gli occhi di Q rimbalzano da una parte all'altra e sembrano dire: *Che diavolo ci fai laggiù?*, mentre, d'altra parte, Em solleva una delle sopracciglia perfettamente scolpite, come per dirmi: *Lo sai di essere sul lato sbagliato del campo, vero?* Le indico con il pollice verso il punto in cui T è circondata dalle cheerleader dei Bama, poi le indico la nostra squadra di football, sperando che Em colga il mio segnale.

Come ogni buona migliore amica, Em lo capisce; trattengo il fiato mentre la guardo correre verso il punto in cui Mase e Trav sono posizionati vicino alla panchina. Sono troppo lontana per leggerne il labiale, ma vedo che lei dà un tocco a Mase sulla spallina e indica nella mia direzione.

Dall'altra parte del campo, riesco a vedere bene la confusione scritta sui volti di entrambi i giocatori, fino a quando non seguono con lo sguardo il braccio di Em. Nel momento in cui Mase mi vede, la sua espressione cambia: un sorriso lupesco sostituisce il cipiglio che aveva in volto. Senza alcuna esitazione, ignorando completamente le urla del coach Knight, Mase attraversa il campo da gioco e si dirige verso la zona avversaria.

Emetto uno squittio spaventato quando mi solleva tra le braccia e mi fa ruotare in cerchio. Quando finalmente mi mette a terra, con i piedi gli sfioro il casco, che deve aver lasciato cadere a terra per potermi abbracciare. Nonostante ci salga sopra, ci sono ancora alcuni centimetri di differenza tra noi. Gli avvolgo le braccia intorno al collo, appoggiando gli avambracci lungo lo spazio lasciato libero dalle protezioni. "Ehi."

"Ehi?" Mase mi avvolge le braccia intorno ai fianchi e mi tira a sé fino a quando non siamo l'uno contro l'altra. "È tutto quello che hai da dire?"

Oooh, qualcuno è ancora arrabbiatino, canticchia la mia cheerleader interiore.

"Che c'è?" Passo il pollice sull'87 che ieri sera Bette gli ha rasato a lato della testa. "L'hai detto tu stesso che avevi *bisogno* del bacio pre-partita."

Ringhia, e intendo dire che *ringhia* davvero, per poi stringermi ancora più forte. "Hai la più *pallida* idea di quanto fossi incazzato, pensando che non l'avrei ricevuto?"

"Beh, a giudicare dai messaggi dei ragazzi…" Stando al modo in cui strizza gli occhi, sono l'unica a prendere la situazione con umorismo.

"Dammi il mio maledetto bacio di buona fortuna, donna," ordina.

Spingendomi sulle punte dei piedi, mi allungo per colmare gli ultimi centimetri che il casco non riusciva a fornirmi e lo bacio.

Ogni altro pensiero cessa di esistere. Non mi preoccupo delle migliaia di persone che ci guardano, né di quante potrebbero fotografarci, né del fatto che è per questo motivo che siamo diventati i "cocchi dei media".

Tutta la mia concentrazione è rivolta al modo in cui Mase mi stringe a sé: mi tiene una mano appoggiata alla schiena e mi copre buona parte del busto, mentre con l'altra mi cinge il fianco. La carezza della sua lingua che duella con la mia, il sapore salato del sudore che già gli imperla la pelle…

Lo stringo a me, desiderosa di averlo ancora più vicino, mentre gli sfioro con le dita i muscoli della nuca.

"Sapete che E è sugli spalti, vero?" L'urlo di T è come un bagno di Gatorade per i sensi.

Terminiamo il bacio, ma Mase non si stacca del tutto da me; invece, appoggia la fronte contro la mia, impresa resa più facile dal fatto che sono in piedi sul casco. La plastica dura della protezione toracica preme contro di me ogni volta che lui respira affannosamente. Tra le ciglia nere, i suoi occhi verde chiaro sono del colore del pino, e scommetto che, se non indossasse una protezione sul pube, sarei in grado di sentire quanto apprezza il nostro rituale pre-partita.

"Allora è un bene che E sia dall'altra parte dello stadio, eh?" chiede a T, senza mai staccarmi gli occhi di dosso.

"Ehm…" La voce inquietante di T ci spinge a guardare entrambi verso di lei. Tende il braccio verso qualcosa alla mia sinistra, cioè alla destra di Mase. Non appena ci giriamo per vedere cosa sta indicando, eccoci lì, sul maxischermo. L'immagine di me cullata tra le braccia di Mase è alta una decina di metri.

Gli seppellisco il viso nel petto. "Merda."

"Mi sa che andremo in tendenza due volte, oggi," dice lui orgoglioso.

"Due volte?" Lo guardo accigliata. Per caso UofJ411 ha già postato la foto e T si è dimenticata di dirmelo?

"Proprio così." Mi bacia il naso, facendomi emozionare così tanto che a momenti perdo l'equilibrio. È un gesto davvero delicato da parte sua, visto che è in tenuta da combattimento. "Non fingere di non sapere che il bacio della vittoria di oggi diventerà virale come gli altri."

"Sei così certo che vincerete?" Non posso fare a meno di provocarlo.

"Ora che ho avuto il mio bacio," me ne dà un altro stupefacente sulle labbra, "puoi scommetterci il tuo bel culo." Abbassa la mano e dà al suddetto culo una bella strizzata.

"*Mason.*" squittisco, dandogli una pacca sul petto.

"Scusa," dice, pur non sembrando affatto dispiaciuto. "Non potevo resistere."

"*Oooooh,*" ci interrompe nuovamente la voce di T. "Suo fratello ti ammazzerà," canticchia, mentre indica nuovamente lo schermo gigante.

"Ne valeva la pena." Il sorriso di Mase è da puro Casanova presuntuoso. "Devo andare, piccola. Ci vediamo qui dopo la partita."

"Solo se vinci," lo schernisco, scendendo dal mio trespolo.

Si china e raccoglie il casco da terra. "Dopo te la farò pagare," mi sussurra all'orecchio prima di raddrizzarsi; a quella promessa, non vedo l'ora che arrivi quel momento.

È già a metà campo, quando mi riprendo e gli dico: "Parole, solo parole."

Il modo in cui mi fa l'occhiolino mi fa intendere che manterrà la promessa.

Oh mamma mia. In che guaio mi sono cacciata?

#Capitolo46

UofJ411: Nemmeno una partita in trasferta può impedire al nostro re
di ricevere il bacio pre-partita dalla sua regina #Kaysonova
#NobiliDelFootball #TraguardiDiCoppia
foto di Kay che bacia Mason, in piedi sul casco di lui
@Annielaurel: I loro baci sono sempre fotogenici #BaciDaFilm
#Kaysonova

UofJ411: Non credo che @CasaNova87 sia minimamente pentito
#IlCoachTiMandaInPanchina #Kaysonova
***Video TikTok di Mason e Kay che si baciano, seguito da un
video del coach Knight che colpisce Mason sulla testa con i
fogli plastificati delle strategie di gioco***
@AshWonderWoman: Oooh… qualcuno è nei guai #NonIlSolito-
Riscaldamento #CosaFaCasanova

UofJ411: Meno male che sei grande e grosso @CasaNova87 perché
@EricDennings87 NON sembra contento #IoMiStoDivertendo

foto di E, B, Bette e CK sugli spalti: E e B hanno le braccia conserte, Bette alza entrambi i pollici, CK scuote la testa
@Beccalynn1010: Oh quanto vorrei essere lì e sentire cosa dicono #FratelloIperprotettivo

KAYLA

L'attenzione che ho attirato con l'abbigliamento dell'Università di Jersey nella zona di campo degli Alabama non era niente, in confronto a quella che ho ricevuto dopo l'incidente del maxischermo. Non volevamo rischiare di essere assalite, quindi io e T siamo tornate a posto a passo spedito, in compagnia della nostra famiglia.

T è alta quindici centimetri più di me, quindi devo praticamente saltellare per starle dietro; quando ci accasciamo sulle sedie vuote che ci sono state riservate, mi manca il fiato.

"Il numero ottantasette sta bene?" B mi getta un braccio attorno alle spalle e fa un sorriso complice.

"Certo. Perché non dovrebbe?"

CK allunga un braccio tra le sedie e mi sventola davanti alla faccia un pretzel caldo. Mi guardo alle spalle e gli faccio un occhiolino di ringraziamento.

"Chiedevo." B fa spallucce mentre guarda verso il campo da football con un'espressione vacua in volto. "Ci hai messo un bel po' a ispezionargli le tonsille con la lingua, quindi non ne ero sicuro."

Sbatto le palpebre, bloccandomi con la mandibola spalancata

e il pretzel a metà strada verso la bocca. Quando B alza il mento e vede la mia espressione, scoppia a ridere.

"Sei uno stronzo."

L'idiota ha perfino l'audacia di tentare di rubarmi un boccone.

"Non maltrattare la mia ragazza." Bette si china in avanti e dà a B uno schiaffo sulla nuca. "Ricorda le mie parole, Benjamin," dice, agitandogli un dito davanti alla faccia, "un giorno incontrerai una donna che ti prenderà a calci nel sedere, a quel punto la vendetta sarà crudele."

"Certo, come no," dice B, soffocando una risata e schivando un secondo schiaffo sulla testa.

Adoro questa donna. So di averlo già detto, ma non credo che riuscirò mai a ripeterlo abbastanza. La adorerei per sempre anche solo per il modo in cui ama mio fratello, ma tutto ciò che ha fatto per me da quando è nella nostra vita le ha fatto guadagnare un posto permanente su un piedistallo nella mia mente.

"Beh, questo sì che è un bel cambiamento," dice CK passandomi il telefono.

"Che cosa?" gli chiedo, continuando a tenere gli occhi su di lui, invece di guardare lo schermo.

Indica verso il basso. "Di solito aspettate almeno la *fine* della partita per diventare virali."

Abbasso lo sguardo e vedo un'istantanea del nostro bacio. La differenza di altezza non è mai stata così evidente. Con Mase in tenuta da football, e io in piedi sul suo casco, sembro quasi una bambina in confronto a lui.

Tuttavia, non c'è nulla di infantile nel bacio che hanno immortalato. La mia fronte è così premuta contro la sua che non ci passa in mezzo nemmeno un filo di luce. Gli stringo i capelli, mentre lui, con una mano, mi avvolge e scende verso il sedere.

L'inquadratura è presa da un'angolazione di quarantacinque gradi, invece che direttamente di lato; grazie alla treccia laterale che mi ha fatto Bette, mi si vedono bene sulla schiena le scritte NOVA e #87.

Oh, ne sarà tanto felice.

"Quella è bella, ma le mie preferite sono queste." T si intromette nella conversazione, scorrendo gli altri post condivisi dall'account UofJ411.

"Tutto questo è ridicolo." Scuoto la testa, ma non riesco a non ridere davanti al video di TikTok che ritrae il coach Knight rimproverare Mase.

"Lo è eccome," grugnisce E. Qualcosa gli ribolle sotto la superficie, il fatto che abbia la mandibola tesa è solo un segno. Niente può far scattare E più velocemente del pensiero che qualcosa possa farmi del male o che qualcuno possa usarmi.

Il che mi ricorda…

Devo sforzarmi di tenere E lontano da Brantley. Non credo proprio che, semmai dovessero parlarsi, andrebbero d'accordo.

Non riesco ancora a credere che E abbia accettato il mio piano riguardo a Liam. Era così deciso a vendicarsi che dubitavo fortemente che l'avrebbe approvato.

Quando dirai a Mase ciò che hai fatto?

Cazzo. *Non* è il tipo di promemoria di cui ho bisogno da parte della mia coscienza. Rimanderò *quella* conversazione finché mi sarà possibile.

Bette deve percepire in E la stessa sensazione che percepisco io, perché gli scorre una mano lungo la mandibola pizzicandogli la guancia. "Certo che voi due vi scambiate proprio dei baci epici." Abbassa il mento. "Sembra la scena di un film." Ha un'aria sognante, sembra davvero estasiata dalla foto.

So cosa sta facendo e, a giudicare dal modo in cui mi guarda ammiccando con le sopracciglia, lo sa anche lei. Mio fratello è l'unico a non essere coinvolto nel piano della moglie. Probabilmente è meglio così, perché se lo fosse, potrebbe non abboccare.

"Ti faccio vedere io un bacio degno di un film, donna." E solleva Bette e se la porta in grembo, la china all'indietro e le dà un bacio.

Tutti noi, insieme probabilmente al resto del settore, applaudiamo tra le urla. B scatta foto come un paparazzo. Quando mio fratello lascia andare la moglie, lei ha il viso tutto arrossato e un'aria un po' stordita. E si appoggia al sedile con un'espressione soddisfatta e compiaciuta.

"Dimmi un po' se *questo* non diventerà virale." E strappa il telefono a B e pubblica alcune delle foto sul profilo Instagram.

Le bande musicali di entrambe le scuole si esibiscono a turno per lo spettacolo pre-partita, T balla sul sedile e trascina B perché si unisca a lei. CK mi appoggia la testa tra le scapole, tremante per le risate che sta trattenendo quando vede B danzare. Di nascosto, registro questi pazzi e mando il video a G, che stavolta non è potuto venire con noi perché la squadra di basket degli Hawks ha una partita domani.

Sia gli Alabama che l'Università di Jersey usano *Thunderstruck* degli AC/DC come canzone di entrata quando giocano in casa; quando la canzone risuona dalle casse, un'ondata familiare si ripercuote su tutta la folla. Settantacinquemila tifosi urlano e applaudono mentre un mare di rosso e bianco scende in campo. Non c'è molta differenza tra i colori delle due università.

Una popstar canta l'inno nazionale, mentre, come gran finale, un caccia sorvola il campo da gioco.

C'è un'atmosfera di trepidazione quando Mase e gli altri capitani si dirigono verso la cinquantesima iarda per il lancio della moneta. Per gli Hawks, questa partita non è soltanto un campionato nazionale: è una rivincita, una partita di riscatto.

Con le mani agganciate al colletto della casacca, Mase si avvicina alla panchina della squadra per il rituale pre-partita. Un rumore di schiocchi di labbra mi riempie le orecchie e, quando mi giro, vedo E e B che lanciano baci esagerati al mio ragazzo.

E resta scioccato quando Mase alza la mano e fa il gesto della Y tirando fuori pollice e mignolo. Con gli occhi spalancati e la mandibola serrata, mio fratello si gira verso di me. "Quello è il gesto della nostra famiglia."

Mi mordo l'interno della guancia per trattenere una risata e annuisco. Perché sembra sentirsi tradito?

"Sa che cosa significa?"

Scuoto la testa. "Non me l'ha mai chiesto." Mase conosce quel gesto (ecco perché lo fa, da quando mi ha sorpresa a una delle mie gare di cheerleading), ma non sa che deriva da E.

"Hmm," mormora E. "Non mi stupisce che tu sia disposta a morire di freddo sugli spalti per fare il tifo per lui, quando gioca."

Aww. Credo che qualcuno sia un po' aciduncolo.

"Lascia in pace tua sorella," lo rimprovera Bette. Mi sorprende che lei non abbia detto nulla quando ha visto Mase farlo durante il Cotton Bowl. Mio fratello la stringe a sé e le bacia la tempia.

Quando non si superano i dieci gradi, di solito mi unisco a Bette nel box delle compagne dei giocatori proprio per il freddo. Il fatto che io mi sia seduta in tribuna sotto la pioggia, con più strati di vestiti di quanti ne possa contare, è stato uno dei primi indizi che ha notato mio fratello su quanto profondi siano i miei sentimenti per Mase.

Ma, come ha detto la mia cheerleader interiore... ciò lo infastidisce. Il che non mi impedisce di ricordargli che qui a Santa Clara c'è una temperatura mite di ventuno gradi. Sicuramente meglio dei dieci centimetri di neve che ci aspettano a Jersey.

"*Aaah!* Sono emozionatissima." T, a cui sono tornate le formiche nelle mutande, si dimena sul sedile applaudendo.

"Anch'io," concorda CK; sorpresi, ci voltiamo tutti verso di lui. "Che c'è?" Fa spallucce, arrossendo per l'attenzione che gli stiamo rivolgendo. "Faccio male a voler vedere E tifare per gli Hawks?"

T ridacchia e batte il pugno a CK. "Oh sì, scommetto che gli spezzerà il cuore da Nittany Lion."

E sbuffa. "Chi ti dice che non io tifi per i Tide?"

"*Certo...*" replica CK, scandendo per bene la parola.

"Non lo faresti mai," conferma T. "Non vorrai rischiare che qualcuno ti rasi le sopracciglia mentre dormi."

Quando io e T ci accasciamo dalle risate, B si alza, fiutando la storia potenzialmente imbarazzante dell'amico, come Scooby-Doo in cerca di Scooby Snack. Prontamente, lo informiamo della volta in cui E e JT, durante l'infanzia, hanno avuto un incontro sfortunato con un rasoio elettrico.

Con il fischio dell'arbitro, inizia il primo tempo e gli attaccanti si danno battaglia per fare meta.

"So che tutti hanno parlato di Mase e della sua disponibilità alla selezione, ma Trav si è espresso in merito?" domanda B, dopo che l'uomo in questione ha lanciato una bomba a spirale ad Alex, il quale segna un altro touchdown per gli Hawks.

Respiro a fatica per l'ansia che mi assale ogni volta che qualcuno parla della selezione; la routine che abbiamo creato e la vita che ci stiamo costruendo saranno completamente diverse nel giro di pochi mesi.

"Noah è l'unico ad aver detto la sua." Il nostro burlone preferito è all'ultimo anno e, grazie all'incredibile talento, ha tutte le carte in regola per essere selezionato.

Trav è il jolly. È rimasto fuori dalle competizioni durante gli allenamenti e, a quanto ha dichiarato, ho l'impressione che voglia giocare almeno uno dei suoi anni di idoneità, se non entrambi.

Per fortuna, un *wide receiver* dei Crimson Tide rompe un placcaggio e porta la palla verso la *end zone*, riportando l'attenzione sulla partita, che adesso è nuovamente in parità.

La difesa più granitica avrà la meglio.

Quanto cazzo mi piace il football.

CAPITOLO 48

MASON

Una volta rientrati negli spogliatoi per l'intervallo, Kev scaglia il casco, facendolo rimbalzare sul fondo dell'armadietto e rotolare sul pavimento. Siamo tutti ammutoliti mentre lo guardiamo camminare in circolo: ogni volta che pesta il terreno con i piedi è evidente quanto sia frustrato.

Nessuno dice una parola, ognuno di noi si tiene a distanza mentre Kev si sfoga. Lo capisco. La difesa non sta giocando male di per sé, ma non è nemmeno all'altezza degli standard che ci siamo imposti in questa stagione.

"Ascoltatemi, Hawks." Il coach Knight giunge al centro della stanza e attira immediatamente l'attenzione di tutti gli atleti con un urlo.

Lentamente, e con grande determinazione, scruta ognuno dei giocatori senza fermarsi finché non arriva a Trav, in piedi accanto a me. Con le spalline di Trav che sbattono contro le mie, aspetto mentre lui fa un grande respiro per prepararsi al discorso del coach Knight, che però non arriva mai. Trav, con grande sollievo, ottiene solo un piccolo cenno di assenso che vuole dirgli: *'Continua così'*.

Il coach Knight scruta di nuovo il gruppo. "Sanders," dice fissando lo sguardo su Kev. "Tu e la difesa dovete dimenticare quello che è successo nel primo tempo." Kev annuisce. "Siamo in parità. Dobbiamo ricominciare da capo." Annuisce nuovamente. "I Bama hanno la palla, quindi colpite duro fin da subito. Mostrategli che non hanno alcuna possibilità contro uno stormo di Hawks."

Ognuno dei presenti lancia un coro, travolgendo il coach con un suono assordante.

"Facciamogli vedere chi siamo." Il coach si batte un pugno sul petto. "Possono pensare di volere la vittoria. Ma," *tump*, "noi," *tump*, "la vogliamo," *tump*, "Di più." *Tump. Tump.* "Loro," tende un braccio verso la porta dello spogliatoio, "ci hanno rubato la vittoria l'anno scorso." Ruota il braccio e indica il terreno in maniera aggressiva. "Quella. *Storia. Non* si ripeterà anche quest'anno."

Stavolta è lui a lanciare un coro degli Hawks.

L'adrenalina sale, l'energia si diffonde in tutta la squadra e si riversa su ognuno di noi a ondate, mentre ci precipitiamo nel tunnel e torniamo in campo per il secondo tempo, pronti a dominare.

Circondiamo Kev, colpendogli il falco sul casco e incoraggiandolo a fare del suo meglio. Io, Trav, Alex e Noah ci mettiamo spalla a spalla, con le braccia incrociate, pronti a goderci lo spettacolo.

Tutto ciò che mancava nel primo tempo ritorna e si irradia dalla difesa, che si mette in posizione con la linea d'attacco degli Alabama.

Nel primo down guadagniamo due iarde.

Nel secondo altre tre.

Sul terzo down, con cinque iarde guadagnate, Kev intercetta un passaggio destinato a uno dei *wide receiver* degli Alabama, respinge con il braccio un *lineman* che gli si para davanti, rompe un blocco e, senza più nessuno della difesa avversaria a ostacolarlo, corre verso il fondo campo. Meta!

Ora che gli Hawks hanno segnato, i Tide hanno un'altra possibilità di attaccare, ma Kev e la difesa li respingono, costringendoli a calciare in *punt.*

Ora tutto dipende da noi.

È il momento di fare la nostra parte e vedere se possiamo aumentare il vantaggio di altri sette punti.

Ci portiamo verso la ventesima iarda dei Bama.

Trav finge di lanciare la palla. Quando me la passa, me la tengo ben stretta al fianco, trovo un varco nella difesa avversaria e non smetto di correre fino a quando non attraverso la linea bianca della *end zone*.

Il tempo scorre; con un bellissimo lancio a spirale da parte del *quarterback* degli Alabama, gli avversari riportano il nostro vantaggio a sette punti.

A metà dell'ultimo quarto, il coach Knight decide di rischiare un quarto down e dice a Noah di tentare un *field goal* da cinquantaquattro iarde. È un rischio nel senso che, se lo sbaglia, i Tide ricominceranno da una buona posizione di campo... ma è di Noah che stiamo parlando. La palla volteggia attraverso i pali: abbiamo realizzato due mete più di loro.

Grazie a un dribblaggio del *quarterback* degli Alabama, adesso ne abbiamo solo una in più.

Dopo un calcio corto e sette azioni che culminano in un altro *touchdown*, adesso gli Alabama, per la prima volta, sono in vantaggio.

Più ci avviciniamo all'avviso dei due minuti, più il tempo sembra scorrere velocemente.

Ci raduniamo attorno al *quarterback* e battiamo le mani per dire che siamo pronti all'azione.

Trav chiama l'azione.

Io mi allineo all'esterno.

Alex si mette al mio posto.

Il *center* fa scattare la palla.

Parto come una scheggia impazzita.

La linea d'attacco resiste bene e dà a Trav abbastanza tempo per trovare la posizione; quando mi vede, mi lancia una bomba nelle mani.

Touchdown.

Si chiede il timeout per fermare il cronometro.

Il sudore mi cola lungo la nuca e si infila sotto la casacca, ma non ci faccio caso: tengo le mani agganciate al colletto, le dita che scavano nelle protezioni per le spalle mentre gli Alabama avanzano verso la zona di meta per ottenere un altro down. Devono farlo, visto che sono troppo lontani per tentare un *field goal*.

Hut-hut.

La palla scatta e gira tra le dita del *quarterback*, che cerca un ricevitore; la mancanza di tempo lo costringe a effettuare un passaggio.

L'urlo della folla è assordante, mentre tutti noi tratteniamo il respiro in attesa di scoprire cosa accadrà. Ci si gioca tutto in questi ultimi secondi.

Bam!

Kev butta a terra il *quarterback* avversario e il suo placcaggio assicura la vittoria agli Hawks.

Le panchine si svuotano, gli allenatori e i giocatori si incontrano a metà campo e si stringono le mani davanti alle telecamere.

Butto il casco sulla nostra panchina e mi avvicino alla mia ragazza che salta su e giù, impazzita per la nostra vittoria.

"SKITTLES!" urlo nella sua direzione.

Quando mi sente, smette di saltare, si aggrappa al parapetto davanti a lei e si china per farsi sentire meglio. "Congratulazioni, Cavernicolo!" Il suo sorriso brilla più del trofeo d'oro del campionato.

"Porta il tuo bel culetto qui."

Mi guarda come se avessi perso la testa. "Sei matto?"

"No." Sollevo le braccia e muovo le mani per dirle: *'Vieni qui'*. "Scavalca, ti prendo io."

È un salto di poche decine di centimetri, ma si volta verso il fratello e Bette. Con il loro permesso, solleva una gamba e si arrampica sulla ringhiera, si accovaccia e poi mi si tuffa tra le braccia.

"Ehi, piccola." La faccio scendere a terra.

"Sei pazzo. Lo sai, vero?" Mi avvolge il collo con le braccia, incurante della mia casacca madida di sudore.

"Ma mi ami comunque." Mi piego verso di lei per il bacio della vittoria. La bacio più brevemente di quanto vorrei, visto che dopo sono costretto a rilasciare le interviste post-partita. Almeno, in questo modo, lei sarà con me.

La sollevo per i fianchi e le faccio appoggiare il sedere sulle mie spalle.

"Che *diavolo* stai *facendo*?" strilla, mentre la sistemo per avvolgerle il braccio sulla parte superiore delle cosce, assicurandola per bene contro di me.

"Reclamo il mio trofeo."

"Non l'hanno ancora portato, scemo."

"Quand'è che imparerai?" Guardo in alto, sfiorandole la coscia. "Sei *tu* il mio trofeo." Trovo il gruppo degli altri ragazzi e faccio scendere Kay in mezzo a loro.

"Puffetta!"

"Baby!"

"Vostra Altezza!" Noah completa il saluto con un inchino, che gli vale una pacca sulla spalla da parte di Kay, prima che venga fatta passare da un amico all'altro per un altro giro di abbracci sudati.

"Sono felicissima per voi." Sorride, concentrandosi su di noi e non sulla mischia che ci circonda.

Sta ancora saltellando sulle punte dei piedi quando la premo contro di me, poi avvicina le dita automaticamente per tracciarmi le linee del tatuaggio. Comincia a raccontare tutti i suoi momenti preferiti della partita, è veramente adorabile il modo in cui si emoziona a guardarci giocare.

Non me lo dire, avverto il mio coach interiore, stroncando sul nascere quella che sarà la sua risposta riguardo al fatto che ho definito Kay adorabile. Non mi interessa: lo è, e non potrebbe essere più perfetta per me.

Coriandoli rossi, neri, bianchi e argentati danzano e volteggiano nell'aria, attaccandosi su di noi mentre cadono a terra. Tutt'intorno veniamo illuminati dai flash delle macchine fotografiche, ma rimaniamo all'interno del nostro piccolo cerchio.

Incrocio gli occhi sul coriandolo argentato che mi è finito sul naso, e Kay allunga il braccio per tirarmelo via mentre il primo giornalista sul campo si fa strada tra i presenti. Allento la presa su di lei, ma Kay non cerca in alcun modo di allontanarsi.

Continua a sorridere mentre ascolta Stan, il cronista, fare il proprio lavoro. Non sono sicuro che lei se ne renda conto, ma la sento irrigidirsi ogni volta che si parla della selezione. Con tutti i casini che sono successi nella nostra vita, non abbiamo mai discusso veramente del nostro futuro. Ogni volta che le ho parlato di ritardare la selezione, mi ha ignorato o mi ha detto che ero ridicolo.

Dentro di me, so che essere chiamato a giocare in una città lontana non metterebbe fine alla nostra relazione. Kay è il mio futuro, e io sono il suo. Questo non significa, però, che non abbia pensato a come dovrebbero essere i prossimi anni.

Ci ho riflettuto.

A lungo e intensamente.

"Allora, Mason." Adesso che ha finito con Noah, Stan si volta verso di me e mi dona tutta la sua attenzione. "È tutto l'anno che sei considerato tra i primi cinque che verranno scelti, se ti dichiarerai disponibile alla selezione. Vuoi dire qualcosa, adesso che la stagione è ufficialmente terminata?"

Guardo verso Kay. Sta ancora sorridendo, ma vedo la tensione che le si annida dietro gli occhi grigi, sento il suo cuore battere irregolarmente sotto le dita che le ho posato sulla nuca.

"Ti dirò, Stan, ho pensato molto alla selezione."

Kay mi stringe forte la casacca con le unghie, ne percepisco tutto il nervosismo. Mentre rispondo a Stan, tengo lo sguardo fisso su di lei.

"Ho deciso di *non* dichiararmi disponibile quest'anno."

"*Cosa?*" Kay è sconvolta mentre, sotto il mio braccio, la sento impietrirsi.

"Ho deciso di giocare il mio anno di idoneità con gli Hawks."

Mi rendo vagamente conto che anche i ragazzi stanno reagendo alla notizia, ma ignoro loro e la raffica di domande che arrivano da Stan. Ogni briciolo della mia attenzione è rivolto alla ragazza silenziosa che ho a fianco, il cui sguardo è attraversato da nuvole di tempesta.

"Skittles?" Le passo un pollice sulla mandibola irrigidita.

"Ma che caz…" Interrompe l'imprecazione, consapevole che le telecamere sono tutte puntate su di noi. "Ma che *cosa*?"

Ridacchio. Ve l'avevo detto che è adorabile.

"Sì, piccola?" Le accarezzo la guancia.

"*Non* puoi essere serio." È un'affermazione, non una domanda. Per lei, per Brantley… accidenti, per la maggior parte dell'America, dichiararmi disponibile per la selezione era un fatto scontato. Se me l'aveste chiesto prima di settembre, lo sarebbe stato anche per me. Poi, un giorno, al Nido, ho visto Grayson farla girare in cerchio, e in quel momento la traiettoria del mio futuro è cambiata.

"Mai stato più serio, piccola."

Kay sgrana gli occhi, ha le pupille dilatate, è talmente incredula che mi colpisce la fronte con il palmo della mano. "Hai subito una commozione cerebrale, vero? È così? Hai preso un duro colpo alla testa durante un placcaggio? Perché questa è una *follia*."

Eccola, l'impertinente che amo tanto. Non mi disturba affatto che il suo bel caratterino sia notato da milioni di persone attaccate alla televisione in tutti gli Stati Uniti.

"Perché?" le chiedo, facendola ruggire quando metto in mostra ancora di più le mie fossette.

Sbatte le palpebre. Ancora. E ancora. "È la NFL."

"E allora?" Faccio spallucce.

"*E allora?*" Oh, non mi piace quel tono di voce. "Mason, è la National Football League."

Oooh, ha usato il nome intero. Attento... qualcuno si sta arrabbiando.

"So bene cosa significa l'acronimo, piccola." Mi avvicino a lei quando cerca di allontanarsi.

"Ma è il tuo *sogno*," dice con voce ora più addolcita, sembra quasi che abbia il cuore spezzato. *Mamma mia.* Il modo in cui desidera tutto questo per me, così come l'ho desiderato io per tutta la vita, è il motivo per cui sono innamorato di lei.

"E lo sarà anche l'anno prossimo." Le accarezzo di nuovo la nuca e la riavvicino a me. "Adesso, però, anche tu fai parte del mio sogno." La stringo ancora più forte quando vedo i suoi occhi illuminarsi. Mi guarda come se le avessi regalato la luna. Un uomo potrebbe diventarne dipendente. "È una doppia vittoria per me. Ho un anno in più per allenarmi," tendo il casco, e i ragazzi lo colpiscono con il loro, "*e* posso passare più tempo con te prima di trasferirmi chissà dove e non vederti più fino alla laurea."

Aspetto, pronto ad ascoltare altre obiezioni, ma non arrivano. Invece, lei alza le mani e mi afferra la casacca; mi coglie così alla sprovvista che riesce a tirarmi in basso, sigillando la bocca sulla mia. Le labbra, i denti e le lingue si uniscono nel bacio più ardente che ci siamo *mai* scambiati.

Chissà quanto tempo mi ci vorrà prima di ricordarmi del pubblico e dell'intervista che dovrei fare. Quando mi riprendo, mi tiro indietro, sussurrandole "dopo" contro le labbra.

Kay ci mette un attimo a ritrarsi a propria volta e, quando si riprende dallo stupore, è talmente mortificata che mi seppellisce il viso contro l'ascella sudata.

Sento l'uccello premermi contro la protezione in maniera dolorosa, ma almeno ciò mi impedisce di mettermi in imbarazzo davanti alla televisione nazionale. Devo schiarirmi la gola dalla passione, prima di poter continuare.

"Quindi, sì..." Riporto la mia attenzione su Stan. "Il piano è questo." Dopo aver salutato e ringraziato il giornalista, prendo in braccio la mia ragazza e mi preparo per la consegna del trofeo.

Il trofeo.

I giornalisti.

I flash delle macchine fotografiche.

I tifosi in delirio.

Nulla di tutto ciò ha importanza, al contrario della bionda con le mèches color arcobaleno che porta il mio nome su di sé e ci riprende con l'iPhone.

Se già non lo sapevano tutti, ora lo sa il mondo intero. Li sfido a provare a ostacolarci.

CAPITOLO 49

KAYLA

Dopo che Mase ha professato di amarmi più del football, e per giunta in diretta sulla *maledetta* televisione nazionale, ho camminato in giro quasi stordita. Non ho idea di come mi sia ritrovata al bar del nostro albergo, in un angolo in fondo, tra mio fratello e B.

Ci sono cibo, bevande e diverse conversazioni in corso, ma io sono bloccata in questa sorta di nebbia, a cercare di capire se tutto ciò sta accadendo realmente.

Quest'uomo… questo bellissimo, talentuoso giocatore di football che un giorno finirà nella *Hall of Fame*, è disposto a rischiare i milioni di dollari che gli garantirà il fatto di essere nella top five della selezione per stare con me. *Con me*. Kayla Dennings, la ragazza ripudiata dalla madre, vale più del sogno di una vita. Non riesco a farmene una ragione.

Tutti gli schermi piatti del bar sono sintonizzati sul post-partita, i momenti salienti e le interviste si susseguono all'infinito.

Sento nuovamente il suono della voce profonda di Mase dire a me (e a milioni di telespettatori) che sono io il nuovo sogno, scatenando un altro sospiro sognante di T. Quando sento il calore degli sguardi di tutti fissi su di me, piego le braccia sul ripiano del tavolo e vi seppellisco il viso, desiderando di poter sparire nella mia stanza come Harry Potter.

"È davvero un fidanzato da romanzo in carne e ossa," commenta T. Quella ragazza adora i romanzi rosa.

"Chi l'avrebbe mai detto che mio fratello fosse così svenevole," sento Livi concordare; i gemelli ci hanno raggiunti una volta tornati in albergo.

"Non lo so..." Tutte le mie parti femminili si alzano in piedi e agitano i pon-pon al suono della voce profonda di Mase. "Pensavo di averne già dato prova." Mi dà un bacio sulla nuca e mi accarezza con un dito l'anello con la pietra natale che indosso.

"Sì, quando cercavi di riconquistarla," replica Livi.

"Già." Non ho bisogno di vedere T per sapere che ha le braccia incrociate al petto e sta piegando di lato la testa, come per dire: *Chi sei tu per dirlo?* "È completamente diverso quando fai le cose per redimerti dal fatto di essere stato un *coglione*."

Em sbuffa e Q ridacchia; a giudicare dal movimento dell'aria, devono aver allungato il braccio per battersi il pugno.

"*Porca miseria*," esclama Trav fischiando. "Messo in riga dalle sorelline." Dice alle ragazze di farsi in là così da potersi sedere anche lui.

Con la testa ancora appoggiata sulle braccia, giro il viso verso il mio ragazzo.

Per tutti i santi.

Ci sono molti, *moltissimi* look di Mase che adoro (il suo immancabile cappellino da baseball al contrario, lui in tenuta da football e, naturalmente, nudo) ma questo qui? Sì, questo sta per salire in cima alla lista.

Indossa quello che può essere definito come un abito a tre pezzi fatto su misura, che renderebbe invidioso Christian Gray. Sì, avete sentito bene, *tre pezzi*, gilet e tutto il resto. Il tessuto sembra morbido come lenzuola pregiatissime, gli avvolge le spalle larghe e gli si modella sui muscoli delle braccia in modo tale che, anche da rilassato, si può notare quanto siano grandi. Il bottone della giacca è slacciato e mette in evidenza il modo in cui il gilet gli accentua la linea a V della vita.

La camicia bianca elegante contrasta con la carnagione olivastra, mettendo in risalto la sua mandibola ispida. La barba sarà anche più lunga del solito, ma è ancora abbastanza corta da non nascondere il solito sorriso che bagna le mutande, o le fossette che uccidono i neuroni. Cazzo, tra loro e la sua dichiarazione, sento che mi sto sciogliendo.

La cravatta ha un motivo a quadri verdi a piccola trama che gli evidenzia la luminosità degli occhi verde acqua e mette in risalto tutte le diverse macchie di colore che nuotano nelle mie iridi preferite.

In poche parole, è un sogno erotico che cammina.

Devo liberare la mente per poter calcolare bene quanto tempo dobbiamo restare qui, prima di poterlo trascinare via tirandolo per la cravatta. Tutto di lui mi richiama, sento l'interno delle cosce bruciare al ricordo della sensazione della sua barba tra di esse.

Deglutisco a fatica mentre noto che mi guarda con la stessa intensità.

"Merda! Solo a guardarvi mi viene voglia di una sigaretta." B si alza dal tavolo per permettere a Mase di prendere il suo posto.

"Non è qualcosa che un fratello dovrebbe vedere," si lamenta E.

"Senti, senti." Trav batte il pugno sul tavolo due volte.

Mi muovo di scatto verso mio fratello, girando la testa così velocemente che la treccia mi colpisce in faccia. "Mi stai prendendo in giro?" Punto un dito accusatorio in faccia a E, poi lo agito tra lui e Bette. "Quando voi due vi siete messi insieme, non riuscivate *mai* a stare a più di un metro e mezzo di distanza l'uno dall'altra. Se vi trovavate nella stessa stanza, vi toccavate *sempre*." Tendo la mano con il palmo rivolto verso l'alto, agitando il braccio su e giù. "Le cose non sono cambiate." E le tiene il braccio sulla gamba più vicina e la mano a coppa sul ginocchio, disegnandole dei cerchi sui jeans con il pollice. Al suo fianco, Bette ridacchia, e lui decide saggiamente di tenere la bocca chiusa: sa bene che ho ragione.

Sinceramente, mi piace che anche dopo sei anni di relazione sentano il bisogno di toccarsi sempre, ma non gli permetterò di farla franca con la sua ipocrisia. Va contro la mia natura.

Noah, Kev e Alex si dirigono verso di noi e, sebbene abbiamo scelto uno dei grandi tavoli rotondi, devono prendere delle sedie dai tavoli vicini per potersi accomodare.

Creiamo una confusione incredibile. Ci sono schiamazzi, battute e videochiamate per svegliare G e far vedere a JT che cosa si sta perdendo. Il cibo rimasto viene consumato in pochi secondi, così ordiniamo un altro giro alla cameriera.

"Se non la smetti di guardarmi così, finirò per trascinarti fuori di qui in questo preciso istante, Skittles," mi sussurra Mase ardentemente, strusciandomi i denti contro il bordo dell'orecchio.

Una scarica di calore mi attraversa la spina dorsale, facendomi rabbrividire. "Così come?"

"Come se volessi strapparmi via il vestito, facendomi volare via i bottoni, così da potermi scopare… di brutto." Sottolinea l'ultima parola mordendomi il lobo.

Porca miseria. È meglio che inizi a indossare le mutandine sotto i leggings, quando sono con lui.

Devo deglutire due volte per eliminare la saliva che mi si accumula in bocca e poter parlare. "Chi ti dice che io *non* voglia proprio quello?"

"*Caaaaazzo*, piccola. Mi…"

Il resto della frase viene interrotta da Brantley, che si precipita al nostro tavolo. "Mason. Una parola." Non è una richiesta, è un ordine.

Lentamente, come se non gliene importasse nulla, Mase si volta verso il patrigno e mi mette un braccio dietro la schiena, agganciandosi al mio fianco in atteggiamento protettivo.

Senza farmi vedere, lancio un'occhiata furtiva in direzione di mio fratello: vedo che ha la schiena dritta e gli occhi fissi sul patrigno di Mase. La situazione rischia di degenerare molto presto.

"Non è il momento." Il tono della voce di Mase è duro, più duro di quanto non l'abbia mai sentito.

"Invece sì, se riusciamo a porre rimedio," ribatte Brantley.

La tensione che circonda il tavolo divampa violentemente.

"Non c'è niente a cui dover porre rimedio." Mi stringe così forte da farmi male.

"Col cazzo che non c'è," gli risponde Brantley incrociando le braccia. "È della tua *carriera* che stiamo parlando."

Mase emette un ringhio di frustrazione, passandosi una mano tra i capelli accuratamente pettinati. "Sapete cosa?" Si alza dal tavolo, mi afferra la mano e mi trascina con sé. "Ci vediamo domattina," dice agli amici e alla famiglia, ignorando completamente il patrigno.

"Mason," urla Brantley, ma Mase non rallenta mai. Cammina

con passo furioso, costringendomi a correre per stargli dietro e non farmi trascinare.

Il modo in cui preme il pulsante dell'ascensore come gli avesse fatto un torto, come se volesse fare lo stesso alla faccia di Brantley. Questo lato di lui, il cavernicolo protettivo che riesce a trattenersi a malapena, mi spaventa, soprattutto pensando alla reazione che avrà quando scoprirà di non essere l'unico ad aver preso una decisione che gli cambierà la vita.

È per questo che non posso rinfacciargli di aver preso quella decisione senza prima discuterne con me.

Uno scampanellio annuncia l'arrivo dell'ascensore; non appena le porte si aprono, lui si butta dentro. Altre due persone tentano di salire con noi, ma decidono saggiamente di cambiare idea quando colgono lo sguardo minaccioso che danza negli occhi di Mase.

Mi sbatte contro la parete prima ancora che le porte si chiudano. Mi appoggia i palmi delle mani ai lati della testa e gli si arrossano le nocche mentre flette le dita, cercando di liberarsi della rabbia che gli scorre nel corpo.

Il suo petto duro sfiora il mio a ogni respiro affannoso.

Chiudo gli occhi, aspettando un bacio che, però, non arriva. Invece, sobbalzo quando i peli spinosi della sua barba mi si trascinano lungo il collo, inclino la testa di lato per consentirgli un accesso più agevole.

Le vibrazioni che sento sotto i polpastrelli dovrebbero spaventarmi, ma in fondo so che non ho nulla da temere quando si tratta di Mason.

Non cambia il fatto che io sia comunque nei guai.

L'adrenalina della partita.

La bellezza della vittoria.

Il sollievo per aver finalmente ammesso e concretizzato i miei piani di rimandare la selezione.

La maniera in cui Kay mi ha scopato con gli occhi quando mi ha visto in quel completo di Tom Ford.

Brantley che tenta di esprimere con prepotenza il suo disappunto per le decisioni che *io* ho preso per il *mio* futuro.

Tutto questo sembra l'insieme degli ingredienti di una ricetta, soltanto che, anziché un piatto delizioso, mi sento più come una bottiglia di Coca Cola da due litri in cui qualcuno ha infilato delle Mentos.

Tutto quello che voglio fare è seppellirmi dentro la mia ragazza e dimenticare tutto fino al mattino, tranne il modo in cui la sento avvolta intorno a me; il problema è che mi sento così instabile che ho paura di farle male.

Ding!

L'ascensore arriva al mio piano; io mi giro sui talloni con un colpo deciso non appena le porte si aprono, trascinando Kay fuori dalla scatola d'acciaio come il cavernicolo che, scherzosamente, sono per lei. Mentre sento i suoi passi che si affrettano per raggiungermi, mi rincuoro del fatto che almeno la sto prendendo per mano e non per i capelli.

La chiave magnetica mi dà problemi: durante i primi due tentativi di sbloccare la porta, la infilo nella fessura con talmente tanta foga da piegarla. Quando, finalmente, la luce verde lampeggia, spalanco la porta e trascino dentro Kay.

La porta si chiude sbattendo, il suono fa eco alla mia ferocia. L'unica illuminazione della stanza proviene dalla luce del bagno che fuoriesce dalla porta aperta. La luce è limitata, ma ciò che riesco a vedere mi sconvolge.

Invece della paura, è l'ardore l'unica emozione che brucia nello sguardo tempestoso di Kay. Mi desidera, è evidente. Se mi butto su di lei adesso, non c'è modo che il suo fisico di meno di un metro e mezzo di altezza riesca ad assorbire la pressione che si sta generando dentro di me.

Sollevo le spalle, mi tolgo la giacca e la lascio cadere a terra come se fosse un asciugamano dopo la doccia, non il pezzo di un completo da cinquemila dollari.

Alzo le mani per allentare il nodo della cravatta, ma non lo sciolgo del tutto. Poi comincio a sbottonarmi il gilet, mentre gli occhi di Kay seguono ogni bottone che scivola dall'asola.

Quando il gilet cade a terra in un sussurro di seta, lei esce dalla sua trance; inclina il mento di qualche centimetro, prima di sfilarsi la maglietta rossa, stringendo la stoffa tra due dita e tenendola in mano; mentre la fa cadere, mi guarda con un'aria di sfida. È oltremodo eccitata, come dimostrano il respiro affannoso e il rossore sul petto. Il reggiseno di pizzo nero che le avvolge i seni mi fa venire voglia di strapparlo nel punto in cui i capezzoli fanno capolino tra gli spazi dei dettagli floreali.

Si toglie le Converse rosse, interrompendo il contatto visivo giusto per il tempo di piegarsi per far scorrere i leggings lungo le gambe toniche. Non c'è nulla di apertamente sessuale in quei movimenti, ma quella fluidità li fa sembrare parte del più eccitante degli spogliarelli.

Cazzo!

Avevo dimenticato che quando indossa i leggings preferisce stare senza mutande, e mi mordo la guancia con forza tale da sanguinare quando vedo la prova della sua eccitazione luccicare sulle labbra nude della passera.

Piega le braccia, sporgendo i gomiti mentre allunga le mani

dietro di sé per slacciare il reggiseno, riservandogli lo stesso trattamento della maglietta. Sono così ipnotizzato da quella vista che, mentre mi sto slacciando i bottoni della camicia Oxford, le dita mi si fermano a metà strada.

Cazzo, potrei venire solo a guardarla. Niente, assolutamente *niente* è più sexy di Kay nuda.

Una macchia di umido mi bagna le mutande con ognuno dei delicati passi che lei muove nella mia direzione.

Quando si inginocchia e mi afferra la cintura, il mio corpo si blocca per un motivo completamente diverso. Non muovo un muscolo, mentre lei fa passare abilmente il cuoio attraverso la fibbia d'argento e trascina con cura la cerniera verso il basso sulla mia erezione tesa; con le piccole mani, mi solleva l'uccello e le palle sopra l'elastico delle mutande. Tra le gambe non ho niente di eccezionale (sono alto un metro e novantacinque, e *tutto* ben proporzionato), ma in quelle piccole mani il mio uccello sembra una vera bestia.

Allungo una mano per allontanarle un ricciolo dal bel viso e, senza preavviso, lei lo prende in bocca; mi avvolge la pelle alla base con le labbra mentre mi inghiotte del tutto.

"*Porca troia Kay*," sibilo, facendo del mio meglio per non esplodere subito.

Quando mugola (l'unico suono che riesce a fare, visto che ha tutto l'uccello in bocca) il rischio di mettermi in imbarazzo decuplica per il modo in cui sento il mugolio vibrare attraverso il mio corpo.

Ancora per lo più vestito, scavo con le dita tra i suoi capelli, scompigliandole la treccia e aggrappandomi all'erotismo che mi provoca la vista della mia ragazza nuda che mi boccheggia sull'asta come se fosse il lavoro della sua vita. Sbatto la testa contro la porta, pensando a quanto le cose siano cambiate. Temevo che l'avrei divorata io, mentre in realtà è il mio piccolo folletto a rivendicare tale onore.

Sento un formicolio rivelatore alla base della mia spina dorsale; le strattono i capelli con forza finché non mi lascia andare con uno schiocco ben udibile. Ho intenzione di venire più volte stasera, ma per niente al mondo vorrei venirle per la prima volta in gola.

"Ho *bisogno* di scoparti." Ho la voce talmente roca che sembra abbia ingoiato della ghiaia.

Inarca un sopracciglio. "Non è quello che stiamo facendo?" Anche se è in ginocchio, è comunque lei quella dominante dei due.

"Vai alla cassettiera," le ordino.

Una delle prime cose che ho notato quando siamo entrati nella stanza è stato il gigantesco specchio rettangolare appeso alla parete sopra la cassettiera. Da quando ho montato Kay nel bagno dell'albergo in Kentucky, ho cercato di trovare qualsiasi modo per scoparla piegata davanti a qualcosa che riflettesse. Mi permette di avere la stimolazione visiva di scoparla da dietro e, contemporaneamente, di guardarne il viso contorcersi per il piacere che le faccio provare. Due piccioni con una fava.

Mi sfilo le scarpe, mi tolgo i pantaloni e i boxer e poi mi avvicino alla lampada nell'angolo opposto della stanza. Avrò bisogno di più luce, se vorrò apprezzare appieno la situazione. Finalmente finisco di togliermi la camicia ma, quando prendo la cravatta, mi viene un'idea; quando me la passo sopra la testa, mi assicuro di lasciare il nodo intatto.

Con il braccio sinistro, perché so cosa le provoca la vista del mio tatuaggio tribale, mi avvicino a Kay; le intrappolo facilmente i polsi e glieli lego con la cravatta, tirando l'estremità sottile. Il nodo non stringe forte (le basta separare i polsi per liberarsi), ma ciò non impedisce alle sue pupille di essere completamente dilatate dalla lussuria. Adoro come essere legata le spinge i seni in fuori.

Adesso è il mio turno di inginocchiarmi.

La moquette è un vero sollievo per le mie articolazioni, ma per quanto me ne frega potrebbe anche essere cemento.

Stringo un seno in ciascuna delle mie mani, palpandoglielo e succhiando un capezzolo in bocca, prima di riservare all'altro lo stesso trattamento. Mordo e succhio entrambi i globi morbidi, una scia di irritazioni rosa chiaro causate dalla barba testimonia il percorso che faccio lungo quel corpo seducente.

Seguo i nei sull'addome tonico come una mappa del tesoro per raggiungere la sua passera grondante, il profumo muschiato della sua eccitazione mi riempie i sensi.

Cazzo, *adoro* quanto si eccita nel darmi piacere, tanto che il bocciolo del clitoride cerca di fare capolino tra le labbra gonfie. Con le mani, seguo la linea delle sue curve, la vita stretta, la piega dei fianchi, per poi farle scivolare dietro di lei fino a stringerle il culo, tenendola ancorata alla mia presa mentre me la tiro verso la bocca, che le sigillo sulla passera.

"*Mase.*" L'implorazione spezzata del mio nome è tutto.

Non ho la pazienza necessaria per stuzzicarla. Ho bisogno che mi venga in faccia, e che lo faccia subito. Con la lingua mi insinuo nell'ingresso, lambisco il miele che ne cola, salgo fino al clitoride e lo faccio pulsare fino a quando non esplode.

Kay urla il suo orgasmo; le resto attaccato con la bocca finché non la sento venire. Riposizionandomi sui talloni, mi asciugo i succhi sul viso e mi alzo in piedi, facendola girare di fronte allo specchio.

"Tieniti forte al mobile," le ordino dopo averle sciolto la cravatta dai polsi.

Da brava ragazza, si piega in avanti, inarcandosi nel modo perfetto che sa farmi impazzire. Si tiene ferma con i gomiti e allunga gli avambracci fino a quando le dita non si stringono sul bordo del cassettone. Nel riflesso dello specchio, con un'aria di sfida negli occhi, incontra il mio sguardo.

Cazzo, è un sogno sfrenato.

La stringo a me fino a quando con la parte anteriore delle cosce tocco la parte posteriore delle sue, sollevandole la gamba finché non appoggia anche il ginocchio sul piano del mobile; sono veramente grato per l'assurda flessibilità che ha ottenuto grazie a tutti gli anni di cheerleading. Afferrandomi alla base dell'uccello, faccio scorrere la cappella in mezzo ai succhi; Kay getta la testa in avanti mentre scivolo lungo la fessura e stuzzico il clitoride gonfio con la punta.

Dato che voglio guardarla negli occhi mentre la riempio, mi avvolgo la treccia intorno alla mano e la strattono finché lei non alza la testa e mi fissa con quelle pozze di carbone.

Faccio un respiro profondo.

Appoggiando il gomito accanto a uno dei suoi, mi chino in modo da coprirla col corpo. "Guardami, piccola," le mormoro contro l'orecchio. "Guardami mentre ti prendo." Un fremito la percorre mentre le trascino una guancia lungo la gola.

Piegando le ginocchia, mi allineo al suo ingresso e spingo dentro di lei... lentamente, guardando in basso per osservare come, centimetro dopo centimetro, l'uccello scompare dentro di lei. Nel momento in cui sono sepolto fino in fondo, l'ultimo dei miei freni inibitori svanisce. Tiro indietro i fianchi e li faccio scattare in avanti con uno schiocco di pelle contro pelle.

Avanti.

Indietro.

Dentro.

Fuori.

Una pompata dopo l'altra.

Un gemito seguito da un altro gemito.

Potrei anche avere una posizione dominante su di lei, ma la mia ragazza impertinente non è certo una che se ne sta lì a subire. Spinge il culo contro di me a ogni spinta dei miei fianchi, si alza sulle punte dei piedi e poi si abbassa con un piccolo movimento.

Ho le nocche bianche dalla forza con cui le stringo la gamba, ma la foschia della lussuria è troppo forte per permettermi di pensare ai possibili lividi che potrei lasciarle.

"Oh santo cielo. *Mase.*"

C'è questo suono gutturale che Kay emette ogni volta che la penetro. Non so descriverlo, ma è una via di mezzo tra un sussulto e un gemito. È la melodia più eccitante che abbia mai sentito.

"Sto per venire," urla.

"Non trattenerti, piccola." Aumento la velocità delle mie spinte. "Vienimi su tutto l'uccello. Bagnami fino alle palle."

"Mamma mia." Un sussulto. "Sei un vero porco. *Mmm.*"

Lei obbedisce e mi colpisce con una scarica di succhi , mi munge l'uccello, facendo venire anche me. Continuo a muovermi finché sento di non avere più nemmeno una goccia di sperma in tutto il corpo.

Ormai sfinita, tutto il suo corpo collassa. La prendo in braccio come una sposa, la porto sul letto e la tiro a me in modo che mi si accoccoli al fianco e mi appoggi la testa al petto.

"Giuro, diventa sempre meglio ogni volta che lo facciamo," dico una volta che il battito cardiaco mi ritorna alla normalità.

"*Mmm.* Non sentirai lamentele da parte mia."

Emetto una risata profonda, la sua testa mi rimbalza sul petto. "Sarebbe la prima volta." Mi pizzica il fianco.

Rimaniamo in silenzio; io che gioco con i capelli ormai scompigliati della sua treccia, e lei che mi traccia le linee degli addominali. Non so quanto tempo passi, prima che lei parli di nuovo.

"Davvero hai detto a tutto il mondo che vuoi rinunciare alla selezione per rimanere all'università con me un altro anno?" chiede esitante, come se questo argomento la innervosisse.

"Dubito di averlo detto a tutto il mondo. Il football collegiale non è molto seguito oltreoceano."

Mi schiaffeggia sull'addome. "Non fare il finto tonto. Sai che cosa intendo." Inclina la testa all'indietro e mi appoggia il mento sul petto per potermi guardare dritto negli occhi. "Dicevi sul serio?"

È vero, mancano ancora diverse settimane prima della scadenza per dichiararsi ufficialmente disponibili alla selezione, ma non ho intenzione di cambiare idea.

"Ogni singola parola."

Mi osserva con aria preoccupata. "Brantley sembrava incazzato."

Non sa nemmeno quanto. L'ho tenuta all'oscuro da tutte le peggiori stronzate che mi ha sparato negli ultimi mesi.

"Lascia che lo gestisca io." Le premo un bacio sulla fronte. "Non spetta a lui la decisione, ma a me."

Le compare di nuovo la V tra le sopracciglia.

"A cosa stai pensando, piccola?"

Il solco si fa più profondo.

"Come fai a sapere che sto pensando a qualcosa?"

Passo un dito sulla V. "Ti viene una ruga carinissima proprio qui, quando pensi troppo a qualcosa."

Niente. Non sbatte nemmeno le palpebre. "Sei sicuro? Rischi grosso, a ritardare la selezione."

"Tipo cosa?"

Alza gli occhi al cielo, sapendo che sto facendo il testardo.

"E se ti facessi male?"

"Potrei farmi male anche giocando come professionista, quindi è irrilevante. Cos'altro?" Un sorriso mi incurva le labbra.

"Il tuo valore potrebbe crollare e potrebbero selezionarti più tardi. Ti costerebbe *milioni*."

"Pfff." Tiro la ciocca di capelli che sto facendo ruotare intorno al dito. "Con un'altra stagione all'attivo, il mio valore non può che aumentare."

Un'altra alzata di occhi. *Oooh, adesso la sto facendo davvero arrabbiare.* So che non dovrei trovarlo tanto divertente, ma non riesco a farci nulla.

"*Eccolo*, il tuo ego." Mi fissa con uno sguardo infastidito, ma ammaliato. "Per un attimo mi stavo preoccupando."

"Andrà tutto bene, piccola, vedrai. Le cose andranno come dovranno andare." La faccio rotolare sotto di me. "Per adesso, facciamo questo." Scivolo nuovamente dentro di lei.

Passerò la notte perdendomi tra le sue gambe; per i nostri problemi ci sarà tempo solo domani.

KAYLA

Vengo rapita dal rumore dell'acqua che scorre, mi stiracchio con le lenzuola morbide che mi accarezzano la pelle. Non so che ora sia, visto che le tende bloccano la luce del sole; so soltanto che sono esausta, tutta indolenzita nel modo più delizioso possibile: ho trascorso buona parte della notte scorsa a usare il corpo di Mase come giostra personale.

Quando sento che il rumore dell'acqua si interrompe, mi alzo a sedere; mentre cerco di riprendermi, tengo comunque il lenzuolo addosso. Ho i capelli in completo disordine e faccio del mio meglio per sciogliere ciò che resta della treccia.

Un minuto dopo o poco più, Mase, avvolto solo in un asciugamano bianco legato abbastanza in basso sui fianchi da mostrare la squisita cintura di Adone, esce dal bagno, lasciandosi dietro una scia di vapore.

"C'è stato un terremoto?" Avanza con passo incerto quando nota che sono seduta.

"Eh?" Sarò anche sveglia, ma non ho ancora carburato del tutto.

"Ho pensato che ci fosse stato un terremoto, visto che sarebbe l'unica cosa capace di svegliarti tanto presto la mattina." Alza le spalle, increspando tutti i gustosi muscoli del corpo; le gocce d'acqua rimaste sulla pelle abbronzata ne evidenziano la contrazione.

Gli faccio una linguaccia; so che è una mossa infantile, ma non ho ancora bevuto il caffè.

"So io dove potresti usare quella lingua," replica Mase stringendosi l'asciugamano, sempre imperterrito di fronte al mio tipico umore mattutino, tutt'altro che gradevole.

"Pervertito." Faccio una smorfia, non voglio incoraggiarlo. Tuttavia, ridacchia e tira fuori le solite fossette.

"Che posso dire?" Appoggia un ginocchio sul materasso, facendolo scricchiolare; allunga la mano per accarezzarmi la nuca e mi infila le dita in mezzo ai capelli. "Sei tu a provocarmi."

Mi tira a sé per baciarmi, il sapore di menta del dentifricio mi fa pensare al terribile alito che devo avere al mattino. Il sorriso che mi fa quando lo spingo via mi dice che sa bene cosa mi passa per la mente.

Quando vedo la camicia che indossava ieri sera, stropicciata sul pavimento, faccio oscillare le gambe oltre la sponda del letto e mi chino per raccoglierla e indossarla, almeno posso coprirmi un po' mentre mi dirigo a passo spedito verso il bagno. Dopo essermi data una breve sciacquata e aver eliminato l'alito mostruoso, apro la porta ed esco per vedere se Mase vuole riprendere il discorso da dove l'avevamo interrotto…

Peccato che non sia da solo.

"Coach Knight," grido, mettendomi una mano sul petto nel tentativo di evitare che il cuore mi balzi fuori.

L'espressione del coach non rivela nulla; non riesco a capire se sia sorpreso di vedermi o meno. Sono certa che trovare una ragazza nella stanza di uno dei suoi giocatori di prima mattina non sia così insolito, ma di sicuro è poco ortodosso.

"Kayla," mi saluta il coach Knight, sempre imperterrito. "Sei qui, bene. Mi risparmi un viaggio." Mi fa cenno di avvicinarmi.

Sono perfettamente consapevole di essere seminuda, l'unica grazia che mi salva è il fatto che Mase è molto più grande di me, quindi la camicia mi arriva oltre le ginocchia. Non che lui sia messo tanto meglio, ma almeno non ha più solo l'asciugamano: indossa un paio di pantaloni della tuta neri.

Con un gesto automatico, Mase mi avvolge un braccio dietro la schiena e mi tira al suo fianco; toccandolo, mi rendo conto di quanto sia calda la sua pelle nuda. Devo fare un bello sforzo per non accoccolarmi contro di lui; non sarebbe appropriato, davanti all'allenatore.

"Che succede, coach?" chiede Mase.

Il coach Knight si toglie il cappellino degli Hawks, si passa una mano sulla testa e poi lo indossa di nuovo. Sembra… nervoso? Insicuro? Non riesco a capire. "Come puoi immaginare, il tuo piccolo annuncio ha creato un bel vespaio."

Mase sbuffa, sicuramente ha usato un eufemismo.

"Vedo che avevi già immaginato questa reazione." Mase annuisce. "Volevo suggerirti di saltare la colazione con la squadra e di tenere un profilo basso, almeno fino a quando non riparti-remo per l'aeroporto."

Quando Mase mi guarda, annuisco anche io. Senza dubbio, Bette avrà ordinato abbastanza cibo da sfamare un esercito. Una persona in più non farà alcuna differenza.

"Grazie per avermi avvisato, coach." Mase mi toglie il braccio dalla schiena e lo allunga verso il coach per stringergli la mano. "Mi scuso per aver reso il suo lavoro un po' più difficile, stamattina."

"Stai scherzando?" Il coach Knight sbuffa. "Cosa sarà mai qualche domanda in più dalla stampa? Mi hai appena fornito un anno in più per cercare il tuo rimpiazzo. E sarà comunque una bella sfida." Non mi rendo conto di annuire fino a quando il coach Knight non mi indica. "Visto? Anche la tua ragazza l'ha capito. Non mi stupisce che tu voglia stare sempre con lei, è una per cui ne vale la pena."

Davanti a questo complimento inaspettato, sento bruciare le guance.

Dopo che il coach Knight è uscito, Mase mi solleva e mi butta sul letto. Mi tira su le ginocchia contro di sé e inizia ad accarez-zarmi dietro le gambe, per poi appoggiarmi le mani sotto il sedere e strusciarsi contro di me; la stoffa dei pantaloni che ha indosso è l'unica barriera che gli impedisce di scivolarmi dentro.

"Mase." Gli affondo i talloni nella curva del sedere, vorrei convincerlo a darmi ciò che voglio; emetto un ringhio di frustra-zione quando si alza sulle braccia, tenendosi sopra di me come se stesse facendo delle flessioni.

"Scusa, piccola." No, non credo a queste scuse neanche per un secondo, soprattutto quando, mentre scende dal letto, le fa seguire da un colpetto al mio interno coscia e da una rapida passata di lingua sulla passera.

"Mason," lo avverto, spingendomi sui gomiti e guardando con attenzione l'erezione che gli spunta dai pantaloni della tuta.

"Sì?" Sorride mentre si aggiusta palesemente davanti a me.

"Ma che combini? Vuoi farmi davvero credere che stai per farmi avere un orgasmo, per poi lasciarmi qui ad aspettare?"

Lo stronzo sorride ancora di più quando mi fa l'occhiolino, poi si infila una delle magliette della squadra di football dell'Università di Jersey. "Forse la prossima volta ci penserai due volte, prima di farmi stressare per il mancato bacio pre-partita."

Rimango a bocca aperta. *Testa di cazzo.*

"Andiamo, Skittles." Mi prende una caviglia e mi tira giù dal letto. "Ho fame."

Sottovoce, borbotto che avrei io qualcosa da fargli mangiare, ma lo stronzo provocatore riesce comunque a sentirmi e scoppia a ridere. Gli rivolgo la più grande alzata di occhi della mia vita, ma indosso velocemente i vestiti che avevo ieri. Mi sento un po' in imbarazzo, ma mi cambierò non appena sarò tornata nella suite che condivido con la mia famiglia.

"Ehm..." dice Mase a Trav, quando quest'ultimo esce dall'altro ascensore. "Tu non dovresti essere dall'altra parte?" Indica la porta di cui io possiedo la chiave.

Ho immaginato che si fossero messi d'accordo in maniera simile a come abbiamo fatto dopo il Cotton Bowl, quando io e Trav ci siamo scambiati i letti. A giudicare dal vestito sgualcito, mi sa che stavolta è Trav a fare la sfilata della vergogna.

"Ho aiutato una gentil donzella a tenere caldo il letto," risponde Trav, con il tipico sorriso da donnaiolo.

"Sei un puttaniere, QB1." Non riesco a non ridere.

"E allora?" Mentre apro la porta, Trav mi mette un braccio attorno alle spalle.

"Bleah." Come se stessi raccogliendo qualcosa di sudicio, gli sposto il braccio usando solo l'indice e il pollice. "Non toccarmi finché non ti sarai pulito con il disinfettante."

"Sei davvero crudele, sorellina." Il sorrisetto cretino sul volto di Trav e il modo in cui si unisce alle risate degli altri mi dicono che lui è altrettanto divertito.

Gli mando un bacio volante e gli faccio un inchino, ma non

riesco a fermare il piacere che provo ogni volta che mi chiama "sorellina".

"Non sai quanto," concorda E dalla poltrona che occupa insieme a Bette, entrambi sono intenti a bere una tazza di caffè.

Conoscendo sia mio fratello che Trav, per non parlare di B, adesso inizieranno a discutere su chi di loro ha avuto la peggio con me. Li lascio fare e mi dirigo verso la doccia. Ho bisogno di cibo e caffè, non necessariamente in quest'ordine.

È un bene che E sia troppo impegnato a fare il cascamorto con la moglie per notare il mio aspetto: non è il caso che veda le condizioni in cui sono ridotta dopo la notte. Ho irritazioni causate dalla barba di Mase sul collo, sul petto, sull'addome e in mezzo alle cosce... non che queste ultime si vedano quando sono vestita. I leggeri lividi sui fianchi e sul ginocchio destro sono la prova definitiva di quanto Mase, ieri notte, mi abbia scopata a fondo... tutte e quattro le volte.

Quando ho finito la doccia e inizio a vestirmi, sono a metà strada dal sentirmi nuovamente umana. A parte indossare una sciarpa (il che andrebbe bene se fossimo a casa, ma è un po' strano qui a Santa Clara) non ho trovato altre soluzioni per nascondere l'irritazione ben visibile sul collo. Fortuna che ho messo in valigia la maglietta perfetta (una maglietta a girocollo gialla che recita *Ti amerò fino alla fine dei tempi... supplementari* a lettere nere, con un cuore a forma di pallone da football) che mi aiuterà a coprire i segni che con maggiore probabilità rischieranno di far perdere la testa a E. Completo il look con un paio di jeans aderenti neri strappati e delle Converse con paillettes dorate.

"Bella maglietta," commenta Mase, tirandomi sulle ginocchia e passandomi una tazza di caffè preparata come piace a me.

"Sapevo che ti sarebbe piaciuta." Gli do un bacio veloce e mi abbandono tra le sue braccia, salutando il resto dei nostri amici che hanno affollato la suite mentre facevo la doccia. Vedo i gemelli seduti al tavolo della colazione con T ed Em, mentre Q, Alex e Kev hanno raggiunto CK alla tavola in sala da pranzo per servirsi al buffet ordinato da Bette.

"Dov'è Noah?" chiedo, visto che è l'unico che manca.

"Giù a fare interviste," mugugna Kev mentre azzanna un boccone di bacon.

Non deve sorprendere che in una stanza piena di atleti la televisione sia sintonizzata su ESPN e che i ragazzi si scatenino in urla e strepiti quando la trasmissione racconta della vittoria degli Hawks sui Crimson Tide per la conquista del titolo di campioni nazionali. Quando trasmettono il filmato dell'annuncio di Mase, la situazione sale su un altro livello.

Mugolo, facendo del mio meglio per seppellire il viso contro di lui. Em sbuffa e sento che mi dice di farci l'abitudine, perché quella storia non si risolverà tanto presto.

"Vado io," dice B, quando sentiamo un leggero bussare alla porta.

"Beh, ma guarda un po' che bel ragazzone," dice la voce di una donna anziana.

"Nonna?" la chiama Trav, alzandosi dal divano.

B si fa da parte, confermando che la nostra ospite inattesa è Nonna McQueen; non mi sfugge che, mentre entra, sfiora il bicipite di B.

Possiamo essere come lei, quando saremo vecchie? La mia cheerleader interiore potrebbe avere avuto una bella idea.

"Travis Joseph McQueen." Scruta il nipote dalla testa ai piedi e viceversa, emettendo un pesante sospiro. "Spero che almeno tu abbia usato precauzioni. Non voglio che tu mi renda bisnonna con una qualche ammiratrice, o come diavolo le chiamate voi," agita la mano con disprezzo, "che non sarà degna di essere mia nipote acquisita. Ricorda…" Si avvicina a Trav e gli accarezza affettuosamente la guancia. "Niente guanto, niente amore."

L'intera stanza scoppia a ridere e Trav arrossisce, ma intendo che arrossisce davvero. "Accidenti, Nonna." Si passa una mano tra i capelli già spettinati.

"Ti ho mai detto che sei la mia persona preferita in assoluto, Nonna?" Livi si fa avanti per abbracciare l'ormai nonna surrogata.

"Te l'ho detto," sussurro a Trav mentre mi passa vicino. "*Il disinfettante.*" Mase mi seppellisce la faccia nei capelli per nascondere la risata.

Trav brontola sottovoce, ma accompagna comunque Nonna verso una delle sedie libere del salotto. "Non che non sia felice di vederti…"

"Già, specialmente dopo un esordio del genere," interviene Olly.

"...ma cosa ci fai qui, Nonna?" conclude Trav lanciando un'occhiataccia all'altro gemello Roberts.

Occhi caldi e pieni di affetto scrutano la stanza fino a posarsi sul mio ragazzo; sotto di me sento tutti i muscoli di Mase irrigidirsi. "Sono venuta per avvertirt..." Qualunque cosa lei volesse dire viene interrotta da qualcuno che bussa violentemente alla porta. Ancora una volta, B è il più vicino e apre, solo che stavolta non ci sono saluti affettuosi: solo un Brantley iracondo che irrompe nella stanza.

"...di questo," dice Nonna, concludendo la frase di prima.

"Non puoi evitare questa conversazione per sempre, Mason."

Alle parole roboanti di Brantley fa seguito un silenzio attonito.

Con una calma inquietante, Mase si alza tenendomi tra le braccia, mi rimette a terra e mi accompagna verso Trav, senza mai staccare gli occhi dal patrigno. Rimango in silenzio, lasciando che Trav mi stringa al suo fianco in maniera protettiva e cercando lo sguardo di Bette. Mase non è l'unica polveriera che temiamo possa esplodere, se la situazione dovesse prendere una brutta piega.

"Non la sto evitando, pensavo solo che un bar pieno di sconosciuti e giornalisti non fosse il posto migliore per discuterne." La totale assenza di emozioni nella voce di Mase mi fa correre un brivido lungo la schiena e mi fa venire la pelle d'oca sulle braccia. "Credo anche che tu non voglia parlarne qui." Fa un gesto per indicare i presenti.

"Non posso credere che tu voglia mettere a rischio tutta la tua carriera per giocare a fare il fidanzatino con *una qualche ragazza*." Mentre la voce di Mase è priva di ogni emozione, quella di Brantley è piena di veleno, specialmente quando pronuncia *"una qualche ragazza"* come se fosse un insulto.

Sobbalzo. Trav mi stringe la spalla, in segno di avvertimento o conforto, non ne sono sicura; forse entrambi. Da molto tempo sospettavo che Mase mi nascondesse qualcosa, specie quando cercavo di farlo parlare con me perché sentivo che era stressato. Mi dispiace rendermi conto che, molto probabilmente, avevo ragione.

"Quante volte," Mase stringe le mani a pugno, "devo dirti di non chiamare la mia fidanzata *una qualche ragazza*?" chiede a denti stretti. Faccio un passo verso di lui, ma Trav mi stringe a sé ancora più forte, ignorando l'occhiataccia che gli rivolgo.

"Cos'ha, la passera d'oro, visto che sei disposto a mettere a repentaglio ciò per cui abbiamo lavorato tutta la tua vita?" Le parole volgari di Brantley mi fanno trasalire e vedo Bette saltare davanti a E mentre lui grida: "Ma che cazzo?!"

"Fossi in te sceglierei le prossime parole con. *Molta.* Attenzione," lo avverte Mase. Cambia di posizione, in questo momento sembra comportarsi come quando Liam si è presentato alla sede degli Alpha Kappa.

Nessuno parla.

Nessuno si muove. Se mi chiedeste se il cuore e i polmoni ci funzionano ancora, avrei dei dubbi.

Il silenzio tombale che riempie la stanza ricorda l'occhio di un uragano.

Odio tutto ciò.

Odio essere la causa di tutto questo disagio. Non voglio assolutamente causare una rottura tra Mase e la sua famiglia. Per quanto, una volta selezionato, io non fossi entusiasta all'idea di vivere in uno stato diverso dal suo, non gli avrei mai chiesto di rilasciare una dichiarazione pubblica tanto plateale. Accidenti, il motivo per cui ho preso l'iniziativa per gestire la situazione di Liam è stato quello di assicurarmi che Mase potesse esprimere tutto il potenziale al momento della selezione.

Oh santo cielo, non posso dirglielo adesso... perderebbe le staffe.

Solo quando qualcuno bussa alla porta, qualcosa si fa strada in mezzo alla tensione che si sta creando.

Chi è adesso? Sembra di essere alla stazione centrale.

Tuttavia...

Nessuno si muove.

Quando bussano di nuovo, questa volta in modo più insistente, Em va finalmente ad aprire.

"Brantley. Roberts." Grace Nova-Roberts entra nella stanza e guarda la scena davanti a sé a bocca aperta. "Che *diavolo* credi di fare?" Più che parlare al marito, sembra che stia rimproverando un bambino.

"Mamma?" dicono i gemelli all'unisono, facendo sì che Mase interrompa lo sguardo mortale che sta rivolgendo a Brantley.

Con grazia, la mamma di Mase si pone tra il figlio e il marito, richiamandone tutta l'attenzione. Questo non è un lato di Grace Nova-Roberts che ho mai visto alla Caserma, ma se non si fosse capito dalla camicetta di seta e dai jeans eleganti, infilati in un paio di splendidi stivali di pelle ad altezza ginocchio color cammello, questa donna fa proprio sul serio.

"Quando Nonna mi ha mandato un messaggio per dirmi cosa stava succedendo qui, non riuscivo a crederci. Non *esiste* che, da uomo adulto quale sei, tu ti stia comportando in questo modo."

"Credo che le mie parole esatte fossero qualcosa del genere: *vieni qui o presto dovrai organizzare un funerale,*" specifica Nonna McQueen.

"Accidenti, Nonna." Sento Mase scuotersi dalle risate.

"Sono venuto per cercare di riportare alla ragione nostro figlio," spiega Brantley quando Grace inizia a battere il piede in attesa di una risposta.

"Figli*astro*," Mase enfatizza l'ultima sillaba; Grace sembra sorpresa dalla distinzione. A dire il vero, lo sono anch'io. Da quello che mi ha detto, Mase ha sempre considerato Brantley più di un patrigno, dato che lui lo ha cresciuto per la maggior parte della sua vita. "Finché non ti scuserai per la tua *lampante* mancanza di rispetto verso la donna che amo, non voglio essere legato a te più del necessario."

Faccio un respiro profondo mentre sento il cuore spezzarsi. "*Mase.*" Faccio del mio meglio per comunicargli che la trovo una reazione eccessiva.

"No, piccola." Trav finalmente mi lascia andare, quindi io vado automaticamente verso Mase. "Ti deve delle *belle* scuse."

"Va tutto bene." No che non va tutto bene, ma al momento è più importante mantenere la pace. "Vuole solo ciò che è meglio per te." Questo lo penso davvero.

"Col *cazzo* che va tutto bene," ringhia E, ma Bette lo tiene saldamente fermo.

"No, Kayla." Cazzo, non è mai un segno positivo quando Mase mi chiama col mio nome intero. Mi stringo a lui quando mi tira a sé, intrecciandomi le mani sull'addome. "Non va *mai* bene che *qualcuno* ti sminuisca. Non lo tolleravo quando ha provato a farlo Parker, e di sicuro non lo tollererò da parte della mia famiglia."

Non saprò mai come fa a farmi emozionare come una ragazza in un film romantico mentre sono nel bel mezzo di una situazione instabile. Inarco il collo e mi allungo per posargli un bacio sulla parte inferiore della mandibola. Riesce a calmarsi leggermente grazie al tocco delle mie labbra.

"*Questa* è un'altra delle mie ragioni," dice Brantley agitando una mano verso di me. "Cosa credi che penseranno le squadre di football, quando le storie degli scandali giudiziari della tua ragazza finiranno—*ancora una volta,* aggiungerei—su tutto il web?"

Mi si blocca il respiro e mi si ghiaccia il sangue nelle vene. Scorgo un lampo di capelli biondi paglierini quando anche T si mette di fronte a E per tenerlo fermo. Le cose si stanno mettendo male.

Molto, molto male.

Sento gli occhi bruciarmi per le lacrime. Non è questo il momento, o il luogo, in cui dovrei rivelare a Mase quello che ho fatto, ma mentre osservo le pieghe degli occhi di Bette che mi fa un sottile cenno di assenso, so di *dover* vuotare il sacco.

Mi schiarisco la gola e alzo le spalle nel tentativo di ostentare una sicurezza che non sento affatto, poi dico: "Non ci sarà nessuno scandalo giudiziario." Mi ci vuole tutta la forza per non alzare gli occhi al cielo e non rabbrividire al ricordo del periodo buio della mia vita.

"Ma non dire stupidaggini." Il suo tono condiscendente mi fa digrignare i denti. "Il profilo Instagram dell'università," Perché parla come se fossi *io* a gestire il profilo UofJ411? Non si rende conto che in realtà è la mia rovina? "si è assicurato che il mondo intero vedesse il melodramma…"

"Il melodramma?" Abbaia Mase. "Quello stronzo ha messo le *mani* addosso a Kay."

Mi giro e gli accarezzo gli addominali. Quel che è fatto, è fatto. Ora sto bene. Non voglio che lui si concentri ancora sul male. Gli cerco la cintura elastica dei pantaloni e la stringo tra le mani. "Va tutto bene," sussurro in modo che solo Mase possa sentirlo, poi giro il busto verso Brantley per affrontarlo, mentre lascio le gambe dirette verso Mase per assicurarmi che rimanga fermo. "Non ci sarà nessuno scandalo giudiziario, perché non andremo in tribunale." Inspiro profondamente per prepararmi a ciò che sto per dire o, più precisamente, alle reazioni che susciterà. "Ho stretto un accordo extragiudiziale con i Parker."

Mase sussulta e io stringo ancora di più la presa. In questa situazione, non deve assolutamente perdere le staffe. Non mi aspettavo che prendesse bene la notizia; è per questo che ho rimandato questa conversazione per settimane. È stato già abbastanza difficile convincere E che quello fosse il piano giusto, anzi, il migliore; dubito che con Mase sarà più facile.

Mi alzo sulle punte dei piedi e accarezzo con una mano la mandibola ispida di Mase, strofinando il pollice avanti e indietro sulla barba finché non ho la sua completa attenzione. Farlo in pubblico non è proprio l'ideale ma, in fin dei conti, quello che conta siamo noi: io e Mase.

"So che sei arrabbiato." Stringo la mano che gli trattiene i pantaloni quando lui cerca di negare. "Non cercare di mentire dicendo che non lo sei." La tensione che ha intorno agli occhi si attenua. "Sono certa che hai ogni sorta di pensieri e emozioni al riguardo, ma ho bisogno che tu sappia che ho preso questa decisione per *te*."

"Kay." Mi scava la schiena con i bordi smussati delle unghie mentre mi stringe ancora più forte.

"So che si meriterebbe ben altro, ma," mi appoggio il palmo della mano sul cuore, "per me," sposto la mano in modo da appoggiargliela sul petto, "*tu* sei tutto ciò che conta. Ho fatto redigere dagli avvocati un accordo di non divulgazione e un ordine di cessazione per tutte le stronzate che ha cercato di diffondere Chrissy/Tina."

"Davvero?" Gli occhi verde chiaro gli si riempiono di sgomento e stupore.

"Tanto di cappello, Puffetta." Trav allunga il pugno da sopra la spalla di Mase e, quando glielo batto, mi fa l'occhiolino. Almeno non sembra arrabbiato con me per aver parlato a tutti del suo passato.

"Cosa c'entra Christina Hale con tutto questo?" A questo punto Brantley è furioso, e il modo in cui si picchietta le dita contro i fianchi fa intendere quanto detesti non avere il controllo della situazione.

"Beh, vedi, *Brantley*..." Quando E usa il nome di battesimo di Brantley, Tessa cerca di mascherare una risata con un colpo di tosse, ma il modo in cui Bette arriccia le labbra mi dice che non sono l'unica a pensare che non ci sia riuscita.

Forse siamo gli unici a saperlo, ma il fatto che mio fratello non si è riferito al patrigno di Mase come *Signor Roberts* è uno dei più grossi schiaffi in faccia che potesse mai dargli. Penso che papà lo perdonerebbe, per essere andato contro le buone maniere con cui siamo stati educati: E lo fa solo nel tentativo di difendere il mio onore e tutto il resto.

"Mentre venivi qui a rovinare la nostra colazione e a *insultare* mia sorella... che, aggiungerei, ha pensato solo a proteggere la carriera di Mase..."

"*Certo.*" Brantley sbuffa sarcastico. "Perché lo vede come il suo biglietto d'oro."

"La piccola Dennings sarà anche nana, ma non è un Oompa Loompa," sbotta B, ed Em gli dà una manata sul petto, facendolo sussultare.

E alza gli occhi al cielo e Mase mi sussurra che io lo faccio meglio, mentre assistiamo allo stallo che temevo avvenisse, alimentato dal testosterone. Se lasciata incontrollata, l'iperprotettività di E rischia di causare una frattura tra le due famiglie che potrebbe non sanarsi mai più, neanche una volta che le acque si saranno calmate.

"Onestamente non ho la più pallida *idea* di come ti sia venuta in mente questa ridicola convinzione che mia sorella sia una qualche cacciatrice di dote all'assalto del tuo patrimonio, ma se c'è *una* cosa," dice E allungando un dito, "di cui *non* ha bisogno da parte di tuo figlio, sono i soldi. Solo con i miei accordi commerciali l'ho sistemata per tutta la vita."

E si ferma e deglutisce a fatica; è così che trattiene le emozioni. Il modo in cui mi guarda abbattuto mi dice che si sente in colpa per essersi lasciato sfuggire questa verità. Non dovrebbe. Il suo patrimonio netto è consultabile anche su Google, e chiunque conosca i dettagli su quando è diventato mio tutore sa che si sarebbe preso cura di me. Quello che quasi nessuno sa è che ha fatto lo stesso anche per i fratelli Taylor.

"Ora," E va a grandi passi verso la porta e la spalanca, "perché non te ne vai, prima di rovinare il *resto* della nostra mattinata?"

Quando Brantley non fa alcuno sforzo per esaudire quella richiesta, sia Grace che Nonna McQueen lo affiancano, lo prendono per le braccia, lo accompagnano fuori ed E sbatte la porta alle loro spalle con un senso di soddisfazione.

È troppo chiedere che le nostre vite non siano un dramma infinito?

"Mi dispiace," mi dice Mase in mezzo ai capelli, appoggiandomi la guancia sulla testa.

"Non hai niente di cui scusarti. Lui vuole solo il meglio per te." Per quanto credo che ciò sia vero, non aiuta ad alleviare il dolore.

"Comunque non va bene."

"Possiamo, per favore, concentrarci su qualcos'altro, su *qualunque* altra cosa, visto che dobbiamo partire tra poche ore?" chiedo, desiderosa di cambiare argomento.

Tutti concordano, ma ormai la felicità che provavamo prima è rovinata. A giudicare da come E stringe la mandibola, capisco che neanche per lui la discussione è chiusa.

Fantastico.

#Capitolo52

UofJ411: Credo che dobbiamo tutti inchinarci alla nostra regina, visto che grazie a lei @CasaNova87 rimarrà in squadra per un altro anno! #AncoraConNoi #Kaysonova #NobiliDelFootball
foto di Kay e Mase che si baciano alla fine della partita

UofJ411: Certo che i nostri ragazzi tifano veramente per le nostre cheerleader. Complimenti alla White Squad e alla Red Squad che hanno ottenuto il primo e secondo posto @UofJCheerleading #ChissàComeSarebbeSeLeiFacesseLaCheerleaderPerNoi
foto dei ragazzi e Kay assieme a Em e Quinn dopo i campionati nazionali della Universal Cheerleaders Association

UofJ411: In compagnia degli Alpha #InvitateAncheMe
foto di Kay e Em che escono dalla sede dell'Alpha Kappa

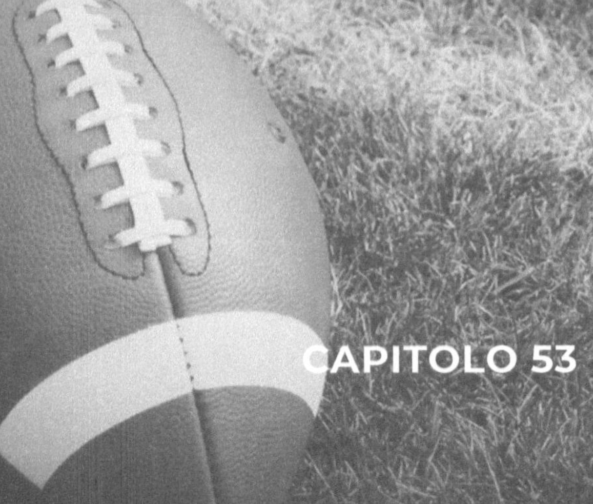

L e settimane successive al campionato nazionale, e specie al mio annuncio di non partecipare alla selezione, sono state piene di tensione. Non per forza tra me e Kay (credo che la nostra coppia sia solida), ma c'è quest'ansia che continua ad assillarmi.

Da quando, tre settimane fa, Brantley è venuto a vomitare stronzate davanti alla famiglia di Kay, non gli ho più parlato. Ho visto mamma alla Caserma nei weekend in cui ho accompagnato Kay agli allenamenti, ma lei, dopotutto, è sempre la mamma. Per fortuna, perché *non* è lei la persona su cui dovrei sfogare le mie frustrazioni.

Quello che mi ha impressionato maggiormente è E. Ora che i Crabs hanno terminato la stagione e nonostante abitino a Balti-mora, lui e Bette si dividono tra la loro città e la casa di famiglia dei Dennings a Blackwell. Mai una sola volta, quando sono stato presente assieme a Kay, E mi ha rinfacciato le azioni di Brantley.

Tuttavia…

Non riesco a togliermi dalla testa la facilità con cui Liam Parker se l'è cavata per aver osato far del male a ciò che è mio. Molti non direbbero che se l'è cavata facilmente, visto che ha dovuto staccare un assegno a sei zeri, ma io sì: per me dovrebbe essere torturato a morte.

Ho deciso di prendere in mano la situazione e di fare qualcosa per cui, se Kay lo scoprisse, probabilmente mi strapperebbe le palle...

Ho chiesto a JT alcune informazioni in più riguardo a Carter King. Nessuno sembra saperne molto su di lui, ma da quel poco che sono riuscito a scoprire, controlla molto di più delle corse clandestine a Blackwell.

"Sei sicuro di volerlo fare?" mi chiede Trav dal sedile del passeggero della Shelby, mentre guardiamo quell'edificio assomigliante a un capannone che, a quanto mi ha detto JT, è la casa base di Carter King.

Guardo verso il mio migliore amico senza essere minimamente sorpreso del fatto che abbia insistito per venire; è con me fino alla morte.

"Sì," gli rispondo convinto. Mi preoccuperò *dopo* delle possibili conseguenze; se significa sistemare i conti una volta per tutte, preferisco chiedere a Kay il perdono, piuttosto che il permesso.

Mi tiro su il colletto del cappotto per proteggermi dal freddo invernale, esco dalla Shelby e mi avvicino all'edificio a tre piani. JT mi ha mandato un messaggio per dirmi che Carter mi sta aspettando, quindi almeno ciò gioca a mio favore.

Quando busso, King mi apre e mi accompagna verso lo stesso garage dove io e Kay abbiamo litigato quando mi sono intrufolato a uno dei suoi Balli Regali, solo che questa volta, vicino alla Camaro, c'è parcheggiata la sua Corvette. Posa una carta elettronica davanti a un sensore e, una volta aperta la porta, accediamo a quello che con tutta probabilità è il lato residenziale dell'edificio.

Purtroppo per me, sono troppo perso nei miei pensieri per apprezzare la bellezza dell'ambiente. Lascio che ci guidi al bancone del bar all'angolo e, giunti lì, ci sediamo sugli sgabelli.

"Te lo devo chiedere." King allunga il braccio all'interno di un minifrigo, tira fuori due birre e le fa scivolare sul bancone verso me e Trav. "Sei *assolutamente* certo di volerlo fare?"

Il fatto che chiunque abbia messo al corrente del mio piano abbia dei dubbi dovrebbe farmi riflettere, ma sono troppo determinato ad andare fino in fondo per tirarmi indietro. Occhio per occhio; o, nel caso di Liam, osso rotto per osso rotto. Annuisco.

"Ok." Rassegnato, King incrocia le braccia e si appoggia contro lo scaffale colmo di bottiglie di liquori. "Possiamo organizzarci in maniera che Liam non sappia che sei stato tu..."

"*Voglio* che sappia che sono stato io," dico, interrompendolo. Negli occhi gli compare una scintilla di rispetto; si ferma e mi squadra. Certo, sarebbe più intelligente celare la mia identità a Parker, ma così facendo vanificherei il messaggio che voglio trasmettergli.

"Beh, allora..." Si interrompe nuovamente, ma stavolta a causa di un'altra porta che si apre violentemente, quando Savvy fa irruzione nella stanza.

"Cart, hai dei cerotti? Prince non stava facendo atten..." Stavolta è Savvy a bloccarsi bruscamente quando nota che il fratello non è da solo. "Mase?"

"Ciao, Savvy," la saluto, mentre Carter le si avvicina e le solleva le dita strette attorno all'avambraccio.

"È stato un incidente, amico, te lo giuro." Wesley Prince, il braccio destro di Carter, entra a lunghe falcate, ormai senza fiato. "*Ma reine*, mi dispiace."

Carter fa un gesto verso di lui mentre pulisce il lungo taglio che attraversa il braccio di Savvy. "Tranquillo, Wes. Non sei il primo a ferirla durante l'allenamento."

"Che ci fai con i giocatori di football?" Savvy muove un dito tra me e Trav. "C'è anche Kay?"

"No," risponde Carter.

"Allora... *cazzo*." Savvy sibila dal dolore quando lui le mette del disinfettante sulla ferita. "Tu corri con le macchine, non giochi a football. Che succede?"

Sono sorpreso da quanto sia facile leggere il dubbio sul volto di Carter, mentre valuta se dirle la verità o meno. "Mason mi ha chiesto aiuto per sistemare la storia con Parker."

"Oh mamma mia!" Savvy stacca il braccio dal fratello per applaudire emozionata; mi ricorda molto le reazioni della sua migliore amica. "Ti prego, ti prego, *ti prego*, lascia che ti aiuti anch'io."

"No."

"Oh, andiamo, Cart," mugola. "Voglio esserci anch'io quando lo pesterete a sangue."

"Savvy," dice King mentre le afferra nuovamente il braccio e finisce di applicarle i cerotti sulla ferita.

"Oooh, possiamo anche strappargli le unghie?"

"Savvy." Stavolta sembra più un avvertimento.

"Che c'è?" Alza le spalle con fare innocente. "Con quello che ha fatto, è il *minimo* che quel coglione si merita."

"Brutale," mormora Wes, ma Savvy ha un'aria ancora più orgogliosa: alza le spalle e raddrizza la schiena.

"No," ripete King.

"Carter." Ne scandisce per bene il nome.

"Samantha." Il tono è definitivo, la conversazione è chiusa; Savvy sbuffa dalla frustrazione. *Samantha?*

"Odio quando mi chiami col mio nome vero." Incrocia le braccia, assumendo la tipica espressione arcigna delle adolescenti.

"Se ti chiami Samantha, come mai ti chiamano Savvy?" Trav pone la domanda che avevo sulla punta della lingua.

"È un mix tra 'Samantha' e 'selvaggia', per la sua propensione a strappare unghie e robe del genere," spiega Wes, facendo pavoneggiare nuovamente Savvy.

Sento il telefono vibrarmi in tasca, ma lo ignoro: la discussione è appena cominciata. Qualche secondo dopo, tuttavia, suona anche quello di Trav; a quel punto, tutti i nostri piani cambiano.

CAPITOLO 54

KAYLA

"Uff," grugnisce Em, mentre getta il telefono sulla scrivania con un *bam* non appena mi fermo sulla soglia di camera sua; mi appoggio allo stipite della porta per vedere se è pronta a uscire, così possiamo incontrarci con G e CK per la cena.

"Ancora tuo papà?" le domando, quasi timorosa di sapere quale sarà la risposta.

"Mamma, stavolta." Si infila le mani nei capelli e tira su le ciocche al punto che riesco a vederle il cuoio capelluto.

Il senatore Logan e signora sono tutt'altro che entusiasti della frequenza con cui la loro figlia appare nelle foto del profilo Instagram UofJ411, e in quelle sui siti di gossip dove si parla di "come la stella Mason Nova sta veramente passando il suo tempo, ora che non si deve preparare per la selezione della National Football League".

Il più delle volte, durante l'anno e mezzo che ha frequentato l'Università di Jersey, Em è passata inosservata. Nel nostro primo semestre, una sorellanza ha cercato di reclutarla, dato che la madre ha fatto a sua volta parte di un'associazione simile; dal canto suo, Em si è rifiutata non appena si è resa conto che la volevano più che altro perché è figlia di un senatore. È per questo che Em detesta la vita delle confraternite. A parte ciò, molti non sanno che la ragazza con le sopracciglia perfette che fa la cheerleader alle partite di football o di basket proviene da una famiglia che fa a gara con i Kennedy.

Purtroppo, le cose non stanno più così. Un danno collaterale di tutta questa storia è che i miei problemi si sono riversati su Em e sulle mie coinquiline.

"Cosa ti ha detto?" Mi raddrizzo e la prendo a braccetto dopo che si è infilata la borsa a tracolla.

"Oh, sai…" Em agita una mano in aria. "Voleva che mi ricordassi della mia immagine e robe del genere." Si mette una mano sul collo, fingendosi costernata. "Non sia mai che mi comporti da studentessa universitaria e vada a lezione vestita in pantaloni della tuta e felpa."

Vi verrebbe da pensare che sia il padre, il senatore, quello preoccupato dell'immagine della figlia… invece no, l'onore va alla signora Logan.

"Mi dispiace."

"Pfft." Agita una mano nella mia direzione e, a giudicare da come inarca il sopracciglio, deve pensare che io sia ridicola. E anche se fosse? Il senso di colpa che provo è sufficiente a tenermi sveglia la notte. "Ho promesso di aiutare a 'fare pubbliche relazioni' non appena torno a casa," fa delle enormi virgolette in aria, sollevandomi il braccio, "ma la prossima volta che fai una videochiamata con JT, ricordami di dirgliene quattro. Mi sarebbe stato utile vantarmi di essere ancora una volta campionessa nazionale, se due settimane fa la Blue Squad non ci avesse battuto."

Ecco perché io ed Em siamo diventate migliori amiche. Insieme è facile essere noi stesse e lasciar perdere tutte le altre stronzate.

"Q, sei pronta?" la chiamo.

"Sì." Balza fuori dalla stanza e va verso il corridoio di fianco a camera sua. "E tu, Bailey?"

Non sono ancora così in confidenza con la mia terza coinquilina, ma cerco di sforzarmi ogni volta che mi è possibile. Non ci ho pensato due volte a invitarla a unirsi a noi per la nostra cena a base di tacos in una delle mense del campus.

"Sì." Bailey, quando si unisce al quartetto, sta digitando qualcosa al cellulare. Anche se noi (inclusa Em, particolare che dispiacerebbe molto della signora Logan) siamo vestite in leggings, Ugg e felpe taglia extra-large, con la mia che recita *Se non ti piacciono i tacos, non fai per me*, Bailey indossa un paio di jeans e una maglietta aderente a pancia scoperta con le maniche lunghe.

Stiamo discutendo della possibilità di assistere alla partita di basket di G, quando, non appena uscite dall'appartamento, veniamo assalite dai flash delle macchine fotografiche e dalle urla di due paparazzi.

"Ahia," urla Em mentre inciampa all'indietro, trascinandomi con sé, per sfuggire dai fotografi.

Una volta in piedi, sussulto quando vedo del sangue colarle da una ferita sulla fronte. Q si mette tra noi e i fotografi, che non dovrebbero nemmeno avere accesso all'edificio... ma chi sto prendendo in giro? Mase entra ed esce quando vuole senza problemi; perché non dovrebbero riuscirci loro?

Indietreggiamo tutte insieme fino a quando non siamo nuovamente all'interno dell'appartamento. Em tiene la mano premuta sulla fronte per fermare il sangue che le sgorga dalla ferita; quando la toglie per farmela vedere, è peggiore di quel che pensassi.

"Credo che dovranno metterti i punti." Sfioro delicatamente la ferita e uso la manica della felpa per pulirle il sangue dagli occhi.

"Porca *troia*, che male," impreca Em.

Le rimetto la sua mano sulla ferita, prima di andare in bagno e prendere il kit di pronto soccorso. Dubito di riuscire a fermare del tutto l'emorragia, visto che le ferite alla testa sanguinano moltissimo, ma posso quanto meno pulirgliela; uno degli impacchi di ghiaccio istantaneo aiuteranno a tenere a bada il gonfiore prima che i medici dell'ospedale possano darle un'occhiata.

"Come accidenti facciamo a uscire di qui, con quelli lì fuori?" Q allunga un braccio verso l'esterno, la presenza dei paparazzi è ancora ben udibile dietro la porta chiusa.

"Chiama la sicurezza," suggerisco.

"Chiama anche G e digli che non ci saremo," aggiunge Em, facendo il broncio: ci perderemo la serata dei tacos.

Poco tempo dopo, la sicurezza arriva e caccia i paparazzi. Q non chiama G fino a quando noi tre (Bailey ha deciso di rimanere in disparte) non siamo salite su Pinky. Non vogliamo rischiare che G venga qui mentre i paparazzi sono ancora nei dintorni e si metta nei guai perché ha deciso di giocare a fare Hulk. Il nostro amico sarà anche un gigante buono, ma quando vede che qualcuno ha fatto del male a una donna è capace di tutto. A proposito di questo, riesco a sentirne le urla attraverso il telefono, anche se non è in vivavoce.

Visto che le ferite di Em non sono gravi, dobbiamo aspettare mezz'ora prima di entrare nel pronto soccorso, e altri trenta minuti prima di incontrare un chirurgo plastico di nostra conoscenza.

"Signorina Dennings," esclama sorpresa la dottoressa Nikols quando apre la tenda che separa l'area di Em dal resto del pronto soccorso. "Ci incontriamo di nuovo."

"Già." Involontariamente, mi sfioro lo zigomo che mi ha rimesso a posto. "Anche se stavolta non sono io la paziente."

La dottoressa Nikols saluta calorosamente Em, dato che l'ha riconosciuta dalla volta in cui è stata in mia compagnia dopo l'operazione. Con un cipiglio, la dottoressa fa un passo fuori dalla tenda per controllare qualcosa.

"C'è qualcosa che non va?" domanda Q; dopo quanto accaduto prima, emotivamente siamo stanchissime.

"No, niente," risponde la dottoressa Nikols sorridendo. "Stavo solo aspettando il resto del vostro entourage." La descrizione perfettamente accurata del nostro gruppo mi fa ridere per la prima volta in quasi due ore.

Io e Q stringiamo le mani di Em mentre la dottoressa Nikols le pulisce la ferita e poi la sutura. Una volta finito, sono necessari quattro punti per richiudere il taglio che, presumiamo, sia stato fatto dal bordo di plastica dell'obiettivo di una macchina fotografica.

Stiamo aspettando che l'infermiera porti i documenti per la dimissione di Em, quando sentiamo delle voci maschili piuttosto alte; pochi secondi dopo, la tenda si spalanca con una forza tale da staccare due degli anelli che circondano il binario metallico. Appaiono Mase e Carter, entrambi respirano affannosamente come se avessero corso una maratona.

"Mase?" domando, ma il resto della frase si perde quando mi preme la faccia contro il petto in un abbraccio soffocante.

"Perché. *Cazzo.* Non mi hai chiamato?" mi chiede.

"Che ci fai qui?" La domanda di Em mi ricorda che, con Mase, c'è anche un'altra persona.

Infilo le mani tra il mio corpo e quello di Mase, e gli spingo contro i muscoli duri fino a quando non ho abbastanza spazio per respirare e vedere gli altri.

"Casanova," noto subito il sorrisetto sul volto di Carter quando chiama Mase col suo soprannome, "ha ricevuto una chiamata in cui gli è stato detto che eri finita in ospedale."

"Non sto parlando di Mason." Em indica verso il mio ragazzo, che non mi ha ancora lasciata andare del tutto. "Anche se, a essere onesta, sono sorpresa che ci abbia messo così tanto. Ma cosa ci fai *tu*," allunga un dito verso Carter, "qui?"

L'espressione spaventata di Carter sparisce completamente, sostituita da una maschera di frustrazione. A giudicare da come stringe le dita, credo che voglia strangolare Em. Adesso sono io quella che vorrebbe premere la faccia contro Mase, ma questo *non* è affatto il momento appropriato per mettersi a ridere.

"Faccio male ad assicurarmi che tu stia bene?" chiede Carter con la mandibola tesa.

Em fa spallucce, indifferente. "Non vedo in che modo siano affari tuoi."

"*Mamma mia.*" Carter si strappa il berretto dalla testa e lo sbatte contro la coscia, ruggendo. "Sei. Davvero. *Irritante.*"

"C'è qualcosa che mi sono perso, vero?" Mase si china per sussurrarmi nell'orecchio, tirandomi fuori da quella tensione piena di erotismo che fa capolino ogni volta che Em e King trascorrono un certo periodo di tempo insieme.

Sto per spiegargli quella dinamica interessante, quando mi sorge *un dubbio*. "Aspetta un attimo." Stavolta, quando spingo per farmi spazio, non mi fermo finché non riesco a liberarmi. "*Tu che ci facevi con King?*"

Non ha senso. Io e Carter siamo in buoni rapporti, lui è molto amico di JT, ma non siamo intimi a tal punto da spingere Mase a fare amicizia con lui. Se proprio avesse voluto passare più tempo con uno dei fratelli King, sarebbe stato più logico scegliere Savvy, visto quanto tempo trascorro io in compagnia di Tessa.

A quel punto, come in un gioco di enigmistica, unisco tutti i puntini.

Porca troia. Si tratta di Liam.

Incazzata, e con il disperato bisogno di trovare un posto appartato dove fargli una bella lavata di capo per la mentalità da uomo di Neanderthal, gli avvolgo quanto più possibile la mano attorno all'ampio polso e lo trascino fuori dal cubicolo.

Guardo prima a destra, poi a sinistra, alla ricerca di un'area appartata. Trovo uno sgabuzzino: lo spingo dentro e chiudo entrambi all'interno di quel piccolo spazio.

Con il respiro affannoso, prego di sbagliarmi.

"Ti prego, dimmi che non sei andato a Blackwell per incontrare King," gli chiedo disperata, sperando di essere solo saltata a conclusioni affrettate.

Solo che, quando volta lo sguardo a sinistra, ormai incapace di guardarmi negli occhi, conferma ciò che sospettavo.

JT, ti ammazzo.

"Cazzo." Do un calcio a un secchio, facendolo volare contro il muro. "Avrei dovuto *capirlo*, quando tu e JT facevate gli amiconi in Florida."

Con la storia di venire a sostenere le cheerleader, Mase e i ragazzi si sono uniti a noi quando abbiamo partecipato ai campionati nazionali della Universal Cheerleader Association, il weekend successivo alla vittoria della squadra di football.

Lì per lì pensavo che fosse una segnale positivo, la prova definitiva che Mase non era più geloso del mio migliore amico, ma in realtà stava solo cercando di ottenere informazioni.

So che, proprio come tutti, crede che non avrei dovuto farla passare tanto liscia a Liam, ma non capisce che l'ho fatto per lui? Non capisce che chiedere come e perché Carter King, ad appena ventidue anni, sia considerato "potente" in città non può portare a niente di buono?

"Mason." Mi aggrappo alla sua maglietta e gliela tiro finché non mi guarda. "Ti prego, *ti prego*, lascia perdere. Non farti giustizia da solo. Non ne vale la pena, per Liam."

Per quanto lo senta fremere dalla rabbia, il modo in cui mi stringe il viso tra le mani è anche troppo delicato.

"Deve pagare per ciò che ha fatto," risponde con tono burbero.

"Non lo nego, ma non può essere per mano *tua*." Adesso tocca a me prendergli il viso tra le mani, abbassandoglielo fino a quando le nostre fronti non si toccano e sentiamo l'uno il respiro dell'altra. Un respiro dopo l'altro. Un battito dopo l'altro. "Se farai *così*, gliela darai vinta. Gli darai esattamente ciò che vuole. *Ti prego*, non farlo, Mason."

Capisco che voglia far del male a Liam, ma non varrebbe la pena affrontare le conseguenze che ne deriverebbero.

Emette uno sbuffo caldo sul mio viso e mi stringe le dita attorno ai capelli talmente forte da farmi male al cuoio capelluto. "Odio quando mi chiami Mason."

Per la prima volta dopo diversi minuti, sento che sta sorridendo; anch'io sollevo gli angoli della bocca. "Lo so." Gli scorro delicatamente i polpastrelli sui bordi delle orecchie, facendolo mugolare. "Ma è l'unico modo per farmi prendere sul serio."

"Ti amo tantissimo, piccola."

Non mi importa quante volte me lo ripeta; non mi stancherò mai della sensazione di calore che sento nel petto ogni volta che me lo dice. Gli accarezzo il viso con la mano sinistra e gli accosto alle labbra l'anello che indosso per lui.

"Proprio perché mi ami ho bisogno che lasci perdere. Lascia che sia il karma a pensare a Liam Parker." Arriccio il naso. "Ho sentito che è veramente crudele."

"Sei davvero una sbruffoncella."

A quelle parole, sento il panico sparire.

"Non fingere che non sia una delle tue qualità preferite di me." Mi sollevo sulle punte dei piedi e lo bacio, perdendomi come sempre in lui.

"La mia sbruffoncella dai capelli arcobaleno," mi dice contro le labbra, prima di afferrarmi il sedere, sollevarmi e premermi contro il muro.

Gli sfioro la visiera del cappello al contrario, mentre mi aggrappo a lui con tutta me stessa. Attraverso il sottile materiale dei miei leggings, l'erezione trova facilmente il punto in cui ho più bisogno di lui e si struscia contro il clitoride.

Gli faccio scivolare le mani sotto il bordo della maglietta, sollevandola mentre traccio le linee di quei deliziosi addominali; stiamo per dare inizio ai giochi, quando la porta dello sgabuzzino si apre e veniamo travolti dalla luce accecante proveniente dal corridoio.

Le nostre bocche si separano con uno schiocco udibile, e lì, ad aspettare che ci ricomponiamo, ci sono l'infermiera Vicki, dall'aria divertita, ed Em, per nulla sorpresa di trovarci così.

"Potete mettere in pausa la vostra replica di *Grey's Anatomy*, così ce ne possiamo andare?" chiede Em; so che adesso, per il resto dei miei giorni, mi prenderà in giro per quello che ha visto ogni volta che riguarderemo la serie.

Non è affatto così che mi ero immaginata la mia serata.

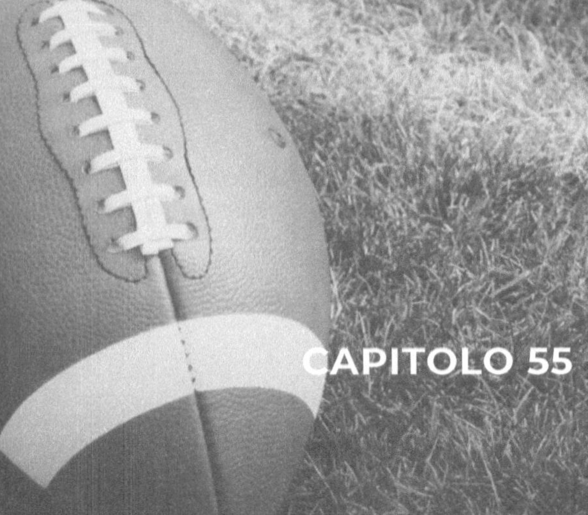

MASON

Mentre io e Kay risolvevamo le nostre divergenze nello sgabuzzino, abbiamo ricevuto due chiamate molto importanti, di quelle che ti possono sconvolgere l'esistenza.

La prima è stata da parte di G; sì, so che adesso, proprio come Trav, ho preso anch'io l'abitudine di chiamare Grayson G.

A quanto pare, mentre Quinn e Kay stavano portando Em in ospedale, Bailey è andata alla sede dell'Alpha Kappa e G ha ascoltato una conversazione molto interessante tra la quarta coinquilina delle ragazze e Adam. Sembra proprio che due delle maggiori fonti di foto, sia per UofJ411, sia per i media, dormivano a pochi metri di distanza da noi. I due speravano che l'attenzione si riversasse anche su di loro e che potessero ottenere il loro quarto d'ora di notorietà.

Ferma tutto, time out. Il mio coach interiore fa una T con le mani. *Guardami mentre imito la tua ragazza e alzo gli occhi al cielo. Volevano essere Insta-celebri. *alza gli occhi al cielo**

E non ha preso *affatto* bene la notizia: Bette ha dovuto nascondergli le chiavi della macchina per impedirgli di venire fino all'Università di Jersey. Peccato, perché Adam meritava ben più del gancio destro che gli ha mollato G.

La seconda chiamata, che è anche il motivo per cui Kay si è chiusa nella doccia per gli ultimi quarantacinque minuti, era del senatore Logan. In pratica, ha detto a Em che, se avesse voluto continuare a frequentare l'Università di Jersey l'anno prossimo, non avrebbe più dovuto continuare a vivere con Kay.

Non posso dire di biasimarlo troppo, visto che, mentre parlava con la figlia, lei era in ospedale a farsi mettere i punti, ma non era per colpa di Kay.

Entrambe queste chiamate mi hanno spinto ad accompagnare le ragazze a Blackwell da Kay; Trav, poi, ha portato anche G e CK.

L'ultima volta che ho controllato, Em non se la passava tanto meglio della sua migliore amica, dopo la bomba che le ha gettato addosso il padre. L'ho lasciata alle cure amorevoli dei nostri amici in modo da concentrarmi solo su Kay.

Sto giocando ad affettare frutta come un ninja sul telefono, quando Kay entra nella stanza; è avvolta in un asciugamano rosa, con i capelli chiusi in un altro telo. Spogliarmi fino a rimanere in mutande è stata una mossa calcolata, volevo aiutarla a ricordarsi che mi ha perdonato per il tentativo di allearmi con Carter e vendicarmi su Liam. A giudicare dal modo in cui cambia sorriso, da stanco a lussurioso, quando mi squadra il fisico quasi nudo, ho avuto successo.

Mentre si avvicina, fino a giungere ai piedi del letto, non mi stacca mai gli occhi di dosso. Si inginocchia, sale sul letto e non si ferma finché non si mette a cavalcioni su di me, posandomi il sedere morbido sulle cosce.

Un profumo di vaniglia e menta mi invade i sensi, mentre mi appoggia gli avambracci sulle spalle, mi avvolge la nuca con le mani e giocherella con i capelli dietro al collo. Amo talmente tanto quando lo fa che sembro Herkie quando viene grattato dietro le orecchie.

"Ehi," dice Kay, gli occhi grigi le si addolciscono quando guardano le mie iridi verdi.

Con delicatezza, le appoggio le mani sulle curve delle ginocchia piegate. "Ehi." Mi assicuro di tirare fuori le fossette.

"Sono felicissima di averti nel letto," dice senza fiato. "Dopo quello che è successo oggi, mi serviva."

Quell'ammissione mi colpisce. La mia ragazza, sempre forte, in questo momento è debole, e adoro il fatto che si rivolga a me per rimettere insieme i cocci. Adesso non è il momento di preoccuparsi. È giunta l'ora che io la distragga dai suoi problemi.

"Sai che non rifiuto mai la possibilità di trovarmi a letto con te."

"Pervertito." Fa un sorrisetto, sento la tensione della giornata abbandonare il suo corpo.

"Solo per te, piccola."

Le faccio scorrere lentamente le mani sulle cosce nude, poi lei respira tra i denti quando le sente sparire sotto il bordo dell'asciugamano. Le sfioro con i pollici le labbra depilate in una carezza stuzzicante. Continuo a risalirle lungo il corpo, seguendo l'asciugamano. Quando arrivo al punto in cui è stretto ai seni, spingo le mani in alto fino a sciogliere il nodo. A questo punto, prendo un'estremità in ogni mano e lo apro, come se stessi spacchettando un regalo di Natale.

Centimetro dopo centimetro, il suo corpo nudo mi viene svelato; non importa quante volte l'abbia visto, non mi stanca mai. È una dea. Talmente perfetta da essere fisicamente impossibile. È minuta e atletica, con arti tonici e curve da urlo.

I seni mi traboccano dalle mani quando li strizzo, eppure rimangono sempre sodi. Si lamenta sempre della sua carnagione chiara, ma adoro vedere il modo in cui il suo tono pallido contrasta con la pelle olivastra che mi hanno donato le origini italiane.

Anche se è più compatta della media, riesce ad avere una perfetta figura a clessidra. Ha la vita stretta e, grazie all'allenamento da cheerleader, ha gli addominali ben definiti e i fianchi fatti per essere afferrati.

Non fatemi nemmeno parlare del suo sedere. Voglio dire, è assolutamente *perfetto*. Ringrazio il cielo tutti i giorni per ogni singolo squat che Kay ha fatto per averlo tonico e rotondo; non posso fare a meno di sculacciarlo e, ogni tanto, mordicchiarlo. Certo, non è grande quanto quello di J-Lo, ma sporge abbastanza da spingermi a toccarlo e schiaffeggiarlo ogni volta che ne ho occasione.

Per essere alta a malapena per poter salire sulle giostre, ha un corpo da urlo. Ancora una volta, grazie agli allenamenti, ha delle cosce sode e muscolose, niente smagliature. Quando indossa quei leggings che adora tanto, non riesco a trattenermi da stringergliele e strizzargliele. E poi, il modo in cui me le avvolge attorno alla vita… erezione istantanea.

A proposito di erezioni, quella che ho in questo momento è una delle migliori che abbia mai avuto: la punta dell'uccello mi sporge dai boxer. Ordino al mio membro che, per adesso, deve rilassarsi, e mi concentro sull'esempio di bellezza che ho letteralmente in grembo.

Le allontano i riccioli ribelli dalla spalla e scendo con la punta delle dita lungo la clavicola fino a raggiungerle i seni; li soppeso, li sollevo, li strizzo. I capezzoli rosa mi scivolano in mezzo alle dita; li stringo, li tiro delicatamente, facendola mugolare.

Anche la mia bocca si unisce alla festa, seguendo lo stesso percorso delle mani. Prima le bacio il punto in cui il collo incontra la spalla, certo che riesca sempre a farle scendere un brivido lungo la spina dorsale. Con i denti, le sfioro delicatamente la protuberanza della clavicola, poi la accarezzo con la lingua.

Porto le mani sotto le tette, le sollevo e mi porto un capezzolo in bocca. Dopo aver stuzzicato il primo quanto basta perché Kay mi si contorca in grembo, dono la mia attenzione all'altro, riservandogli lo stesso trattamento.

Da come mi stringe le dita tra i capelli, e dall'umidità che lambisce il tessuto sottile che mi copre il pacco, capisco che non mi darà la possibilità di stuzzicarla troppo a lungo.

"Mase." Fa uno di quei mugolii così sexy che mi bagno a mia volta. "Smettila di provocarmi."

Sorrido attorno a un capezzolo. "Non so di cosa tu stia parlando, piccola," le rispondo facendo il finto tonto.

"Sì… certo." Si morde le labbra per trattenere un altro mugolio.

Continuo la mia traiettoria verso il basso lungo il suo corpo, i muscoli dell'addome le si contraggono quando vi faccio scorrere le dita sopra.

Prendendole i fianchi, le faccio scorrere le mani avanti e indietro sulla pelle setosa, poi le immergo le dita nella terra promessa tra le gambe.

Porca troia.

È completamente fradicia, ha il clitoride così gonfio che probabilmente ci metterà molto poco a venire.

Le metto un braccio attorno alla vita e la sollevo quanto basta per togliermi le mutande. Quando la rimetto giù, mi posiziono in linea con il suo ingresso e spingo dentro mentre la faccio rotolare supina sotto di me. Il suono che fa ogni volta che le entro dentro è un mix eccitante tra un mugolio e un sussulto; ogni volta che lo sento, mi ci vuole ogni grammo di autocontrollo per non venire subito.

Lentamente, oh, molto lentamente, affondo dentro di lei fino alla base. Le tengo un braccio stretto attorno alla schiena, con il gomito contro il fianco e l'avambraccio allungato nell'incavo delle scapole, in modo da stringerla tra le spalle con una mano. Con la mano libera le avvolgo la parte posteriore della coscia e le tengo la gamba stretta attorno al mio fianco, così che sia ben divaricata per accogliermi *a fondo*.

La passera mi si stringe tanto attorno che sento Kay venire.

Ho un ritmo rilassato ma intenso, mentre continuo a spingere lentamente attraverso il suo orgasmo.

"Occhi aperti," le dico; quando incrociano i miei, sono quasi completamente neri e vedo una sottilissima macchia di grigio.

Dentro.

Fuori.

Spingi.

Tira.

Il suo corpo mi stringe l'uccello; quando lo tiro fuori fino alla punta, per poi affondare di nuovo, non vuole lasciarlo andare.

Stacco le dita dalla spalla e gliele avvolgo attorno ai riccioli. Tiro, piegandole la testa per un bacio famelico; le nostre bocche ingoiano i mugolii a vicenda.

Il formicolio alle palle mi avverte che sono prossimo all'orgasmo, ma mi rifiuto di venire prima che lei ne abbia un altro. Che posso dirvi? Sono un tipo esigente, almeno dal punto di vista atletico. Cerco sempre di assicurarmi che lei venga più di me. Non credo proprio che possa lamentarsi di ciò.

Ruoto i fianchi, così da sfiorarle il clitoride a ogni pompata, ed eccola lì. Mi affonda i denti nella spalla, abbastanza forte da lasciare il segno, non appena mi viene sull'uccello per la seconda volta, drenando ogni goccia del mio orgasmo.

Pigramente, continuo a pompare finché i rispettivi orgasmi non scemano. Quando le ultime ondate di piacere ci abbandonano, rotolo in modo da ritrovarci entrambi distesi di lato senza schiacciarla; lascio l'uccello semi-duro dentro di lei ancora un po'.

Kay fa scorrere il pollice sul punto in cui mi ha morso. "Credo che ti lascerà il segno."

"Bene." Bacio la piccola V che le si è formata tra le sopracciglia per la preoccupazione. "Domani, quando vedrò i ragazzi per l'allenamento, mi assicurerò di togliermi la maglietta."

"Non pensarci nemmeno." Mi dà una pacca giocosa sul petto, e mi io porto la sua mano alla bocca, baciandole le punte delle dita.

"Oh, no. È la prova che, anche se mi sono accasato, sono pur sempre Casanova."

"Non fare lo scemo," mi rimprovera.

Le poso un bacio sulle labbra imbronciate. Con un braccio sotto la schiena, la sollevo e ci giriamo in modo che da avere entrambi la testa effettivamente sui cuscini, invece che ai piedi del letto.

"Ti senti meglio adesso?" le chiedo, sorridendole contro la punta della testa.

"Mmmhmm." Kay sospira e mi si accoccola contro ancora di più.

Adoro i momenti come questo, in cui è così docile e mansueta.

"Posso chiederti una cosa?" Maledico me stesso quando la sento irrigidirsi; le passo una mano sulla schiena e la stringo più forte. "Non è niente di brutto, te lo prometto. È solo che è da molto che sono curioso."

"Va bene…" Odio il fatto che suoni ancora timorosa.

"Qual è la storia dietro questo gesto?" Pigramente, sollevo il braccio libero e metto le dita a forma di Y.

"Oh santo cielo." Rimango incantato dal modo in cui i seni le sobbalzano per le risate. "Era *questo* che volevi sapere?"

"Sì." Ho intuito che c'era una storia dietro, e da allora sono curioso di conoscerla.

Kay inizia a spiegarmi che il primo anno in cui lei e JT si sono uniti agli Admirals, avevano dodici anni (l'età minima) ed erano nervosissimi per il fatto di fare cheerleading con i ragazzi "più grandi" (parole sue, non mie). È stata molto, *molto* dura non fare una battuta sull'altezza.

"E era l'unico in grado di tranquillizzarmi quando ero

talmente nervosa che mi veniva da vomitare," spiega, raccontando nel dettaglio come, durante la prima gara come Admirals, E è saltato in piedi e ha esultato come un matto fino a quando non sono riusciti a vederlo sugli spalti. "Quando ha visto che lo guardavamo, ha sollevato le braccia e ha fatto quel gesto per ricordarci che era *tutto a posto*."

Se avessi sentito questa storia prima di conoscere E personalmente, non ci avrei creduto. È davvero difficile immaginare uno dei *tight end* più massicci della National Football League rendersi ridicolo a una gara di cheerleading. Adesso, invece, non mi aspetterei altro, vista la determinazione con cui i membri della loro famiglia si sostengono a vicenda.

"E ha detto che devi essere speciale, per usare una tradizione della nostra famiglia senza conoscerne la storia," dice sbadigliando. "Possiamo dormire adesso?"

"Sì, Skittles." Ridacchio mentre mi faccio strada sotto le coperte.

"Ti amo, Cavernicolo," mormora sbadigliando nuovamente. Prima ancora che possa risponderle, si è addormentata.

Certo che la amo. Tantissimo. Il fratello potrebbe anche pensare che io sia speciale, ma io sapevo che Kay lo era dalla prima volta che l'ho vista al Nido. Con un sorriso e un'alzata di occhi, questo piccolo folletto che non arriva a un metro e mezzo di altezza mi ha messo col culo per terra e mi ha stregato il cuore senza nemmeno provarci.

KAYLA

A faccia in giù sul letto, sento il materasso abbassarsi quando Herkie balza su, si mette vicino a me e mi appoggia la testa sul fondoschiena con un sospiro soddisfatto.

Qualcuno è contento che la sua umana sia a casa.

Sono così stanca che dormirei per un mese, ma devo alzarmi per studiare. Perdere una settimana di lezioni per essere andata nuovamente in Florida, stavolta per i mondiali, non è uno scherzo; specie quando bisogna rimanere al passo con gli studi.

Cinque minuti, dico a me stessa, senza neppure disturbarmi a piegare la testa quando il cuscino mi soffoca. Troppa fatica.

"Accidenti, questo cane è il *peggior* blocca-sesso della storia." Mase si sdraia dietro di me per avvolgermi.

"Sono troppo stanca per funzionare, figuriamoci per fare sesso con te," dico; Herkie emette un ululato quando perde il suo "cuscino".

La risata profonda e sexy di Mase mi vibra contro la schiena. "Dico solo che dovresti rinominare *lui* Cavernicolo. Questo cane è più possessivo di me."

"Impossibile," rispondo con tono piatto.

"Sbruffoncella." Mase mi si struscia contro il culo, l'erezione che mi punzecchia mi dimostra che avevo ragione riguardo alle sue intenzioni. Non gli rispondo solo perché sono fiera di essere chiamata così.

Il sospiro di Mase mi sfiora la sommità della testa quando Herkie inizia a leccargli ripetutamente la mano che mi tiene aperta sull'addome. Potrà anche lamentarsi del mio cane, ma sappiamo bene che anche quella bestia lo ama.

I successivi cinque minuti (beh, qualcuno in più) li trascorro crogiolandomi tra le forti braccia che mi stringono e inspirando il fresco profumo di sapone che amo tanto. Qui, con Mase, in questo modo… è proprio la mia definizione di felicità.

Negli ultimi due mesi, le cose non si sono ancora sistemate del tutto, ma abbiamo fatto del nostro meglio per gestire quella che è diventata la nostra nuova normalità.

Scoprire che Adam e Bailey erano serpenti più infidi di quanto potessimo mai sospettare ha fatto sì che vivessimo tutti a disagio nelle nostre stesse case.

Mase e Brantley quasi non si parlano. La situazione tra loro è incredibilmente tesa: Mase si rifiuta di cambiare idea riguardo alla selezione della National Football League e ha persino rinunciato al padre come futuro agente. Spero che, eliminando il lato professionale dalla relazione, quello personale possa iniziare a ripararsi. So meglio di chiunque altro quanto sia importante dare valore alla famiglia.

Con un grugnito, faccio del mio meglio per tirarmi fuori dalla presa di Mase e mi sollevo fino a sedermi sul letto. Mi sfrego gli occhi prima di passarmi le mani nel groviglio indistinto di riccioli che sono certa di avere in questo momento. Usando l'onnipresente elastico per capelli che tengo al polso, li raccolgo velocemente in uno chignon disordinato; mi basta solo tenerli lontano dal viso, adesso non ho proprio la pazienza di occuparmene.

Con la conclusione dei mondiali, la stagione del cheerleading è tecnicamente finita, ma ciò non significa che il mio lavoro alla Caserma sia terminato… tutt'altro. Dobbiamo occuparci di tutti gli aggiornamenti, dei comunicati stampa e della pianificazione del banchetto di fine anno per celebrare i nostri diplomati, nonché della cerimonia dell'anello per i campioni del mondo. Già, proprio così: entrambe le mie squadre, gli Admirals e le Marshal, ieri hanno vinto l'oro.

Questo weekend, invece che allenarsi, tutte le squadre si

raduneranno alla Caserma: faremo una grande cerimonia per appendere i nuovi striscioni e posizionare al loro posto d'onore i nuovi globi (così chiamiamo i trofei dei mondiali).

Dopo aver concluso gli ultimi compiti di questa stagione, ci concentreremo sulla prossima. Abbiamo solo un mese per prepararci alle audizioni. È impressionante il numero di nuovi membri (non appartenenti ai New Jersey Admirals) che si sono iscritti, nonché i video che hanno inviato coloro che non possono viaggiare per le audizioni. Vista la reputazione dei New Jersey Admirals nella comunità del cheerleading all-star, non è insolito che persone di altri stati o Paesi vogliano unirsi alle nostre squadre, ma la coach Kris crede che l'ulteriore afflusso di interesse sia dovuto al fatto che finalmente le ho permesso di pubblicare i filmati dei corsi miei e di JT.

Tutto ciò avverrà mentre dovrò lavorare per completare l'ultimo mese del semestre. Oh, ma quanto sono felice.

"Forza." Mase mi strattona per la mano, tirandomi fuori dai quei pensieri erranti. "Andiamo a prendere il caffè più grosso che offre l'Espresso Patronum, poi… ho qualcosa da mostrarti."

"Te l'ho detto… sono troppo stanca per il sesso. Non mi interessa quanto è carino il tuo uccello, ora non voglio vederlo." Trascino i piedi sul pavimento mentre mi lascio condurre a malincuore fuori dalla mia cameretta d'infanzia.

"Sai che amo quando pronunci questa parola magica," mi sussurra maliziosamente nell'orecchio, "ma nessuno vuole sentire definita la propria mascolinità come carina."

"Ma lo è." Faccio il broncio perché è vero. I peni, in generale, non sono belli, ma il suo lo è sicuramente. È lungo e dritto, e così spesso che le dita non si toccano quando ce le avvolgo attorno. Lo tiene sempre ben rasato, e quando ce l'ho a livello degli occhi posso apprezzare *tutto* il… pacco—perché dire "pacchetto" è riduttivo.

"Comunque…" Mi bacia dietro l'orecchio. "Carino no."

"E va bene," sbuffo. Sono stanca e irritabile, cosa volete? "Come *dovrei* chiamarlo allora?" gli chiedo sarcastica.

"Glorioso. Perfetto. Grosso come quello di un cavallo. Troppo grande da prendere in mano. Per dirne alcune."

Ovviamente sollevo gli occhi al cielo. "Mamma mia, quanto sei pieno di te."

Mi si mette di fronte e mi prende tra le braccia. "Solo quando *tu* non sei piena di me."

Giuro, è incorreggibile.

"Forza." Mi spinge verso l'ingresso. "Andiamo a caffeinarti, così possiamo farci un giretto."

"Uffa."

"Niente *uffa*," mi rimprovera scherzosamente. "Muoviti, Skittles."

Incurante dell'occhiataccia che gli sto rivolgendo, mi dà un bacio sulla testa, rendendomi effettivamente disponibile a fare ciò che vuole lui; poi mi conduce verso la Shelby.

Fedele alle sue parole, alcuni minuti più tardi parcheggia davanti alla mia caffetteria preferita. Dopo aver assecondato i flirt del proprietario Lyle, Mase ordina per me la tazza più grossa di caffè ghiacciato presente sul menù e per sé un più ragionevole caffè freddo medio.

Quando percorriamo la strada che conduce all'università, immagino che qualunque cosa voglia mostrarmi sia al campus. Sono molto confusa quando si ferma nel garage sotterraneo di un grattacielo di lusso a pochi chilometri dall'Università di Jersey. Mentre parcheggia la Shelby, gli lancio uno sguardo interrogativo; continua a ignorare i miei dubbi mentre gira attorno alla macchina e mi apre la portiera. Non appena noto le auto di mia conoscenza parcheggiate tutt'attorno, divento ancora più confusa.

Per quanto io cerchi di ottenere risposte, lui rimane in silenzio; entra in un ascensore, agita una tessera di plastica e la cabina inizia a salire. Il suo riflesso che mi osserva dalle porte di acciaio inossidabile non lascia trasparire nulla.

Quando l'ascensore si ferma e le porte si aprono, dall'altra parte non c'è un ingresso o un corridoio, come ci si aspetterebbe. No, entriamo direttamente in un appartamento... anche ben arredato, a quanto vedo.

Visto che non mi muovo, Mase mi prende la mano; mi accarezza le nocche col pollice mentre mi conduce fuori dall'ascensore e mi accompagna attraverso un piccolo atrio che si apre in un grande salone.

Gran parte della stanza è occupata da un grande divano grigio chiaro, spazioso a sufficienza per accogliere almeno una dozzina di persone; è rivolto verso una parete occupata da uno schermo piatto a ottanta pollici e un lungo caminetto a gas rettangolare. Sul pavimento c'è un tappeto a motivi geometrici in bianco e nero, e sopra di esso un enorme tavolino quadrato. Di per sé, lo spazio sembrerebbe freddo, ma i cuscini grigi e qualche tocco di rosso gli danno un tocco casalingo.

Oltre al divano, vicino alla vetrata alta fino al soffitto, c'è un'area separata composta da poltrone in pelle nera e da un tavolino con ripiano in vetro.

Mi aspetto che qualcuno venga fuori e ci saluti, ma non si presenta nessuno. Invece, continuo a seguire ciecamente Mase mentre mi trascina verso la vetrata fino all'ampio balcone, attraverso una porta di cui non si vede nemmeno la maniglia.

Una volta fuori, rimango senza parole; e non per le ampie assi di legno che corrono per tutta la larghezza del pavimento, o per lo spazio esterno da sogno. No, l'onore va alle persone che trovo lì fuori.

Perché sei sorpresa? Di sotto hai visto le macchine. Non apprezzo lo sfottò della mia cheerleader interiore mentre sto cercando di capirci qualcosa.

"Puffetta!" Trav, che stava girando degli hamburger sul barbecue alla mia destra, si ferma per salutarmi agitando la spatola, mentre G, che stava preparando dei cocktail al bancone di fianco, solleva un bicchiere per fare un brindisi.

"Ce ne avete messo, di tempo," commenta Alex e, quando guardo alla mia sinistra, vedo Kev annuire. Sono entrambi distesi sulle sdraio adornate da cuscini marroni che circondano una vasca idromassaggio incassata.

"Aaah," squittisce Q, facendo quasi cadere il piatto che sta sistemando davanti a una delle decine di sedie che circondano un altro enorme tavolo rettangolare, realizzato in ferro battuto in tinta con le sedie che circondano la vasca idromassaggio. Per ripararsi dal sole c'è un enorme ombrellone rosso. "Adesso ci siamo tutti."

CK la sta aiutando ad apparecchiare, disponendo diverse ciotole piene di cibo nello spazio libero.

"Come puoi dichiararti la mia migliore amica, se non mi hai portato un caffè?" Em mi strappa la tazza dalle mani, ne prende un goccio e me la ridà.

"Ehm…" balbetto. Perché sembra che io sia l'unica a non sapere cosa sta succedendo?

"Ancora non gliel'hai detto?" chiede Em a Mase.

"No. Ho pensato che sarebbe stato più impressionante se gliel'avessi fatto vedere direttamente."

Ho la bocca talmente spalancata che rischio di ingoiare qualche mosca.

"Beh, che aspetti?" dice Q agitando le mani. "Dai, dai."

"Il cibo sarà pronto tra dieci minuti," dice Trav, e Mase annuisce.

"Andiamo, Skit." Mi prende la mano e mi riporta dentro.

Passiamo davanti a uno dei tavoli da pranzo più grandi che abbia mai visto in vita mia; sono ossessionata dalla splendida lampada in stile *industrial funky* che lo sovrasta.

Più andiamo avanti, più lo spettacolo è maestoso: una cucina che è il sogno di ogni chef, una lavanderia, un bagno e diverse camere da letto. La mia confusione non fa che crescere quando vedo una delle casacche di E incorniciate al muro, così come una foto con un filtro seppia di Mase e i ragazzi che festeggiano la vittoria del campionato nazionale.

Le domande mi frullano in testa a ogni passo che facciamo su per la scala dalla ringhiera di vetro. Con tutta la luce naturale che filtra dalle finestre enormi, le ringhiere vetrate e il secondo piano in stile loft, le dimensioni già impressionanti dell'appartamento sembrano amplificate.

Sono talmente frastornata da tutto ciò che sta succedendo da non rendermi conto delle foto appese alle pareti, quando ci passiamo vicino. Ci sono altre stanze, ma Mase le ignora e mi guida lungo il corridoio verso il lato opposto della casa, fermandosi davanti a una porta chiusa.

Inspira talmente profondamente che gli si gonfia il petto. Abbassa la testa e mi lancia un'occhiata nervosa, prima di abbassare la maniglia; la porta si apre e rivela quella che presumo sia la camera da letto principale. Al centro esatto c'è un letto matrimoniale con testiera e pediera color fumé, ben rifinito con lenzuola bianche e nere a stampa animalier.

Mi volto di scatto verso il punto dove Mase si è fermato all'ingresso della stanza. A giudicare dal modo in cui tiene le mani nelle tasche dei pantaloncini e batte sul pavimento con la punta della scarpa, sembra… a disagio? Quasi nervoso, direi. È un lato della sua personalità che vedo molto raramente.

"Sto bene," dice quando avanzo verso di lui. "Continua a guardarti in giro."

Proprio come per le altre stanze, la parete che affaccia all'esterno è composta da un'ampia vetrata. Nell'angolo davanti a essa ci sono una scrivania con ripiano in vetro, una poltrona in pelle e una sedia a seduta circolare dello stesso colore fumé del letto. Noto che c'è una grande cuccia per cani; ricordo di averne vista una anche al piano di sotto.

Attraverso le porte aperte, mi rendo conto che ci sono due distinte cabine armadio. Curiosamente, tuttavia, sono entrambe completamente vuote. La terza porta aperta conduce a un fantastico bagno principale; perfino io noto la televisione vicino alla grande vasca idromassaggio: perfetta per lunghi bagni immersi tra le bolle.

Esco dal bagno e mi fermo di fronte a Mase; gli porto le mani ai fianchi e piego la testa all'indietro per guardarlo negli occhi color verde acquamarina.

"Mase… cos'è tutto questo?" Muovo un braccio in cerchio per indicare lo spazio che ci circonda. "Perché siamo qui?"

A sua volta, mi avvolge le dita attorno e mi stringe.

Sento un leggero tremolio attraversargli il corpo; sollevo una mano per accarezzargli la guancia. "Mase… parlami."

"Che ne pensi del nostro appartamento?"

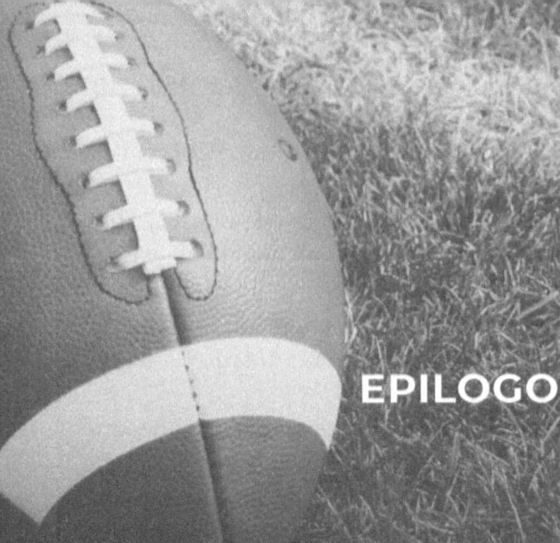

MASON

Il nervosismo che mi travolge da capo a piedi, mentre attendo la reazione di Kay, mi rende difficile deglutire.

"È bellissimo." La tensione scompare, divento quasi flaccido dal sollievo, per poi irrigidirmi nuovamente quando lei dice: "Aspetta un secondo." Le guardo gli occhi stretti. "Hai detto *nostro?*"

Se ne è resa conto, vero? Annuisco, lasciando andare un respiro.

"Ci serviva un posto dove poter semplicemente… vivere."

Questi ultimi mesi sono stati complicati. La stagione del football sarà anche finita, ma sia quella di basket che quella di cheerleading all-star sono entrate nel vivo. Aggiungete il fatto che nessuno di noi si sentiva a proprio agio alla sede dell'Alpha Kappa o al dormitorio di Kay, e immaginate la difficoltà di trovare un posto abbastanza grande da poter accogliere un gruppo della nostra dimensione.

Il dormitorio di CK, poco ma sicuro, non poteva ospitarci tutti; inoltre, dover tornare a Blackwell tutte le sere non sarebbe stato possibile, con le lezioni e gli allenamenti di G e delle ragazze.

A mamma e ai gemelli avrebbe fatto piacere che trascorressimo più tempo con loro a casa, ma ho capito subito che non avrebbe potuto essere una soluzione a lungo termine, vista la tensione che c'è ancora tra me e Brantley.

"Andiamo." Le prendo la mano e la conduco fuori, tutti i nostri amici sono seduti al tavolo e pronti a mangiare.

Tiro indietro una sedia e aiuto Kay ad accomodarsi prima di prendere quella libera vicino a lei e avvolgerle un braccio dietro la schiena.

"Allora?" Quinn sobbalza sulla sedia, facendo oscillare il bicchiere e costringendo CK ad allungare la mano per fermarlo prima che si rovesci.

"Che ne pensi?" chiede Em con molta più compostezza della nostra vivace amica.

Kay muove lo sguardo intorno al tavolo, osservando le sette serie di occhi trepidanti rivolti verso di noi. "Sono confusa."

Se è confusa, lo posso gestire. C'era una parte di me che temeva che si sarebbe incazzata per non essere stata coinvolta nella decisione, ma non volevo rischiare che rifiutasse per qualche strana convinzione di essere vista come un'approfittatrice. Non lo ammetterà mai, ma so che le idee di Brantley le sono entrate in testa, quando lui l'ha definita come una che mi vede come un biglietto d'oro.

Em appoggia i gomiti al tavolo e inclina la testa verso di me, curiosa di vedere come gestirò la situazione. Le faccio un cenno per dirle che può prendere lei l'iniziativa.

"Ti ricordi come ha reagito mio padre, dopo l'imboscata dei paparazzi?"

"Quando ha detto che non potevi più essere la mia coinquilina?"

Potremmo anche aver trovato la soluzione, ma la tristezza nella voce di Kay mi fa comunque male al cuore.

"Beh… in questo palazzo c'è un portiere, e tutti i visitatori devono essere in lista per accedere."

"Niente più avvoltoi fuori dalla porta," dice G in tono inquietante, guadagnandosi un coro di approvazione da parte di tutti i presenti.

"L'unico modo per entrare qui è attraverso un ascensore privato, e per aprire," Em si china a sinistra e tira fuori dalla tasca la chiave magnetica uguale a quelle che abbiamo tutti, "ti serve una di queste."

Kay resta in silenzio mentre guarda il piccolo rettangolo di plastica, poi nuovamente verso la sua amica; una lacrima le riga una guancia. Le metto un dito sotto il mento e le volto il viso verso di me, asciugandole lo zigomo. Mi ha spezzato il cuore, quando ha ammesso quanto si sentisse perduta al pensiero di trascorrere il prossimo anno di università senza la persona che era diventata la sua roccia all'Università di Jersey.

"L'unica obiezione dei Logan al fatto che Em fosse la tua coinquilina era il rischio che si presentassero visitatori inattesi. Questo posto risolve entrambi i problemi." Le asciugo un'altra lacrima.

Ancora non riesco a credere che il padre di Em sia un senatore. Non mi stupisco che lei e Kay siano diventate amiche: quelle due sanno bene come tenere nascoste le proprie identità.

"Ma non hai detto che era il *nostro* appartamento?" A quella domanda, tutti i presenti ridacchiano.

"Lo è," risponde G.

"Secondo te perché ha l'aria di una casa degna di *The Real World*? Il reality show, hai presente?" aggiunge Trav.

Mi passo una mano sul cappello: all'improvviso sto mettendo in dubbio la mia strategia. Non so se sarò in grado di sopravvivere con lui *e* Kay sotto lo stesso tetto. Spero che queste mura siano abbastanza resistenti da non crollare per la loro sbruffonaggine.

Uno dopo l'altro, ognuno dei presenti tira fuori la propria scheda magnetica.

"Tu ed Em potevate anche trovarvi un posto più piccolo solo per voi due, certo," Annuisco. "Ma questo," faccio ruotare un dito per indicare l'appartamento, "mi permette di non dovermi preoccupare di quello che potrebbe succedere, se tu uscissi per stare insieme agli altri."

I Logan non sono gli unici di cui mi sono dovuto preoccupare. Prima che ci venisse in mente questo piano, E ha fatto più di un commento riguardo al fatto che Kay dovrebbe tornare a vivere con lui e Bette.

"Sei proprio un cavernicolo." Negli occhi grigi le brilla quel familiare scintillio di impertinenza; vengo colpito nel profondo da quella sensazione di casa che non ha nulla a che fare con l'appartamento, e tutto a che fare con questa donna.

Questo… questo sentimento è il motivo per cui ho bisogno di godermela per un altro anno. Questa persona è il motivo per cui ho riunito tutte le parti interessate per poter trascorrere con lei il maggior tempo possibile.

Proprio come ho spiegato, qui la nostra famiglia può vivere unita.

Questo posto permette alle ragazze di bere vino e di guardare commedie romantiche. Abbiamo anche una stanza per Tessa e Savvy, se hanno bisogno di fermarsi a dormire.

CK ha la sua postazione dove lavorare al suo videogioco e, forse, ora che siamo coinquilini, permetterà a G di fare molto più che giocarci.

Io e i ragazzi non dovremo più faticare per trovare il tempo di guardare i filmati delle partite a casa, e Noah avrà un posto dove rilassarsi, quando verrà a trovarci nei momenti in cui non giocherà per i Washington.

"Sai qual è la parte migliore di questa casa?" Mi piego verso di lei; con le labbra, le sfioro la pelle dietro l'orecchio, mentre i nostri amici iniziano a passarsi i piatti.

"Vuoi dire che non è il letto matrimoniale in quella che presumo sia la nostra camera da letto?"

Mi sfugge un ringhio basso dalla gola. Oh sì, quella parte mi piace molto, ma… no. Quello a cui sto pensando riguarda più specificatamente Kay.

"Visto che viviamo tutti qui, può viverci anche Herkie." Kay inspira e si tira indietro, guardandomi con occhi spalancati. "E se, per qualche motivo, uno di noi non può essere qui a prendersi cura di lui, ho già una lista di dog-sitter che aspettano di fare un colloquio con te."

Kay mi infila un dito nel colletto della maglietta e mi tira a sé. Con la punta del naso, mi percorre la linea della mandibola, al che sento l'uccello spingermi contro i pantaloni, dato che prima non ho avuto ciò che volevo; sono tentato di trascinarla di sopra e battezzare la nostra nuova camera da letto.

"Non lo ammetterò *mai* di fronte a lui," mi sfiora l'orecchio con le morbide labbra, rendendo ancora più urgente il bisogno di scoparla, "ma Trav, quando ha detto che questa casa è degna di un reality show, ci ha azzeccato."

Le metto le braccia dietro la schiena e la stringo a me, seppellendole la faccia tra i capelli per soffocare una risata. Ha ragione al cento per cento.

E noi che pensavamo che l'anno scorso fosse da impazzire...

NOTA DALL'AUTRICE: Ora, prima che mi urliate contro perché non avete visto sangue e morte (oppure delle unghie strappate, come piacerebbe a Savvy), ho qualcosa in serbo. Ma prima, CK e Quinn hanno una storia da raccontarvi in *Addio alla panchina*, disponibile gratis su Kindle Unlimited.

Jordan Donovan (l'addetta alle pubbliche relazioni di E) è la "matriarca" degli Alumni della BTU. Se la sua storia vi incuriosisce, potete conoscerla in *Power Play*.

Vi serve un posto per parlare di tutti gli argomenti relativi alla serie *U of J - Università di Jersey* senza temere di spoilerare la storia a chi non l'ha ancora letta? Unitevi al #UofJ Spoiler Group su Facebook!

Siete per caso tra quelle persone carine che scrivono recensioni? Potete trovare *Giocare sul serio* su Goodreads, BookBub e Amazon.

Vuoi saperne di più sui Royals? Beh, c'è una bella notizia. *Savvy King* mi ha praticamente tirato fuori la storia dalle dita. *Regina selvaggia,* primo libro dello spinoff della serie U of J – Università di Jersey *dedicato ai Royals, sarà presto disponibile gratis su Kindle Unlimited.*

INFORMAZIONI SU ALLEY CIZ

Informazioni su Alley Ciz

Alley Ciz è una scrittrice indipendente di bestseller internazionali che hanno per protagonisti ragazze insolenti e maschi alfa che cadono ai loro piedi. È un'entusiasta lettrice di storie d'amore che, dalla passione per la lettura, è passata al dare vita ai personaggi che vivono nella sua testa… e che non si comportano sempre bene.

Questa Potterhead di ferro di solito indossa una maglietta con una scritta buffa, beve tantissimo caffè, si ingozza di pizza e tacos e corre dietro ai suoi tre figli, mentre il suo labrador di 45 chili (sicuramente il suo bambino più educato) la osserva divertita.

www.ingramcontent.com/pod-product-compliance
Lightning Source LLC
Chambersburg PA
CBHW021412010826
48972CB00014B/1734